PIRANHA

Tempête en mer de Chine

Michael DiMercurio, ancien brillant élève de l'École navale d'Annapolis (Maryland), a terminé sa carrière dans l'US Navy comme chef du groupement énergie à bord du sous-marin nucléaire d'attaque *USS Hammerhead*. Il est spécialiste des technologies de pointe en matière d'armement. Michael DiMercurio vit aujourd'hui à Emmaus, en Pennsylvanie, où il exerce la profession d'ingénieur en mécanique. Il est considéré, avec Tom Clancy, comme le maître du « technothriller sous-marin ». Il est l'auteur de cinq autres romans : *Opération Seawolf* (1994), *Le Sous-marin de l'Apocalypse* (1996), *Seawolf : mission de la dernière chance* (1997), *Coulez le Barracuda !* (1998) et *Menace en haute mer* (2000).

Paru dans Le Livre de Poche :

SEAWOLF, MISSION DE LA DERNIÈRE CHANCE

LE SOUS-MARIN DE L'APOCALYPSE

COULEZ LE BARRACUDA !

OPÉRATION SEAWOLF

MICHAEL DIMERCURIO

Piranha

Tempête en mer de Chine

TRADUIT DE L'AMÉRICAIN PAR DOMINIQUE CHAPUIS
ET LE COMMANDANT DENIS CHAPUIS

L'ARCHIPEL

Titre original :
PIRANHA FIRING POINT

publié par Dutton Plume,
département de Penguin Putnam Inc., New York, 1999.

À la femme de ma vie, Patti Quigley

« Le lieu où nous attaquerons l'ennemi doit lui rester inconnu jusqu'au dernier moment. Ainsi, sa vigilance se portera en de nombreux points, quand nous n'en visons qu'un seul. »

SUN TZU, *L'Art de la guerre*.

PREMIÈRE PARTIE

POIGNARD SANGLANT

PROLOGUE

Le dernier turbopropulseur s'arrêta soudain tandis que l'hydravion s'inclinait dans un virage serré qui faisait vibrer sa structure. Devant lui, le pilote n'apercevait à travers son pare-brise que l'immense étendue bleue de l'océan et les vagues arrivant sur lui à toute vitesse. Quelques instants plus tard, l'aéronef toucha brutalement la surface de la mer.

Sans son harnais renforcé, le pilote se serait écrasé sur la planche de bord à cause de la décélération soudaine. L'homme s'arc-bouta sur le manche à balai et sur les pédales des gouvernes jusqu'à ce que l'énorme quadrimoteur finisse par s'immobiliser et se mette à rouler doucement dans la houle de la mer de Chine orientale. Il jeta un dernier coup d'œil à ses instruments et adressa un signe de tête satisfait à son copilote avant de se dégager du harnais, puis il quitta le cockpit et se dirigea vers l'arrière. Douze hommes le fixèrent. Quelques-uns paraissaient d'un calme olympien, d'autres trahissaient une grande excitation, certains, même, semblaient s'en désintéresser, mais personne ne manifestait la moindre anxiété.

Le pilote se tourna vers le côté droit de la baie cargo. Une vaste console occupait toute la hauteur disponible contre la cloison du cockpit. Assis dans un fauteuil, un petit homme, l'air concentré, manipulait une foule d'écrans, de boutons et de curseurs. L'un des écrans affichait un schéma de l'avion posé, la trappe ouverte sous le ventre de l'appareil, ainsi qu'une sphère suspendue à un câble, qui descendait dans la mer. Des chiffres défilèrent tandis que la sphère s'enfonçait dans les profondeurs de l'océan. L'écran voisin se couvrit lentement de points verts qui évoluèrent sur le fond sombre jusqu'à s'assembler en une large tache lumineuse qui se déplaça lentement.

— Il passera à proximité dans dix minutes, commandant, 500 mètres dans notre est. Il file tout juste 6 nœuds. Ça veut dire préparation immédiate, et lancement dans deux minutes, ce qui nous laissera un pied de pilote de trois minutes environ. Timing un peu serré, mais qui reste dans nos cordes.

Le capitaine de frégate Chu Hua-Feng s'avança vers le centre de la cabine et regarda ses hommes. Ils étaient vêtus de combinaisons noires sans signes distinctifs et portaient à la ceinture des pistolets mitrailleurs, des grenades et des poignards.

— Votre attention, messieurs, dit-il d'une voix grave, naturellement puissante.

Mince mais musclé, Chu mesurait 1,80 mètre ; chaussé de ses bottes à épaisses semelles de caoutchouc, il dominait l'ensemble de l'équipage. Il paraissait avoir environ trente-cinq ans, âge inhabituel dans la marine de l'Armée populaire de libération chinoise, où les officiers supérieurs grisonnaient presque tous. Il affichait un air d'autorité sereine, tel un grand frère habitué à commander dès l'enfance. Les regards braqués vers lui ne cillaient pas.

— L'opération débutera dans trente secondes. Le rendez-vous avec le sous-marin coréen aura lieu dans douze minutes. Vous vous entraînez depuis un an pour cette opération, il est temps de passer à l'action. Cette fois-ci sera la bonne. À vous de faire vos preuves.

Chu s'arrêta un moment et fronça les sourcils avant de continuer.

— Nous sommes sur la sellette : l'amirauté doute de la réussite de cette opération. Ils prétendent qu'il est impossible de s'emparer d'un sous-marin en plongée en route libre. Lorsque cette mission sera terminée, nous aurons démontré le contraire. Voilà qui va modifier sensiblement la carte de la Chine. Vous connaissez tous les enjeux.

Chu s'interrompit de nouveau et scruta ses hommes d'un regard intense. Son visage exprimait une intense satisfaction, une petite grimace espiègle lui tirait le coin de l'œil et plissait légèrement son nez.

— Parfait messieurs, bonne chance à tous. Second, es-tu paré ?

Le capitaine de corvette Lo Sun se leva de la console sonar et enleva son casque. Il acquiesça.

— Affirmatif, commandant.

— Excellent. Section, c'est parti !

Les hommes se levèrent aussitôt et s'alignèrent devant le panneau de la cloison arrière. L'un après l'autre, ils se coulèrent par la trappe. Chu se retrouva seul et regarda derrière lui. Par la porte du cockpit, il aperçut le copilote, le salua, jeta un ultime coup d'œil circulaire dans l'avion avant de disparaître à son tour par le panneau, qu'il referma derrière lui.

Le sous-marin de poche étant encombré de matériel, il dut se frayer un passage parmi ses hommes pour rejoindre le poste de pilotage, à l'extrême avant, où régnait une faible clarté rougeâtre. La couchette du pilote, dans laquelle il s'inséra, permettait de s'allonger sur le ventre, la tête, les épaules et les bras dépassant du matelas dans une bulle transparente en acrylique extrudé. Le noir total, un noir d'encre. Chu enfila un casque radio ultraléger, composé d'un seul écouteur et d'un micro, mit le communicateur sous tension et donna un ordre sec au copilote de l'hydravion. La lumière vive de l'après-midi d'octobre inonda le submersible lorsque la soute s'ouvrit.

Au-dessous de Chu, la mer léchait les portes maintenant grandes ouvertes. L'officier se contorsionna pour atteindre la grande poignée en T orange vif qui dépassait du plafond. Il la tira sans hésitation, libérant le *Poignard Sanglant* de son avion porteur. Les vagues se rapprochèrent d'un coup, puis engloutirent la bulle de plastique à travers laquelle Chu n'aperçut plus qu'un jour bleuté, de plus en plus sombre à mesure que le submersible s'enfonçait. En moins d'une minute, Chu se trouva à nouveau dans le noir absolu, à plus de 100 mètres sous la surface.

Le sous-marin coréen se trouvait juste devant, brillamment éclairé par les projecteurs du *Poignard Sanglant,* rond, noir et énorme. Chu visait le sas de sauvetage sur lequel il comptait se poser. Il enclencha le pilote automatique qui entreprit d'ajuster exactement la vitesse du submersible sur celle de son but, avant de se rapprocher du panneau supérieur du sas de sauvetage.

D'après les renseignements fournis par Mai Sheng, son contact dans l'Armée populaire de libération, ce sous-marin devait être le *Dae Gu,* un Los Angeles refondu, autrefois baptisé *Louisville,* que les Américains avaient vendu à la Corée quatre ans auparavant. De nouvelles dispositions autorisaient maintenant la marine à revendre des sous-marins à propulsion nucléaire à des pays amis, à la seule condition que les États-Unis gardent en permanence le contrôle des éléments combustibles du cœur du réacteur. Chu guida le *Poignard Sanglant* à la verticale du sas de sauvetage arrière, qui donnait dans le compartiment machines. Celui-ci n'était occupé que par quelques hommes de quart.

Avec un bruit sourd, le *Poignard Sanglant* prit contact avec le pont du *Dae Gu,* exactement à l'endroit prévu sur le panneau. Chu remplit un régleur, alourdissant son sous-marin de plusieurs tonnes, et tourna un commutateur. Un sifflement léger indiqua que la dépressurisation de la jupe s'effectuait correctement et, bientôt, le capteur indiqua 1 021 millibars, à peine plus que la pression atmosphérique. Chu venait de réussir magnifiquement la partie la plus délicate de sa mission, l'appontage. Solidement collé sur le pont du *Dae Gu,* il commença à pomper l'eau emprisonnée dans la jupe, jusqu'à ce qu'un simple matelas d'air séparât seul les panneaux des deux sous-marins. Chu coupa tous les systèmes de bord du *Poignard Sanglant,* ne laissant en fonction que l'ordinateur central et un éclairage minimal. Un peu ankylosé, il se dégagea de sa position inconfortable sur la couchette et se dirigea vers l'arrière. Lo Sun commanda l'ouverture du panneau de la jupe. Les lourdes griffes d'acier se rétractèrent et le panneau remonta sans bruit dans son logement à l'intérieur du *Poignard Sanglant.* Dessous, éclairé par le seul projecteur d'appontage encore allumé, un volant encastré se dessina au centre d'un cercle noir, rien de bien impressionnant à vrai dire, une simple encoche circulaire ménagée dans un panneau d'acier encore humide.

Chu attrapa une clef de chasse dans un sac à outils suspendu à la cloison. Au centre du volant se trouvait un carré de manœuvre. Depuis quelques décennies, on avait standardisé les panneaux de sauvetage, de façon à permettre à n'importe quel bâtiment de secourir un sous-marin naufragé. Avec le jeu d'outils adaptés, tout un chacun pouvait ouvrir un panneau de sous-marin. Chu descendit dans la jupe, inséra la clef et la tourna, jusqu'à entendre un claquement métallique. Il leva la tête et dit à Lo :

— Action dans une minute, dis aux hommes de se préparer.

Malgré l'espace confiné, Chu réussit à enfiler un harnais muni de deux petites bouteilles d'air. Il attrapa le masque qui pendait au bout du tuyau du détendeur et en passa la courroie autour de son cou. Il boucla ensuite une ceinture d'où pendaient deux pistolets automatiques et une douzaine de grenades. Enfin, il coiffa un casque radio et jeta un regard à ses hommes, déjà tous équipés.

— Lo, déclenche le chronomètre dès que j'ouvrirai le panneau supérieur de leur sas de sauvetage. Un voyant s'allumera au PCNO à ce moment-là. Je veux avoir pris le contrôle du bâtiment dans moins de deux minutes. On y va ! À mon commandement, cinq, quatre, trois, deux, un, top !

Chu passa les doigts sur le rebord du panneau et l'ouvrit d'un coup. Un puissant ressort compensait sa masse, facilitant la manœuvre en cas de sauvetage. Chu le bloqua en position ouverte, tâtonna pour trouver l'échelle du sas et se laissa silencieusement glisser jusqu'au panneau inférieur. Il alluma le fanal étanche du sas et se pencha pour tourner le volant chromé. Le dispositif céda facilement. Chu ouvrit le panneau inférieur, puis le bloqua à son tour. En bas, il aperçut alors le compartiment machines et entendit le sifflement de la vapeur dans les turbines de propulsion.

Chu se laissa à nouveau glisser le long de la seconde échelle. À l'instant où ses bottes touchèrent le pont supérieur du compartiment, il saisit son pistolet-mitrailleur AK-80 équipé d'un long silencieux et s'éloigna aussitôt de l'échelle par laquelle ses hommes descendaient à leur tour, agiles comme des chats. Chu se dirigea vers l'arrière, en direction du PCP. Par la porte étroite, il jeta un coup d'œil rapide dans le local où quelques Coréens tenaient une conversation animée, dont les intonations mélodieuses parvenaient jusque dans la coursive.

Sans bruit, Chu tira trois balles sur chacun des opérateurs, les tuant net devant leurs consoles. L'officier qui se tenait derrière eux roulait des yeux effarés. Son étonnement se mua en un masque de mort lorsque deux balles s'enfoncèrent dans sa poitrine. Il s'effondra lentement sur lui-même et tomba de son fauteuil. Ses yeux se fermèrent définitivement lorsqu'il heurta le sol.

Chu fit signe à l'un de ses hommes de s'installer au PCP, éjecta son chargeur vide et le remplaça sans un regard pour ses victimes. Il sortit du local, aperçut une silhouette entre les turbines de propulsion et tira au jugé. L'homme, un officier âgé, se jeta à couvert, touché au biceps. Chu le rejoignit en quelques pas et le tua de quatre balles, avant de continuer son exploration vers l'arrière. Il trouva un autre homme à proximité du réducteur et s'en débarrassa également avant de descendre l'échelle vers le niveau du milieu, où un autre mécanicien devait effectuer son quart. Il lui fallut moins d'une minute pour le découvrir en train de prendre des relevés sur les turboalternateurs et l'envoyer rejoindre ses camarades dans l'autre monde.

Lorsque Chu remonta du niveau inférieur, il trouva ses hommes groupés à proximité de l'échelle d'accès au sas. D'un signe, Lo Sun leur montra la gaine d'air vicié, qui ramenait l'air de la zone arrière au local de ventilation, sur l'avant du sous-marin. L'air du bord y était recyclé avant d'être distribué dans tous les compartiments. Sur un signal de Chu, tous enfilèrent leur masque à gaz. Ils vérifièrent le fonctionnement et l'étanchéité de leur détendeur. Chu passa son propre masque et inspira une goulée d'air sèche et métallique. Il tira ensuite quatre coups de feu, creusant un trou d'une dizaine de centimètres de diamètre dans l'aluminium de la conduite. Puis il prit une grenade à sa ceinture, la dégoupilla et l'introduisit dans le trou. Quelques instants plus tard, il entendit le sifflement étouffé de l'engin qui libérait son cyanure. Aspiré par la ventilation, le gaz mortel se répandit dans tout le bâtiment.

La porte du CO était ouverte. Chu s'y engouffra et regarda autour de lui. Il tenta de dénombrer les cadavres, surpris du grand nombre d'hommes embarqués à bord d'un sous-marin de technologie pourtant avancée. Sur sa droite se trouvait le poste de pilotage. Deux marins s'étaient affalés sur leurs commandes, qui ressemblaient au manche à balai d'un avion. L'un des Chinois dégagea le pilote coréen de son siège et le tira sans ménagement dans la coursive avant de s'asseoir à sa place pour reprendre les commandes des barres de plongée en manuel. Les autres entassèrent les corps des victimes dans la coursive et s'emparèrent de l'ensemble du compartiment. Chu monta sur la plate-forme des périscopes et examina le local. Le pilote maintenait l'immersion à la cote 550, celle à laquelle le sous-marin naviguait lorsque les Chinois avaient fait irruption au PCNO. Il devait s'agir de pieds plutôt que de mètres, pensa Chu, se remémorant l'immersion du *Poignard Sanglant* à l'appontage et se souvenant qu'à aucun moment le *Dae Gu* n'avait pris d'assiette négative durant l'attaque. Le loch affichait 9. Probablement des nœuds, plutôt que des mètres par seconde.

Chu tendit le cou pour regarder les pupitres du central, à bâbord, de l'autre côté du fût du périscope. Il remarqua le cercle rouge qui signalait l'ouverture du panneau supérieur du sas de sauvetage arrière. Le reste du tableau avait beaucoup moins d'importance pour lui. D'un signe de tête, il ordonna à ses hommes de regrouper toutes les notices techniques qu'ils pourraient trouver. Un commando entra dans le local sonar et en ressortit sur-le-champ avec une pile de documents. Chu repéra un casier dans la table à cartes. Il en sortit un manuel intitulé *Consignes générales*, qu'il feuilleta rapidement. Une forte explosion juste derrière la plate-forme des périscopes l'interrompit : l'un de ses hommes avait fait sauter la porte d'un coffre-fort. Une fois la fumée dissipée, il tria rapidement le contenu du coffre et ajouta les documents intéressants à la pile qui commençait à grossir au centre du PCNO. Partout dans le bord, d'autres coffres livraient leurs secrets.

— Il faut faire vite, pensa Chu, en proie à une certaine anxiété.

Il ne restait plus que quelques minutes de réserve d'air. Il trouva enfin la page qu'il cherchait.

— Mets le bouton sur « STOP », ordonna-t-il au barreur d'une voix déformée par le masque.

L'homme assis au poste de pilotage tourna un cadran jusqu'à amener son repère en position « STOP ». Une seconde aiguille cliqueta à son tour pour rejoindre la première ; le PCP avait compris l'ordre et le recopiait. Quelques instants plus tard, une petite sonnerie aigrelette retentit : le mécanicien à l'arrière avait fermé les soupapes d'admission de vapeur et la ligne d'arbres tournait maintenant de moins en moins vite, simplement entraînée par l'erre du sous-marin qui ralentissait.

Chu regarda l'indicateur de vitesse qui afficha 7, puis 3 et enfin 1. Il se précipita vers le tableau du central et parcourut le recueil de consignes à la recherche du chapitre traitant de la tenue d'immersion automatique. S'il réussissait à stopper le bâtiment, le *Poignard Sanglant* pourrait décoller beaucoup plus facilement. Il fit défiler plusieurs pages sur l'écran central de la console, finit par trouver les commandes de la tenue automatique d'immersion, sélectionna la configuration par défaut et enclencha le système.

Il regarda le loch. Le *Dae Gu* n'avait pratiquement plus d'erre. Chu avait l'impression de stopper les moteurs d'un dirigeable. À l'arrêt, les barres à zéro, le sous-marin pouvait désormais couler, remonter à la surface comme un ludion, ou alors pencher du nez ou sur l'arrière. Apparemment bien pesé, le *Dae Gu* restait stable et tenait l'immersion sans difficulté.

D'une main qui ne tremblait pas, Chu afficha une vitesse verticale ordonnée de moins cinq pieds par seconde. L'ordinateur enregistra l'ordre et admit six tonnes d'eau de mer. Le *Dae Gu* commença à descendre à la verticale. Rien ne pourrait plus l'empêcher d'atteindre l'immersion qui allait écraser sa coque épaisse.

— Évacuation ! lança-t-il à ses hommes.

— Allez-y ! siffla Chu.

Il n'eut pas le temps de s'installer aux commandes. L'un des pilotes de la section s'était déjà allongé sur la couchette bâbord. Il remplissait et pressurisait la jupe, séparant les deux sous-marins. Les deux bâtiments avaient déjà atteint 400 mètres, plus que l'immersion maximale de service du bâtiment coréen. Le *Poignard Sanglant,* lui, pouvait descendre jusqu'à 700 mètres environ avant que sa coque en titane ne commence à souffrir. Mais Chu ne souhaitait pas vraiment se trouver collé au *Dae Gu* lorsque celui-ci allait imploser.

Les hélices battirent la mer et le *Poignard Sanglant* s'éloigna du Los Angeles en perdition. Le submersible amorça sa remontée d'urgence sur une forte assiette positive. Chu devait en effet refaire surface sans perdre un instant, car du cyanure polluait l'atmosphère du *Poignard Sanglant* et les hommes allaient très bientôt se trouver à court d'oxygène. Il sentait nettement sa propre réserve diminuer. Chaque inspiration devenait plus difficile. Le submersible atteignit enfin la surface et le pilote lança la ventilation. Chu frissonna en sentant un violent courant d'air frais balayer sa combinaison trempée de sueur. Après avoir complètement épuisé sa bouteille, le souffle court, il ôta son masque dégoulinant de transpiration et inspira prudemment, espérant que l'atmosphère du submersible était redevenue respirable. Ses hommes le regardaient, attendant de voir s'il allait ou non s'écrouler. Chu prit une seconde bouffée d'air salin et fit signe que tout allait bien. Tous enlevèrent leur masque d'un même geste. Le soulagement se lisait sur leur visage.

Un crissement aigu se propagea dans l'océan, suivi d'un fracas de métal déchiré. Le grondement s'atténua et mourut en un bourdonnement à peine perceptible.

— La coque du *Dae Gu* a implosé, commenta Lo Sun.

Sans répondre, Chu se hissa jusqu'au panneau supérieur. Par un petit hublot, il contempla le ciel lourd de nuages. Il tourna un volant et le panneau s'ouvrit. Chu sortit la tête. Autour d'eux, la mer était calme. Il distinguait à peine la coque du *Poignard Sanglant,* affleurant au ras de l'eau. Le petit bâtiment roulait doucement dans la houle, avec un mouvement berceur profondément apaisant. Ce sentiment de détente devait d'ailleurs provenir davantage de la réussite de la mission que de la seule beauté de la mer, pensa Chu. Au loin, il perçut un bruit de moteur. Leur hydravion venait les récupérer.

Chu rentra et ferma le panneau. Il s'adossa à la cloison et ferma les yeux. Une fois l'état-major de la marine informé du résultat de leur mission, une chaîne d'événements se déclencherait, susceptible d'aboutir au rétablissement de toutes les prérogatives de la Chine continentale. Le reste du monde cesserait enfin de la qualifier de « Chine rouge », appellation retenue afin d'éviter la confusion avec la partie orientale du pays, en rébellion, qui s'était elle-même attribué le nom de « Chine blanche ». Une fois réunifié, le pays retrouverait son nom officiel de République populaire de Chine.

Vingt minutes plus tard, un palan hissait le *Poignard Sanglant* dans la soute de l'hydravion et Chu reprenait sa place sur le siège du pilote. Il poussa à fond les manettes des gaz des puissants turbopropulseurs et l'aéronef s'arracha pesamment de la surface de la mer en direction de Pékin.

1

Dimanche 13 octobre
Bâtiment de l'Assemblée du peuple
Pékin, Chine rouge

Les toilettes des hommes rutilaient. L'urinoir de marbre italien luisait dans la lumière douce du lustre de cristal suspendu au plafond en teck sculpté. Un lambris en pin verni recouvrait les murs. Un lavabo de marbre veiné aux robinets d'or massif complétait l'ameublement de la pièce. Dehors, un garde rouge armé assurait la faction devant la porte.

Le capitaine de frégate Chu Hua-Feng ne voyait rien de tout cela. Il contemplait son reflet dans un miroir au cadre doré. En grand uniforme, il portait aujourd'hui une veste noire dont les manches arboraient cinq galons d'or, la marque de son grade. Sur sa poitrine, quatre médailles brillantes, gagnées au combat, lui donnaient fière allure. On frappa à la porte, mais Chu continuait à s'admirer dans la glace, non par narcissisme mais simplement parce qu'il avait encore du mal à en croire ses propres yeux. L'image renvoyée par le miroir aurait pu être celle de son père : mêmes pommettes hautes et sévères, même nez épaté, un regard sombre et inflexible, un menton carré et dur sous des lèvres épaisses. Il avait à peu de chose près la même taille que lui. Malgré l'adoration qu'il vouait à cet homme, Chu ne ressentait aucune fierté, mais plutôt un mélange de regret et de tristesse.

Son père, l'amiral Chu Hsueh-Fan, commandait autrefois la flotte du Nord, basée à Lushun. Il se trouvait à bord du bâtiment amiral, le porte-avions *Shaoguan*, lorsqu'un sous-marin américain, le *Tampa*[1], fut pris au piège en pleine mission d'espionnage dans la baie de Bo Hai, au large de Pékin. Ayant subi de nombreuses avaries, le *Tampa* fut ramené en Chine, où le gouvernement comptait l'utiliser pour sa propagande. Malheureusement, les États-Unis avaient envoyé un autre sous-marin à son secours. Par une action audacieuse, les deux bâtiments réussirent à rejoindre la mer libre en coulant une bonne partie de la flotte chinoise qui tentait de leur barrer la route. L'amiral Chu avait laissé sa vie dans l'engagement. Dix ans, déjà... À ce moment, le jeune Chu, alors sous-lieutenant dans l'armée de l'air, pilotait un jet anti-sous-marin à décollage vertical, un Yak-36A. Il s'était trouvé aux premières loges pour assister au naufrage du bâtiment amiral. Il avait vu l'un des sous-marins lancer un missile antinavire supersonique. L'arme sortit de l'eau, la flamme du propulseur décrivit une parabole parfaite avant de prendre cap droit sur le porte-avions. Le *Shaoguan* reçut l'impact en plein travers, explosa aussitôt et chavira quille en l'air, avant de disparaître dans les eaux grises, ne laissant aucun survivant.

Le jeune Chu, impuissant, n'avait pu qu'observer le désastre : il avait déjà largué sa seule torpille, au jugé, espérant toucher l'un des deux fuyards. Bien qu'à court de carburant, il avait décidé de continuer à survoler la baie, pour assister à la fin des criminels américains. Lorsque les chasseurs de l'US Navy intervinrent et tirèrent leurs missiles air-air, son Yak perdit une aile. Chu réussit à s'éjecter. Son navigateur et ami, Lo Yun, âgé de vingt-deux ans, n'eut pas la même chance. Le Yak tomba comme une pierre et explosa en une boule de feu aveuglante, juste avant

1. Voir *Opération Seawolf.*

de toucher l'eau. Chu avait dérivé en pleine mer pendant près de deux jours. Ses larmes de colère et de frustration se mêlaient aux vagues. Pourtant, en dépit de toute probabilité, il sentait confusément qu'il n'allait pas mourir. La nuit pluvieuse était à son plus noir quand les secours arrivèrent enfin, sous la forme d'une frégate Udaloy. Ses deux hélicoptères avaient été abattus par les missiles des chasseurs américains.

Chu avait eu la chance de s'en sortir sans une égratignure. Bien des officiers et des marins ne pouvaient pas en dire autant. Sur les soixante-dix bâtiments engagés, la moitié avaient disparu corps et biens. Plus de trois mille hommes avaient péri à cause de deux sous-marins criminels qui s'étaient frayé un chemin à coups de torpilles hors de la baie dans laquelle ils espionnaient.

Cette lugubre journée marqua un tournant dans la vie de Chu. Jamais plus la vision de l'explosion et du chavirage du bâtiment commandé par son père ne s'effacerait.

Quatre ans plus tard, quand le premier choc de la douleur se fut atténué, il réalisa que sa vie avait encore un sens. Des cauchemars récurrents peuplés de sous-marins nucléaires le faisaient se tourner et se retourner dans son lit. Il se réveillait empêtré dans ses draps trempés de sueur. Un jour, il se décida.

Après une étude approfondie des moyens dont disposaient les principales marines du monde, il avait pris conscience de l'immense supériorité que possédaient les sous-marins d'attaque en plongée. Invisibles, ils pouvaient, d'une seule torpille, changer le cours de l'histoire. La démonstration en avait été apportée durant la guerre des Malouines, puis dans la baie de Bohai et enfin pendant le blocus du Japon par les Américains, lorsqu'une poignée de sous-marins Destiny avaient envoyé tout un groupe aéronaval américain au fond du Pacifique. Quatre ans après le naufrage du *Shaoguan,* Chu avait raccroché son macaron de pilote et s'était reconverti dans les forces sous-marines.

Le temps avait passé. Aujourd'hui, la Chine blanche avait pris l'avantage dans la guerre civile en cours et contrôlait toute la côte de Hong Kong jusqu'à Penglai. La Chine rouge se trouvait donc privée d'accès à l'océan. Seule la baie de Bo Hai, à l'est de Pékin, offrait un maigre débouché sur la mer du Japon. La Chine blanche bloquait tout accès à la baie de Corée et à la mer de Chine orientale, sans espoir de voir la situation évoluer favorablement dans un avenir proche. Mais Chu avait échafaudé un plan audacieux, qui l'amenait aujourd'hui dans le bâtiment de l'Assemblée du peuple.

On frappait toujours à la porte et une voix féminine finit par l'interpeller. Chu cligna des yeux, redescendit sur terre et sortit des toilettes. Une femme en uniforme se tenait dans l'encadrement de la porte, l'air courroucé. Elle portait un pantalon vert olive et une longue tunique assortie, ornée des épaulettes d'officier de l'Armée populaire de libération, ainsi qu'une fourragère dorée témoignant de son appartenance à l'état-major central. L'uniforme ne nuisait pas à son élégance naturelle, car elle était grande et mince. Ses cheveux brillaient d'un reflet noir sous l'éclairage puissant de la pièce. Le lieutenant Mai Sheng regardait Chu fixement.

— Vous allez être en retard, commandant. Allons-y.

Chu lui adressa machinalement un signe de tête et la suivit le long d'un couloir richement décoré. Il se préparait mentalement à la réunion à laquelle il allait participer lorsqu'une remarque de Mai Sheng, lancée par-dessus son épaule, eut raison de sa concentration.

— Vous ne devriez pas passer autant de temps à vous admirer dans la glace, commandant. Cela fait plutôt partie de mes attributions.

— Pardon, lieutenant, que dites-vous?

Il était suffisamment sorti de sa rêverie pour saisir le ton de ses paroles. Elle avait parlé d'une voix hésitante, avec un léger tremblement. Il la regarda longuement, mi-surpris, mi-agacé.

— Rien, commandant, répondit-elle doucement, en esquissant un sourire.

Chu ne lui rendit pas son amabilité. Il connaissait Mai Sheng depuis toujours : leurs pères avaient servi ensemble. Longtemps, Chu ne l'avait pas vraiment remarquée. Elle n'était qu'une enfant, une amie de la famille, une sorte de petite sœur sans intérêt et il était occupé à ses études. Dix ans plus tôt, cependant, juste avant que la guerre civile n'éclate, Mai, alors en première année d'université, avait été mobilisée et affectée à l'état-major de la marine. La guerre était imminente et il ne pensait pas à l'amour, mais il s'était senti amusé, et même flatté, de réaliser que Mai flirtait avec lui, levant sur lui des regards qui en disaient long, lui touchant le bras, riant à tout ce qu'il disait. La timidité passée de la jeune fille avait disparu, laissant la place au charme d'une jeune femme accomplie. Un jour qu'il s'était éclipsé en prétextant un rendez-vous avec Lo Yun, son navigateur, il n'avait pu s'empêcher de remarquer qu'elle le suivait des yeux. Aujourd'hui, il réalisait enfin son attachement pour la jeune femme, sentiment qui se faisait jour au plus mauvais moment.

Il se mordit les lèvres et s'obligea à revenir à la réalité. Il était sur le point de participer à la réunion la plus importante de toute sa vie, une circonstance sans doute grosse d'une guerre future. Mai Sheng en redevint d'un coup l'aide de camp qui l'escortait. Ils atteignirent enfin le bout du couloir. Deux gardes rouges se tenaient de chaque côté d'une double porte d'acajou sculpté, énorme, massive. Tous deux se mirent au garde-à-vous et saluèrent.

— Nous voici arrivés, commandant. Elle avait troqué son beau sourire contre un masque de circonstance, comme si ses sentiments avaient rejoint ceux de Chu.

L'un des gardes ouvrit une porte sur une obscurité caverneuse. Un épais revêtement phonique en mousse tapissait les murs. Les pas s'étouffaient dans la moquette. Le plafond, recouvert du même matériau isolant, n'était qu'obscurité. À cinquante pas de la porte, une rangée de six sièges capitonnés faisait face à un écran de cinéma géant. Une maquette au quart du *Poignard Sanglant* reposait sur une table. De l'autre côté de l'écran se trouvait le sous-marin lui-même. Un escalier recouvert d'un tapis rouge menait jusqu'au panneau avant, un autre permettait d'accéder au panneau supérieur. Sorti de son élément, exposé ainsi dans une salle, le submersible paraissait gigantesque. Un podium occupait l'espace libre entre la maquette et l'écran. Chu s'en approcha et examina le projecteur avec lequel il allait présenter sa conférence, sans se rendre compte de la présence près de lui du lieutenant Mai.

— Il faut que je vous parle, dit-elle calmement.

— Pas maintenant, répondit-il, en revoyant mentalement le discours qu'il avait l'intention de tenir au président Yang, à l'amiral Loen et au général Feng.

— Nous avons une heure devant nous.

— Pourquoi m'avez-vous dérangé, dans ce cas ? Je pensais que mon intervention était prévue pour 14 heures.

Il avala difficilement sa salive, se demandant si Mai souhaitait aborder un sujet personnel, pour lequel il ne se sentait pas prêt. Il réussit pourtant à conserver une impassibilité parfaite.

— La réunion a été reportée à 15 heures. Mais je dois vous informer d'une circonstance récente, dont il faut que vous ayez connaissance pour votre exposé. Le président lui-même n'est pas encore au courant.

Chu se raidit et la regarda fixement.

— Nous venons de découvrir que le Japon se prépare à un exercice de grande envergure dans le Pacifique. Dans dix jours, la force d'autodéfense japonaise va faire appareiller six sous-marins du type Soleil Levant. Ils terminent leurs essais et leur entraînement individuel avant de réaliser une simulation de combat sous-marin contre sous-marin.

Chu manqua de s'étouffer.

— Comment savez-vous cela ? Quelle foi pouvons-nous accorder à cette information ? Quels sont vraiment les objectifs de cet exercice ?

Mai Sheng sourit et répondit aussi rapidement que possible.

Le président Yang Pow avait plus de quatre-vingts ans. Sa faiblesse pour la nourriture n'était un secret pour personne, aussi était-il affligé d'un bel embonpoint. Pendant un voyage aux États-Unis trente ans auparavant, il avait goûté un double cheese-burger, qui avait constitué une sorte de révélation dans sa vie. Malgré sa corpulence et son âge, il montrait la dignité et la force d'un empereur de haut lignage. Avec la grâce surprenante de certains obèses, il s'approcha prestement de la salle de réunion. Yang avait un visage rond et ouvert, que l'âge commençait à marquer. Les poches profondes et sombres qui avaient toujours cerné ses yeux commençaient à s'accentuer. Son regard noir pétillait d'intelligence derrière de larges lunettes à monture d'écaille sombre. Les verres minces ne corrigeaient presque rien mais le bruit courait que Yang cherchait simplement à se donner une contenance en portant ces lunettes.

Yang tenait les rênes du pays depuis presque dix-huit ans. Les huit premières années, avant l'agression de Taiwan, s'étaient écoulées sans anicroche.

Menée par un général charismatique répondant au nom de Wong Chen, l'Armée blanche du nouveau Kuomintang avait quitté son île et était entrée dans Shanghai, déjà en pleine rébellion. Pékin ne s'était pas d'emblée ému outre mesure de cette situation, mais Shanghai était rapidement tombée aux mains des Blancs. Ceux-ci débarquèrent aussitôt une incroyable quantité d'hommes et de matériels dans le grand port de la ville. Lorsque l'Armée populaire de libération put enfin s'organiser pour résister et tenter de reprendre l'offensive, les Blancs disposaient déjà d'une tête de pont solidement implantée sur le continent chinois.

La guerre faisait rage depuis six mois lorsque les

Blancs entamèrent une percée profonde en territoire communiste. Yang, soumis à d'énormes pressions, refusa d'utiliser l'arme atomique contre l'envahisseur. Il estimait que l'usage du feu nucléaire sur son propre territoire aurait pour effet de pousser le peuple dans les bras du nouveau Kuomintang. Sévèrement critiqué, il assistait, impuissant, à la retraite de l'Armée populaire de libération que les Blancs, forts de leur supériorité matérielle et tactique, obligeaient petit à petit à se replier vers le nord. Cependant, les armes nucléaires étaient restées dans leurs silos, malgré les dissensions qui divisaient la Chine.

Yang avait obtenu l'arrêt des hostilités en négociant une trêve avec Shanghai. Il permit à l'Armée blanche de conserver sa position sur la côte orientale mais la força à abandonner ses prétentions territoriales au nord et à l'ouest en échange du secteur de Penglai, à l'embouchure de la baie de Bo Hai. En moins d'un an, l'Armée blanche avait vaincu, du moins en apparence, forçant l'Armée populaire de libération à se replier. Elle instaura une vraie démocratie sur le continent asiatique, se tourna vers l'Occident et occupa les villes les plus riches, comme Hong Kong ou Tsingtao.

Yang attendait calmement que la chance tourne pour reprendre l'avantage. Il avait laissé à l'ennemi le temps de savourer sa victoire et de relâcher sa vigilance. Ainsi, la Chine blanche oublierait la guerre et le passé et, lorsqu'elle s'y attendrait le moins, il lancerait une offensive fulgurante depuis l'ouest et rejetterait l'ennemi à la mer.

Malheureusement, un obstacle majeur se dressait en travers de son plan. Le reste du monde ne resterait pas insensible à l'agression de la Chine blanche par la Chine rouge. Les Occidentaux viendraient à la rescousse, en particulier les Américains, ces éternels empêcheurs de tourner en rond. Ils engageraient dans l'affaire des porte-avions, des transports de troupes, des bâtiments de débarquement, des chars, des parachutistes, des hélicoptères, des chasseurs et Dieu sait quoi, encore.

Sans une force navale puissante, sans la maîtrise des océans, Yang savait ne pas pouvoir gagner la guerre contre ces traîtres de Blancs. Plusieurs dizaines d'années auparavant, un certain Alfred Thayer Mahan avait beaucoup publié sur le sujet de la bataille navale. Il n'avait cessé de répéter que pour gagner une guerre, il était indispensable de contrôler les voies de communication maritimes, les veines et les artères du commerce sur mer. En cette année 2007, l'analyse semblait toujours aussi pertinente.

Yang n'entrevoyait aucune solution possible à brève échéance. Il ressentait à présent les effets de l'âge, ses os lui semblaient plus fragiles et son corps trahissait l'usure. Du fond de leur tombeau, son père et le père de son père s'affligeaient de la dépossession territoriale qui humiliait la patrie. Il s'était consolé un temps en se persuadant que la Chine blanche n'était pas viable à terme. Mais aujourd'hui, il commençait à douter. Était-il possible qu'il entrât dans l'histoire comme le président qui avait accepté le viol et la partition de la Chine ?

Son aide de camp, le lieutenant Mai Sheng, officier de renseignement dans l'Armée populaire de libération, marchait deux pas derrière lui sur sa gauche. Mai l'avait suivi depuis sa première affectation à Suchow, pendant la guerre civile. Elle se trouvait au front lorsque les bataillons de chars de l'Armée blanche avaient forcé l'Armée populaire de libération à reculer. Alors même, elle avait continué à faire du renseignement. Elle avait été blessée et capturée durant la bataille, s'étant révélée une combattante retorse et acharnée, animée d'un idéal glorieux et d'idées neuves. Mais elle représentait plus encore. Vingt-cinq ans plus tôt, Yang avait rencontré Xu Meng, la mère de Mai, une femme belle et solitaire. Bien que leur relation fût restée secrète, des mauvaises langues avaient fait remarquer que Mai Sheng ressemblait certes beaucoup à sa mère mais également, de façon curieuse, à Yang lui-même.

Yang s'était fait un double serment : il veillerait

sur la vie et la carrière de Mai et il le ferait dans le plus grand secret. Ces précautions s'étaient révélées inutiles, car Mai affichait une compétence glaciale et mettait un point d'honneur à conserver son indépendance. Si protéger sa carrière s'était révélé facile, il en était allé tout autrement pour sa vie, et il avait dû user de toute son influence pour la faire nommer aide de camp. Elle avait accepté cette situation pendant un an, mais semblait dernièrement désireuse d'être à nouveau affectée dans une unité combattante. Il ne pourrait pas la retenir beaucoup plus longtemps et l'heure était peut-être venue de la laisser voler de ses propres ailes. Mais les soucis que lui causait la jeune femme devaient s'effacer devant les activités du moment, la conférence du capitaine de frégate Chu Hua-Feng.

Yang avait décidé d'assister à cette conférence non pas en raison de l'intérêt qu'elle semblait présenter, sans doute assez mince, mais plutôt à cause de l'insistance étrange que Mai avait déployée pour le convaincre d'y consacrer une heure.

À droite de Yang se trouvait le général Feng Yuk, chef d'état-major de l'Armée populaire de libération. À sa gauche était assis l'amiral Loen Dun, chef d'état-major de la marine, ou du moins de ce qu'il en restait. Lorsque l'Armée blanche avait pris le contrôle de la côte Est, seul le port de Lushun, ex-Port-Arthur, au nord de la baie de Bo Hai, était resté accessible. Bloquée, la flotte ne pouvait franchir le passage entre Lushun et Penglai. Depuis lors, peu de bâtiments avaient pris la mer et leur entretien se réduisait à presque rien. Les corvettes, les frégates et les porte-hélicoptères restaient amarrés à quai, où ils rouillaient et se délabraient peu à peu. La marine de l'Armée populaire de libération avait virtuellement cessé d'exister.

À l'entrée de la salle de réunion, les deux gardes rouges se figèrent au garde-à-vous, saluèrent, puis l'un d'eux ouvrit la porte. Yang et sa suite pénétrèrent dans la salle obscure, où régnait une température inférieure de dix degrés à celle du couloir.

Lorsque le battant se referma derrière lui, Yang se trouva plongé dans le noir total. Il commença par maudire ses yeux et son âge avant de réaliser qu'il se trouvait réellement dans une pièce sans aucun éclairage.

Un spot isolé s'alluma soudain, inondant de lumière un énorme engin qui ressemblait à un bateau, ou plutôt à un sous-marin. Encore ! se dit Yang, qui se voyait ramené quelques années en arrière.

Un second projecteur illumina une maquette du submersible, coupée en deux afin d'en montrer l'intérieur. Tandis qu'une fanfare tonitruait dans le fond de la salle, les deux projecteurs s'éteignirent lentement et le bleu de la mer apparut sur l'écran. Le plan s'élargit petit à petit, révélant que les images avaient été prises à travers le pare-brise d'un très gros avion. Quelqu'un prit le président par le coude et l'accompagna jusqu'à un fauteuil confortable, dans les coussins duquel il s'enfonça profondément. Le regard rivé sur l'écran, il restait subjugué par les images de l'amerrissage de l'hydravion. La caméra et le micro devaient avoir été fixés sur la tête du chef de mission, tant on aurait cru se trouver à la place du commandant de bord.

Yang n'en croyait pas ses yeux en regardant le film de l'appontage du *Poignard Sanglant* sur le sous-marin coréen. Des hommes descendirent par le panneau ouvert et abattirent les membres de l'équipage au pistolet automatique, comme de vulgaires cibles de carton. Les dernières minutes montraient le chef de mission qui sabordait le *Dae Gu* puis se précipitait pour s'échapper. Lorsque le panneau du submersible s'ouvrit brusquement sur l'immense panorama de la mer, Yang applaudit bruyamment pour manifester sa satisfaction. Feng et Loen suivirent son exemple et les trois hommes se répandirent en commentaires approbateurs.

Mais Chu n'avait pas encore terminé. L'écran s'anima de nouveau. Un journaliste de Shanghai apparut en gros plan. Il annonça la mystérieuse disparition du sous-marin coréen *Dae Gu.* On n'avait retrouvé de lui que sa bouée de détresse, qui avait émis un signal d'alerte. L'image s'estompa en un fondu au noir et les lumières de la salle se rallumèrent faiblement, tandis qu'un projecteur éclairait l'estrade. Un capitaine de frégate s'y tenait, resplendissant dans son uniforme sombre rehaussé de galons d'or sur les manches et de barrettes de décoration sur la poitrine.

— Monsieur le président, général, amiral, je suis le capitaine de frégate Chu Hua-Feng. La dernière fois que je me suis présenté devant vous, je sollicitais le financement du sous-marin dont vous venez de suivre les exploits.

Je ne vous ennuierai pas plus longtemps avec les détails concernant l'entraînement de l'équipage du *Poignard Sanglant.* Je souhaite cependant porter un autre événement à votre connaissance. Dans dix jours, six sous-marins nucléaires d'attaque japonais vont appareiller de Yokosuka. Ce sont des bâtiments de pointe, de la classe Soleil Levant.

Chu jeta un regard à Mai Sheng, qui lui sourit.

— Je propose de déployer le *Poignard Sanglant,* ainsi que les autres unités de submersibles, afin de nous emparer des Soleil Levant. Une fois que nous les aurons saisis, nous prendrons position en mer de Chine orientale et empêcherons les Occidentaux de venir en aide aux Blancs. Si nous contrôlons la mer de Chine orientale, les forces terrestres de l'Armée populaire de libération devraient réussir à reprendre Hong Kong, Tsingtao et Shanghai.

Le président Yang fixait l'orateur en fronçant les sourcils. Quand il se leva, la tension se lisait sur son visage. Il marcha lentement, menaçant, en direction de l'estrade. L'officier soutint son regard sans ciller. Lorsque Yang arriva près de Chu, il lui donna une accolade soudaine, en lui tapant dans le dos et en riant. L'atmosphère dans la salle se détendit instantanément et Chu croula sous les applaudissements et les encouragements des officiers généraux et de Mai Sheng.

— Commandant Chu, dit Yang, de sa voix sonore, à partir de ce moment, vous ne porterez plus l'uniforme d'un simple capitaine de frégate, je vous élève au grade de contre-amiral. Mes félicitations pour votre promotion !

Chu leva les yeux vers le lieutenant Mai Sheng. Elle lui adressa un signe d'encouragement et un beau sourire. En dépit de sa modestie naturelle, Chu sentit qu'il venait d'énoncer le plan qui leur donnerait la victoire sur les Blancs et qu'il en serait la cheville ouvrière.

2

Mercredi 23 octobre
Pacifique Ouest, 200 kilomètres au sud de la baie de Tokyo

Le tout nouvel amiral Chu Hua-Feng sommeillait dans le siège du pilote de l'hydravion Tupolev TU-187, les mains croisées sur le ventre, bien calé contre le dossier, un masque en tissu noir sur les yeux. L'hydravion roulait faiblement sur la mer calme. Seule la ventilation bourdonnait doucement, balayant le cockpit d'un courant d'air frais aux senteurs marines.

Chu rêvait : dans une lumière sépia, il arpentait les coursives du porte-avions de son père, en sa compagnie. Le soleil de ce samedi matin projetait des ombres sur les ponts du bâtiment. De sa voix d'enfant de cinq ans, Chu ne cessait de poser des questions. Il voulait tout connaître, tout apprendre : ce qu'était un missile, à quoi l'engin pouvait servir, comment l'utiliser ? Son père lui répondait patiemment, calmement, comme si son interlocuteur avait été un membre important du gouvernement. Mais il ponctuait ses explications de petits noms tendres de son cru : « mon petit guerrier » ou « jeune soldat Chu ».

Soudain, entre une batterie de missiles et un tube lance-torpilles, son père, le capitaine de corvette Chu Hsueh-Fan se tournait vers lui, se laissait tomber sur un genou et le serrait contre lui.

— Mon petit guerrier, le danger te guette, là-dessous. Il faut te dépêcher, tu dois en finir rapidement. Si tu attends trop longtemps, ils viendront te chercher et ils sont forts.

— Mais père, que veux-tu dire ?

— Dépêche-toi, mon fils. Finis-en rapidement. Ne tarde pas.

— Je ne comprends pas, gémit Chu.

— Voici une photo satellite, amiral, lui dit son père, dont le visage se brouilla et devint indistinct.

— Pardon ?

— Du nouveau, amiral, répéta la voix. Vous êtes réveillé ?

Chu enleva son masque et cligna des yeux. Le visage du copilote se trouvait tout près du sien. Chu le repoussa doucement, releva le dossier de son siège et se redressa.

— Redites-moi ça ? demanda Chu, encore dans son rêve. Il sentait qu'il avait entrevu quelque chose d'important mais n'arrivait pas à déterminer quoi.

— Nous venons de recevoir des informations fraîches, amiral. Le capitaine de frégate Lo va vous présenter le point de la situation sur la console renseignement.

Chu s'extirpa de son siège et se précipita vers l'arrière. Encore mal réveillé, il peinait à garder l'équilibre malgré la faible amplitude du roulis de l'hydravion.

Lo Sun était sanglé dans un fauteuil profond en face de la console panoramique. Chu s'accroupit devant l'écran central : on y voyait un port presque à la verticale. L'excellente résolution de la photo satellite permettait de distinguer nettement trois bâtiments, qui laissaient trois sillages phosphorescents sur l'eau sombre et calme d'un chenal profond. Les navires avaient l'air bizarre, sans étrave effilée ni arrière bien net. En forme de cigare, gris foncé, ils contrastaient à peine avec l'eau environnante. Chu contemplait avidement la photo de son futur bâtiment, prêt à prendre le large. Il n'allait pas tarder à s'en emparer et à en prendre le commandement. Ensemble, tous les deux, ils allaient écrire l'histoire.

Le laser bleu-vert accrocha la coque qui avançait lentement devant eux, à moins de deux cents mètres sur l'avant. Chu pointa les caméras d'approche dans la direction du bâtiment.

L'amiral poussa le joystick des commandes moteur vers l'avant et le *Poignard Sanglant* accéléra. Bientôt, Chu sentit son submersible secoué violemment par les turbulences du sillage du gros sous-marin, qui croisait alors à moins de cent mètres devant lui. Même à cette vitesse réduite, la pompe-hélice carénée du Soleil Levant provoquait de violents remous dans la mer. La puissance nécessaire pour propulser les 8 000 tonnes de ces gros bâtiments perturbait un grand volume d'eau sur une distance de plusieurs milles. Conformément à son plan, Chu approchait prudemment le Soleil Levant sur son quart tribord arrière, pour ne pas passer trop près du propulseur. La violence des turbulences du sillage pourrait lui faire perdre le contrôle du *Poignard Sanglant* et le précipiter contre la coque du Soleil Levant, sur laquelle il risquait de s'endommager. Le *Poignard Sanglant* se faisait ballotter alternativement vers le fond puis vers le haut, en direction de la surface. Le pilote automatique réussissait encore à corriger la navigation et à maintenir le submersible en position à peu près stable.

Au-dessus de sa tête, par le hublot hémisphérique, Chu distinguait les vagues bleues du Pacifique. Malgré la transparence de l'eau et une visibilité d'au moins cinquante mètres, l'amiral n'apercevait toujours pas le Soleil Levant, juste devant lui. À proximité de la surface, il n'avait pas besoin d'allumer les projecteurs.

La distance décroissait régulièrement. Le télémètre laser indiqua 80, 70 et bientôt 60 mètres. Chu s'efforçait de distinguer l'arrière du sous-marin japonais, si fort que ses yeux larmoyaient de tension. Il cligna des paupières, pensant avoir découvert quelque chose. Le *Poignard Sanglant* ne se trouvait pas au-dessus du Soleil Levant, ainsi qu'il s'y attendait, mais largement en dessous. Il avala sa salive et regarda la forme lisse qui s'approchait dans un halo bleuté. Bien qu'il connût par cœur chacune des caractéristiques techniques des sous-marins japonais de la classe Soleil Levant, il ne put s'empêcher de s'étonner de la taille et du diamètre du bâtiment. Un appontage à proximité de la surface n'allait pas être une partie de plaisir... Lentement, il tira sur son joystick pour remonter.

L'ordinateur estimait le Soleil Levant en route au 2-4-0 à 8 nœuds, une vitesse de croisière confortable, pourtant déjà à la limite des possibilités manœuvrières du *Poignard Sanglant.* Chu naviguait maintenant à 30 mètres d'immersion et la moindre succion exercée par la houle risquait de le forcer en surface et donc de se faire voir, ce qui conduirait inéluctablement à l'échec de sa mission. D'un autre côté, il pouvait également se faire aspirer vers le bas par le sillage du Soleil Levant et heurter bruyamment la coque de celui-ci. Dans les deux cas, Chu perdait le bénéfice de l'effet de surprise.

L'amiral était sur le fil du rasoir, risquant l'accident des deux côtés. Les éléments se liguaient contre lui, mais il avait déjà vécu ce genre de situation. À l'entraînement, il avait apponté des dizaines de fois sur divers sous-marins réels, en immersion profonde ou au voisinage de la surface. Au simulateur de la base de Lushun, il totalisait plus de 200 posés dans toutes les configurations possibles, y compris à l'immersion périscopique. Et il avait réussi à s'emparer du sous-marin coréen. Chu se persuada que ça allait marcher cette fois encore.

Il fit remonter un peu le *Poignard Sanglant* et commença à gagner sur le Soleil Levant, toujours en route et vitesse stables. L'énorme bâtiment naviguait à l'immersion périscopique, roulant doucement d'un bord sur l'autre, poussé par une faible houle. Le moment était venu d'entrer dans la zone dangereuse, la mince tranche d'eau comprise entre le pont du gros bâtiment et la surface. Chu se sentait en symbiose parfaite avec son submersible, ne faisant qu'un avec l'ordinateur de bord. Les yeux écarquillés, les narines dilatées, le front dégoulinant de sueur et la respiration haletante, il se sentait pareil à un rugbyman courant à l'essai. Par le hublot, en dessous de lui, il distinguait maintenant la coque sombre. Le reflet argenté des vagues vira soudain au blanc éclatant. Sur la coque presque noire miroitaient des traits de lumière, comme la toile animée et scintillante qui brille au fond des piscines. Le soleil avait dû sortir de derrière un nuage, se dit Chu.

Un filet de sueur coula de son front, l'obligeant à cligner des yeux. Il serra les dents et fit descendre doucement son submersible lorsqu'il sentit qu'il se rapprochait trop de la surface. Au moment où il réussissait à s'arracher de la succion de la houle, il se retrouva aspiré vers le bas. Cette lutte incessante pour conserver l'immersion risquait d'épuiser les batteries du *Poignard Sanglant* s'il ne parvenait pas à se poser rapidement. Chu fit à nouveau le vide dans son esprit. Son univers se limitait en haut aux vagues, en bas au sous-marin, et aux images virtuelles de l'écran. Pour la première fois depuis que le *Poignard Sanglant* se trouvait juste au-dessus du Soleil Levant, Chu prit le temps de jeter un coup d'œil aux données affichées par le calculateur. L'un des nombres donnait la distance qui les séparait de l'arrière du massif du sous-marin. Un second indiquait leur distance au panneau de sauvetage arrière, juste sur l'avant des barres en X.

Tout d'abord, Chu ne comprit pas. Distance au panneau négative, il s'était trop avancé. L'arrière du massif était encore loin sur l'avant mais le panneau se situait maintenant derrière lui. Lorsque la jupe de transfert du *Poignard Sanglant* se trouverait exactement à la verticale du panneau de sauvetage, l'arrière du submersible se placerait entre les barres de plongée du Soleil Levant, du moins si les données fournies par Mai Sheng se révélaient exactes. Chu réduisit sa vitesse afin de laisser le *Poignard Sanglant* reculer lentement par rapport au Soleil Levant. La position très reculée du panneau de sauvetage et la proximité de la pompe-hélice rendaient l'approche beaucoup plus délicate qu'avec le bâtiment coréen. Heureusement, ce sous-marin japonais possédait un revêtement anéchoïque plus épais que celui du *Dae Gu*. Cette « peau de dauphin », conçue pour réduire la traînée et absorber les émissions sonar, amortirait le choc si le *Poignard Sanglant* heurtait la coque. Peut-être, pensa-t-il, serait-il préférable d'en profiter pour se poser tout de suite et se laisser glisser au contact de la coque plutôt que de gaspiller de l'énergie à ajuster la manœuvre.

Les chiffres continuèrent à défiler sur l'écran jusqu'à ce que la jupe de transfert se trouve à moins de deux mètres de la position estimée du panneau. Chu activa la caméra vidéo de la jupe de transfert puis passa les commandes au pilote automatique pour la phase finale de l'appontage. Mais dès que Chu lâcha le joystick, le *Poignard Sanglant* se mit à vibrer et à osciller violemment. L'amiral lâcha une bordée de jurons et reprit les commandes en manuel, anxieux et irrité. Trompés par le revêtement anéchoïque, les senseurs ne pouvaient déterminer exactement l'emplacement du panneau d'accès.

Chu décida de recommencer complètement l'approche et mit de la puissance en avant pour se dégager de la pompe-hélice toute proche avant de ralentir à nouveau. Il savait à présent qu'il devrait apponter en manuel. Au bout de cinq minutes épuisantes, il ramena le submersible dans la même position qu'auparavant et se stabilisa à proximité du panneau de sauvetage. Il manœuvrait le *Poignard Sanglant* pour centrer l'image du panneau dans le moniteur de la caméra de jupe. Cependant, il dut se rendre à l'évidence. Malgré toute son habileté, il ne pouvait intégrer suffisamment vite l'ensemble des paramètres et agir à temps sur les commandes. Il aurait besoin de l'aide de Lo Sun.

— Second, vite, as-tu une image du panneau ?

— Oui, amiral.

— Très bien, dis-moi ce que tu vois. Je ne peux pas piloter et chercher le panneau en même temps. Le calculateur ne me sert à rien. Au galop !

— Tu es à +2, droite 1,6...

— Nom de Dieu, dis-moi seulement de combien venir à gauche ou à droite...

— Ralentis... top, comme ça, un poil à droite... très bien, cinquante centimètres en avant, encore, encore... Maintenant ! Descends et pose !

La jupe de transfert claqua en touchant la tôle de la plate-forme d'appontage à l'arrière du Soleil Levant.

— Non, nous avons bougé. Il faut reculer, dix centimètres, peut-être moins. N'admets pas encore.

Chu réduisit à peine la puissance en avant. L'effet de succion provoqué par le Soleil Levant maintenait le *Poignard Sanglant* en contact avec la coque. Bientôt, Lo annonça un centrage correct. Chu remplit le petit régleur afin d'alourdir son submersible et de rester plaqué contre la coque glissante. Il réduisit encore un peu la puissance des moteurs. Le *Poignard Sanglant* ne bougeait plus et restait bien collé au Soleil Levant. Il dépressurisa la jupe et l'assécha à l'aide d'une pompe électrique qui rejetait l'eau à la mer. À une profondeur plus importante, la pompe aurait introduit l'eau de la jupe dans les régleurs du *Poignard Sanglant,* afin de ne pas consommer trop d'énergie.

La caméra ne montrait plus que quelques centimètres d'eau dans le logement du panneau supérieur du sas de sauvetage. Chu réduisit lentement la propulsion du *Poignard Sanglant.* La pression hydrostatique devait maintenant suffire à elle seule pour souder littéralement les deux sous-marins l'un à l'autre. Il appréhendait une défaillance de la jupe, qui aurait entraîné une séparation des deux bâtiments, mais la liaison résista. Enfin, Chu put ouvrir les disjoncteurs d'alimentation des moteurs. Il déboucla son harnais et s'extirpa à grand-peine de la couchette du pilote. En faisant jouer ses membres engourdis, il s'aperçut qu'il était trempé de sueur des pieds à la tête. Il se passa la main sur le front et accepta la serviette et la bouteille d'eau que lui tendait l'un de ses hommes.

Lo, qui avait passé une demi-heure crispé devant le moniteur de la caméra d'appontage, refit le plein d'énergie en s'étirant. À l'exception de Chu, de Lo et de Wang, le pilote qui devait ramener le *Poignard Sanglant* à l'hydravion, les hommes avaient déjà enfilé leurs appareils respiratoires. Ils ne s'en débarrasseraient qu'en arrivant dans le compartiment vie, à l'avant du Soleil Levant. Chu et Lo s'équipèrent à leur tour.

— Ouvrez le panneau de la jupe, ordonna Chu.

Lo déverrouilla la pièce d'acier qui remonta doucement, mue par son ressort de compensation. Cinquante centimètres plus bas, à l'intérieur de la jupe de transfert, des gouttes d'eau brillaient sur la plateforme du sas de sauvetage du sous-marin. Au centre, Chu aperçut le trou destiné à recevoir la clé ISO. Lo fit passer l'outil à Chu, comme une infirmière tendrait un scalpel à un chirurgien. Chu l'introduisit dans le carré de manœuvre et commença à forcer dans le sens des aiguilles d'une montre, contrairement au sens normal de l'ouverture d'un sectionnement. Rien ne se produisit. Les Japonais auraient-ils cadenassé l'accès ? Possible, après tout : cette descente donnait dans le compartiment diesel et batterie d'un sous-marin en plongée. Si le panneau était verrouillé, Chu ne pourrait pas pénétrer à bord.

Le volant finit par bouger, de façon à peine perceptible. Chu regarda Lo, avec une expression à la fois posée et autoritaire.

— Paré, second ?

Lo Sun prit une profonde inspiration, enfila son masque et passa le reste de l'équipe en revue.

— Paré pour l'abordage, amiral.

— Démarrez le chronomètre, à mon commandement, ordonna Chu.

Il abaissa son masque, les hommes s'approchèrent du panneau.

— Trois, deux, un, go!

Inquiet de ce qu'il allait trouver en bas, l'amiral tira le panneau vers lui.

3

Le panneau du sas se verrouilla en position ouverte. L'air chaud de l'intérieur du Soleil Levant s'engouffra dans la jupe froide et humide du submersible. Pas une lumière en vue, Chu n'apercevait qu'une gueule béante et sombre.

L'amiral actionna un interrupteur placé sur son harnais et ajusta la hauteur de sa lampe. Il sentait son cœur cogner dans sa poitrine et le sang battre à ses tempes. Dans son masque, sa respiration se faisait bruyante. Il devait franchir le panneau le premier, suivi de Lo Sun, puis des six autres officiers de l'équipe de prise. Il n'avait pas besoin d'autant d'hommes que lors de l'attaque du sous-marin coréen. Les Soleil Levant, fortement automatisés, n'embarquaient qu'un équipage réduit, qui vivait dans un compartiment exigu. Chu avait réparti les participants à la première mission entre les six submersibles, afin qu'ils partagent leur expérience avec ceux qui allaient exécuter l'opération pour la première fois.

Le panneau permettait d'accéder au local diesel et batterie, sur l'arrière du compartiment réacteur. Aucune radioprotection ne séparait les deux espaces. Les Chinois ne pouvaient malheureusement pas pénétrer par le sas avant car celui-ci se trouvait trop près du massif pour permettre un appontage en route libre et le submersible n'aurait pu éviter une collision. Avant tout, il fallait couper le réacteur nucléaire s'il voulait que son équipe survive aux radiations. Évidemment, cela n'allait pas manquer d'alerter les Japonais. Mais il n'avait pas le choix, c'était un risque à courir.

Les images d'une expérience organisée par la direction des services de santé de l'Armée populaire de libération lui revinrent en mémoire, un peu floues. Il s'agissait d'étudier les réactions d'un homme exposé à de fortes doses de radiations. Un prisonnier de guerre était apparu sur l'écran, à l'entrée du compartiment réacteur de la centrale électrique de Wuhan. Poussé par des motivations inconnues — des proches incarcérés, la promesse d'un traitement plus humain peut-être —, le prisonnier ouvrit le sas d'accès et pénétra dans le compartiment, dans lequel le cœur du réacteur à pleine puissance produisait la vapeur qui alimentait les turboalternateurs, mais aussi un déluge de rayons gamma, des neutrons, des particules alpha. Comme le prisonnier descendait l'escalier qui menait au niveau inférieur, ses cheveux se dressèrent sur sa tête. En bas des marches, l'homme s'était déjà recroquevillé sur lui-même et son visage osseux avait enflé à en faire éclater ses joues. Sa chair irradiée se boursouflait de liquide tandis que des poches de gaz se formaient à l'intérieur de ses tissus.

Devenu instantanément aveugle, le prisonnier trébucha sur la dernière marche. Il chercha son chemin en tâtonnant devant lui d'une main atrocement déformée tandis que, de l'autre, il se protégeait les yeux. Sa peau avait viré au violet foncé, son corps n'avait plus forme humaine. Il tomba à genoux, le visage contre la caméra qui continuait à filmer. La peau en avait noirci, ses yeux de plus en plus enflés étaient collés. Un instant plus tard, sous l'effet des gaz accumulés dans les tissus, il explosa littéralement, projetant sang et organes à plusieurs mètres de distance.

Chu se faufila par le panneau. Du pied, il trouva le premier barreau de l'échelle et descendit dans le noir. Sa lampe lui révélait un puits étroit équipé d'une échelle, quelques câbles et des tuyaux. La descente, chemisée d'aluminium poli, pour autant qu'il pouvait en juger, était trop sombre pour que Chu puisse en estimer la hauteur.

L'amiral s'arrêta un peu en dessous du portage du panneau et chercha la commande d'arrêt d'urgence du réacteur. Les services de renseignement décrivaient une grande poignée en T mais restaient vagues quant à sa position exacte. D'après Mai, il existait également un circuit d'arrêt d'urgence actionné par l'ouverture du panneau supérieur du sas. Cependant, ce circuit avait évidemment été étudié pour fonctionner à quai, au cas où un homme sur le pont tenterait de pénétrer dans le compartiment diesel alors que le réacteur était en puissance. À la mer, ce circuit inutile devait certainement être désactivé. Qui pouvait s'attendre à voir le panneau s'ouvrir en immersion ? Chu pensait donc que le réacteur devait continuer à fonctionner. Jusqu'à ce qu'il trouve ce foutu interrupteur, son équipe et lui se trouveraient exposés à une dose mortelle de neutrons et de rayons gamma.

Il se retourna vivement. D'une main, il s'accrochait à l'échelle et de l'autre, il tâtonnait pour chercher la commande. Il pensa avoir senti quelque chose près de la charnière du panneau. Il trouva un bouton rond. Dans le halo de sa lampe, ce commutateur ne ressemblait en rien aux croquis fournis par les taupes du Service. Il devait s'agir de l'interrupteur d'éclairage du compartiment, qui pouvait fort bien être relié à une alarme ou à un interphone, ce qui anéantirait l'effet de surprise.

Sur sa droite, Chu découvrit un terminal d'ordinateur dans le faisceau de sa lampe, l'objectif d'une caméra, plusieurs petits écrans, un clavier et une rangée de touches de fonctions codées. Chu se détourna. La commande d'arrêt d'urgence devait se trouver à proximité du panneau. Elle devait normalement être peinte en rouge ou rayée jaune et noir... À moins que les services de renseignement ne se soient trompés, songea-t-il, pris d'une crainte soudaine, et que cette commande n'existe tout simplement pas sur ce bâtiment.

Il leva la tête et aperçut Lo penché vers lui dans le cercle lumineux du panneau ouvert. Chu se força au calme et suivit du regard la circonférence de la descente. Il finit par trouver un tableau de l'autre côté du ressort du panneau, au milieu duquel se détachait une poignée en T rouge brillant, accompagnée d'une inscription en Kanji japonais.

Chu se pencha pour l'atteindre et essaya de la manœuvrer. Rien ne se produisit. La commande ne bougea pas. Il regarda l'inscription, se força à nouveau au calme et à la concentration et réalisa son erreur. Il fallait tirer sur la poignée pour la dégager de son logement avant d'exercer un mouvement de rotation. Ce qu'il fit, attentif aux bruits environnants. Il ne perçut aucun changement. Sans doute le réacteur s'était-il déjà arrêté automatiquement dès l'ouverture du panneau.

Mais même dans ce cas, le danger persistait. Juste après la mise en alarme, la puissance résiduelle devait atteindre six pour cent environ. Le niveau de radiations serait moins intense mais encore mortel en cas de séjour prolongé dans le compartiment. Il faudrait des années pour que les produits de fission achèvent leur période radioactive et que le local puisse à nouveau être considéré comme complètement sûr.

— Allons-y! hurla Chu dans le micro de son masque.

Il se dégagea des barreaux de l'échelle et se laissa glisser le long des montants. Le puits descendait de deux niveaux et s'élargissait dans sa partie basse. Il distingua rapidement le panneau inférieur du sas. Il se pencha et tourna le volant chromé de l'ouverture circulaire. Le temps qu'il actionne le dispositif, le reste de la section l'avait rejoint. Lorsqu'il releva le panneau, la lumière crue du compartiment diesel envahit le sas. Il remarqua une échelle qui permettait de rejoindre une étroite coursive au sol recouvert d'un caillebotis métallique.

Chu se faufila par le panneau et se laissa glisser sur le caillebotis. En attendant le reste de la section, il sortit son AK-80 de la poche de son gilet et y logea un grand chargeur de 20 cartouches. Il régnait une chaleur étouffante dans le compartiment bourré de matériel, l'endroit était éclairé *a giorno*. Chu se demandait le pourquoi d'un tel éclairage et supposa que les Japonais devaient en avoir besoin pour les caméras de télésurveillance chargées de repérer les voies d'eau, les fuites d'huile ou tout autre incident inhérent aux machines. Dessous, il distinguait deux autres niveaux de caillebotis. Il se trouvait maintenant à la verticale du sas de sauvetage, coincé entre l'arrondi de la cloison arrière du sous-marin et un équipement encombrant et massif. Le diesel de secours ou le local batterie, pensa Chu, qui réalisa aussitôt qu'il n'avait pas le temps de faire du tourisme. Une autre caméra surveillait le panneau inférieur du sas. Chu l'examina longuement, inquiet. Le comité de réception allait avoir le temps de s'organiser.

Cette idée l'aiguillonna et lui redonna de l'allant.

— Allons-y ! Dépêchez-vous !

D'un signe, Chu intima à ses hommes l'ordre de le suivre vers tribord, là où la coursive permettait d'accéder vers l'avant. Chu ployait sous le poids de son barda mais se mit quand même à courir.

Le caillebotis s'arrêtait devant la cloison avant et continuait transversalement vers le milieu du compartiment. Chu tourna à gauche et continua sa progression jusqu'à trouver une porte étanche, l'accès au compartiment réacteur, qu'ils devaient traverser. Au-dessus de la porte, un écran rouge affichait des caractères japonais clignotants.

— Qu'est-ce que ça veut dire ? demanda Chu à Lo, qui comprenait le japonais. L'amiral, lui, maîtrisait le coréen et l'anglais.

— « Danger, rayonnements. »

— Allons-y !

— Amiral, tu crois que le réacteur est toujours en fonction ? demanda Lo en fronçant les sourcils.

— Aucune importance, Lo. De toute façon, cette cloison ne nous protège pas des rayonnements. Les flux gamma et neutrons sont presque aussi intenses de chaque côté et ce local est irradié autant que le compartiment réacteur. Si la chaufferie est toujours en puissance, quoi que nous fassions, nous sommes morts.

Il s'avança près du mécanisme d'ouverture de la porte et tourna le volant chromé. Les verrous s'effacèrent lentement, jusqu'à ce que le volant arrive en butée. Chu poussa la porte étanche. Il enjamba le surbau et pénétra rapidement dans le compartiment réacteur.

Par rapport à celle du compartiment machines, l'atmosphère chaude et humide du compartiment réacteur était étouffante. Malgré un éclairage tout aussi intense que dans le local diesel, l'encombrement le faisait paraître plus sombre. Les diverses capacités et les tuyaux projetaient des ombres étranges. Chu arriva juste derrière une grande masse d'acier aux parois arrondies qui s'élevaient sur trois niveaux, probablement la mince protection biologique entourant la cuve du réacteur. Chu contourna la capacité par la droite mais le cheminement se terminait en cul-de-sac, le long de la coque. Il fit volte-face, se fraya un passage parmi les hommes qui franchissaient la porte et bifurqua vers bâbord. Il longea trois énormes cylindres d'acier inoxydable, les pompes primaires, d'après les gars du Service, et continua vers l'avant. La voie se rétrécit encore lorsque Chu approcha des jambes chaudes du circuit primaire, où circulait du métal liquide. Il atteignit enfin les quatre générateurs de vapeur, situés le long de la cloison avant. Chu se faufila pour atteindre une nouvelle porte étanche, qui donnait sur le compartiment des turboalternateurs. Au moment où Chu saisissait le volant d'ouverture, un claquement sec résonna derrière lui.

Plusieurs claquements identiques se suivirent en peu de temps. Chu manœuvra frénétiquement le système d'ouverture de la porte. Selon toute vraisemblance, les bruits devaient provenir des moteurs de commande des barres de contrôle du réacteur. Wang, le pilote du *Poignard Sanglant*, devait déjà avoir refermé les panneaux et commencé à remplir la jupe pour se libérer du Soleil Levant. L'automatisme devait maintenant permettre le redémarrage du réacteur. Chu se précipita par l'ouverture et cria à ses hommes de se dépêcher. L'image du prisonnier se liquéfiant dans la centrale de Wuhan lui traversa l'esprit et il se précipita vers l'avant, le plus loin possible de la source de rayonnement. Ils devaient franchir la dernière porte avant que le réacteur ne se remette à cracher.

Chu atteignit enfin la cloison, un peu désorienté. Une porte étanche lui barrait le passage et une échelle menait à une seconde porte, un pont plus haut. Malgré l'urgence de sortir du compartiment au plus vite, Chu se força à s'arrêter pour réfléchir. Il se rendit compte qu'il respirait à toute vitesse, hors d'haleine. Il ne devait lui rester que très peu d'air, maintenant. Il se représenta mentalement les plans longuement étudiés avec Mai. Aucun ne montrait de seconde porte étanche au niveau milieu. Préférant en rester à son plan initial, il se dirigea vers la porte du niveau inférieur. Il saisit la poignée du volant et pesa de toutes ses forces, en pure perte.

Bon Dieu, pensa Chu. La porte était verrouillée, de toute évidence pour protéger l'équipage dans le compartiment habitable. Il était pris au piège avec son équipe à proximité du cœur d'un réacteur nucléaire en train de diverger. Dans quelques minutes, ils allaient tous connaître le même sort que le prisonnier de la vidéo.

Une forte voix électronique, à l'intonation féminine pourtant harmonieuse, sembla les envelopper. Lo Sun regarda Chu, les yeux écarquillés.

— Qu'est-ce qui se passe ? cracha Chu.

— Amiral, je crois que le réacteur est critique.

Nous sommes morts, pensa Chu en sentant les poils de ses bras se hérisser.

Chu abandonna les efforts pour ouvrir la porte inférieure, qui se révélaient inutiles.

Le système d'ouverture avait de toute évidence été cadenassé de l'autre côté pour des raisons de sécurité et il n'avait aucune chance de réussir à tirer à travers ou de le faire sauter.

— En haut ! ordonna Chu, vaguement conscient que sa voix restait égale et autoritaire, malgré la peur mortelle qu'il sentait monter dans son ventre. Si Lo avait bien compris, le réacteur, à peine critique, devait déjà cracher une quantité très importante de radiations. Mais le pire restait à venir. Avant de pouvoir produire suffisamment d'énergie pour propulser le sous-marin, la puissance du réacteur devrait augmenter d'un facteur mille. Ils devaient sortir immédiatement.

Il fonça vers l'échelle, derrière Lo et l'enseigne de vaisseau Li Xinmin. Lo gémit sous l'effort en tournant le volant du panneau, qui ne bougea pas. Chu saisit deux des quatre branches du volant de ses mains moites et s'arc-bouta. Lo attrapa les deux autres et les deux hommes unirent leurs efforts. Chu appuya de toutes ses forces, conscient de jouer sa dernière carte. Tandis qu'il luttait contre le volant, il se demanda si, comme le racontait la légende, il verrait défiler les principaux épisodes de sa vie juste avant de mourir. Rien de bien passionnant probablement, mais il éprouva pourtant un regret, celui de ne pas avoir su nouer un contact plus intime avec Mai Sheng. Il chassa cette pensée de son esprit et poursuivit son effort. Épuisé, il finit par abandonner et se laissa glisser sur le pont.

— Nous sommes pris au piège, amiral, commenta Lo.

Chu le regarda, trop épuisé pour répondre.

— Tous au volant, chacun sur une branche et poussez ensemble quand je vous le dirai, gronda Chu dans le micro de son masque.

Il sentait sa respiration se faire difficile, sa réserve d'air était presque épuisée. Il s'était relevé et lisait le désespoir sur le visage de Lo Sun. Six hommes s'étaient attelés au volant, serrés les uns contre les autres, épaule contre épaule. Ils se gênaient mutuellement sans doute plus qu'ils ne s'entraidaient. Mais que faire d'autre ?

— Maintenant ! Ensemble ! cria Chu.

Les hommes luttèrent, une respiration bruyante accompagnait leur effort. Chu les regardait, en proie à un sentiment de découragement, de peur et de frustration, mêlé à une rage refoulée. Il allait crier lorsque les hommes s'arrêtèrent. Deux d'entre eux, épuisés, se laissèrent tomber sur le sol et il se trouva à court d'air. Son détendeur siffla une dernière fois et Chu aspira en vain.

De colère, il arracha son masque, qui dégoulinait de sueur et de salive, et tenta de le jeter sur le pont. Le masque rebondit au bout de son tuyau, qui s'enroula autour de son cou et de sa tête et vint le frapper au visage de l'autre côté. Subitement, il entrevit une solution. À cette idée, il se mit à rire. Trois éclats de rire brefs, qui lui coupèrent la respiration avant qu'il ne se plie en deux. Ses hommes le regardaient fixement, le croyant devenu subitement fou.

La solution était toute simple. Chu avait bien remarqué un curieux mécanisme sur le moyeu du volant mais, sous l'effet de la panique, il n'y avait pas prêté attention. À présent, la lumière se faisait dans son esprit. Tout était même devenu tellement limpide que Chu ne se contrôlait plus.

Tandis qu'il se frayait un chemin vers la porte, une voix forte mais inintelligible résonna depuis la cloison avant.

— Est-ce que c'était la diffusion générale ? demanda-t-il à Lo. Qu'est-ce que ça disait ?

— Amiral, souffla le second, qui arrivait également au bout de sa réserve d'air, le réacteur est en puissance. Nous sommes tous en train de griller vivants.

— Garde ton sang-froid, Lo, siffla Chu avec mépris.

Chu approcha son visage jusqu'à presque toucher

le volant de manœuvre. Un doigt monté sur un ressort venait s'encastrer dans une gorge usinée sur l'axe du volant. Une petite poignée chromée permettait d'actionner une tige qui dégageait le doigt de sa gorge. Une simple sécurité mécanique ! La porte d'accès n'était pas entravée mais simplement verrouillée, pour empêcher une manœuvre intempestive ! Chu poussa la poignée chromée d'une main, en tournant le volant de l'autre. Celui-ci pivota sans aucun effort, comme s'il avait été graissé le matin même.

Les verrous se dégagèrent et la porte s'ouvrit rapidement vers l'intérieur du compartiment vie, à l'avant. La situation venait de tourner brutalement à leur avantage. Les Chinois ne se battaient plus pour survivre. Au moment où ils allaient griller comme des souris dans un four à micro-ondes, ils étaient parvenus à s'échapper du compartiment réacteur. Ils allaient maintenant donner l'assaut et s'emparer du sous-marin ennemi. Quel changement ! De gibier pris au piège, Chu redevenait le chasseur.

L'amiral se retint de se précipiter vers l'avant, à l'abri des radiations. Il lui fallait encore quelques secondes pour que ses hommes et lui-même puissent se préparer. Il tourna le dos à la porte et déposa ses bouteilles d'air sur le caillebotis, à côté de lui. Tout en tirant son AK-80, il fixa calmement les membres de son équipe. Ses hommes, toujours en proie à la même panique que celle que Chu ressentait encore quelques instants auparavant, réalisèrent immédiatement ce qu'il était en train de faire. Ils se débarrassèrent à leur tour de leur harnachement et mirent en marche leurs radios VHF. Sans un mot, Chu les regarda chacun l'un après l'autre puis se retourna.

Il posa la main sur le surbau de la porte, prêt à se lancer à l'assaut. Une demi-douzaine d'officiers de la force d'autodéfense maritime japonaise, probablement armés, devaient l'attendre de l'autre côté. Son pouls s'accéléra, sa respiration se fit plus courte. Il ne pouvait plus reculer, maintenant.

4

Le capitaine de frégate Suruki Gama sentit un froid glacial lui nouer l'estomac. Ce jour tant attendu, cette première sortie de la nouvelle escadrille des sous-marins Soleil Levant se révélait certes fertile en événements, mais des événements qui, tous, semblaient devoir très mal tourner.

Peut-être était-ce à cause de la manière dont avait commencé la journée. Un coup de téléphone l'avait réveillé à une heure du matin. La voix électronique féminine du « Commandant Bis », le système informatique de son bâtiment, lui rendait compte de la prise des dispositions d'appareillage.

— *Message automatique d'information pour le commandant Gama. Veuillez vous identifier.*

La machine allait répéter inlassablement son appel jusqu'à ce que Gama décline son grade et son nom. Le message l'informait que le réacteur était critique. Gama mit 20 minutes à retrouver le sommeil. Le message de 2 heures annonçait que le réchauffage nucléaire du réacteur était terminé et celui de 3 heures rendait compte du passage à l'autonomie électrique. À 4 heures enfin, le « Commandant Bis » informa Gama que le bâtiment avait largué les câbles de terre et était paré à appareiller. À 5 heures, dès que les premières lueurs du jour filtrèrent entre les rideaux de la chambre, le réveil sonna, sans lui laisser de répit. Gama, à cran, exténué de cette nuit blanche, attrapa le réveil et le balança à travers la pièce.

Arrivé près du quai, il s'était rendu jusqu'à la verrière de l'atelier qui dominait le sous-marin. Son SNA, le premier de la série, portait le numéro de coque SS-403. Gama avait reçu le privilège de le baptiser lui-même. En respectant les consignes de l'état-major, qui voulait que les bâtiments du type Soleil Levant portent des noms de phénomènes naturels, Gama avait attribué au SS-403 le nom de *Tempête Arctique*. Le nom d'un bâtiment destiné à naviguer en haute mer revêtait pour tous les marins une signification hautement symbolique et, pour des raisons indéfinissables, celui-ci plaisait à Gama.

Le bâtiment avait la forme d'un cylindre trapu, sensiblement plus large, par rapport à sa longueur, qu'il n'était d'usage dans la conception traditionnelle des sous-marins nucléaires d'attaque. Le massif, au bord d'attaque arrondi et au bord de fuite en lame de couteau, s'élançait au-dessus du pont. Haut d'environ la moitié du diamètre de la coque épaisse, il dominait largement le bâtiment. De la passerelle, tout en haut, on apercevait les extrémités des safrans supérieurs des barres en X arrière, à la fois barres de plongée et barres de direction. Hormis les petits hublots supérieurs du massif et les ouvertures des panneaux d'accès et de sauvetage, la coque apparaissait lisse et sans marque d'identification d'aucune sorte. Sous le matériau anéchoïque qui le recouvrait, l'acier à haute limite élastique de la coque prenait le grain serré d'une peau de requin.

Après avoir échangé quelques mots avec son second, l'amiral Tanaka, le chef d'état-major de la marine monta à bord et salua Gama chaleureusement avant de jeter un coup d'œil aux écrans du « Commandant Bis ». Il s'éclipsa au bout de quelques phrases. Gama le suivit du regard. Il savait que le vieil homme avait perdu son fils unique durant le blocus américain [1]. Pensif, le commandant rejoignit alors la passerelle et fit appareiller le *Tempête Arctique.*

Parvenu 100 kilomètres plus au sud, Gama fit descendre à 100 mètres. Cinq heures plus tard, les essais terminés, le bâtiment croisait à grande vitesse en immersion maximale et Gama déclencha une manœuvre d'autoprotection torpille. Le « Commandant Bis » prit le contrôle du sous-marin et exécuta les commandes nécessaires en l'espace d'une fraction de seconde. La coque gémissait sous l'effort et la pression tandis que le bâtiment roulait fortement à

1. Voir *Coulez le Barracuda !*

chaque manœuvre. Une petite erreur d'un dixième de degré dans le contrôle de l'assiette pouvait envoyer le sous-marin sous le seuil critique d'immersion, là où la pression de l'eau l'écraserait comme un œuf. Une heure plus tard, le sous-marin remonta à l'immersion périscopique pour prendre la liaison avec l'état-major de Yokosuka et suivre la vidéo-conférence que l'amiral Tanaka avait organisée pour tous ses commandants. C'est à ce moment que le cauchemar avait commencé.

Le réacteur s'était automatiquement mis en alarme. Gama avait interrompu la connexion vidéo et s'était précipité au CO. Il s'était personnellement installé au pupitre énergie pour rechercher la cause de l'avarie. Derrière lui, son chef mécanicien insistait pour lancer le diesel de secours, mais Gama l'écarta d'un geste sec. Il localisa enfin le problème au niveau du contacteur du sas de sauvetage arrière, ce qui n'avait aucun sens. Le délestage de l'usine électrique au moment de l'alarme avait coupé l'alimentation de toutes les caméras de surveillance du bord. Lorsque la batterie avait pris le relais et réalimenté le système, le sas paraissait sec, bien que le contacteur ait enregistré une ouverture et une fermeture de la porte inférieure.

Au même moment, le sous-marin commença à se comporter bizarrement, comme alourdi sur son arrière. Après trois minutes de dialogue avec le « Commandant Bis », le calculateur rendit compte d'une soudaine augmentation de poids au niveau des barres arrière quelques minutes avant la mise en alarme. Ce poids supplémentaire paraissait s'appliquer exactement au niveau du sas de sauvetage.

Fumio Sugimota, le second, était devenu livide. Il avait suggéré que cet alourdissement pouvait avoir été causé par l'appontage d'une sorte de DSRV. Suruki Gama avait commencé par ne pas y croire. L'idée d'un commando essayant de s'emparer de son bâtiment en plongée lui paraissait grotesque. Mais il avait dû changer d'avis lorsque la caméra du niveau milieu du compartiment vapeur avait montré l'image de ce qui semblait être un groupe de plongeurs, tous armés de pistolets-mitrailleurs, massés devant la porte avant. Comme dans un rêve, il se surprit à donner automatiquement une rafale d'ordres secs pour repousser l'invasion de son sous-marin.

— Jintsu, prenez le quart, ordonna Gama au chef sécurité plongée, assis devant la console de pilotage.

Il détacha son harnais, laissa tomber son écouteur sur le sol et sortit précipitamment du CO.

Tandis que Gama courait vers l'arrière en toute hâte, la voix du « Commandant Bis » résonna dans tout le compartiment.

— *Réacteur critique.*

Au moins le chef de la sécurité avait-il pu récupérer le réacteur nucléaire. Au même moment, les ventilateurs redémarrèrent. Dans un ronronnement sourd, ils soufflaient des torrents d'air glacé dans les cheveux trempés de sueur de Gama. Un problème de moins, pensa le commandant.

Au milieu de la coursive qui menait à la chambre de Gama, à quelques pas de l'échelle qui permettait d'accéder au niveau milieu, la porte du carré s'ouvrit brutalement et trois officiers surgirent, Sugimota en tête. Il tenait dans chaque main un fusil automatique R-35, tendit sans un mot l'une des armes à son commandant et descendit derrière lui.

Contrastant avec le décor spartiate du niveau supérieur, le pont milieu apparaissait plus cossu. Des appliques diffusaient une jolie lumière sur les cloisons lambrissées. Des grappes de raisin et des feuilles de vigne s'entrelaçaient sur la moquette à fond bleu. L'échelle débouchait dans la coursive centrale. Du côté droit, une rangée de portes s'ouvrait sur les chambres des officiers. Sur la gauche se situait la zone vie, la cuisine et la cafétéria, qui pouvait servir de salle de conférences ou de gymnase pour l'équipage. La coursive continuait vers l'arrière et se terminait en cul-de-sac sur une discrète porte lambrissée, dissimulée dans l'habillage de la cloison, qui permettait d'accéder au compartiment réacteur.

Gama s'arrêta, conscient du désavantage sévère

que présentait sa position, bien qu'il connût son bâtiment dans ses moindres recoins. Il repensa à ses années de *midship*, aux entraînements commando avec la force d'autodéfense, aux longues courses à travers bois, casqué, le visage grimé d'un camouflage vert sombre, fusil automatique R-35 à la main. Comme un enfant jouant à la petite guerre... Il ressentait aujourd'hui la même pression qu'à l'époque, mais il avait en plus l'estomac serré par la peur d'être dépossédé de son commandement, de perdre le bâtiment qui lui avait été confié, formidable engin d'un milliard de yens dont l'entière responsabilité lui incombait. Sans se l'avouer, il sentait également la mort très proche.

Gama s'efforça de chasser ces idées noires de son esprit. Il ne faillirait pas à sa mission, il assumerait avec honneur son devoir de commandant.

Il continua à donner ses ordres d'une voix puissante, dure comme de l'acier, parfaitement assurée.

— Second, place-toi près de la porte du compartiment vapeur. CGO, allongez-vous à l'entrée de la chambre trois. Toshio, restez dans l'encoignure de la porte de la cafétéria. Je reste ici et je couvrirai Sugimota. Lorsque les hommes du commando pénétreront, vous tirerez tous vers le bas. Ils vont entrer en rampant, s'attendant à ce que vous visiez plus haut. Est-ce bien clair ?

Devant l'imminence du combat, tous retrouvèrent soudain leur assurance. Ils s'empressèrent de rejoindre leur position, sans se rendre compte de la lutte intérieure qui déchirait Gama.

Le capitaine de corvette Umigiri, le jeune CGO, fixa le commandant, maîtrisant sa peur. Gama lui jeta un coup d'œil intense, surpris qu'un officier si jeune puisse afficher un tel contrôle de ses émotions.

— Commandant, et si ces hommes étaient envoyés par l'amiral Tanaka pour nous tester ?

— Impossible, aboya Gama, en progressant vers l'arrière derrière Sugimota. J'en aurais été averti. Assez de discussions ! Relevez le cran de sûreté de vos armes ! Le moment de vérité est arrivé...

Chu allait ouvrir la porte lorsqu'une voix féminine résonna dans un haut-parleur situé au plafond.

— *Réacteur critique,* annonça la voix japonaise.

— Que dit-elle ? demanda Chu à Lo. Dans l'instant qui suivit, la réponse vint d'elle-même. Le silence sépulcral qui régnait à bord du sous-marin s'abolit dans le ronronnement sourd du conditionnement d'air, qui redémarrait.

— Le réacteur est critique, dit Lo, en lui jetant un regard.

— Tenez-vous prêts, ordonna calmement Chu. Une défense est peut-être déjà en train de s'organiser, il vaut mieux se méfier. Préparez vos armes ! À mon signal... Trois, deux...

Chu fut surpris de s'apercevoir qu'il était parfaitement résigné à mourir. Jamais auparavant, même lorsqu'il s'était éjecté de l'épave en flammes de son Yak au-dessus de la baie de Bo Hai, il ne s'était senti aussi proche de la fin. Aujourd'hui, il devinait la mort de l'autre côté de cette porte blindée. Il avait l'impression qu'une voix martelait dans son crâne : *Chu Hua-Feng va mourir.*

À cette pensée, une colère brutale l'envahit et il se sentit furieux contre lui-même, contre cette mission pourrie, contre les meurtriers de son père, contre les Japonais et contre la vie elle-même. Une boule de feu semblait le consumer de l'intérieur. Un rictus sadique lui tordit la bouche.

Dans un cri de rage, il tourna le volant, déverrouilla, poussa la porte d'un violent coup d'épaule et fit irruption dans le compartiment, faisant feu de son pistolet-mitrailleur muni d'un silencieux.

Juste devant la porte, Fumio Sugimota leva son R-35, le doigt sur la détente. La sûreté était levée, le chargeur à poste, une balle dans le canon.

La porte s'ouvrit brutalement vers lui, avec une force inimaginable. De toute l'inertie due à sa masse, elle frappa Sugimota à l'avant-bras et le fit pivoter sur lui-même. Avant que le commandant en second n'ait pu réaliser que son bras était cassé, la porte claqua sur le mur de la coursive, rebondit sur la butée en caoutchouc, lui revint dans la figure et lui explosa le nez.

Il lui sembla discerner des silhouettes dans l'ouverture de la porte. L'une d'entre elles hurla un aigre cri de guerre. Juste avant que la porte ne lui revienne dans la figure, Sugimota essaya de tirer. Il n'entendit pas le claquement sourd d'une courte rafale, quatre cartouches de 9 mm subsoniques tirées par un AK-80.

Il ne sentit pas non plus les balles qui transperçaient sa poitrine, son bras, le haut et le bas de son dos. Il lui sembla qu'on le repoussait violemment vers la porte. Il eut ensuite l'étrange impression de flotter, son corps désarticulé ne se soutenant plus. Il tombait au ralenti vers le sol. Le motif compliqué de la moquette, entrelacs sombre de grappes de raisin et de ceps de vigne, lui sautait au visage. Il n'y avait jamais prêté attention, mais maintenant qu'il plongeait dessus, plus rien d'autre n'existait. Le motif envahit l'espace et se mit à vibrer quand Sugimota heurta le sol, avant de s'immobiliser.

Le second continuait à regarder le dessin des feuilles de vigne, s'étonnant d'y porter un tel intérêt, tandis qu'une sorte de peinture se répandait sur le motif. Au même moment, il sentit le froid l'envelopper, comme s'il était couché dans la neige. Le rouge de la moquette vira en une sorte de brun terne et le vert clair de la vigne s'estompa en un beige sale. La lumière de la coursive diminuait. Les images s'effaçaient doucement, comme celles d'un téléviseur en panne. Bientôt, il ne distingua plus qu'un magma noir et mat qui se transforma en vapeur. Puis il ne resta rien, Sugimota disparut dans le néant.

La porte claqua sur le côté, avec plus de difficulté que ce à quoi s'attendait Chu.

Il s'aperçut qu'elle avait projeté un officier japonais contre la cloison. Sans cesser de crier, Chu se tourna un court instant vers cet homme et, d'un mouvement souple, orienta son AK-80 vers lui. Il effleura la détente suffisamment longtemps pour que l'arme crache quatre projectiles, qui transpercèrent la poitrine du Japonais. Un pointillé rouge étoila aussitôt sa combinaison orange.

Instinctivement, Chu dirigea son arme vers le deuxième homme présent dans la coursive. Durant une fraction de seconde, il distingua un individu svelte, également vêtu d'une combinaison orange sur laquelle étaient cousus de nombreux écussons et insignes, qui tenait un fusil automatique à deux mains et visait ses genoux. L'arme du Chinois, presque d'elle-même, tira trois rafales. La poitrine de l'homme se constella d'impacts. Il pivota sur lui-même puis se figea. Pour Chu, le temps paraissait suspendu, il lui sembla que l'homme mettait l'éternité à s'écrouler sur le pont. Chu n'attendit pas. Encore dans l'haleine de son cri, il chargea l'homme qui s'effondra enfin, autant sous l'effet du coup de boutoir que sous celui des balles.

Suruki Gama leva les yeux et se trouva face à son pire cauchemar.

La porte s'était ouverte avec une telle violence qu'il pensait que l'assaillant avait utilisé une grenade. Encore que l'explosion résonnât de façon étrange : un hurlement de fureur, à peine humain, un cri perçant qui paraissait venir directement du tréfonds des enfers. En s'ouvrant, la porte avait projeté Sugimota comme un fétu de paille et l'avait écrasé contre la cloison. Un long et mince fantôme, tout de noir vêtu, portant à hauteur de poitrine une lampe qui éblouissait, avait surgi dans l'ouverture. Un rictus macabre montrait une langue rouge contre la blancheur de ses dents.

Derrière lui se tenaient d'autres silhouettes noires, toutes armées de pistolets-mitrailleurs. Gama leva son R-35 vers les assaillants. Avant qu'il ait eu le temps de tirer un seul coup de feu, des taches rouges constellèrent son côté droit. Étonné, il regarda son sang couler sur la cloison. Il réalisa soudain que son champ de vision se limitait à cette image. Le reste du local et l'ensemble du sous-marin avaient disparu, les hommes avaient quitté la cafétéria, l'abandonnant seul face à un mur lambrissé taché de sang.

Le cri ne cessait pas. Gama ressentit quelque chose comme un bulldozer qui lui rentrait dedans. Il s'effondra sur le pont. Une profonde brûlure lui déchirait le côté. Sa chute lui sembla interminable. La moquette montait lentement vers lui, la pièce pivota jusqu'à ce que le sol lui paraisse vertical.

Son oreille droite collée au sol résonnait de bruits de pas, de coups de feu et du sifflement des balles. Le cri du premier assaillant s'arrêta enfin, remplacé par des plaintes saccadées, quelque part au-dessus et derrière lui. Il pensa apercevoir une botte tout près de ses yeux, noire, sans lacets... Il la fixa en aveugle.

Une main toucha sa joue, des doigts rêches, courts et tièdes faisaient tourner son visage. Le monde se renversa, bascula autour de lui. Il reconnut le plafond, une forme floue et sombre accroupie à son côté, juste deux yeux et la fente de la bouche. De cette bouche sortaient des sons puissants et gutturaux. Gama ne pouvait pas cligner des yeux, le regard exorbité vers le plafond. La main se retira de sa joue et le monde autour de lui se remit à tourner, jusqu'à ce que son champ de vision se réduise de nouveau à la moquette et à la cloison lambrissée, les deux commençant à se confondre.

Sa langue pendait hors de sa bouche jusqu'à toucher la moquette, lui communiquant une sensation de râpeux, un goût métallique. Toujours incapable de remuer les paupières, il restait immobile et finit par avoir l'impression d'être allongé dans de l'eau glacée ; le froid l'envahissait et le dévorait.

Un tunnel d'obscurité semblait se refermer sur son champ de vision. Les couleurs de la moquette et des boiseries s'estompèrent jusqu'à n'être plus que deux ombres pâles que le noir du tunnel finit par absorber complètement.

Il était plongé dans les ténèbres et il lui semblait que le monde avait toujours été ainsi. Il se sentait résigné, oui, exactement... résigné. Voilà bien le mot juste. Et il mourut.

Chu avançait dans la coursive, cherchant des visages, des armes ou des uniformes japonais. La seconde porte sur sa gauche lui livra les trois en même temps : le canon d'un fusil automatique pointé vers le bas, un visage pâle aux yeux sombres qui le fixaient, paniqués, et une combinaison orange. Conditionné par les entraînements et les simulations, Chu agit par simple réflexe. Quatre coups de feu claquèrent, réduisant le visage tout juste entr'aperçu en une bouillie sanguinolente.

Chu fit un écart brusque vers la droite. Il distingua un autre visage, deux yeux bridés, un autre fusil d'assaut. Il tira trois fois et l'arme vola.

Chu jeta un coup d'œil derrière lui. Ses hommes avaient franchi la porte et avançaient lentement. Lo Sun ouvrait les portes de droite d'un coup de pied, une à une, méthodiquement, et fouillait chaque local de fond en comble avant de passer au suivant. Chu reprit sa progression, tous les sens aux aguets, l'arme levée. Il ouvrit brutalement les portes de l'avant de la coursive, sans rien trouver derrière que des locaux vides, à gauche des chambres, à droite le carré ou la cafétéria.

En bout de coursive, il atteignit une porte et une échelle métallique étroite qui desservait l'arrière, sur trois niveaux. Il jeta un regard en haut et en bas avant de faire sauter la serrure d'un violent coup de pied. Il pénétra dans un petit cabinet de toilette aux murs plaqués en inox, équipé de trois WC, de deux douches et de trois lavabos. Personne ici non plus. Chu courut vers la droite et vérifia chacun des WC, qui étaient ouverts et apparemment vides. Une porte placée entre les lavabos attira son attention. Il l'ouvrit, mais n'aperçut que le revêtement de liège anticondensation de la coque. Plusieurs portes donnaient sur des magasins de stockage de matériel et de pièces de rechange. Il fit demi-tour et retourna dans la coursive.

— Li, fonce en bas. Prends Yong avec toi. Zhang, à toi la garde du local de l'ordinateur central. Attention à ne rien détruire ! Xhiu, au PC radio. Lo, au carré du commandant. Chen, tu nettoies la chambre du second. Je passe en premier et je m'occupe du CO. Les officiers chargés des locaux du pont supérieur, vous me rejoindrez au CO dès que vous aurez terminé. Prochain contact radio dans une minute exactement. Attention... Top ! On y va !

Chu empoigna la rambarde d'acier luisant de l'échelle, pivota sur lui-même et escalada les marches trois à trois, immédiatement suivi par une partie de sa section.

Il éjecta son chargeur, bien qu'il dût y rester encore cinq ou six balles, et le laissa tomber. Dans le doute, il préférait se lancer à l'assaut du CO avec un chargeur plein. Le boîtier métallique à moitié vide tomba trois étages plus bas dans un grand bruit de ferraille alors qu'il gravissait les dernières marches de l'échelle. Il fit irruption à l'arrière de la coursive d'accès aux chambres du commandant et du second, tourna un coin et franchit d'un bond les quelques mètres qui longeaient le PC radio. Il arriva devant le rideau de plastique épais retenu par une embrasse. Il connaissait la disposition du local par cœur, ayant lu et relu les documents fournis par Mai Sheng tellement souvent qu'il aurait pu les reproduire de tête.

Sans conteste, la partie la plus délicate de cette opération d'arraisonnement d'un sous-marin en plongée restait la prise de contrôle du PCNO. Y pénétrer en tirant à l'aveuglette risquait évidemment d'endommager des éléments vitaux. Chu se serait alors retrouvé aux commandes d'une épave. D'un autre côté, entrer sans tirer tenait du suicide. La seule solution raisonnable était de jouer de l'effet de surprise pour abattre tous les hommes présents sur les lieux sans leur laisser le temps de réagir.

Chu avait déjà frôlé la défaite et la mort une bonne dizaine de fois, mais il redoutait que cette mêlée qui s'engageait lui soit fatale. Le sous-marin à présent pratiquement sous son contrôle, il risquait encore de tout perdre si un seul officier du CO levait une arme vers lui et tirait.

S'il mourait, sa mission disparaîtrait avec lui. Or,

celle-ci ne se limitait pas à la seule capture du sous-marin, elle incluait aussi l'ensemble du plan de bataille qu'il avait élaboré pour prendre le contrôle de la mer de Chine orientale. Sans Chu, rien ne pourrait se dérouler comme prévu. Bon Dieu ! jura-t-il entre ses dents. Une simple balle et la Chine rouge ne deviendrait jamais la République populaire de Chine. Son grand rêve serait mort-né.

Cette bouffée de pessimisme alimenta sa colère. Aiguillonné par la rage, il investit le PCNO en entonnant son cri de guerre.

Lorsque le capitaine de vaisseau Gama avait débouclé son harnais et s'était précipité hors du CO, il avait passé le quart au lieutenant de vaisseau Teshio Jintsu.

Jintsu avait frémi en se sanglant sur le siège de la console de commandement, dont le cuir était encore chaud. Les mains tremblantes, il avait sélectionné le niveau milieu du compartiment vie sur la surveillance vidéo. Il avait vu les commandos surgir du local réacteur et avait assisté à l'élimination des quatre officiers supérieurs. Il avait entendu le hurlement du premier commando, un homme grand, au visage sombre, qui semblait sortir tout droit d'un cauchemar, les rafales saccadées de pistolets automatiques et l'horrible bruit sourd des hommes qui s'effondraient sur le pont. Les commandos s'étaient avancés jusqu'à l'échelle et Jintsu était rapidement passé sur la caméra de la coursive du niveau supérieur.

Il avait vu le chef du commando courir vers le PCNO, vers lui. Il savait qu'il ne lui restait plus que quelques secondes à vivre. Une plainte sourde lui échappa ; il pleurait des larmes de peur et d'impuissance. Le jeune officier se sentait terriblement mortifié de ne pouvoir se dominer en ces derniers instants de son existence. Il tenta de réfléchir, de se contrôler, mais la panique le submergeait. Comme détaché de tout, il défit lentement son harnais et se leva de son fauteuil, pour aller se terrer dans l'angle le plus éloigné du PCNO, tandis que se décomptaient les ultimes secondes de sa vie.

Teshio Jintsu jeta autour de lui un dernier regard puis il ferma les yeux et enfouit son visage dans les mains.

Chu pénétra dans un local faiblement éclairé. Les ordinateurs bourdonnaient, la ventilation vomissait des torrents d'air glacé et le siège devant la console principale était inoccupé.

Son cri de guerre s'éteignit au fond de sa gorge lorsqu'il se rendit compte que le PCNO était vide. D'un coup d'œil circulaire, il avait parcouru l'ensemble du local à la recherche des Japonais. Il s'avança prudemment pour vérifier la rangée de sièges devant les consoles annexes du CO. Toujours personne. Il escalada la plate-forme du périscope, elle aussi désertée, pour s'assurer qu'il ne se trompait pas. Un regard confirma sa première impression : l'équipage avait évacué le PCNO.

L'AK-80 toujours prêt à faire feu, il se laissa doucement glisser de la plate-forme. Il contournait la console principale lorsqu'il entendit un bruit ténu, une sorte de reniflement étouffé.

D'un quart de tour vers la gauche, il fit face à la cloison tribord. En s'approchant, il aperçut un étroit recoin, bien caché entre la dernière console et la courbe de la cloison avant. Un homme, ou plutôt un gamin, vêtu d'une combinaison orange, s'y était recroquevillé. Le menton posé sur les genoux, roulé en boule, des larmes coulaient de ses paupières fermées. Il levait les deux mains, paumes ouvertes et implorantes, prises d'un tremblement incontrôlable.

Chu pointa lentement son pistolet automatique exactement entre les deux yeux du jeune homme et crispa son doigt sur la détente.

— Putain de vie, finit-il par dire en remettant son pistolet dans son étui.

Il se baissa, saisit la combinaison orange et extirpa le gamin de sa cachette. Il le tira hors du CO jusque dans la coursive et le laissa tomber sur le sol. Le jeune officier tremblait toujours, les yeux clos, les mains devant son visage. Chu sortit son AK-80 et posa le silencieux sur le front du jeune homme.

Ici au moins, il ne risquait pas d'endommager quoi que ce soit. Chu aurait pu tirer un chargeur complet sans causer le moindre dégât au bâtiment. Le Soleil Levant lui appartenait, à présent. Les hommes de son commando s'étaient rassemblés à l'avant du compartiment et Lo Sun lui fit signe que tout allait bien. Ce gamin était le dernier obstacle qui subsistait entre lui et la maîtrise totale du sous-marin.

Il ne pouvait en aucune façon laisser la vie sauve à ce gars-là. Le risque était simplement trop grand. Pas le temps de s'occuper d'un otage et, de toute façon, ses instructions lui interdisaient formellement d'épargner un seul officier japonais.

Chu savait qu'il devait tuer cet homme. Il pressa la détente mais s'arrêta lorsque le gamin se mit à gémir.

Plus Chu le regardait, plus il lui rappelait Lo Yun, le frère de son second, qui avait servi dix ans auparavant comme navigateur à bord de son Yak-36A. Lo Yun avait vingt-trois ans lorsqu'il était mort, à peu près le même âge que ce Japonais.

Le gémissement continuait. Chu ne bougeait pas le canon de son arme. Ses hommes le regardaient fixement.

Le tuer là, maintenant. Une seule balle suffirait et la mission se poursuivrait. Ce serait rapide. Sans douleur. Terminé dans la seconde. Juste une dernière petite affaire à régler et le bâtiment lui appartenait.

— Oh, bordel de merde ! murmura-t-il, se haïssant pour ce qu'il était sur le point de faire. Il plaça le canon de son pistolet sur l'œil droit du jeune homme et appuya lentement sur la détente.

Malgré le silencieux, le coup de feu résonna violemment. La tête du gamin explosa, bouillie sanglante sur le sol, éclaboussures de matière cervicale sur les murs. Plus de visage, ce visage un peu ingénu.

— Lieutenant Wong, nettoyez-moi ça.

Chu rengaina son pistolet et se dirigea vers sa cabine.

Lorsqu'il se retrouva seul, l'amiral Chu Hua-Feng, qui venait de voler le sous-marin *Tempête Arctique* aux forces navales japonaises, nouveau commandant de l'escadrille de sous-marins les plus performants de toute l'histoire, se pencha au-dessus du lavabo et vomit...

Cinq minutes plus tard, il s'effondra sur le sol, les yeux fermés, ne cessant de murmurer : « Mon Dieu... Mon Dieu... »

Chu s'installa devant la console du commandant. Il dut ajuster le harnais à sa corpulence. Le cuir du siège se révélait confortable et l'agencement des consoles semblait bien étudié. Il consacra quelques instants à l'étude des écrans sur lesquels s'affichaient des caractères japonais, y compris celui de la caméra située en haut du massif, où l'on apercevait le ventre argenté des vagues qui se brisaient au-dessus du bâtiment.

Le périscope était rentré. L'équipage japonais l'avait affalé pendant l'assaut. Chu ne savait pas encore comment on le hissait et, de toute façon, il n'avait pas l'intention de le faire.

L'urgence du moment — et il lui semblait ne pas être au bout de ses peines — consistait à comprendre la manœuvre du sous-marin. Le bâtiment ne comportait que peu de boutons, de manches de contrôle, de touches de fonction et d'instruments, simplement un ensemble de terminaux d'ordinateur, d'écrans haute définition et de visualisations holographiques. Ici, impossible de répéter la méthode employée à bord du Los Angeles coréen, où il avait trouvé un manuel des procédures. Il avait poussé quelques boutons, ouvert quelques sectionnements, défini une vitesse de descente et le tour était joué.

Non, ce bâtiment était complètement automatisé. Chu avait réussi à s'en emparer sans l'endommager et sans la moindre égratignure pour son équipe. En contrepartie, le sous-marin poursuivait sa route sous le contrôle exclusif de son informatique sophistiquée. Les documents transmis par les services de renseignement restaient très laconiques à ce propos. De deux choses l'une : soit le système se révélait extrêmement facile à commander, soit c'était sans espoir. En plus, le sous-marin naviguait à l'immersion périscopique, ce qui entraînait des risques de collision, même de naufrage, au cas où un autre bâtiment s'approcherait.

Aveugle et sourd, incapable de comprendre les informations fournies par la merveilleuse machine qu'il venait de s'approprier, Chu ne pouvait réagir.

L'amiral savait qu'il devait descendre au plus vite à l'immersion de sécurité et faire route à l'ouest pour s'éloigner de la flotte japonaise : il était fort possible que celle-ci soit déjà au courant de l'arraisonnement de ses sous-marins par des forces adverses. Il n'avait pas de temps à perdre.

Chu avait envoyé le lieutenant de vaisseau Zhang Peng, son expert en informatique, au local calculateur. Peng, qui avait appris le japonais pour cette mission, devait être en train de faire défiler sur les écrans les notices descriptives des différents programmes de l'interface homme-machine. Cela pouvait lui prendre des semaines avant de pouvoir donner l'ordre le plus simple au calculateur, ou découvrir la procédure de prise de contrôle manuel du sous-marin, sans passer par l'ordinateur.

Chu passa la main dans la brosse de ses cheveux en fixant, impuissant, l'écran de la caméra du massif. Il ouvrit la bouche pour appeler Zhang, mais se reprit et regarda à nouveau l'image. Il avait déjà interrogé l'informaticien à peine trois minutes plus tôt et sa réponse n'avait pas varié : rien de neuf, attendre...

— *À droite cinq, venir au 1-8-5,* collationna l'étrange voix féminine du « Commandant Bis » dans le casque de Chu.

L'amiral avait demandé à Zhang de passer le système en anglais, que tout l'équipage comprenait. Il avait ramassé ce casque sans fil à côté de la console du commandant. Il s'agissait d'un appareil bizarre, composé d'un seul écouteur, d'un micro et équipé d'un appareil étrange pointé vers son œil droit.

En face de Chu, sur un écran situé juste au-dessus du clavier de la console, une animation du sous-marin dans son environnement remplaça soudain le tableau de niveaux des capacités. La représentation paraissait étonnamment réaliste : des vagues laissaient de l'écume à la surface d'une mer virtuelle. Les safrans des barres arrière clignotèrent en rouge. L'image pivota soudain, regardant le sous-marin presque de dessus tandis qu'il amorçait lentement une évolution par la droite. Des chiffres défilèrent sur l'écran : 1-8-0, puis 1-8-5. Une ligne droite marquée 1-8-5 clignota pendant une seconde alors que le « Commandant Bis » annonçait dans l'écouteur :

— *En route au 1-8-5, commandant.*

Chu se demanda ce qu'il était censé répondre.

— Bien, grommela-t-il en haussant les épaules.

— *Ça a l'air de marcher, amiral,* commenta Zhang par l'interphone du local calculateur.

Chu sourit intérieurement. Son plan fonctionnait. Il était temps de rallier une immersion plus sympathique et de mettre le cap à l'est, vers la mer de Chine orientale, pour s'éloigner de cette zone dangereuse. La flotte de surface japonaise n'allait pas tarder à se mettre à la recherche des sous-marins disparus. Une fois suffisamment loin des Japonais, il enverrait un message à l'état-major de l'Armée populaire de libération pour annoncer la bonne nouvelle et tenterait de joindre les commandants des Soleil Levant. Il ordonnerait ensuite aux hydravions de larguer leurs explosifs et leurs cargaisons de débris à la mer. Chacun d'eux emportait des réservoirs de gazole, des morceaux de tissu, des restes de tuyauterie en plastique, des câbles électriques, environ deux tonnes de détritus destinés à gagner du temps et à faire croire aux Japonais que leurs sous-marins avaient coulé.

Le plus urgent était d'apprendre au plus vite à

manœuvrer le bâtiment, à l'utiliser en combat et à faire connaissance avec toutes les fonctionnalités du « Commandant Bis ».

Chu se sentait complètement vidé. Il lui restait pourtant encore des heures et des heures de travail à fournir. Mais tout s'était bien passé jusque-là et l'amiral ressentait une grande fierté à voir son plan, le fruit de son esprit, se dérouler sans anicroche.

DEUXIÈME PARTIE

AVIS DE TEMPÊTE

5

Dimanche 27 octobre
Chantier des constructions neuves de DynaCorp (NEWCON)
Chantier naval de Pearl Harbor
Pearl Harbor, Hawaii

Le vice-amiral Michael Pacino leva les yeux vers la structure de la charpente arrière de son sous-marin. La partie supérieure de la barre arrière était haute comme un immeuble de sept étages au-dessus du fond du dock flottant. Vu sous cet angle, le bâtiment paraissait à la fois gigantesque et bien proportionné. Les lignes pures de sa coque et les angles aigus de l'arrière appelaient l'élan vers la mer, quoiqu'il reposât encore inerte sur les tins de béton du bassin. Ce nouveau bâtiment, dont la conception était due en grande partie à Pacino lui-même, montrait une ligne superbe. Mais aujourd'hui, cette pensée ne suffisait pas à réconforter l'amiral.

Pacino mesurait plus de 1,80 mètre. Vêtu d'un uniforme d'été kaki, portant des chaussures de sécurité noires, il paraissait amaigri. Un aigle surmontant deux ancres croisées, insigne des officiers de marine, décorait son casque de chantier blanc. Au-dessus, trois étoiles indiquaient son grade, en dessous, on pouvait lire « amiral commandant les forces sous-marines ». Trois étoiles d'argent brillaient également au col de sa chemisette et un dauphin d'or, le macaron de sous-marinier, ornait sa poche de poitrine. Une chevalière d'université en or gris, celle d'Annapolis, ornait son annulaire gauche et il portait au poignet sa vieille Rolex de plongée toute rayée. La peau de son visage et de ses bras paraissait tannée par le soleil. Elle montrait en réalité les séquelles d'une mission arctique qui avait mal tourné.

On sentait que, moyennant quelques kilos de plus, son visage aurait été beau. Avec sa maigreur actuelle, ses pommettes trop proéminentes accentuaient un regard vert inquiétant, des lèvres trop pleines, un nez trop droit. Ses cheveux blancs contrastaient avec ses sourcils d'un noir de jais, sa peau mate et son allure jeune. Des rides profondes creusaient le tour de ses yeux, comme s'il avait passé des dizaines d'années à la mer, sur le pont d'un grand voilier balayé par le vent et les embruns. Ceux qui le rencontraient pour la première fois ne pouvaient s'empêcher de le dévisager pour tenter de déterminer son âge. Sa stature, son visage et le ton de sa voix appartenaient à un homme athlétique approchant de la quarantaine, mais il avait la chevelure et la peau d'un pêcheur de plus de soixante ans.

Lui-même s'en foutait. Il essaya de discipliner sa réflexion, sans succès. Âgé d'à peine quarante-cinq ans, il avait l'impression d'en avoir quatre-vingt-quinze. C'était un an plus tôt, presque jour pour jour, qu'il avait reçu ce terrible coup de téléphone. Sa seconde femme, Eileen, remontait de Floride pour le rejoindre à Virginia Beach. Peu après minuit, sur une partie déserte de la 95, en Caroline du Nord, un chauffard avait pris l'autoroute à contresens et percuté la voiture d'Eileen à plus de 170 kilomètres à l'heure. Malgré l'intervention rapide des secours, elle était morte pendant son transfert en hélicoptère vers l'hôpital de Rocky Mount. Pacino avait été prévenu à peine dix minutes plus tard. Malgré l'heure tardive, il se trouvait encore à son bureau, à l'état-major des forces sous-marines et traitait son courrier électronique pour se ménager un peu de temps libre pendant le week-end. Il avait entendu la sonnerie du vidéophone et s'était connecté immédiatement, pensant qu'Eileen lui annonçait son arrivée. Mais au lieu du visage tant attendu, l'écran afficha celui d'un policier, l'air lugubre. Il avait compris immédiatement.

Depuis ce jour, la vie de Pacino avait basculé. Il commandait déjà les forces sous-marines depuis trois ans. Après les obsèques d'Eileen à Boca Ratón, Pacino vécut jour et nuit au bureau, dans des réunions, à bord de ses sous-marins, dans les centres d'entraînement. Il passait des inspections, donnait des conférences sur le NSSN, le nouveau programme de sous-marins d'attaque, et plaidait la cause des forces sous-marines devant le Congrès. Mais il agissait comme un automate. Il pouvait se réveiller à trois heures du matin et aller courir dix, quinze ou vingt kilomètres sur la plage, jusqu'à ce qu'il sente l'étau serrer sa poitrine et la douleur insupportable dans ses jambes. Il rentrait alors dans sa maison sur la plage à Sandbridge et levait de la fonte pendant deux heures, puis courait une heure sur un tapis roulant. Son aide de camp s'était demandé sérieusement s'il n'essayait pas de se suicider comme ça, mais avait rapidement écarté cette idée.

Quand Pacino avait rencontré Eileen, il était cloué au lit à bord d'un navire-hôpital. Il était resté aveugle à la suite du naufrage du porte-avions USS *Reagan*. Eileen était infirmière sur le *Mount Whitney* et avait consacré ses heures de service comme son temps libre à causer avec lui, à lui redonner vie et espoir. Ç'avait été l'époque la plus pénible de sa vie. Il venait de divorcer de Janice, vivait très durement la séparation d'avec son fils, Tony, et ne pensait pas du tout à refaire sa vie. Il comprit qu'il éprouvait un sentiment pour elle bien avant de recouvrer suffisamment la vue pour la découvrir enfin. Elle était intelligente, chaleureuse et amusante. Leur complicité allait de soi et leurs sentiments étaient réciproques.

Ils s'étaient mariés à la chapelle de l'École navale. Douze de ses meilleurs amis avaient formé une haie d'honneur avec leurs sabres. La vie avait repris des couleurs. Il commandait la force sous-marine la plus moderne au monde et il se partageait entre son métier et le grand amour de sa vie.

Elle disparue, il se sentait perdu. Il pensait à elle le soir en se couchant, le matin à son réveil. Quand il parvenait à dormir, c'est d'elle qu'il rêvait. Il souffrait d'une sorte de maladie chronique, inguérissable.

Pour l'oublier un peu, il travaillait douze, quatorze, seize heures par jour. C'était dimanche, aujourd'hui. Pacino avait passé toute la journée sur le dock flottant, absorbé dans sa tâche, essayant de ne pas penser.

Il laissa glisser son regard du sous-marin aux parois du dock flottant, une sorte de couloir géant sans couvercle ni fermeture. Mais on avait installé des panneaux légers de couverture qui masquaient le chantier. Ces panneaux préservaient le sous-marin des intempéries, mais surtout des regards indiscrets, des journalistes et des satellites.

Le bâtiment avait gardé son nom de SSNX (sous-marin nucléaire d'attaque expérimental), premier sous-marin de la classe NSSN (sous-marin nucléaire d'attaque de nouvelle génération). Traditionnellement, le sigle désignant un bâtiment était remplacé par un nom lors de la prise d'armement pour essais par l'équipage. Ainsi le premier bâtiment de la classe SSN-21 avait-il été baptisé *Seawolf*. Mais, malgré les pressions de l'état-major de la marine visant à donner au plus vite à ce sous-marin un nom qui attirerait l'attention des députés et des électeurs, Pacino avait insisté pour que, cette fois-ci, il en soit autrement. Il pensait que le nom déterminait l'avenir d'un bâtiment et qu'il n'avait pas le droit de se tromper. Alors il préférait attendre le plus longtemps possible et les papiers à en-tête ainsi que les ordres officiels portaient simplement le nom de SSNX.

Même dépourvu de nom de baptême, le bâtiment apparaissait formidable, du dôme sonar arrondi jusqu'aux élancements audacieux de la charpente arrière. Plus la construction avançait, plus Pacino mourait d'envie d'en prendre le commandement et de lui faire connaître la mer. Il savait pourtant bien que ce n'était plus là son rôle dans la marine, de plus hautes fonctions le requérant. Mais la seule pensée de pouvoir un jour reprendre la mer le réconfortait dans les heures terribles qu'il traversait.

Pacino regarda l'heure et ne fut pas surpris de s'apercevoir qu'il était déjà près de 20 heures. Il était arrivé tôt le matin et, compte tenu du programme infernal de réunions qui l'attendait le lendemain, il aurait dû aller se reposer. Mais il préférait arpenter le dock déserté à cette heure plutôt que de passer une nouvelle nuit blanche, allongé sur son lit à fixer le plafond. Pacino grimpa lentement une raide échelle métallique. De la plate-forme supérieure du dock, il dominait le sous-marin, sa coque élégante et sa forme élancée qui, même au bassin, paraissait glisser sur l'eau.

Une autre raison expliquait sa présence fréquente à Hawaii plutôt que sur la côte Est. Trop de souvenirs lui rappelaient Eileen à Norfolk ou à Groton, dans le Connecticut, où la coque avait été ébauchée. Pacino avait œuvré pour que la construction du SSNX se termine à Pearl Harbor. Disposant maintenant d'un certain poids face aux bureaucrates de Washington, il avait eu gain de cause. La coque avait été placée dans un dock flottant que l'on avait remorqué jusque dans le Pacifique. Aujourd'hui, le sous-marin était presque terminé. Il restait à installer l'électronique, le système de combat et les tubes lance-torpilles. Une fois ces travaux achevés, ce serait le baptême de l'eau. Il faudrait ensuite compter un an pour la réalisation des aménagements intérieurs. Pacino se donnait une année pour tenter de reconstruire sa vie personnelle avant de repartir vers l'est. Peut-être aurait-il alors récupéré suffisamment d'énergie, mais pour le moment il se contentait de s'occuper de sa flotte et de la construction de son sous-marin. Une fois le SSNX admis au service actif, il pensait donner sa démission pour céder la place à son adjoint, le contre-amiral David Kane, l'ancien commandant du *Barracuda*.

En laissant son regard errer sur le sous-marin, Pacino se demanda s'il aurait vraiment le courage de démissionner. Kane avait l'envergure nécessaire pour prendre ce commandement, il n'en doutait pas. Peut-être était-il temps pour lui de quitter la marine et de tourner une nouvelle page de sa vie. Mais il ressentait l'indéfinissable sensation qu'il laisserait derrière lui quelque chose d'inachevé. Bien que cela n'eût aucun sens, il s'accrochait à ce fil d'espoir ténu que l'action lui procurait. Peut-être trouverait-il dans l'accomplissement du projet l'apaisement dont il avait soif.

Il rentra à sa chambre de la base comme un automate, s'éveilla de même le lendemain matin, fit sa toilette machinalement et enfila un uniforme blanc. Une fois à son bureau, il tenta de se concentrer sur l'écran de son WritePad où se lisait un rapport traitant une fois de plus d'un problème critique concernant le Cyclops, le système de combat du SSNX.

Il fit pivoter son fauteuil et regarda par la fenêtre. Les stores étaient partiellement ouverts et les vitres fumées empêchaient que la lumière d'automne ne gêne la lecture des écrans. Il était tout juste six heures du matin et le soleil se levait sur le Pacifique. La journée promettait d'être longue. À sept heures et demie, briefing d'état-major, suivi, à huit heures quinze, d'une vidéoconférence avec Norfolk, une autre vidéoconférence avec le Pentagone à neuf heures et demie, une réunion de chantier à dix heures et demie, deux rendez-vous pendant l'heure de midi et encore cinq réunions l'après-midi. Après cela, une fois le calme revenu, Pacino devrait fournir encore six heures d'un travail qu'il ne pouvait déléguer. Et en plus, son secrétaire particulier avait demandé sa soirée...

Les réunions du matin se déroulèrent comme à l'accoutumée. Apparemment, la situation internationale restait calme et la presse n'avait rien de bien intéressant à se mettre sous la dent. La vidéoconférence avec le Pentagone confirma cette torpeur générale. Le chef d'état-major de la marine, l'amiral Dick O'Shaughnessy, fixait l'écran, écoutant sans un mot le rapport de Pacino. Les interventions se succédèrent, ennuyeuses, O'Shaughnessy opinait juste d'un petit signe de tête. L'amiral conclut rapidement la réunion et leur souhaita une bonne journée à tous.

Pacino s'était fait déposer devant l'entrée du chantier des constructions neuves de la société Dyna-Corp. Il emprunta un ascenseur et une enfilade de couloirs pour se rendre dans une salle de conférences où la réunion avait déjà commencé. Les ingénieurs chargés de la coque et de la propulsion se levaient pour quitter la salle et saluèrent respectueusement Pacino. Le traditionnel « ballon de crise » des chantiers navals trônait à l'extrémité de la table. Le mot « crise » était peint en grandes capitales blanches sur un vieux ballon de football américain en cuir et le service qui résolvait le problème du jour le transmettait avec joie à celui qui en découvrait un nouveau. Le ballon venait de passer du service des armes au service électronique, chargé de la mise au point du système de combat Cyclops, lequel s'était révélé un échec retentissant jusqu'à ce jour.

La vice-présidente chargée du développement logiciel à Dyna Corp, Colleen O'Shaughnessy, était absente lorsque les mécaniciens quittèrent la pièce. Lorsqu'elle entra dans la salle de réunion, elle lui lança un sourire et un rapide « Bonjour, amiral ! », fit un signe de tête aux autres participants, grimaça en apercevant le ballon de crise, qu'elle balança à la corbeille d'un revers de main, arrangea ses papiers devant elle et démarra son WritePad dans le même élan, efficace et élégante. Elle parcourut son écran du regard, releva la tête et commença son briefing. O'Shaughnessy paraissait bien jeune pour avoir atteint la position de vice-présidente à part entière, pensa Pacino, mais apparemment, c'était la règle plutôt que l'exception dans l'industrie informatique; Elle ne devait pas dépasser la trentaine, belle, de longs cheveux noirs lui arrivant aux épaules. Les conversations s'arrêtaient sur son passage. Des pommettes prononcées et des sourcils marqués encadraient un regard direct et franc. De taille moyenne, elle n'en montrait pas moins de longues jambes musclées. Ce matin-là, elle portait un tailleur bleu marine et un chemisier beige, une fine chaîne en or autour du cou. La première fois que Pacino l'avait rencontrée, Colleen lui avait d'emblée paru charmante, l'ayant gratifié d'un large sourire en lui demandant des nouvelles de l'avancement du SSNX. En lui serrant la main, il pensait avoir affaire à un sénateur ou à un juge, tant elle était naturelle, sûre d'elle-même et peu impressionnée par l'autorité. Ne sachant pas très bien qui elle était, Pacino s'était montré quelque peu abrupt et lui avait demandé sans fioritures de s'expliquer sur les dysfonctionnements du Cyclops. De badine et enjouée, sa conversation vira instantanément à l'exposé d'ingénieur, froid et précis. Elle définit nettement la nature des problèmes et les solutions proposées.

Pacino se rendit vite compte qu'elle était une vraie professionnelle, compétente et efficace, et la laissa donc travailler. De temps à autre, il la rencontrait sur le pont du SSNX, ou dans un atelier, parmi les éclats de soudure. Elle travaillait pour lui depuis déjà plusieurs mois lorsque Richard O'Shaughnessy remplaça Tony Wadsworth à la tête de la marine. Lors de leur premier entretien, le visage de l'amiral lui parut vaguement familier et Pacino réalisa soudain que Colleen et lui portaient le même nom. Il avait pensé qu'elle se recommanderait de son père mais elle resta muette à ce sujet. Un jour, après une réunion de chantier, Pacino lui demanda :

— Êtes-vous bien la fille de Richard ?

Dans un sourire timide, elle répondit simplement oui, comme si cela n'avait pas la moindre importance. Pacino s'attendait à ce que leurs relations en deviennent un peu embarrassées, mais Colleen resta toujours professionnelle, compétente et dévouée, égale à elle-même, une présence réconfortante face à un système informatique qui refusait obstinément de fonctionner.

— Le matériel, comme le logiciel du Cyclops, viennent tous deux d'échouer au test C-1, la première mise en œuvre à bord du SSNX. Nous sommes arrivés à un tournant du programme, commença-t-elle sans s'encombrer de préliminaires.

Pacino ouvrit la bouche de surprise en entendant la mauvaise nouvelle.

— Je ne pensais pas découvrir des problèmes aussi graves, dit-il. Des retards, bien sûr, des dépassements de devis, je m'y attendais, des limitations opérationnelles pendant la première année de service, d'accord, mais rien de comparable à ce que vous m'annoncez là. Même le matériel n'a pas passé le C-1 ? Qu'est-ce qui s'est passé ?

— J'ai moi-même été surprise, amiral, répondit-elle d'une voix égale, les yeux rivés aux siens, pas intimidée. Les problèmes matériels sont sérieux mais nous savons comment nous en sortir et les solutions envisagées sont viables. Je suis beaucoup plus inquiète pour le logiciel.

— Vous disiez être arrivée à un tournant du programme ? interrogea Pacino.

— Exact. Nous devons choisir entre mettre l'intégralité du logiciel à la poubelle et repartir de zéro ou bien essayer de coller des rustines sur ce qui existe déjà pour tenter de le faire fonctionner. Cette décision m'appartient. Depuis l'échec du C-1, mes patrons ont également pris leurs responsabilités.

Elle marqua une pause et fixa Pacino, l'air interrogateur.

— Et alors ?

— Je ne suis plus une simple consultante. J'ai été affectée à plein temps au SSNX jusqu'à ce que le logiciel du Cyclops passe avec succès les tests C-9 et soit réinitialisé.

Pacino la regarda, l'air étonné. Il la percevait comme un cadre influent de DynaCorp, un manager, mais n'avait jamais pensé qu'elle pourrait s'asseoir devant une console et débugger un logiciel. Encore moins l'écrire elle-même !

— Vous allez le développer vous-même ?

— Exact, répondit-elle en utilisant son mot favori. La société qui a eu l'idée du Cyclops m'appartenait. Le système porte ce nom pour une bonne raison. C'était celui de ma boîte avant que Dyna Corp ne nous rachète. Ils ont mis leurs propres programmeurs sur le logiciel et ça n'a pas vraiment marché, comme vous pouvez le constater. Maintenant ils — ou plutôt, nous — revenons aux sources.

— Combien de temps pour remettre le Cyclops sur ses rails ?

— C'est le cas de le dire, amiral, car il a bien déraillé, dit-elle en se levant et en rassemblant ses papiers. Vous serez le deuxième à le savoir.

— Et qui sera le premier ?

Elle lui décocha un sourire que Pacino trouva charmant, malgré la situation.

— Moi.

Colleen passa la bandoulière de son sac sur son épaule.

— À propos, je n'assisterai plus aux réunions de chantier. Plus de visiteurs, plus de responsables de DynaCorp, plus de vidéoconférences. À partir de maintenant, je programme, je mange et je dors.

— Et où pourrai-je vous joindre ?

— À bord, fit-elle en tendant le menton vers la fenêtre à travers laquelle on apercevait les superstructures du SSNX. Jusqu'à ce que le Cyclops fonctionne, ce tas de ferraille sera ma maison.

Elle quitta précipitamment la pièce et l'appel d'air créé par son passage détacha quelques papiers du tableau d'affichage près de la porte.

Pacino tambourina des doigts sur la table. Il se leva, prit le ballon de crise dans la corbeille à papiers et le plaça sur le rebord de la fenêtre qui dominait le SSNX. Il réfléchissait encore lorsqu'un planton entra dans la pièce.

— Amiral, un appel vidéo urgent sur votre Write-Pad, un certain capitaine de vaisseau White qui a demandé à ce que je vous dérange.

— Merci, je le prends ici. Fermez la porte, s'il vous plaît.

Il ouvrit son WritePad, se demandant pourquoi Paully ne pouvait pas attendre la liaison prévue dans l'après-midi.

Côte Est des États-Unis

La Lincoln de service ressemblait plus à un 4x4 noir métallisé qu'à une limousine de VIP. Les portes et le hayon arrière portaient l'emblème du commandement unifié des sous-marins, trois étoiles d'or surmontées d'un SNA en surface arborant fièrement le pavillon pirate.

La Lincoln remontait l'autoroute 1-95 à plus de 170 km/h vers le nord, en direction de l'hôpital naval de Bethesda, en slalomant dans les encombrements de fin de lundi après-midi dans les faubourgs de Washington. Les gyrophares de l'escorte brillaient loin devant et une sirène hurlait de temps à autre, pour écarter un importun de la voie de gauche. La polarisation opaque des vitres arrière filtrait les derniers rayons du soleil et permettait une bonne lisibilité sur l'écran vidéo incrusté dans l'appuie-tête du siège avant droit.

Le capitaine de vaisseau Paul White, surnommé Paully, était assis à l'arrière. Il portait trois rangées de décorations sur son uniforme noir, au-dessous d'un macaron de sous-marinier. Une fourragère dorée indiquait sa fonction d'aide de camp d'un officier général. L'air tendu, il fixait l'écran, attendant de voir le visage de Pacino s'y encadrer.

Paully White venait juste de fêter ses quarante-huit ans, un cap de plus en plus difficile à passer chaque année. Malgré une tabagie invétérée, il avait pris depuis peu une dizaine de kilos et sa taille s'épaississait. Seul sous-marinier à bord du *Reagan*, White était devenu l'aide de camp de Pacino un peu par hasard, lors du conflit avec le Japon. Les deux hommes se trouvaient à la passerelle du porte-avions lorsque les premières torpilles avaient frappé et Pacino, blessé, ne devait la vie qu'à Paully qui l'avait traîné, inconscient, jusque sur le pont d'envol d'où il avait pu être évacué. Une solide amitié était née entre les deux hommes. La guerre se termina à l'avantage des États-Unis et Pacino fut nommé au commandement des forces sous-marines. Un an plus tard, il épousait Eileen. Heureux, il travaillait d'arrache-pied pour obtenir les crédits nécessaires au programme NSSN, bientôt rebaptisé SSNX. Les premières tôles furent bientôt soudées au chantier Electric Boat, à Groton, dans le Connecticut, et Pacino atteignait le sommet de sa gloire. Comme s'il avait défié les dieux, sa bonne fortune fit bientôt place à la tragédie. White se trouvait dans la pièce à côté lorsque Pacino avait reçu le terrible coup de fil dont il ne parvenait pas à se remettre, ce mardi soir.

White l'accompagna tout au long de son deuil. Une heure avant l'enterrement, Pacino insista pour voir le corps d'Eileen. Sans un mot, le préposé souleva le couvercle du cercueil et se retira. Ses restes étaient indescriptibles, on ne reconnaissait que sa chevelure blonde. Pacino se pencha et embrassa tendrement les cheveux, dans un dernier baiser d'adieu. White soutint Pacino à travers les longues rangées de tombes pour quitter le cimetière.

Cet épisode marqua la fin du Pacino que White avait fréquenté pendant la guerre du Japon. L'amiral se renferma de plus en plus. Chaque jour qui passait l'enfonçait un peu plus, jusqu'à ce que White suggère un changement de décor complet. Pacino renâcla un peu au début mais finit par installer son adjoint, l'amiral Kane, aux commandes à Norfolk de façon à pouvoir rejoindre Pearl Harbor et y terminer la construction du SSNX. White l'accompagna, se nommant lui-même officier de liaison entre l'Est et l'Ouest. Il était le ciment qui assurait la cohésion de l'édifice mais, malgré ses navettes fréquentes et toute sa bonne volonté, l'état-major commençait à souffrir d'un certain manque de cohésion. Kane, trop loyal envers Pacino pour prendre sa place, se contentait d'expédier les affaires courantes et Pacino refusait de rentrer à Norfolk pour reprendre l'intégralité de ses prérogatives.

Ce matin-là, un coup de téléphone arriva de Fort Meade, le quartier général de la NSA, l'une des rares instances de renseignement qui avaient survécu. Sept ans plus tôt, la Central Intelligence Agency et la Defense Intelligence Agency avaient été fondues en un seul organisme. La NSA avait reçu l'exclusivité de la gestion des écoutes à travers le monde, qu'elles passent par les liaisons radio, par Internet, par les faisceaux hertziens ou les fibres optiques. Pour parvenir à ses fins, elle mettait en œuvre des moyens variés, satellites espions ou sous-marins nucléaires d'attaque. Il lui arrivait même de créer de toutes pièces des sociétés de télécommunication à l'étranger. La NSA avait failli passer elle aussi sous la coupe de la CIA mais, au dernier moment, son directeur, le général Mason Daniels, réussit à s'attirer les faveurs du Congrès et assura la survie de son agence. Il parvint même à la doter d'un budget confortable et à l'équiper de matériel de pointe. La NSA contrebalançait en quelque sorte la toute-puissante CIA. Quelques années plus tard, Mason Daniels passa le relais à l'ancien chef d'état-major de la marine, Richard Donchez.

C'était précisément de Donchez que White voulait parler à Pacino. Paully se rendait à une réunion au Pentagone lorsqu'il avait reçu cet appel. Donchez avait été trouvé dans le coma, gisant face contre terre sur la moquette de son bureau. Il avait été immédiatement évacué par hélicoptère vers l'hôpital naval de Bethesda. White avait été prévenu avant tout le monde. Il avait commencé par demander une escorte au QG de la police de l'autoroute de Virginie, puis avait cherché à joindre Pacino.

— Mauvaise nouvelle, amiral, commença White lorsque le visage de Pacino, auréolé des rayons du soleil du Pacifique, apparut sur l'écran.

— Tu es déjà au courant de l'échec du Cyclops aux tests C-1 ?

White sursauta. Il ne savait rien de cela, mais c'était terriblement grave pour l'avenir du projet SSNX. Cela signifiait au moins un an de retard, au bas mot.

— Non, ce n'est pas pour ça que je t'appelle. Je viens de recevoir un coup de fil de Fort Meade.

Pacino releva la tête, l'air interrogateur.

— Il s'agit de l'amiral Donchez, il est dans le coma, les toubibs de Bethesda affirment qu'il vient d'entrer dans la phase terminale de son cancer du poumon.

Pacino serra les poings.

— Il en a encore pour combien de temps, d'après eux ?

— Pas de pronostic, répondit White avec son accent de Philadelphie, quelques heures, quelques jours peut-être, mais pas plus. L'interne de Bethesda m'a dit que la famille devrait venir immédiatement. Il peut mourir d'un instant à l'autre.

— Fais-moi prendre par une voiture à la base d'Andrews. J'y serai aux premières heures de la matinée.

— Mais le SS-12 est encore en réparation à Norfolk, observa Paully, faisant allusion au jet supersonique de douze places dont disposait le commandement unifié des forces sous-marines.

— Je prendrai un F-22. USAirCom me doit une faveur.

Pacino sembla s'effondrer sur lui-même, la tête rentrant dans les épaules.

White se mordit les lèvres et dit :

— Je viendrai te chercher moi-même à l'aéroport demain matin.

— Non, tu restes auprès de Dick Donchez. Dis-lui que j'arrive. Même s'il est dans le coma, n'oublie pas de le lui dire.

— Comme tu voudras, amiral.

L'image vidéo s'éteignit. White se laissa aller contre le dossier du siège avant.

— Vous ne pourriez pas rouler un peu plus vite ? demanda-t-il au chauffeur sur un ton franchement agressif. Dites à l'escorte de mettre la gomme ou nous allons les dépasser.

— À vos ordres, commandant.

L'habitacle de la voiture, dans lequel on pouvait

d'habitude entendre une mouche voler, résonnait du ronflement du gros six-cylindres et du sifflement de l'air déplacé. Paully resserra machinalement sa ceinture de sécurité, perdu dans ses pensées.

6

Mardi 29 octobre
Anneau E du Pentagone
Bureau du chef d'état-major de la marine
Alexandria, Virginie

L'amiral Richard O'Shaughnessy prit l'appel sur son vidéophone lorsque Doreen O'Connell, sa secrétaire particulière, lui fit signe que le directeur de la CIA voulait lui parler.

— Bonjour Chris, commença l'amiral de sa voix de baryton.

— Bonjour, Dick. Notre rendez-vous est avancé à 3 heures. J'ai une réunion juste après avec mon sous-chef opérations.

O'Shaughnessy jeta un coup d'œil à sa montre. Bizarre. Osgood ne lui donnait jamais moins de deux heures de préavis pour leurs rencontres informelles. De plus, l'expression « réunion avec le sous-chef opérations » leur servait de code pour annoncer une affaire qui ne pouvait pas attendre.

— D'où m'appelles-tu ?

— De ma voiture, je suis presque chez toi.

— Tu n'es pas en tenue, dit O'Shaughnessy, d'une voix amusée, en remarquant la chemise parfaitement repassée et la cravate à rayures.

— Que veux-tu que je fasse ? Un strip-tease dans la voiture ? Comme ça, j'aurai le plaisir de me voir à moitié nu aux informations de 20 heures parce qu'un petit malin armé d'un scanner aura réussi à intercepter notre liaison vidéo ?

Osgood souriait derrière ses demi-lunettes de presbyte.

— À tout de suite, coupa O'Shaughnessy en raccrochant.

Il se leva et passa la tête par la porte du bureau de sa secrétaire.

— Doreen, je vais courir un peu plus tôt que d'habitude, je reviens dans une heure environ.

O'Shaughnessy mesurait plus de 1,90 mètre mais ne pesait que 85 kilos. Grand, il n'avait pourtant pas l'air trop mince et ressemblait encore au décathlonien de haut niveau qu'il était à Annapolis. Il paraissait bien dix ans de moins que ses cinquante-huit ans et avait à peine commencé à perdre ses cheveux. La peau de son visage était bien tendue, sans une ride, le menton volontaire, les pommettes saillantes et les yeux brun foncé sous des sourcils épais. Mais sa particularité physique la plus marquante restait ses oreilles, qui dépassaient largement la taille habituelle. Durant ses jeunes années, il avait été surnommé « Mickey » ou « oreilles de macaque » mais évidemment, plus personne n'osait se permettre la moindre pointe d'humour à ce sujet maintenant qu'il occupait la fonction de chef d'état-major de la marine. Une fois, pourtant, il avait admis que ce critère physique était intervenu dans le choix de son aide de camp. Il avait déclaré à Diana, sa femme :

— Sais-tu pourquoi je l'ai préféré aux autres, qui avaient le même profil de carrière ? Eh bien, pour une bonne raison ! Il a de grandes oreilles. Et quand on a de grandes oreilles, on a forcément bon caractère !

O'Shaughnessy faisait souvent usage de ses dons naturels d'orateur. Profonde et musicale, sa voix de baryton résonnait une octave plus bas que la normale. Il parlait également avec les mains et surveillait son auditoire du coin de l'œil, capable de réveiller d'une bonne blague une assistance un peu engourdie.

Mais quand venait son tour d'écouter les autres parler, il perdait tout son charisme et son charme semblait s'évanouir. Ceux qui avaient souffert en tentant de lui présenter un exposé décrivaient avec émoi son regard vide et perçant, ainsi que ses silences interminables, qui duraient parfois si longtemps que même les habitués finissaient par perdre leur sang-froid. O'Shaughnessy en était même venu à craindre que ses adjoints directs ne lui mentent, tellement il les intimidait. Il avait désespérément tenté de se corriger, essayant de trouver un mot d'encouragement ou un sourire pour détendre le présentateur, mais la plupart du temps il se laissait rapidement emporter par le fil de ses pensées et oubliait ses bonnes résolutions.

Pour atténuer l'effet de son regard, il avait adopté très tôt le port des demi-lunettes, qui lui donnaient un air plus sympathique et moins agressif. L'âge venant, il en avait à présent réellement besoin pour lire. Elles illustraient d'ailleurs un autre trait familier : il passait son temps à les chercher. Un jour, excédée, Diana en avait commandé trente paires, qu'elle avait distribuées aux aides de camp, placées dans chacune des poches de sa veste, dans son sac de sport et partout dans la maison, même aux toilettes. Et il continuait à ne jamais les trouver !

O'Shaughnessy se changea rapidement et enfila une veste de survêtement usée, sur laquelle on lisait US NAVY '80, et un short à l'emblème des Seals, avant de se diriger vers l'entrée réservée aux VIP. À mi-chemin, il s'aperçut qu'il avait oublié son badge sur son bureau et revint le prendre. Il avait juste eu le temps de s'échauffer quelques minutes lorsque la limousine noire d'Osgood s'arrêta sur le parking du Pentagone.

Christopher Osgood IV n'avait pas encore cinquante ans, contrairement à l'usage qui prévaut chez les directeurs de la CIA. Malgré un début de calvitie, son physique était presque parfait. Hormis sa bonne humeur naturelle et sa minceur, Osgood ne partageait pas grand-chose avec O'Shaughnessy. Descendant des premiers colons anglais, protestant dans l'âme, Osgood était originaire de Boston, dans le

Massachusetts, où son père occupait des responsabilités politiques importantes.

O'Shaughnessy avait rencontré Osgood quatre ans plus tôt, lors du marathon annuel du Marine Corps, qui se courait à Washington au printemps. À cette époque, l'amiral n'était que l'un des nombreux adjoints de Donchez et Osgood s'était présenté comme un cadre moyen de la CIA. Tous deux avaient sympathisé et avaient pris l'habitude de s'entraîner ensemble trois fois par semaine, puisque leurs emplois du temps coïncidaient à peu près. De temps à autre, O'Shaughnessy questionnait Osgood sur son travail. Ce dernier répondait parfois en quelques phrases mais, le plus souvent, il s'en tirait par une pirouette. O'Shaughnessy avait fini par apprendre qu'il travaillait dans le recueil de renseignements, pas vraiment étonnant pour un employé de la CIA, mais guère plus. Tous deux se contentaient de courir ensemble en commentant les dernières nouvelles du jour ou la météo et laissaient grandir leur amitié.

Durant les deux dernières années, leurs entraînements communs avaient évolué pour devenir plus que du sport. Comme O'Shaughnessy avait pris le commandement de la marine et Osgood celui de la CIA, les deux hommes en profitaient maintenant pour échanger des informations, du renseignement au profit de O'Shaughnessy et les derniers potins politiques du Capitole pour Osgood. Parfois, lorsqu'un événement paraissait imminent, Osgood organisait un entraînement impromptu, comme celui d'aujourd'hui. Cependant, il n'avait jamais appelé O'Shaughnessy dans un délai aussi court. Probablement une affaire de la plus haute importance, pensa l'amiral.

Comme d'habitude, ils partirent lentement et n'accélérèrent qu'en franchissant Arlington Memorial Bridge. Lorsqu'ils dépassèrent le Lincoln Memorial, hors de toute présence inopportune, Osgood commença à parler :

— Quelque chose se prépare en Chine rouge, commença-t-il sans préambule, entre deux inspirations profondes.

— Continue, demanda O'Shaughnessy.

— Les armées se mobilisent dans tout le pays. Soixante-dix divisions blindées, cent quarante divisions d'infanterie, toutes les unités de soutien le long de la frontière occidentale avec la Chine blanche. Quatre millions d'hommes mobilisés, tous répartis le long de cette foutue frontière.

O'Shaughnessy écouta sans l'interrompre le monologue de l'homme de la CIA. Lorsque Osgood se tut, il intervint :

— C'est toute l'Armée populaire de libération que tu me décris là.

— En effet.

— Les Rouges ont-ils annoncé un exercice ou quelque chose ?

— Négatif. Ils n'ont rien publié et n'ont prévenu personne.

Osgood tendit la main vers la droite.

— On prend le chemin le plus long, par le bassin à marée ?

— Si tu veux, je n'ai pas mon compte de kilomètres, ces temps-ci. D'habitude, les Chinois ne les crient pas sur les toits, leurs exercices, n'est-ce pas ?

— Négatif.

— Alors c'est peut-être *vraiment* un exercice.

— Ils ont retiré leurs divisions de la frontière avec la Mongolie. Par avion, pour la plupart.

— Rien que le kérosène pour cette opération a dû leur coûter une fortune.

— Ouais, et ils ont aussi retiré leurs soldats de la frontière avec l'Inde.

— Gonflés, les Chinois. Nipun, le Premier ministre indien, n'est pas exactement un ange et il brûle d'annexer un bon morceau du territoire des Rouges.

— Nous avons également obtenu confirmation de l'annulation de toutes les perm' des militaires de l'Armée populaire de libération.

— Comment avez-vous eu ça ?

— Aïe, ma jambe... Une crampe... répondit Osgood, ce qu'il faisait toujours lorsque O'Shaughnessy lui posait une question par trop indiscrète.

L'amiral sourit sans rien dire, attendant que son ami reprenne le fil de ses confidences. Mais il continuait à se taire.

— Toutes les permissions ?

— Absolument toutes.

— Je n'aime pas ces fins d'après-midi un peu froides, dit O'Shaughnessy alors que deux jeunes femmes approchaient, courant en sens inverse.

Osgood leur sourit, elles leur rendirent la pareille et jetèrent une œillade appuyée à O'Shaughnessy.

— Il fait vraiment nuit tôt, en cette saison.

Les deux jeunes femmes se trouvaient maintenant suffisamment loin.

— Quatre millions d'hommes, t'es sûr ?

— Ouais.

— Quoi d'autre ?

— Toutes les escadrilles de chasseurs et de bombardiers basées dans l'Ouest et dans le Centre de la Chine ont quitté leurs aérodromes habituels. Ils ont tous été déployés dans l'Est, à une centaine de kilomètres de la frontière avec la Chine blanche.

— Encore un paquet de yuans brûlés en carburant. Les avions restent en l'air à patrouiller ou ils se planquent au ras des pâquerettes ?

— Au sol, cachés sous des bâches et des filets de camouflage. Dans des bunkers qu'ils viennent juste de construire. Dans des granges. Sous des tentes. Partout où ils peuvent.

— Et à part ça, tout a l'air normal ?

— Négatif, répondit Osgood.

Pas trace chez Osgood de ces intonations snob qu'on affecte à Harvard, malgré les années qu'il y avait passé. Il se tenait à un vocabulaire plutôt bas de gamme, à base de « ouais » et de « négatif ».

Les deux hommes atteignirent le Jefferson Memorial, sinistre dans la lumière déclinante de cette fin d'après-midi d'automne, sous un ciel plombé.

— Et alors, quoi d'autre ?

— Ce que je vais te dire est classifié au niveau 24, répondit Osgood.

O'Shaughnessy siffla doucement. Le niveau 24

n'était accessible qu'au président ainsi qu'à quelques membres très influents du gouvernement et des agences spécialisées, CIA ou NSA. Au-dessus, il n'existait que le niveau 12, à l'usage du seul président.

— D'accord, je ferai gaffe.

— Le gouvernement chinois a été évacué de Pékin, avec armes et bagages. Pékin n'est plus qu'une capitale fantôme, sans aucune présence gouvernementale...

O'Shaughnessy se tut quelques instants, essayant d'assimiler l'information. Le Washington Monument se découvrait devant eux alors qu'ils quittaient la rive du bassin à marée.

— Ce n'est pas un exercice, reprit O'Shaughnessy.

— Gagné ! Quand je pense que tu n'as même pas fait Harvard !

— Va te faire foutre, Osgood !

Un autre groupe de coureurs s'approchait d'eux, ils se turent un moment, avant de continuer.

— La présidente a été informée. Elle demande l'opinion de Pink.

Bill Pinkenson, le chef d'état-major des armées, avait gagné ses quatre étoiles dans la cavalerie, en conduisant au combat ses régiments de chars. Pas très grand, la peau tannée par le soleil, plutôt beau garçon avec un visage d'ange, toujours prêt à plaisanter, il séduisait les foules. Il n'avait pas le profil d'une statue grecque mais toute personne qui l'avait rencontré une fois ne pouvait pas l'oublier. Politicien confirmé, il manœuvrait dans les couloirs du Pentagone depuis une vingtaine d'années et il adorait ça. O'Shaughnessy et lui sympathisaient depuis que l'amiral avait pris son poste à Washington. Ils s'étaient serré la main dès leur première entrevue. Pinkenson avait insisté pour que O'Shaughnessy et sa femme se joignent à lui et à son épouse pour assister au match annuel de football américain qui opposait l'armée de terre et la marine, le week-end suivant.

— Et Pink te demandera probablement ce que tu en penses...

— Pourquoi moi ? demanda O'Shaughnessy.

— Parce que la marine va probablement peser lourd dans ce qui se prépare.

— Pas si vite, mon ami. Les Rouges mijotent quelque chose dans la partie orientale de leur territoire, probablement l'invasion et la reprise par la force de la Chine blanche. Guerre civile, acte deux. Sauf que cette fois-ci, ils ont bien l'intention de gagner.

Les deux coureurs se dirigeaient maintenant vers le Capitole, à deux kilomètres devant eux, en direction de l'est.

— Apparemment, la marine n'a pas grand-chose à voir là-dedans. Évidemment, la présidente Warner décidera probablement de soutenir les Blancs et nous pourrions avoir à débarquer à Shanghai ou sur une plage dans le coin. Mes forces spéciales seront engagées, les Marines s'entasseront dans les transports de NavForcePacFleet avant d'aller botter le cul aux Rouges. Nous escorterons les transports et les ravitailleurs pour traverser la mer de Chine orientale. Les porte-avions fourniront l'appui aérien nécessaire au transit comme au débarquement. Nous aurons du boulot dans une guerre comme celle-là, bien sûr, mais honnêtement, pas grand-chose comparé à ce qui attend l'armée de terre. Alors pourquoi penses-tu qu'on prendra le temps de me demander mon opinion ?

— Réfléchis bien. Il y a quelque chose qui cloche.

O'Shaughnessy se tut et regarda le bâtiment principal de la Smithsonian Institution, une sorte d'église en briques parfaitement incongrue au milieu de l'architecture monumentale du Mall. Les deux hommes laissèrent bientôt le musée de l'Air et de l'Espace sur leur droite.

— Bon, j'ai essayé de reprendre tous les aspects de cette affaire. Je ne vois rien de plus.

— Écoute ça. Comment les Rouges peuvent-ils espérer s'en tirer, cette fois ? Ta flotte et la force d'intervention rapide sont déployées au Japon, pratiquement à pied d'œuvre, et les communistes vont sauter la frontière et rejeter les Blancs à la mer ?

Tout simplement? Et l'Oncle Sam? Les Chinois savent que nous allons réagir. Nous ferons exactement ce que tu viens de décrire et nous les écraserons sous nos bombes, avec nos avions et nos chars. Notre puissance de feu est dix fois supérieure à la leur. Et pourtant, ils ont l'air décidés à aller au carton... Pourquoi se donneraient-ils tant de peine? Et s'ils ne nous perçoivent pas comme une menace, pourquoi choisir ce moment précis pour une intervention militaire? Ils auraient dû le faire bien plus tôt, en tout cas avant que Warner ne décide de renforcer la flotte du Japon et de déployer la force d'intervention rapide à Yokosuka, précisément pour contrer une telle invasion. Les Rouges le savent très bien. Alors pourquoi, d'un seul coup, notre gros bâton ne leur fait-il plus peur?

Si Osgood avait pu apercevoir le visage de O'Shaughnessy, il lui aurait vu ce regard vide et perçant, si caractéristique. Pour l'instant, l'amiral semblait perdu dans la contemplation de la pièce d'eau qui réfléchissait le Capitole.

— Le grand tour? demanda-t-il à Osgood, lui proposant implicitement de choisir entre rentrer ou continuer encore un peu, par-derrière le Capitole, le long de la Bibliothèque du Congrès et de la Cour suprême.

— Ouais.

Après quelques minutes de silence, O'Shaughnessy reprit :

— Peut-être que les Rouges pensent nous repousser par leur nombre? Quatre millions d'hommes contre à peine cinq cent mille de notre côté, tu te rends compte?

— Tu ne penses pas vraiment ce que tu dis, amiral. Il y a plus de vingt-cinq ans que nous avons démontré l'ineptie de ce genre de théorie. Prends l'exemple de la guerre contre le Front islamique unifié. Ils étaient dix fois plus nombreux que nous, au débarquement de Cha Bahar. Mais on les a eus grâce à notre équipement et nos armes intelligentes. Dans le cas qui nous occupe, c'est pareil...

— Je sais, interrompit O'Shaughnessy, tu as évidemment raison, j'ai bien retenu la leçon mais je me demandais si les Rouges avaient également reçu le message, c'est tout.

— Évidemment ! C'est pour cela qu'ils se sont bien conduits. Jusqu'à maintenant.

Ils coururent en silence pendant un bon kilomètre autour du Capitole et repassèrent devant la pièce d'eau, empruntant cette fois-ci le côté nord du Mall.

— Peut-être que tout cela n'est qu'un bluff gigantesque, dit finalement O'Shaughnessy. Peut-être les Rouges négocient-ils en secret avec les Blancs. Ils roulent un peu des mécaniques pour affermir leur position à la table des négociations et pour tenter de les impressionner.

— Tu te trompes, aucun de leurs préparatifs n'est vraiment visible. On a travaillé comme des bêtes pour obtenir les informations que je viens de te donner. Je te garantis que les Blancs vont avoir une putain de mauvaise surprise quand ils se réveilleront. Ils n'ont pas encore mobilisé un chat. Non, je t'assure, il ne s'agit pas d'un bluff. En plus, il y a une autre bonne raison pour laquelle ça ne peut pas en être un.

— Laquelle ?

— Les Rouges prennent beaucoup trop de risques. Leurs frontières sont ouvertes à l'ouest et au nord. Du côté de la Mongolie, éventuellement, je veux bien comprendre. Mais du côté indien ? Après toutes les menaces proférées par Nipun ces dernières années ? Dans la situation actuelle, Nipun pourrait s'emparer sans problème de la moitié ouest du territoire des Rouges avant que Pékin ne puisse réagir. Non, Dick, ils vont monter au carton, cette fois, et pour de bon.

— Ce qui veut dire qu'ils sont pressés, Chris. Ils vont envahir la Chine blanche, réunifier leur pays, exécuter tous les membres du nouveau Kuomintang... Ça ne va pas être beau à voir. Et ils vont faire tout ça très vite pour regarnir leurs frontières au plus tôt et reprendre la partie de cache-cache avec l'Inde.

— Tu oublies quelque chose, Dick. La mer de Chine orientale. Les Rouges ne peuvent pas traverser la frontière sans que tu les réduises en purée avec ta flotte de là-bas. Alors pourquoi, nom de Dieu ? Pourquoi ?

— Peut-être qu'ils pensent que Warner ne voudra pas la guerre... Ils font le pari que les Nations unies ne voudront pas faire couler plus de sang. Ils diront que c'est une affaire intérieure chinoise. Trop proche de Noël. Trop proche des prochaines présidentielles. Trop de risques.

— Non, ils savent bien que c'est Warner elle-même qui a fait déployer nos troupes à Yokosuka. Nous avons assez d'hommes et de matériel là-bas pour gagner une guerre sans même un ravitaillement depuis Hawaii ou San Diego. Il se trouve que je sais qu'elle est plus préoccupée par la Chine que par n'importe quel autre pays du monde, aujourd'hui comme hier. Elle aussi a retenu les leçons du passé. Dans la crise du Japon, elle n'a commencé à obtenir de résultats que lorsqu'elle a pris le taureau par les cornes et qu'elle a décidé d'utiliser la marine. Non, cette fois-ci, selon le plan d'urgence prévu, Warner leur rentrera dans le chou sans délai et elle réduira cette putain de Chine rouge en confettis.

— Je ne te demanderai pas comment tu sais tout ça, Chris. Pas de crampe, cette fois ?

O'Shaughnessy souriait, mais en lui-même il savait bien qu'Osgood ne jurait pas de cette façon sans une bonne raison. Lui aussi devait se trouver soumis à une forte pression.

— Donc, mon cher amiral, pour la centième fois, je pose la même question à mon plus mauvais élève. Pourquoi les Rouges pensent-ils s'en tirer, ce coup-ci ?

— D'accord, monsieur le directeur. Tu me mets au pied du mur. Tu dis que Warner se satellisera quand les Rouges passeront la frontière. Je te crois. Tu dis qu'elle enverra immédiatement des troupes pour aider les Blancs. Je le pense également. Tu dis que les Rouges ne sont pas en train de négocier avec les

Blancs. C'est indubitable. Et j'ajoute que je pense que les Rouges ne sont pas des imbéciles, qu'ils ne l'ont jamais été, d'ailleurs. Ils ont leurs problèmes, mais ils sont foutrement bons. Voici ma réponse : je n'en sais rien... Le chef d'état-major de la marine vient de se faire étendre à ton petit examen, mon cher Chris. Je donne ma langue au chat. Alors, *pourquoi* les Rouges se croient-ils tout permis ?

Pendant le long silence qui suivit, ils passèrent devant le musée de l'histoire américaine et le Washington Monument.

— Eh bien, Dick, la CIA en est exactement au même point que la marine, à ce que je vois. Nous n'avons pas la moindre idée de la raison pour laquelle les Rouges espèrent gagner cette guerre malgré notre intervention.

O'Shaughnessy se sentit soudain fatigué.

— Je te propose de continuer tout droit. Aujourd'hui, nous ne ferons pas le tour de l'ellipse.

— D'accord, Dick. Je suis crevé également. Je vais même peut-être marcher lorsque nous serons arrivés au pont.

Tandis qu'il se douchait dans le cabinet de toilette attenant à son bureau, les détails de la situation tournoyaient dans l'esprit de l'amiral O'Shaughnessy. Tout cela n'avait pas de sens. Osgood et lui devaient avoir loupé quelque chose. Quelque chose de très important.

7

Hôpital naval de Bethesda

Pacino marcha rapidement vers la porte de la chambre 108 de l'hôpital naval et la poussa doucement. Dans la pénombre, on distinguait un seul lit.

Le décor était caractéristique d'un hôpital du

XXIe siècle : aux murs, un papier peint passe-partout encadrait une fenêtre équipée de stores vénitiens. Sur les draps immaculés reposait un homme petit et frêle, au teint blafard. L'équipement médical de la pièce semblait être celui d'une salle de réanimation. Pacino se trouvait en réalité dans un de ces services dont le nom seul faisait frémir, le service de cancérologie. Il sentait qu'on reléguait ici les malades condamnés, ceux qui, pour une raison ou une autre, se révélaient inopérables ou en stade terminal. Mais il chassa cette idée de son esprit et regarda l'homme étendu sur le lit.

Le malade n'avait pas bougé. Pacino scruta la semi-obscurité. Il ressentit un pincement au cœur lorsqu'il reconnut réellement Richard Donchez. Il s'approcha du lit. Même d'aussi près, il percevait à peine la respiration de son ami. Seul l'écho ténu d'un moniteur cardiaque rythmait le silence. Pacino effleura la manche du vieil homme, puis lui toucha la main. Elle était froide et inerte.

— Oncle Dick, appela-t-il doucement, d'une voix hésitante, c'est moi, Mikey.

Il sentait les larmes lui monter aux yeux. Il se mordit les lèvres et se jura de dominer son émotion, quoique Donchez fût inconscient. Il regarda derrière lui, heureux de constater que le capitaine de vaisseau White était resté dans le couloir.

Le souffle gardait un rythme lent et calme. Pacino renifla, la tête penchée au-dessus de l'amiral. Perdu dans leurs souvenirs communs, il regardait le vieil homme, les yeux ouverts, incapable de réfléchir.

Leur histoire avait commencé avant même la naissance de Pacino. Donchez était le camarade de chambrée de son père à l'École navale, à Annapolis. Les deux hommes avaient poursuivi des carrières parallèles dans les forces sous-marines. Richard Donchez avait commandé le *Piranha,* Anthony Pacino, le *Stingray*. Lorsque le jeune Michael était fistot à Annapolis, il avait été convoqué au bureau du service intérieur où l'attendait un visiteur, le capitaine de frégate Donchez. Il avait tout juste dix-huit ans, les cheveux coupés en brosse très courte et il était très maigre. Il s'était mis au garde-à-vous. L'ami de son père paraissait troublé. « *Mikey, le Stingray a coulé au large des Açores il y a environ une semaine. Nous ne pouvions confirmer l'information avant la date prévue pour son retour. Il ne s'est pas présenté à quai aujourd'hui. Je crains que ton père ne soit mort* », avait-il annoncé d'une voix accablée. Lorsque Pacino avait réussi à surmonter son émotion, Donchez lui avait expliqué qu'un accident stupide s'était produit, qu'une torpille avait explosé et avait déchiré la coque. Il n'y avait pas de survivants.

Vingt ans plus tard, Donchez commandait les forces sous-marines en Atlantique. Le jeune capitaine de frégate Michael Pacino avait pris le commandement du USS *Devilfish*. Donchez avait envoyé Pacino sous la calotte polaire, à la recherche d'un sous-marin d'attaque russe, un Omega [1]. Avant l'appareillage, il lui avait révélé que le naufrage du *Stingray* n'était pas un accident, contrairement à la version officielle : un sous-marin d'attaque russe, un Victor-III, dont le commandant n'était autre que l'actuel amiral Novskoyy, chef d'état-major de la flotte du Nord, avait délibérément attaqué le *Stingray*. Novskoyy se trouvait à bord de l'Omega. Les circonstances de la disparition du *Devilfish* sous la banquise n'étaient connues que d'une demi-douzaine de personnes au plus haut niveau.

Après cette mission, Pacino avait quitté la marine. Il avait pris un poste de professeur d'hydrodynamique à l'École navale mais un vide s'était creusé dans son existence, dont il rendait Janice, sa première femme, seule responsable. En réalité, la chose qui lui manquait vraiment était de sentir le pont d'un sous-marin nucléaire d'attaque sous ses pieds. Lorsqu'un après-midi l'amiral Donchez avait fait irruption dans son laboratoire et lui avait demandé de prendre le commandement provisoire du *Seawolf* pour voler à la rescousse d'un sous-marin américain

1. Voir *Le sous-marin de l'Apocalypse.*

pris au piège en Chine [1], le moral de Pacino était au plus bas. Le *Tampa* avait été capturé dans la baie de Bo Hai, au large de Pékin, et Donchez voulait que Pacino l'en sorte. Quand Pacino avait appris que Sean Murphy, un de ses meilleurs amis, était gardé à portée de fusil par les communistes chinois, il était parti avec Donchez pour Yokosuka, au Japon, et avait embarqué trois sections de commandos de marine pour libérer le *Tampa*.

En guise de remerciement, Donchez avait réintégré Pacino dans la marine et lui avait attribué le commandement du *Seawolf* à titre permanent. Pacino en avait pleinement profité, jusqu'à ce qu'un sous-marin des Forces islamiques unifiées ne l'envoie par le fond en mer du Labrador [2]. Lorsque Pacino se fut remis de son naufrage, Donchez le nomma au commandement des forces sous-marines. Depuis lors, l'amiral avait toujours représenté pour lui un soutien moral et un précieux conseil.

Quand Jaisal Warner, la présidente des États-Unis, avait ordonné le blocus du Japon [3], Donchez avait incité Pacino à diriger les opérations depuis l'un des sous-marins à la mer, ce qui lui avait procuré l'indépendance dont il avait besoin pour conduire la guerre à sa façon.

Sans Donchez, Pacino n'aurait jamais obtenu le grade d'amiral. Le vieil homme avait toujours compté dans sa vie. Lorsque le jeune Pacino avait appris la mort de son père, il avait eu l'impression d'être projeté dans un monde hostile. Donchez l'avait presque remplacé. Plus encore, pensa-t-il, Donchez était réellement devenu son père. Il avait mis du temps à s'en apercevoir, car leurs relations n'avaient pas toujours été faciles. Avec le recul, Pacino se rendait compte aujourd'hui que Richard Donchez avait fait pour lui plus que n'aurait fait un vrai père.

Il resta un long moment assis sur le lit, perdu dans

1. Voir *Opération Seawolf*.
2. Voir *Seawolf, mission de la dernière chance*.
3. Voir *Coulez le Barracuda !*

ses souvenirs. Il finit par approcher une des chaises et s'y installer. Il sombra bientôt dans un sommeil lourd. Perdu dans ses rêves, tourmenté par ses souvenirs, il transpirait à grosses gouttes. Donchez, lui, ne bougeait pas.

Pacino se réveilla en sursaut, surpris par le décor. La seule lumière provenait d'une rampe fluorescente, au-dessus du lit.

Il se redressa, ankylosé. Il regarda sa vieille Rolex en se frottant les yeux, mais les chiffres lumineux du cadran n'étaient plus visibles dans la pénombre. Il l'approcha de la lumière : il était un peu plus de quatre heures du matin. Il bâilla et, en baissant les yeux, il s'aperçut qu'il portait toujours la combinaison de vol en Nomex qu'il avait enfilée pour monter à bord du chasseur supersonique F-22. Son sac se trouvait à ses pieds, probablement posé là par Paully White. Après un rapide coup d'œil en direction de Donchez, toujours immobile, Pacino se leva et porta le sac dans le petit cabinet de toilette attenant à la chambre. En moins de dix minutes, il s'était douché et avait enfilé un uniforme kaki. Puis il retourna auprès du lit.

Donchez respirait toujours faiblement et les bips du moniteur cardiaque résonnaient régulièrement dans la chambre. Pacino constata avec surprise que le malade avait les yeux ouverts et qu'il le regardait.

— Oncle Dick, vous êtes réveillé !

Donchez ne répondit pas. Ses yeux bleu sombre étaient injectés de sang. Il fronçait les sourcils. Pacino reprit sa main et sourit.

— Les Rouges... dit Donchez. Pacino entendait à peine sa voix, celle du vieil homme exténué qu'il était devenu.

— Comment ? Dick, ne vous fatiguez pas...

— Les Rouges, Mikey. C'est urgent ! Vas-y ! bégaya-t-il.

— Dick, s'il vous plaît...

— Ils sont en train de récupérer des sous-marins.

— Comment ? Qu'est-ce que c'est que cette histoire ?

— Pourquoi ne m'écoutez-vous pas, jeune amiral ? demanda Donchez, dans un effort surhumain pour retrouver sa voix. La sueur lui perlait au front.

— OK, oncle Dick. J'écoute.

Prenant ses deux mains dans les siennes, Pacino posa sur lui un regard plein d'affection. Le vieil homme fut pris d'une quinte de toux rauque. La douleur lui ferma les yeux. Lorsque la toux se calma, il fut long à reprendre sa respiration.

— Les Rouges ont... vont avoir... des sous-marins nucléaires. Des torpilles... à plasma. À l'est...

Il se remit à tousser. Pacino essaya de redresser le vieil homme pour faciliter sa respiration. Il finit par se calmer, au prix d'un énorme effort. Le bip du moniteur cardiaque s'emballait.

— La mer de Chine... La mer... de Chine... orientale. Les Rouges. Des sous-marins. Vas-y, dépêche-toi.

— Dick, je ne...

— Vois... enn... oh...

Pacino secoua la tête, désemparé.

— Ohh... Chau... enn... essy... chef... et... état-maj...

— Le chef d'état-major de la marine, O'Shaughnessy ?

— Oui, paa... rle-lui...

Épuisé par l'effort qu'il venait de fournir, Donchez ferma les yeux. Ses traits se creusèrent, des larmes roulèrent sur ses joues. Il recommença à tousser puis parvint à se dominer. Il prit une profonde inspiration.

— Les sous-marins des Rouges... occupe-t'en... rapidement.

— Dick, j'ai compris, reposez-vous maintenant.

Donchez leva les yeux. Dans le regard devenu vitreux, Pacino ne voyait presque plus que les pupilles, dilatées à l'extrême.

— Fais attention à toi, Mikey... mon fils...

Une nouvelle quinte de toux le secoua et son corps se détendit. Il s'effondra dans l'étreinte de Pacino. Sa tête retomba sur l'oreiller. Le moniteur cardiaque émit un sifflement continu.

— Oncle Dick ! Dick ! Dick ! Infirmière ! Chambre 108, urgence, vociféra Pacino en écrasant la sonnette d'appel.

Trois personnes, il était incapable de dire si c'étaient des hommes ou des femmes, entrèrent en trombe. L'un d'eux posa un stéthoscope sur la poitrine de Donchez, prit son pouls, jeta un coup d'œil rapide sur la feuille de soins. Au bout de quelques instants, le médecin se leva et s'écarta.

— Vous n'allez rien tenter pour le ranimer ?

— Je ne peux pas, amiral. Le malade a exprimé ici ses dernières volontés. Pas d'acharnement thérapeutique. Vous pouvez vérifier vous-même, il les a écrites et signées de sa main.

D'un signe, Pacino demanda à l'équipe médicale de quitter la chambre. Sans savoir si elle s'était ou non éclipsée et ne s'en souciant pas, il se pencha sur le lit et serra la main de Donchez en répétant son nom.

Une demi-heure plus tard, Paully White prit Pacino par les épaules et l'attira loin du corps. L'amiral ne se rendit compte de rien.

8

Samedi 2 novembre
Annapolis, *Maryland*

Le soleil matinal illuminait les toits métalliques du campus de l'École navale. De la terrasse de sa maison, l'amiral Michael Pacino fixait l'eau calme de la rivière Severn. Il avait passé ainsi la plus grande partie de la nuit. De l'autre côté du ruban sombre et lisse de la rivière, il avait contemplé les lumières de l'école, épié les fenêtres qui s'éclairaient à Bancroft Hall, le dortoir des *midships* qui se levaient pour les cours du samedi matin. Pacino y avait pénétré pour la dernière fois alors qu'il était encore marié avec Janice et qu'il enseignait l'hydrodynamique.

Une photo dans un cadre de bois était posée en équilibre au bord du bureau. En arrière-plan, on reconnaissait la silhouette trapue d'un sous-marin nucléaire d'attaque. Les barres de plongée du massif permettaient de dater le bâtiment, mais sur la photo le sous-marin paraissait tout neuf, luisant au soleil. Sur le massif, on lisait DEVILFISH SSN-666, peint en grandes lettres blanches. Des rubans bleus, blancs et rouges décoraient des rambardes de bois disposées sur le pont. Au premier plan, deux hommes en grand uniforme à col montant paraissaient un peu empruntés avec leur sabre de cérémonie. Ils portaient toutes leurs décorations et insignes de sous-mariniers. Sur la droite, le jeune Pacino, les cheveux noirs et fournis, affichait un grand sourire. Ses épaulettes ne portaient que trois galons dorés. Un homme plus trapu et chauve le tenait étroitement par les épaules. Le large sourire de Donchez montrait toute sa fierté. Cette photo avait été prise pendant la cérémonie de prise de commandement de l'ancien *Devilfish,* plus de quinze ans auparavant.

Aux traces qui restaient sur le verre, on voyait que la photo avait été époussetée avec les doigts. Un cigare cubain à moitié fumé, éteint depuis longtemps, était posé à côté, près d'un verre qui contenait encore un fond de bourbon. Pacino portait la casquette de base-ball bleue qu'il avait exhumée de son bureau poussiéreux. La visière était brodée de feuilles de chêne [1] et un dauphin d'or ornait le centre de la coiffe. Au-dessus on pouvait lire USS DEVILFISH et en dessous, SSN-666.

On avait enterré Richard Donchez la veille. Les obsèques avaient été très mouvementées et il en conservait un souvenir confus. Il n'avait gardé en mémoire qu'une succession d'images désordonnées :

1. Les feuilles de chêne sont la marque du commandement. Seul le commandant porte une casquette à feuilles de chêne à bord de son sous-marin.

le gazon vert impeccable du cimetière national d'Arlington, les couleurs vives du drapeau sur le cercueil noir et la raideur de la garde qui l'avait replié, le claquement des salves d'honneur, les caméras de télévision, la présidente et les membres du gouvernement, de nombreux officiels et les aides de camp qui s'agitaient dans tous les sens, les agents des Services qui essayaient de se faire oublier et n'en étaient que plus repérables. Tous les amis de Pacino l'entouraient : Paully White, David Kane, C.B. McDonne, Sean Murphy, Jackson Vaughn, Bruce Phillips et une dizaine d'autres encore. Janice, son ex-femme, vêtue d'une robe noire très simple, les cheveux blonds coupés court, était de l'autre côté du cercueil. Son fils Tony, un adolescent mal à l'aise qui flottait dans un costume noir trop grand pour lui, se tenait près de lui. Tandis que le clairon égrenait les notes lugubres de la sonnerie aux morts, Pacino gardait les yeux clos. Tony le soutenait à droite, Paully White à gauche.

Au bout d'un moment, il sentit une main ferme sur son épaule.

— Nous sommes terriblement tristes de cette disparition, Patch, lui souffla une voix grave dans l'oreille. Nous savons qu'il était comme un père pour vous. J'ai eu l'occasion de fréquenter Dick Donchez au Pentagone durant des années. Si cela vous tente, vous pourriez passer à la maison demain. J'ai beaucoup de choses à vous raconter sur Dick. C'est d'accord ? Je vais m'arranger avec le commandant White. Ça va aller, Patch. À demain, je compte sur vous.

Pacino sentit deux tapes amicales sur son épaule. Il se retourna et reconnut l'imposante stature de l'amiral O'Shaughnessy. Machinalement, sans doute, il lui avait donné le vieux surnom de son père. Il secoua la tête, incapable de prononcer une parole.

Les officiels, les militaires et tous ceux qui avaient assuré le bon déroulement de la cérémonie commencèrent à se disperser lentement puis disparurent, alors que le soleil descendait sur l'horizon. Pacino resta seul. Il s'assit sur une chaise pliante devant le cercueil.

Il se réveilla en sursaut dans la chambre à coucher de sa maison d'Annapolis. Un malaise le prit. Il s'habilla rapidement, traversa son bureau, prit la casquette, le cigare et la photo et sortit sur la terrasse. Il rentra à plusieurs reprises se servir un grand verre de bourbon.

Une envie subite de démissionner l'envahit. Pourquoi pas ? se demandait-il. Vendre ses maisons, s'embarquer sur un voilier pour les Caraïbes, vivre au bord de la mer, peut-être essayer de se sentir plus proche de la femme, des deux pères et des camarades qu'il avait perdus. L'idée commençait à faire son chemin. Mais il aurait juré avoir entendu une voix rocailleuse, comme imprégnée de fumée de cigare, forte, impérieuse et incisive, lui marteler ces cinq mots :

— Il n'en est pas question !

Vieux quartiers d'Alexandria, Virginie.

La maison était peinte en jaune clair, avec des volets rouges. Une plaque de cuivre fixée près du chambranle de la porte annonçait le caractère historique de cette demeure, construite en 1817. On y accédait par une large allée dallée de briques. Derrière, la rue pavée tournait pour s'enfoncer dans les vieux quartiers. Les maisons, mitoyennes, dataient toutes de la même année. Une plaque ovale de céramique blanche portait le nom O'Shaughnessy surmonté d'un trèfle irlandais.

Une femme souriante, élégante et distinguée ouvrit la porte. Elle pouvait avoir quarante-cinq ans, ses cheveux blonds étaient coupés en un carré long et raide. Elle passa le bras sur l'épaule de Pacino pour l'inviter à entrer.

— Amiral Pacino, dit-elle d'une voix amicale, je suis ravie de vous rencontrer enfin. Je m'appelle Diana. J'ai tellement entendu parler de vous. Cet article sur vous dans le *Washington Post* en mars était tout à fait étonnant. L'avez-vous lu ?

Pacino se retrouva avec un verre de whisky dans les mains. Puis son hôtesse l'entraîna dans un tour du propriétaire. Sur toutes les bibliothèques, sur toutes les tables, trônaient des photos d'enfant. Il avait l'impression de voir Colleen partout. Ici, elle riait, ses cheveux noirs étaient libres autour de son visage et ses yeux sombres semblaient pleins de malice. Sur un autre cliché, elle devait bien avoir onze ou douze ans, au début de l'adolescence. Elle paraissait mal dans sa peau, enlaidie par une coiffure bizarre et elle tendait la main pour écarter l'objectif. Il s'arrêta devant une photo de promotion. Sa longue robe de soirée flottait au vent et elle affichait un sourire de star.

— Colleen est belle, n'est-ce pas, fit doucement remarquer Diana.

Machinalement, Pacino acquiesça et ajouta qu'elle possédait en plus une intelligence exceptionnelle. L'amiral O'Shaughnessy entra juste à ce moment, en jeans et pull-over. De stature imposante, il faisait partie des rares hommes vers lesquels Pacino devait lever les yeux, bien qu'il ne le dépassât que de quelques centimètres. Il sourit à Pacino et lui donna une ferme poignée de main. En l'observant, celui-ci reconnut le nez et les sourcils de Colleen. Il se força à rendre le sourire et à répondre à quelques questions tandis que O'Shaughnessy l'emmenait dans son bureau, sur l'arrière de la maison.

Derrière un grand bureau en cerisier, la fenêtre s'ouvrait sur un jardin dominé par un chêne gigantesque, dont la hauteur dépassait celle des habitations environnantes. Les feuilles rousses flamboyaient dans la lumière déclinante. Pacino s'assit devant la cheminée dans l'un des deux fauteuils profonds. O'Shaughnessy s'installa dans le second, en face du feu qui crépitait dans l'âtre. Il se servit un peu de whisky puis posa son verre sur une table basse, au pied d'un lampadaire.

— Vous savez, Patch, dit-il, j'ai travaillé pour Dick

Donchez pendant plusieurs années. J'étais son adjoint chargé des opérations spéciales avant la guerre contre le Front islamique. Il parlait tout le temps de vous.

Pacino regarda son verre, qu'il avait déjà vidé.

— Un jour, Donchez m'a dit que vous étiez le meilleur sous-marinier qu'on ait jamais vu.

Pacino toussota, comme s'il voulait éviter le sujet.

— Il m'a parlé de votre équipée dans l'Arctique. J'ai lu tout le rapport de patrouille, le vrai, pas l'autre. J'ai également pris connaissance des comptes rendus de la mission dans la baie de Bo Hai et dans la mer du Labrador, au moment du naufrage du *Seawolf,* ainsi que de l'opération « Voile illuminé » après le blocus du Japon. J'étais impatient de faire la connaissance du célèbre Michael Pacino, cité trois fois pour la Navy Cross, celui qui, selon Donchez, aurait dû recevoir la Medal of Honor [1]. Cependant, une chose me chiffonne. Peut-être pourrez-vous m'éclairer.

Pacino leva les yeux.

— Cet homme dont j'ai lu tous les exploits, ce Nelson des temps modernes, peut-être savez-vous où il se trouve, Patch.

— Pardon ?

Dans la pénombre de la pièce, O'Shaughnessy fixait Pacino, les sourcils froncés et le regard sombre.

— Il y a un an, peut-être plus, Donchez est venu dans mon bureau. Il m'a annoncé qu'il souffrait d'un cancer et qu'il n'en avait plus pour longtemps. Les médecins ne lui donnaient plus que quelques semaines à vivre, ce qui montre la fiabilité de ces gens-là, soit dit en passant. Donchez s'est battu comme un diable contre la maladie. Mais il m'avait demandé de lui rendre un service. C'était, disait-il, l'un des deux derniers. Il ajouta m'avoir particulièrement apprécié en tant qu'adjoint. Mais je m'égare.

1. Plus haute distinction décernable par le Congrès en temps de paix.

O'Shaughnessy écarta ses énormes mains dans un geste presque comique, comme pour manifester son impuissance.

— Je lui ai demandé ce qu'il désirait. Il m'a regardé et il a dit : « Richard, vous allez prendre soin de Mikey Pacino à ma place. » Je me suis mordu les lèvres. « D'après ce que je sais, il n'a besoin de l'aide de personne », lui ai-je fait remarquer. Il s'est aussitôt mis hors de lui, du Donchez classique, comme dans les bons jours. J'ai battu en retraite et lui ai dit : « OK, OK, amiral. » Je lui ai donc ensuite demandé ce qu'il désirait exactement, comment je devais m'y prendre et, Seigneur Dieu, vous connaissez ce vieux renard de Donchez, il a allumé un de ses gros cigares et m'a répondu : « O'Shaughnessy, vous êtes un grand garçon, un salopard brillant, un commando marine génial. Vous n'êtes pas devenu chef d'état-major de la marine, amiral quatre étoiles, complètement par hasard, je suis sûr que vous vous débrouillerez bien. » Je dois dire que je n'avais pas tout compris.

O'Shaughnessy se leva pour attiser le feu et ajouta deux bûches. Il retourna près du bureau et se resservit du whisky d'une carafe en cristal. D'un geste, il en proposa à Pacino, qui accepta d'un signe de tête. L'Irlandais apporta les verres, tendit le sien à Pacino et se rassit.

— Il s'est contenté d'ajouter : « Voyez, Richard, je considère Mikey comme mon propre fils. Et quand je ne serai plus là, je compte sur vous pour le protéger. » Il pointa vers moi le bout de son cigare et je ne pus qu'accepter. Lorsqu'il se leva pour regagner ses bureaux de la NSA, je lui rappelai qu'il avait fait allusion à deux services. Et le second ? Il s'arrêta à la porte et me tendit une enveloppe. « Ne l'ouvrez pas avant ma mort », ajouta-t-il avant de claquer la porte derrière lui.

— De quoi s'agit-il ? demanda Pacino.

— J'y arrive. Mais avant, je dois revenir à ma première question. Où a disparu le vrai Patch Pacino ? Que lui est-il arrivé ?

— Je ne sais pas...

— Bien sûr que si, vous le savez, Patch, interrompit O'Shaughnessy en lui lançant un regard lourd.

Un silence pesant s'installa, troublé seulement par le crépitement des braises dans la cheminée.

Mal à l'aise, Pacino parla le premier.

— Amiral, je ne sais pas où vous voulez en venir. Si vous permettez, je vais me retirer, dit-il en se levant.

— Asseyez-vous, nom de Dieu, intervint O'Shaughnessy d'une voix coupante.

Pacino obéit et O'Shaughnessy poursuivit.

— Il y a deux ans, après la fin du blocus, la présidente Warner a décidé de soutenir le programme du sous-marin SSNX, dont vous êtes le père. Ce faisant, vous court-circuitez un paquet de gens influents. Un an plus tard, le bâtiment sort d'Electric Boat, à Groton, et est remorqué jusqu'à Hawaii, à des milliards de kilomètres des experts. Le programme n'avance pas et vos rapports ne disent pas pourquoi. En réalité, vos rapports ne disent plus rien. Vous avez déserté votre commandement, vous laissez vos équipes faire le boulot à votre place à Norfolk. Le commandement des sous-marins est devenu un vrai foutoir et toute la marine, le Congrès et la Maison Blanche veulent savoir pourquoi. Et moi aussi, je veux savoir pourquoi.

— Amiral...

— Taisez-vous, je n'ai pas fini. Je viens de découvrir que le système de combat Cyclops a échoué aux tests C-1. Ce qui, si j'ai bien compris, retarde le programme d'au moins un an. Et ce n'est pas par vous que je l'apprends, ni par votre état-major, ni même par le directeur de Dyna Corp.

— Et qui vous en a parlé ?

Colleen, pensa Pacino...

O'Shaughnessy sortit un WritePad de dessous la tablette du lampadaire. Il fit défiler le menu jusqu'à ce que l'édition informatique du *Washington Post* apparaisse à l'écran. Il tendit l'ordinateur à Pacino. Un titre racoleur barrait la une :

« LE SUPER-SOUS-MARIN SSNX TRAITÉ DE VIEILLE FERRAILLE PAR TRACHEA. »

Pacino parcourut l'article. Le sénateur Eve Trachea, membre du Parti national et de la Commission de la défense, adversaire désignée de Warner pour les prochaines élections présidentielles, avait soulevé le lièvre du SSNX. Elle expliquait que le système informatique présentait des défauts rédhibitoires, que le sous-marin risquait de ne jamais naviguer, que le système d'armes, qui avait coûté un milliard de dollars, ne fonctionnerait jamais. À ses yeux, le programme était caractéristique du gaspillage éhonté commis par l'administration Warner et des dépenses inconsidérées de la Défense en temps de paix.

— Je ne comprends pas, Pacino. Vous laissez tomber votre commandement, vous décidez de vous consacrer entièrement au programme de ce nouveau sous-marin et voilà le résultat. Bon Dieu, d'après ce que je sais, la seule raison pour laquelle vous n'avez pas été débarqué au grand choix reste l'estime que vous portait la présidente Warner. Et j'en parle au passé, car elle aussi croyait au programme SSNX. Il n'est pas exagéré de penser que ce sous-marin risque de lui coûter les prochaines élections. Je vous repose donc la question pour la dernière fois, Patch, que se passe-t-il ?

Pacino le regarda en se demandant pourquoi il abordait la question de cette manière. S'il devait être démis de ses fonctions, pourquoi l'amiral ne le lui disait-il pas en face ? Puis O'Shaughnessy radoucit le ton.

— Patch, je suis au courant pour votre femme. J'ai assisté à ses obsèques. Je sais que vous l'aimiez et que, lorsque vous l'avez perdue, votre vie a basculé. Je sais également que vous aviez décidé de quitter la marine après sa mort et que Donchez n'a pas voulu en entendre parler. À présent qu'il nous a quittés, je tiens à honorer ses dernières volontés et je vous rappelle que je suis votre chef. Et vous devez savoir que je comprends ce que vous ressentez. Mon épouse,

Mary, est morte lorsque Colleen avait juste dix-huit ans. Pour nous deux, ce fut une période très pénible. Je n'aurais jamais cru que je réussirais à surmonter mon chagrin. Je pensais vivre le reste de mon existence solitaire et dans le deuil...

Il se pencha en avant.

— Et vous savez quoi ? Je souffre toujours. Je n'ai pas réussi à l'oublier. Dans mon sommeil, je prononce son nom. Mais la vie continue et un jour les choses paraissent plus faciles. La peine ne disparaît pas, elle ne s'atténue pas, mais vous devenez plus fort, vous êtes capable d'en porter plus sur les épaules. Et alors vous pouvez continuer à vivre. Ce que je voudrais savoir, c'est quand se produira le déclic pour l'amiral Pacino. Je ne peux pas laisser l'ensemble de la flotte rouiller sur place jusqu'à ce que vous repreniez le dessus, Patch. Alors, quelles sont vos intentions ? Rester en dehors de la bagarre ou reprendre votre rôle dans la marine ?

— Merci de votre franchise, amiral, répondit lentement Pacino. Je pense que je vais partir. Vous trouverez probablement ma lettre de démission sur votre bureau lundi matin.

Il se leva pour la seconde fois.

— Il vaudrait mieux que vous jetiez un coup d'œil sur ceci avant, dit O'Shaughnessy, d'un ton quelque peu énigmatique.

— De quoi s'agit-il ?

— Bon sang, ça devrait être quelque part là-dedans.

O'Shaughnessy jura en fourrageant dans son attaché-case, dans les tiroirs de son bureau et dans les commodes en face de la cheminée.

— Attendez. Diana ? Diana ! As-tu vu cette lettre ?

— Quelle lettre, chéri ?

— La lettre que Donchez m'avait confiée.

— Amiral, de quoi s'agit-il ?

O'Shaughnessy se tenait dans l'entrebâillement de la porte, attendant sa femme. Il jeta un coup d'œil derrière lui.

— La seconde faveur que m'a demandée Donchez avant de mourir. Diana!

Elle entra dans le bureau en adressant un sourire amusé à Pacino.

— Honnêtement, dit-elle, en se dirigeant directement vers une petite table basse, mon chéri, heureusement que tu as une femme à défaut d'avoir une tête.

Elle fit un clin d'œil à Pacino et de nouveau lui adressa un sourire, qu'il lui rendit malgré lui.

— Ici, dit-elle en tendant une enveloppe à son mari. Ne tardez pas trop, le dîner est presque prêt.

Elle ferma la porte en sortant. O'Shaughnessy passa l'enveloppe à Pacino, qui s'assit à nouveau. Elle avait été ouverte avec un coupe-papier. L'écriture restait parfaitement reconnaissable : c'était bien celle de Donchez, menue et rendue tremblotante par la maladie.

O'Shaughnessy,

J'espère que vous vous occupez de Mikey, ainsi que vous me l'avez promis.

Voici mon second souhait. Je tiens à ce qu'il soit exaucé et je ne veux rien savoir de vos problèmes.

Le nom que portera le nouveau SSNX est très important.

Pacino leva les yeux vers O'Shaughnessy.

— Je pensais que nous pourrions baptiser ce sous-marin le USS *Richard-Donchez,* dit-il. Non que cela ait vraiment beaucoup d'importance, mais j'aimerais qu'il en soit ainsi.

— Finissez cette lettre.

Pacino lut le bas de la page.

Démerdez-vous comme vous voulez, O'Shaughnessy, mais donnez à ce sous-marin le nom qui va bien et assurez-vous que Mikey garde la responsabilité de ce bâtiment.

Il s'appellera le Devilfish.

Pacino s'étrangla. Il regarda O'Shaughnessy et lui rendit la lettre.

— Alors ? demanda O'Shaughnessy.

— Alors quoi ?

— Qu'en pensez-vous ?

Pacino prit une profonde inspiration et essaya de trouver une réponse, avant de comprendre qu'il n'en avait aucune. Que Donchez désirât que le nouveau SSNX porte le nom du premier sous-marin qu'avait commandé Pacino paraissait saugrenu, sans doute une lubie de mourant. Mais un déclic se produisit.

Se figurant en pensée l'énorme coque dans le dock flottant de DynaCorp, il imagina la cérémonie de baptême du sous-marin. Il se représentait les pavillons, il lisait USS *Devilfish* SSNX-1, il entendait les ouvriers du chantier parler du *Devilfish* et il se représentait les documents, les manuels, un message porter le nom de *Devilfish*...

Et tandis que toutes ces images défilaient dans son esprit, quelque chose en lui changea. Il retrouvait la même fierté que le jour où il avait reçu le message du directeur du personnel le désignant comme commandant du premier *Devilfish* : pour la première fois, son nom était lié à celui d'un sous-marin. Il faisait un retour sur lui-même. Pendant un court instant, il reprit confiance, une certaine griserie monta en lui, comme avant tous les malheurs qui l'avaient frappé. Oui, c'était exactement cela. Une vraie griserie. Et tandis qu'il imaginait le SSNX portant le nom de son ancien sous-marin, il sentait l'énergie revenir en lui, bien faible en comparaison de celle qui l'avait animé dans le passé. Mais cette assurance, autrefois innée ou fruit de la maîtrise de soi, était aujourd'hui le cadeau posthume de Richard Donchez. En regardant O'Shaughnessy, il sentit sa poitrine se gonfler.

— Amiral, nous baptiserons le SSNX USS *Devilfish*. Et nous dirons à Jaisal Warner qu'il appareillera dans les délais prévus quoi qu'il advienne. Trachea va les bouffer, ses mauvaises vannes. Et ne vous inquiétez pas au sujet du commandement des forces sous-marines. Je reprends la main.

O'Shaughnessy sourit et lui donna une tape sur l'épaule. Les deux hommes quittèrent le bureau et se dirigèrent vers la salle à manger. Pour la première fois depuis longtemps, Pacino huma avec plaisir le fumet du repas préparé par Diana. Il renaissait. Cet instant resterait longtemps gravé dans son esprit.

Mais lorsque la voiture de service le reconduisit dans sa maison d'Annapolis, il sentit son enthousiasme le quitter et un grand vide se creuser à nouveau en lui. Eileen n'était plus là, Donchez non plus, et le sentiment d'impuissance le reprenait. Peut-être avait-il répondu à O'Shaughnessy sous l'effet du whisky ?

Il baissa les yeux sur la casquette brodée. À quoi ressemblerait-elle si au lieu de lire *USS DEVILFISH* SSN-666, on lisait *USS DEVILFISH* SSNX-1 ? Cela changerait-il quelque chose dans sa vie à lui, qui avait déjà été tellement bouleversée ?

TROISIÈME PARTIE

BASCULEMENT

9

Lundi 4 novembre

Shanghai, Chine blanche

Il était un peu plus de deux heures du matin. À quelques nautiques au large des lumières scintillantes de Shanghai, le viseur stellaire du missile de croisière Shining March mesura la position des étoiles et élabora un point, qu'il transmit au calculateur de l'engin. Pour respecter la trajectoire prévue, le missile devait maintenant venir à l'ouest. Les gouvernes pivotèrent et imprimèrent à l'arme une giration sous un facteur de charge de 2 g. La caméra placée dans le nez de l'engin aperçut les éclairages de la ville. Des reflets étincelaient sur la mer sombre, cinq mètres sous lui, tandis que l'engin prenait son nouveau cap et franchissait le mur du son pour accélérer jusqu'à Mach 1,2. Au-dessus de l'eau, personne n'entendit le bang. Les lueurs de l'agglomération se faisaient de plus en plus brillantes à mesure que Shanghai se rapprochait.

L'objectif, un palais entouré de plusieurs clôtures, surveillé par des troupes spéciales et survolé en permanence par des patrouilles d'hélicoptères, se trouvait au centre de la ville. Trois autres missiles de croisière volaient en dessous de l'altitude de détection des systèmes : quatorze radars fixes de contrôle du trafic aérien et un radar militaire de veille air. Quatre chasseurs appartenant à une escadrille de

MiG-51 Flicker avaient également reçu le même objectif que le premier missile.

L'attaque serait coordonnée. Les engins arrivaient des quatre points cardinaux. Le missile un frapperait le premier, suivi une seconde et demie plus tard par ceux venant du nord, puis de l'ouest et enfin du sud. L'escadrille de Flicker attaquerait ensuite le palais en deux vagues successives, la première dix secondes après l'impact du dernier missile, la deuxième trente secondes plus tard. Afin de respecter le timing de l'opération, le Shining March devait naviguer à la perfection. Le point astral ne suffisait pas et il fallait le compléter par un relevé de terrain.

La côte approchait rapidement. Le missile se trouvait bien sur sa trajectoire, mais légèrement en avance. Il ferma un peu la vanne qui régulait l'injection de kérosène dans son turboréacteur et repassa en subsonique. Un casino, le Spade Palace, apparut. Illuminé *a giorno,* le bâtiment était plus brillant qu'un phare. La façade de verre biseauté renvoyait des éclats qui soulignaient la silhouette hardie du gratte-ciel. Des enseignes en anglais et en chinois invitaient les joueurs à entrer, même à cette heure indue. Le casino constituait le premier des trois repères de navigation programmés dans la mémoire du missile de croisière. L'engin arriva au sud du bâtiment, franchit la côte et entama son parcours au-dessus de la terre ferme.

À moins de cent mètres du Spade Palace, le missile vira au 0-3-5. Il accéléra un peu pour rejoindre le second amer, un monument érigé en l'honneur du général Wong Chen, vainqueur de la Chine rouge durant la guerre civile et l'un des pères fondateurs de la Chine blanche. Le monument à Wong représentait une épée gigantesque, scellée à la base et qui s'élevait à deux cents mètres au-dessus du niveau de la mer. De puissants projecteurs illuminaient cette énorme sculpture. À son sommet, un feu rouge intermittent avertissait les avions du danger qu'elle représentait pour la circulation aérienne. Le missile contourna le monument à hauteur de la garde de l'épée décrivant un large cercle, puis remit les gaz. La mission prévoyait une approche du palais présidentiel à vitesse maximale.

L'hôtel Hilton, un gratte-ciel dont les quatre cents mètres trouaient le ciel sombre, constituait le troisième et dernier amer. Cet édifice pharaonique, autre symbole concédé au capitalisme, avait été construit dans l'année qui suivit l'indépendance de la Chine blanche. L'hôtel était visible à des dizaines de kilomètres à la ronde et le nom de Hilton se détachait en immenses capitales lumineuses rouges sur le colossal cylindre sombre. Le missile reprit sa course à Mach 1,2, en direction du palais présidentiel.

L'engin survola le mur d'enceinte de trente mètres de haut, qui ceinturait le palais au centre du complexe. Le missile accusait un retard de 33 millisecondes par rapport à son programme de vol. Il ne restait que quelques dizaines de litres de carburant dans les réservoirs blindés de l'engin, ce qui l'allégeait beaucoup. Lorsque les gaz s'ouvrirent en grand, le missile dépassa la vitesse maximale prévue et accéléra jusqu'à Mach 1,24. Il fonça vers un mur intérieur. En dessous, les chiens de garde eurent à peine le temps de retrousser leurs babines, de lever la tête et d'esquisser un grondement que déjà le missile illuminait le ciel.

La première ceinture de constructions défila sous le fuselage. Les trois rangées de bâtiments de bureaux et d'habitations s'alignaient dans une géométrie parfaite. Puis vint la rangée centrale, des édifices sombres où dormait toute l'équipe de service. Au centre s'étendait une cour monumentale. Des projecteurs éclairaient une multitude de fontaines. Divers décors exotiques aménageaient dans l'espace une trentaine de zones plus intimes. Sur l'avant, le palais présidentiel se rapprochait, éclairé par le seul halo des projecteurs des fontaines de la cour.

Le palais ne s'élevait que sur trois niveaux, mais il mesurait plus d'un kilomètre de long. Du marbre d'Italie recouvrait la façade à pilastres. Une voie bordée d'une longue colonnade donnait accès à une vaste rotonde, sur laquelle s'ouvraient des portes de bronze sculpté. Dans l'aile nord, au second étage, les appartements du président dominaient le jardin et le complexe monumental du palais intérieur. De hautes baies vitrées, encadrées de lourdes tentures, donnaient sur une terrasse dallée garnie de mobilier de jardin, agrémentée d'arbustes en pots et d'une piscine de bonne taille.

Le nez du missile Shining March percuta la vitre blindée de la suite présidentielle. Le verre explosa vers l'extérieur, sur la terrasse. Le détecteur d'impact enregistra le contact et ordonna la mise à feu de la charge militaire. Un condensateur de grande capacité envoya une puissante impulsion électrique qui volatilisa un fil de tungstène contenu dans le détonateur. L'explosion du fil se transmit à la minuscule capsule pyrotechnique du détonateur, qui alluma à son tour une charge relais suffisamment puissante pour provoquer la mise à feu de la charge principale.

En quelques millièmes de seconde, le missile pénétra dans la chambre obscure, entre des plafonds de marbre de plus de quinze mètres de haut et des planchers de bois ciré. Lorsque les gouvernes du missile, arrachées par la traversée du vitrage blindé, finirent de se détacher du fuselage, la chaîne de mise à feu avait accompli à peu près la moitié de son déroulement. À cinq mètres du lit présidentiel, la troisième phase de la mise à feu porta la charge de l'engin à la température du soleil. L'explosion principale se déclencha.

L'enveloppe du missile se désintégra et la charge militaire se métamorphosa en un plasma d'énergie pure, télescopant tous les états de la matière dans un brasier thermonucléaire. Le président, couché dans son lit, ne se sentit pas mourir. Il se transforma instantanément en chaleur et en lumière, ses os se liquéfièrent, puis se vaporisèrent et les atomes qui constituaient son corps se diluèrent dans le plasma incandescent. La boule de feu se dilata à la vitesse du son ; protons, neutrons et photons précipités dans une aveuglante danse de mort, des torrents d'électrons giclant dans l'atmosphère. Moins d'une seconde et demie avant l'impact du second missile, la partie centrale du palais n'était plus qu'un trou calciné de cent mètres de diamètre, aux bords bien nets.

Les missiles deux, trois et quatre attaquèrent à leur tour. Les explosions successives dévastèrent le palais, qui fut rapidement réduit en un vaste champ de ruines. La première vague de chasseurs Flicker se présenta ensuite. Les avions breakaient serré vers la droite ou la gauche dès qu'ils avaient largué leurs bombes afin d'éviter le souffle des charges à plasma. Vingt bombes « Révolution Culturelle » s'écrasèrent sur l'immense brasier. Toutes explosèrent dans un déchaînement d'énergie qui surmultiplia l'enfer. Vingt-cinq secondes avaient suffi à vaporiser l'objectif principal. La seconde vague de Flicker se détourna et fonça vers les cibles secondaires prévues au programme.

Deux minutes après l'explosion du premier missile, un gigantesque cratère noir s'ouvrait à la place du palais, du jardin et du complexe administratif qui avaient fait la fierté de leurs occupants. De la rangée centrale de bâtiments, il ne restait plus qu'un amas de moellons, de briques, de plaques de marbre et de câbles électriques. Des fers à béton tordus pointaient vers le ciel dans la nuit embrasée. Les vitres, qui avaient fondu, se solidifiaient en flaques visqueuses. Les bâtiments de la couronne extérieure, les seuls qui restaient encore debout, brûlaient dans des torrents de fumée noire. Toits et fenêtres crachaient d'immenses flammes. Seuls quelques rares fragments des deux murs d'enceinte, censés protéger le complexe des attaques terroristes, paraissaient encore intacts.

Cent vingt-cinq autres missiles de croisière attaquèrent la ville. Un raid d'une centaine de Flicker ajouta au chaos. En comparaison, les destructions subies par Hiroshima, Nagasaki et Dresde au siècle précédent semblaient presque insignifiantes. Le Hilton avait été pulvérisé jusqu'au niveau des fondations. Sur le toit de ce qui avait été un ascenseur panoramique, on reconnaissait le grand H rouge de l'enseigne. Le verre de la façade, en miettes, avait à moitié fondu et pris une lugubre teinte noire. À la place de l'épée de Wong, il ne restait plus qu'un monticule de poussière de granit.

Des incendies s'étaient déclarés à bord des bâtiments de commerce mouillés dans le port. Un superpétrolier chargé de brut avait explosé, soufflant dans le ciel une boule de feu d'un kilomètre de diamètre. L'onde de choc se propagea dans toute la ville et ajouta au désastre.

Aucun bâtiment de plus de deux étages ne tenait encore debout. Pas une seule voiture n'était reconnaissable : le métal, l'acier et le caoutchouc qui n'avaient pas été émiettés dans les explosions avaient brûlé dans les immenses incendies qui ravageaient la ville. Toute trace de végétation, le moindre brin d'herbe, avait disparu sur plusieurs dizaines de kilomètres carrés.

Pas un seul être humain n'avait survécu à moins de 20 kilomètres du palais présidentiel. Entre 20 et 80 kilomètres, quelques survivants erraient entre les bâtiments en flammes, les vêtements couverts de suie, les yeux hagards, le visage plein de larmes. Un père trébuchait au milieu des ruines. Il portait deux fillettes aux jambes décharnées, vêtues d'un pyjama en lambeaux. Il pleurait en silence. Les deux enfants étaient mortes. Le visage de la plus jeune portait des brûlures profondes. L'aînée paraissait indemne, ses yeux morts semblaient fixer la scène sans ciller. Malgré ses blessures sérieuses, un cameraman de SNN, Satellite News Network, la chaîne d'informations omniprésente, filmait la scène. Un kilomètre plus loin, une fourgonnette relayait les images à un satellite qui les transmettait à son tour au siège de SNN à Denver, Colorado, puis, de là, aux télévisions et aux WritePad du monde entier.

Le lundi 4 novembre, à deux heures du matin,

heure de Shanghai, n'était encore que le dimanche 3 novembre, deux heures de l'après-midi sur la côte Est des États-Unis. La National League de football américain entrait dans sa dixième semaine de la saison. Le *quarterback* des Dallas Cowboys arma son bras et passa un vrai boulet de canon au receveur Kevin McConkey, en plein dans l'en-but des Redskins. Le ballon tournoyait encore dans les airs lorsque l'écran devint noir et le visage d'un journaliste apparut. Un sous-titre défilait : FLASH D'INFORMATIONS SPÉCIAL, LA CHINE BLANCHE BOMBARDÉE. L'image du reporter disparut et fut remplacée par celle d'un père portant deux enfants morts brûlés vifs dans une rue de Shanghai.

— *Nous interrompons ce programme pour diffuser un flash d'informations spécial en direct de la ville de Shanghai, en Chine blanche, qui vient d'être anéantie par un raid aérien il y a quelques minutes. Ces images, prises par un journaliste de SNN, nous donnent une idée de l'incroyable carnage qui...*

Devant son écran de télévision, Stephen Cogster, le conseiller à la Sécurité nationale, reposa brutalement sa bière sur la table devant lui et empoigna le téléphone satellite qui pendait à sa ceinture. Il appuya sur une touche et porta l'écouteur à son oreille.

— Code 7, NSA pour numéro un. Faites-la venir au téléphone immédiatement. Je répète, code 7.

Moins de dix secondes plus tard, son interlocutrice était en ligne. La voix de la présidente, Jaisal Warner, traduisait sa très profonde irritation.

10

Juchée pieds nus sur un escabeau de bois, elle portait une minijupe noire et tenait à deux mains le long manche d'un rouleau à peinture. Eileen. Ses cheveux blonds tombaient en cascade plus bas que ses épaules quand elle se penchait pour tremper son rouleau dans la peinture rouge. Elle se relevait et peignait le mur au-dessus d'elle. Quelques gouttes de peinture éclaboussèrent sa jupe. Elle leva soudain les yeux vers lui. Son visage n'était plus qu'un amas de chairs sanguinolentes. Il voulait s'approcher d'elle, la prendre dans ses bras, mais la sentait en colère. Elle paraissait tellement sérieuse, différente de celle qu'il connaissait, et elle peignait avec des mouvements rapides et appliqués. Avant qu'il n'ait eu le temps d'articuler un mot, elle se mit à parler. Mais pas un son ne sortait de sa bouche et elle ne remuait pas les lèvres.

Les sous-marins des Rouges, Mikey, bats-toi contre les Rouges...

Son image commençait à s'estomper dans le lointain, le mur au-dessus d'elle se refermait en un cylindre noir. Un gouvernail apparaissait à l'arrière-plan, des barres de plongée et une pompe hélice. Le dock flottant autour de la coque. C'était le SSNX. La partie inférieure des safrans de direction luisait à présent d'un rouge clair. Eileen continuait à peindre, tout en s'éloignant. Elle se tourna vers lui et cria : « *Dépêche-toi, il faut que nous partions !* »

— Quoi ? demanda-t-il d'une voix pâteuse.

— Dépêche-toi, amiral, il faut y aller !

Ce n'était plus Eileen mais une voix masculine...

— Amiral, l'avion de O'Shaughnessy nous attend. Ils avaient dit qu'ils t'appelleraient. Bon Dieu ! jura Paully White en s'apercevant que le téléphone était débranché et en le jetant à travers la pièce.

Il criait presque et sa voix trahissait à la fois la consternation et la colère.

— Comment se fait-il que tu dormes encore à deux heures et demie de l'après-midi ? Bordel de merde !

L'esprit encore engourdi, Pacino s'assit et regarda son poignet. Il ne portait pas sa Rolex. Il la trouva sur sa table de chevet.

— Que fais-tu ici, Paully ? Que se passe-t-il ?

White avait trouvé une télécommande. Il alluma la télévision et laissa Pacino se faire une idée de la situation tandis que le journaliste poursuivait sa présentation.

— ... *des divisions blindées ont franchi la frontière de la Chine blanche à Zhengzhou et ont conquis la ville en une heure. Au même moment, plusieurs régiments de chars de combat ont traversé la frontière nord-ouest. Il semblerait qu'elles se dirigent vers la ville centrale de Xuzhou. Au sud, cinq divisions d'infanterie ont franchi la frontière à Canton et paraissent se diriger sur Hong kong. Dans l'intérieur du pays, une dizaine de divisions de blindés et d'infanterie ont traversé une zone montagneuse afin d'isoler le Nord du Sud. Plusieurs centaines de bombardiers, de chasseurs et d'hélicoptères de l'Armée populaire de libération sont intervenus. Nous ne possédons que peu de détails sur cette opération mais il semblerait que les forces armées de la Chine blanche aient été totalement prises par surprise et soient débordées. Elles ont dû battre en retraite en accusant de lourdes pertes, tandis que les Rouges progressent vers les côtes de la mer de Chine orientale. Ici, Christie Cronkite, Tsingtao, Chine blanche, pour SNN. À vous Bernard.*

— Merci, Christie. Nous passons la parole à Brett Hedley, à Hong kong, qui vient de subir une attaque aérienne il y a tout juste quelques minutes. Brett, pouvez-vous nous donner plus de détails ? Brett ? Brett ? Il semblerait que nous ayons perdu la liaison avec Hong kong pour des raisons techniques. Nous tenterons de reprendre contact avec lui dans quelques instants. Pour les téléspectateurs qui viennent de se joindre à nous, nous rappelons que la Chine rouge vient d'attaquer la Chine blanche, avec une violence que nous n'avions plus connue depuis la bataille d'Iran. Nous nous tournons maintenant vers notre correspondant qui se trouve devant la résidence présidentielle de Teton Village, dans le Wyoming. Diane ?

White éteignit le téléviseur et jeta la télécommande sur le lit. Pacino garda un moment les yeux fixés sur l'écran avant de se tourner vers White.

— Qu'est-ce que c'est que ce bordel ?

— Nous pourrons continuer à regarder l'émission à bord du 777 de O'Shaughnessy.

Pacino se leva et se dirigea vers la salle de bains.

— Nous sommes attendus à la base aérienne d'Andrews dans une heure. Cela te laisse exactement huit minutes pour prendre une douche et préparer ton sac, ajouta Paully d'une voix forte, afin de couvrir le bruit de l'eau qui coulait.

Puis il reprit la télécommande, ralluma le téléviseur et regarda défiler les images.

Route 50, Interstate 595
Aux environs de Bowie, Maryland

La Lincoln de service fonçait à plus de 200 kilomètres/heure.

Cette fois-ci, White n'avait pas pu demander une escorte en raison de la saturation des liaisons radio, téléphoniques et informatiques. Lorsqu'une voiture de police les rattrapa, tous phares clignotants et gyrophare bleu allumé, le chauffeur l'ignora purement et simplement. Le State Trooper finit par se placer sur sa gauche et lui faire signe de se garer immédiatement sur le bas-côté. Sans interrompre sa conversation sur son téléphone satellite, Pacino baissa sa vitre. La polarisation noire de celle-ci fit place à la lumière intense du soleil de l'après-midi qui emplit l'habitacle. Tout en continuant à vociférer ses ordres, l'amiral brandit un papier sur lequel White avait écrit à la main : BASE AÉRIENNE D'ANDREWS-URGENCE. L'insigne et l'emblème de l'état-major des forces sous-marines peints sur la portière prirent sans doute alors tout leur sens, car le policier salua et accéléra pour se placer devant la voiture. Il démarra sa sirène.

— Vous m'entendez, reprit Paully, lorsque Pacino eut refermé sa vitre. Stade d'alerte numéro un pour tous les sous-marins de la flotte du Pacifique. Vous disposez de deux heures pour rappeler les équipages et faire le plein de vivres. Pas de frais, uniquement des conserves. Faites diverger immédiatement les réacteurs et commencer l'allumage par les équipes de service. Faites-les appareiller au plus vite... Oui, exactement, nous les mettrons au courant de la situation une fois en mer... Évidemment, vous pouvez continuer à vous poser des questions pendant toute la journée si vous voulez, mais les commandants recevront leurs ordres directement de l'amiral Pacino. C'est compris ? À bientôt et faites vite, nom de Dieu.

— Et en Atlantique ? demanda Pacino.

— Nous pouvons les déployer également, mais cela laisserait notre façade est sans protection. Et de toute façon, il leur faudrait à peu près trois semaines pour rejoindre la Chine. Nous sommes confrontés à une attaque éclair, amiral. Les Rouges auront atteint la mer de Chine orientale dans une semaine, peut-être moins. Alors, tout sera consommé. Warner est contrainte de frapper vite et fort.

— La Chine est un territoire sacrément vaste, Paully, presque un continent. Les Rouges n'auront jamais terminé leur invasion en moins d'une semaine. Même si les Blancs ne leur opposent qu'une résistance symbolique, il leur faudra au moins un mois pour atteindre la côte et sécuriser leurs positions. Les Blancs parviendront peut-être à les repousser vers Pékin. Par un coup de chance, Wong Chen est encore vivant. Il avait eu la bonne idée d'aller chez sa maîtresse, à l'extérieur de Shanghai. Et Warner a fait commencer l'embarquement de la force d'intervention rapide à bord des bâtiments de la flotte du Pacifique.

— Exact. Ils appareillent d'ailleurs en ce moment même.

— C'est une plaisanterie, je suppose.

— Lis toi-même le message. Les bâtiments viennent de quitter Yokosuka et se dirigent vers un point de ralliement au large de Shikoku, au Japon. Le transit escorté commence dans six heures environ. Ils sont en route.

— J'ai comme l'impression que Warner a retenu la leçon, commenta Pacino, en se remémorant ses hésitations avant le blocus du Japon.

— Alors, que veux-tu faire avec les sous-marins de l'Atlantique ? demanda White.

— Stade d'alerte numéro un, appareillage au plus vite. L'escadrille de Norfolk traverse par le nord, sous la calotte polaire, celle de Kings Bay passe le canal. J'offre à dîner au premier qui arrivera en mer de Chine orientale.

— Amiral, commandant White ? interrompit Kathy Cressman, l'aide de camp, assise à l'avant. Elle avait été l'adjointe de Pacino à Norfolk et travaillait à présent pour son numéro deux, l'amiral Kane. Warner fait une déclaration sur SNN. Je la passe sur votre écran.

Jackson Hole, Wyoming
Résidence présidentielle de Teton Village

Les sommets des Teton, les « Alpes américaines », qui apparaissent sur toutes les cartes postales, les images et les tableaux représentant la région se trouvaient à une vingtaine de kilomètres plus au nord.

Teton Village, une station de sports d'hiver pas très différente de Vail ou d'Aspen, se trouvait à la limite du parc national. Les larges tranchées des pistes de ski s'ouvraient au milieu des forêts de sapins. Les pylônes des télésièges et des téléphériques s'étageaient sur la montage comme les barreaux d'une échelle et les skieurs affluaient sur les pistes. Dans le soleil généreux de cette journée de novembre, des centaines de taches de couleurs vives égayaient les champs de neige éclatante. Au pied des pistes, la petite ville avait longtemps été un endroit calme et tranquille. Trois ans plus tôt, les photographes, les journalistes, les cars de télévision, les limousines noires, les hélicoptères, les agents des services secrets et les touristes l'avaient envahie. Beaucoup d'entre eux n'avaient jamais chaussé de skis et n'avaient même jamais envisagé qu'ils s'y mettraient un jour.

La résidence de Jaisal Warner, un grand chalet de rondins, se trouvait au sud du village. À l'étage supérieur, sous un toit à deux pentes douces, un mur de verre orienté au nord offrait une belle vue sur le village. Au sud, une baie symétrique donnait sur la montagne. L'étage abritait plusieurs salons et une salle à manger, tous agrémentés d'une cheminée en pierre. Les chambres d'hôtes et les Jacuzzi se trouvaient aux deux niveaux inférieurs, ainsi qu'une petite piscine. Les services de sécurité occupaient les chambres du rez-de-chaussée tandis que la presse et les membres du cabinet invités habitaient le premier étage. La présidente jouissait d'une suite qui dépassait le faîte du toit principal, une sorte de cabanon posé sur le chalet, d'où elle bénéficiait d'une vue panoramique sur la vallée.

Jaisal Warner sortit par l'entrée principale et descendit les marches taillées dans des gros rondins. Elle portait un pantalon de ski, un pull-over, des après-ski fourrés mais pas de gants, une paire de Ray Ban remontée dans ses cheveux blonds. Depuis deux ans, quelques fils argentés se mêlaient à l'or de sa chevelure, avec une certaine élégance. Son visage hâlé par le soleil de la montagne était encore épargné par les rides et son regard, d'un bleu profond, brillait au-dessus de ses pommettes hautes, de son nez royal et de son menton volontaire. Elle était grande et très mince, bien qu'elle eût soufflé ses trente bougies depuis plus de vingt ans. Elle avait le privilège d'être la première femme présidente des États-Unis. Contre toute attente, elle avait suscité un véritable raz de marée politique qui, de gouverneur de Californie, l'avait propulsée au pouvoir suprême.

Le blocus du Japon lui avait offert son baptême du feu, la première vraie crise internationale qu'elle avait dû gérer. Par manque de chance et à cause d'une indécision de sa part, la marine américaine avait subi de telles pertes que les États-Unis avaient failli jeter l'éponge. Mais le vent avait fini par tourner. Warner avait repris le contrôle de la situation et avait mené son pays à la victoire. Malgré la perte de trois groupes aéronavals et la mort de milliers de marins disparus en mer, l'aura politique de Warner n'avait pas souffert. De toute façon, la défaite du Japon lui avait rallié l'ensemble de la population. À la fin du conflit, elle avait le pourcentage d'opinions favorables le plus élevé depuis George Bush à la fin de la première guerre du Golfe.

Les sondages étaient restés au beau fixe jusqu'à ce qu'Eve Trachea, son adversaire du Parti national pour les élections à venir, ne tienne des propos assassins au sujet du gâchis financier en cours au ministère de la Défense, en particulier dans le cadre du programme SSNX, un fiasco qui allait coûter plusieurs centaines de millions de dollars au contribuable. Dans les journaux, des caricatures montraient Warner affublée d'un costume de clown, l'œil rivé sur un périscope cassé, douchée par une cascade d'eau de mer qui s'échappait d'une vanne tordue. Warner et son cabinet étaient venus chercher la paix dans le Wyoming, loin des querelles politiciennes de Washington, afin de réfléchir à la stratégie à adopter pour les prochaines élections. Jaisal Warner sortait juste de la cabine du téléphérique du mont Apres lorsque son secrétaire lui fit signe en lui tendant un téléphone satellite.

Le ministre de la Défense appelait du chalet. Tandis qu'elle l'écoutait, debout, les skis dans une main, le téléphone dans l'autre, son visage s'obscurcit d'un coup.

Les Rouges étaient entrés en Chine blanche. Ils ne s'étaient pas contentés de tuer des militaires et d'attaquer leurs installations. Ils avaient massacré des civils et bombardé les villes les plus peuplées avec des armes à plasma. Au moins dix millions de personnes avaient déjà péri et l'attaque n'avait commencé que depuis quelques minutes. À peine avait-elle raccroché que son secrétaire lui fit signe une nouvelle fois. Cette fois, c'était Stephen Cogster qui appelait depuis la Maison Blanche. Le conseiller à la Sécurité nationale était resté à Washington après les obsèques de Donchez pour quelques jours de travail, avant de rejoindre l'équipe.

— Vous n'allez pas croire ce que je viens de voir, dit Cogster de sa voix policée. Sa courtoisie était trompeuse. Son équipe l'avait gratifié du surnom de « Chalumeau », à cause du ton caustique des messages qu'il adressait par Internet à ses subordonnés, ainsi d'ailleurs qu'à ses pairs.

Quatre-vingt-dix minutes plus tard, les journalistes s'étaient rassemblés autour d'un podium dressé devant le perron du chalet. Le soubassement de pierres brutes et l'escalier en bois étaient bien connus et popularisés. Warner escalada l'estrade à mains nues.

— Mes chers concitoyens, mesdames et messieurs du Congrès, mesdames et messieurs les journalistes, j'ose à peine vous dire bonjour, annonça-t-elle en fixant les appareils-photo, car on ne peut pas dire que j'aie de bonnes nouvelles à annoncer à tous ceux qui, comme moi, sont attachés à la paix et à la liberté. Il y a moins de deux heures, la Chine rouge a attaqué la Chine blanche, une nation libre et en paix, notre amie et alliée. Des centaines de milliers, peut-être des millions de civils innocents, des hommes, des femmes et des enfants ont péri durant leur sommeil sous les bombardements dans trente-quatre villes importantes. Le palais présidentiel de Shanghai a été rasé et nous avons des raisons de penser que les membres du gouvernement de la Chine blanche ont été assassinés dans leur sommeil. Les comptes rendus que nous recevons font état de la mise en place de camps de la mort — les journalistes sursautèrent, le dernier bulletin de renseignements, classifié top secret, en annonçait déjà vingt-quatre — pour exterminer tous les ennemis politiques de la Chine rouge. Nos estimations sont succinctes, mais les scénarios les plus optimistes nous laissent croire que plus d'Asiatiques ont péri durant les quatre-vingt-dix dernières minutes que pendant toute la Seconde Guerre mondiale.

Warner s'interrompit pour laisser à son auditoire le temps d'assimiler ces informations. Les appareils-photo cliquetaient à un rythme moins effréné que d'habitude cependant. Elle regardait la foule, la mâchoire crispée. Ses yeux paraissaient aussi bleus et froids que la neige qu'elle foulait. Elle serrait les poings sur le Plexiglas transparent du podium.

— Il est parfaitement évident que les États-Unis ne peuvent ni ne veulent rester passifs pendant qu'une nation alliée et amie est bombardée. Par conséquent, j'ai ordonné le déploiement de la flotte du Pacifique au large de la Chine blanche. La FIR, la force d'intervention rapide de l'armée de terre, a embarqué à bord des bâtiments. Au moment où je vous parle, l'armée est en route. Elle a appareillé, conformément aux ordres reçus, et se dirige vers la Chine. Les États-Unis vont mettre en œuvre tous les moyens militaires en leur possession pour stopper cette invasion meurtrière. Dans l'heure qui vient, je m'adresserai par vidéo à une session exceptionnelle du Congrès afin de lui demander de m'accorder les pleins pouvoirs comme commandant en chef des Armées. Je mobiliserai alors toute notre puissance militaire contre la Chine rouge. Dans les jours qui viennent, les forces terrestres, aériennes et maritimes américaines seront déployées contre les monstres sanguinaires qui tentent de s'emparer de la Chine blanche. À tous nos amis de Chine blanche, écoutez-moi, tenez bon, la cavalerie arrive. Je somme la Chine rouge de retirer immédiatement ses troupes et de cesser son agression, sous peine d'anéantissement.

Warner fixa de nouveau l'objectif puis lança un regard panoramique, à l'instar d'un professeur qui veut s'assurer que chaque élève a bien compris le cours.

— À tous les Américains, avec l'aide de Dieu, la Chine blanche et les États-Unis vaincront. Mesdames et messieurs, merci de votre attention.

Ce fut alors une immense pagaille, les photographes assaillaient la présidente, des milliers de voix hurlaient des milliers de questions. Quelques-unes étaient inaudibles, d'autres se répercutaient en écho sur la neige :

— *Et les alliés ?*

— *Êtes-vous entrée en contact avec le président de l'Union européenne ?*

— *Allez-vous attaquer Pékin ?*

— *Le Premier ministre russe se trouve actuellement à Londres...*

— *... raids aériens... armes nucléaires ?*

— *Madame la présidente, et le Japon ?*

— *La guerre a-t-elle été déclarée ?*

— *Madame la présidente !*

Warner monta lentement les marches du chalet. Lorsqu'elle en franchit la porte, cette femme mince et élégante avait acquis une contenance quasi royale.

11

Dimanche 3 novembre
40 nautiques au sud-ouest de Pittsburgh
Altitude 41 000 pieds

Tandis que l'avion prenait son altitude de croisière, Pacino regardait défiler le paysage par le hublot.

Il pensait au vide que laissait en lui le départ de Dick Donchez et se demandait comment ce dernier aurait réagi dans la situation présente. Il ferma les yeux et appuya son visage contre la vitre. Eileen, elle aussi, lui manquait, mais — était-ce possible ? — moins que Dick, apparemment.

Il réalisa que la mort de Donchez l'avait fait sombrer dans une sorte de folie et que, s'il voulait garder ses étoiles et son métier, il devait reprendre rapidement le dessus.

Quelques bribes de son dernier rêve lui revinrent à

l'esprit. Il revoyait Eileen, son visage oblitéré, et le SSNX. Et il repensait aux dernières paroles de Donchez.

Il en avait conclu que le vieil homme devait délirer à l'approche de la mort. À présent que les Rouges avaient lancé leur attaque, il se demandait si, après tout, il ne disposait pas d'informations inconnues des autres services. Peut-être devrait-il reconsidérer la question.

On frappa à la porte de la petite cabine qu'il partageait avec Paully White et Kathy Cressman, en attendant que l'amiral O'Shaughnessy rassemble son état-major à l'avant, dans la salle de conférences. Pacino adressa un signe de tête à Cressman.

— Entrez, dit-elle.

La porte s'ouvrit doucement et un homme se présenta. Il souriait à demi. Pacino se leva, pensant qu'il s'était égaré. L'homme lui rappelait vaguement quelqu'un, mais Pacino ne se souvenait pas vraiment de l'avoir déjà rencontré. Aussi grand que lui mais pas aussi maigre, il donnait une impression de vigueur et d'assurance, une sorte d'aura physique, comme les sportifs de haut niveau. Âgé d'à peu près trente-cinq ans, il ne paraissait pourtant pas jeune. Il portait les cheveux longs, soigneusement tirés en arrière. Ses traits auraient pu être ceux d'un Irlandais mais ils ne semblaient pas assez fins. Un nez proéminent, une bouche souriante et un menton volontaire lui donnaient plutôt l'aspect d'un sportif professionnel. Il portait un blouson foncé sur une chemise de toile à col officier boutonnée jusqu'au cou, sans cravate, un pantalon de treillis kaki et une paire d'après-ski.

Pacino allait lui faire remarquer qu'il avait dû se tromper de salle lorsque Kathy Cressman sortit de sa réserve habituelle, se leva d'un bond et se jeta au cou de l'inconnu.

— Jack, Jack Daniels, claironna-t-elle. Monstre, où étais-tu passé ?

— J'ai beaucoup joué au golf, ces derniers temps, répondit-il benoîtement.

Pacino regarda Paully, debout derrière lui, l'air

étonné. Cressman, écarlate, s'écarta soudain et se lissa machinalement les cheveux, à moitié morte de honte.

— Excusez-moi, amiral. Connaissez-vous Jack Daniels ?

— J'ai besoin de voir l'amiral seul à seul, murmura Daniels à l'attention de Cressman.

Elle sembla se transformer en courant d'air. Daniels leva les yeux et tendit une main puissante. Son sourire se mua en un rictus agressif.

— Je m'appelle Daniels, dit-il d'une voix qui n'avait rien d'amical. Mason W. Daniels, quatrième du nom. Directeur — provisoire ! — de la National Security Agency. Tout le monde m'appelle simplement Jack.

Pacino lui tendit la main avec circonspection.

— Et comment vous appellent vos amis ?

— Très souvent, répondit Daniels avec une intonation acerbe dans la voix, en laissant retomber la main avant que Pacino ait eu le temps de la serrer. Qu'est-ce que c'est que ce bordel, amiral ? J'ai laissé exactement dix-huit demandes de rendez-vous urgents sur votre WritePad et vous ne m'avez jamais répondu. Dick Donchez m'avait dit : « *Bien sûr, vous appelez Mikey, il vous recevra immédiatement.* » Eh bien, tintin ! Ce serait plutôt à Kathy de vous demander où vous vous trouviez, amiral, pas à moi.

— J'ai été ravi de faire votre connaissance, interrompit Pacino, mais je suis certain que vous voudrez bien nous excuser si...

— J'avais une bonne raison de tenter de vous joindre. J'ai essayé aux obsèques de Dick. Vous étiez comme un zombie, en plein cirage et je vous ai laissé tranquille. Je vous ai ensuite appelé chez vous à Annapolis. Kathy m'avait assuré que vous vous y trouviez. Pas de réponse. J'ai laissé sonner au moins une heure.

Pacino n'était pas surpris. Craignant d'être assailli par les journalistes, il avait débranché le téléphone après la cérémonie. Il s'assit et invita d'un signe Daniels à en faire autant.

— Alors, allez-y, dites-moi ce qui vous tracasse, demanda-t-il sur un ton autoritaire malgré le malaise qu'il ressentait face au numéro un de la NSA, manifestement très en colère.

— Qui est-ce ? Le capitaine de vaisseau White ?

— Je vous présente Paully White, mon chef d'état-major, répondit Pacino en attribuant, pour les besoins du moment, une promotion à son ami. Il est habilité à participer à nos discussions.

— Heureux de faire votre connaissance. OK, j'irai droit au but, messieurs. Le 23 octobre, six sous-marins japonais de type Soleil Levant ont appareillé pour des essais à la mer suivis d'une sortie de groupe.

— Je suis au courant, répondit Pacino. Je connais bien l'amiral Tanaka, de la force d'autodéfense maritime japonaise.

— Vous savez donc sans doute pourquoi ils ont coulé ?

— Comment ? Qu'est-ce que c'est que cette histoire ?

Daniels se moucha bruyamment.

— Désolé, c'est pour cette raison que je ne vous ai pas serré la main. Je traîne un vilain rhume récalcitrant. Les six sous-marins se trouvaient simultanément en liaison vidéo avec votre amiral Tanaka lorsqu'ils ont coulé presque ensemble. Ce disque vous donnera les détails.

Il rangea son mouchoir et lança un CD-rom à Pacino, qui l'attrapa au vol.

Une dizaine de questions se bousculaient dans l'esprit de l'amiral.

— Pourquoi ne m'a-t-on rien dit ? demanda-t-il.

— Bon Dieu, et pourquoi donc il n'a pas été mis au courant, l'amiral ? railla Daniels d'un ton mordant. Où vous trouviez-vous le 24 octobre lorsque Kathy a essayé de vous convoquer pour cette vidéoconférence restreinte urgente ?

Pacino se mordit les lèvres. Il s'était décommandé sous prétexte qu'il était trop occupé au chantier. À la place, il avait assisté à une réunion conduite par Colleen O'Shaughnessy traitant des problèmes du système Cyclops, qui semblaient s'aggraver. Bon, pensa-t-il en son for intérieur, irrité. C'est le passé, maintenant, occupons-nous du présent.

— Je vais vous dire où vous vous trouviez, amiral, au chantier du SSNX, comme d'habitude. Vous avez simplement négligé cette réunion, tout comme vous n'avez pas tenu compte de mes messages. Alors, maintenant, dites-moi ce que vous voulez savoir de cette affaire.

Pacino lança un coup d'œil vers White, qui leva les épaules.

— OK, un à zéro pour vous. Comment vous êtes-vous procuré ce CD-rom ? Tanaka ?

— Non, répondit Daniels. Je dirige la NSA. La NSA, ça vous dit quelque chose ? Interception de messages en tous genres, encryptage, décryptage... Allô, vous suivez ?

— Je vous reçois cinq sur cinq, répondit Pacino, en se demandant quand Daniels arrêterait de le charrier.

— OK, alors que voit-on sur ce disque ? demanda Paully.

— Ils ont tout simplement disparu les uns après les autres, juste après leurs essais à la mer. Dick pensait que c'était important. Tous se trouvaient à l'immersion périscopique et cela lui semblait d'autant plus curieux. Il m'avait demandé de vous en avertir immédiatement.

— Et pourquoi ne l'avez-vous pas fait ?

— En plus de ma demande de liaison vidéo restreinte et de mes dix-huit messages, sans compter le téléphone ?

— Vous auriez pu me contacter par l'intermédiaire de Paully White ou de Kathy.

— J'aurais pu, en effet. Donchez était trop malade pour parler. Je ne savais pas si vous étiez au courant. J'ai essayé de l'aider, mais il refusait d'entrer à l'hôpital. Il ne voulait pas quitter son bureau. Il était persuadé que vous appelleriez et vous ne l'avez pas fait. En plus, toutes ces petites affaires en cours avec la Chine rouge m'ont pas mal occupé, comme vous pouvez l'imaginer.

— Les Rouges ! Est-ce que nous avions eu vent de quelque chose ?

— Désolé, je ne peux pas vous le dire. Vous n'êtes pas habilité.

— Donchez m'aurait mis au courant, protesta Pacino. De toute évidence, Daniels se trouvait partagé entre plusieurs sentiments, comme s'il suivait des ordres avec lesquels il n'était pas d'accord.

— OK ! Nous avions intercepté pas mal de messages que nous traitions pratiquement en temps réel. Nous avions appris la mobilisation des troupes au sol et de l'armée de l'air. Trois jours avant l'invasion, l'Armée populaire de libération a pratiquement cessé tout trafic message. Ils ont fini par faire un *black-out* total sur les liaisons. Plus rien, pas même une commande de papier hygiénique pour Pékin. Plutôt inquiétant.

— Vous ne pouviez plus déchiffrer les communications ?

— Non. Les Rouges avaient simplement cessé toute émission tactique. Plus rien dans le spectre électromagnétique, à part les infos à la télé, des talk-shows et du rock'n'roll. Et dimanche, le grand jeu.

— Voilà qui s'appelle de la planification, fit Pacino.

— Exactement, amiral, acquiesça Daniels en affichant un sourire hypocrite. Donchez prétendait que vous étiez intelligent, mais il ne m'avait jamais laissé entendre que vous enfonciez les portes ouvertes avec tant de brio.

Pacino se raidit, prêt à en venir aux mains avec le directeur de l'Agence, lorsque l'homme se leva.

— Très bien, j'ai fait mon boulot pour aujourd'hui. Selon Donchez, il fallait vous mettre au courant. À présent vous savez. Voici ma carte. Juste au cas où.

Daniels tendit une carte de visite munie au dos d'une bande magnétique, qui permettait au receveur de l'enregistrer immédiatement dans son WritePad.

— Si vous avez besoin de moi, appelez. J'essaierai de répondre au dix-huitième ou au dix-neuvième message.

Il claqua la porte derrière lui.

— Sympathique jeune homme, commenta White, un demi-sourire au coin des lèvres.

— Quel enfoiré, répliqua Pacino en colère. Trouve-moi son dossier, Paully.

— Le voilà, répondit White qui avait déjà interrogé son WritePad. Pas grand-chose là-dedans. Mason W. Daniels IV, ancien élève de Princeton, promotion 2001, Anglais, Droit, diplômé en 2004, affecté à la NSA en tant qu'adjoint spécial au directeur.

— Qui était directeur, à l'époque ?

— Général Mason W. Daniels III... White leva les yeux. Seigneur, c'est le fils de Mason Daniels.

— Ouahou ! répliqua Pacino.

Le général Mason Daniels, prédécesseur de Donchez, restait une légende dans les milieux du renseignement. Il avait sauvé la NSA des coupes claires lors de la réorganisation des services et on lui attribuait de nombreuses intuitions de génie. Il avait notamment évoqué le premier l'éventualité de la guerre civile chinoise.

— Et maintenant, amiral ?

— Fais revenir Kathy et montre-nous les images de ce disque.

Jackson Hole, Wyoming
Résidence présidentielle de Teton Village

Les huit Land Rover noires s'arrêtèrent en crissant derrière le chalet, sur la neige épaisse accumulée devant la porte de service.

Pacino se mordit les lèvres en se demandant comment allait se dérouler cette réunion. O'Shaughnessy n'avait pas réuni son état-major pendant le vol depuis Norfolk, malgré la présence à bord de la moitié des plus hauts responsables de l'État. Après le départ de Daniels, Pacino avait envoyé Kathy aux nouvelles, à l'avant. Elle rapporta que le chef d'état-major des armées ainsi que celui de la marine et de l'armée de terre s'étaient enfermés dans la salle de conférences. Ils n'en étaient pas sortis avant que l'avion n'amorce sa descente.

Devant Pacino, les autres Land Rover transportaient des compagnons de voyage qu'ils n'avaient pas eu l'occasion de rencontrer. La première véhiculait Stephen Cogster, le conseiller à la Sécurité nationale. Ensuite venait Freddy Masters, le secrétaire d'État aux Affaires étrangères, tassé avec les membres de son équipe, puis le directeur de la CIA, Christopher Osgood. Dans le quatrième véhicule se trouvait Mason « Jack » Daniels. Puis venaient le général Bill Pinkenson, chef d'état-major des Armées, suivi du général James Baldini, chef d'état-major de l'armée de terre, et de l'amiral O'Shaughnessy. Pacino et White fermaient la marche.

Une certaine confusion s'installa quand les agents des Services et les Marines armés s'affairèrent autour d'eux, vérifiant les identités et fouillant les bagages. Les arrivants se trouvèrent bientôt poussés vers la double porte en bois qui permettait d'accéder au rez-de-chaussée du bâtiment, puis conduits jusqu'à leurs chambres tandis que leurs bagages passaient aux rayons X. Pacino se laissa guider le long d'un couloir en rondins. Ils passèrent devant une multitude de portes. L'une d'entre elles portait une étiquette à trois étoiles d'or sur fond bleu. On y lisait : AMIRAL M. PACINO, COMMANDANT DES FORCES SOUS-MARINES. En voyant le carton, Pacino se sentit mal à l'aise. Pourquoi avait-il été choisi pour accompagner O'Shaughnessy lors de cette réunion, alors que le chef ne lui avait pas consacré un seul instant depuis son sermon de dimanche ?

D'instinct, il lui semblait que l'amiral l'appréciait et allait l'aider. De toute évidence, Warner lui avait parlé et lui avait demandé de se faire accompagner par Pacino. Mais pourquoi ? La guerre de Chine blanche se déroulait sur terre. Bien entendu, la marine participerait aux opérations ainsi qu'aux transports de troupes. Les Marines auraient certainement besoin d'une couverture aérienne fournie par les porte-avions pendant leur intervention, mais ce genre d'action relevait d'autres officiers. Lui avait la charge des forces sous-marines. Sa contribution se résumerait sans doute à faire escorter la flotte du Pacifique et la force d'intervention rapide par deux sous-marins de type 688-I, l'*Annapolis,* SSN 760 et le *Santa Fe,* SSN 763. Tous les deux venaient d'être refondus durant les dix-huit derniers mois et étaient entrés au bassin juste après le blocus du Japon. Ils devraient simplement s'assurer de l'absence de sous-marins diesel et de mines en mer de Chine orientale.

À moins que, tout bien considéré, sa présence ait été requise précisément parce qu'il était sous-marinier. Jack Daniels n'avait-il pas fait allusion à la disparition de sous-marins japonais ? Peut-être lui manquait-il des pièces du puzzle. Sur son lit de mort, Donchez lui avait-il laissé quelques clefs pour comprendre la situation ?

Pendant qu'on le conduisait à sa chambre, il ne pouvait s'empêcher de fulminer intérieurement. Un lit gigantesque encadré de deux tables de chevet en chêne occupait le mur de gauche. Pacino jeta un coup d'œil par la fenêtre sur le village en contrebas et sur les pistes de ski surpeuplées, puis il extirpa son WritePad de l'attaché-case posé sur le lit. Il fit défiler les menus avec impatience et sélectionna une carte marine des côtes chinoises, sur laquelle il superposa les lignes de sonde.

Ainsi qu'il s'en souvenait, la mer de Chine orientale était protégée par un long chapelet d'îles, les Ryukyu. Dans cette zone, les fonds descendaient jusqu'à 1 800 mètres. Mais à 100 nautiques à l'ouest, la sonde marquait moins de 200 mètres. Des eaux littorales parfaites, dans lesquelles les impulsions des sonars actifs se propageaient sur des dizaines de nautiques en se réfléchissant sur les fonds sableux, à la fois un bien et un mal. Les sous-marins devaient entendre les bâtiments de surface à de très grandes distances. Mais, compte tenu de la bathy du moment, ils ne pourraient trouver refuge dans la couche et resteraient visibles comme le nez au milieu de la figure, perdant ainsi leur atout majeur, la discrétion.

Si les Los Angeles devaient affronter les forces de surface chinoises dans ces eaux, celles-ci auraient beau jeu de les tirer comme des lapins. Les escorteurs et les hélicoptères ASM prendraient rapidement le dessus.

Il repensa à Jack Daniels, qui avait collaboré avec Donchez à la NSA. Daniels avait tenté de le contacter au sujet du naufrage simultané des six Soleil Levant japonais. L'événement devait être d'importance car il avait suscité dix-huit demandes de rendez-vous urgents. Pourtant, Daniels ne lui avait pratiquement rien dit lorsqu'il avait enfin réussi à le joindre. Pour Donchez, le fait que les essais à la mer venaient de se terminer et que les Soleil Levant aient été à l'immersion périscopique était significatif...

Bon Dieu, Donchez et son discours incohérent à propos des sous-marins Rouges. Qu'est-ce que tout cela pouvait bien vouloir dire ? Les Soleil Levant pouvaient-ils ne pas avoir coulé ? Les Rouges auraient-ils réussi à s'en emparer ? Les torpilles au plasma Nagasaki Mod II se trouvaient-elles maintenant pointées contre la force d'intervention rapide ? Les Rouges avaient-ils choisi ce moment précis pour attaquer les Blancs précisément parce qu'ils venaient d'entrer en possession de l'arme absolue en mer de Chine orientale ?

Donchez était mort d'un cancer. Le spécialiste de Bethesda avait parlé de métastases au cerveau. Pacino avait eu l'occasion de discuter de ce genre de maladie avec son ancien chef de module sonar à bord du *Piranha*, le major Gambini. Maureen, la femme de ce dernier, en était morte. Durant la dernière année, elle reconnaissait à peine sa propre famille, houspillait ses meilleurs amis et crachait sur le labrador noir qu'elle adorait. Son cancer avait complètement perturbé son comportement. Maureen avait-elle réellement perdu la raison ? Et même si elle avait conservé sa mémoire et son jugement, pouvait-on comparer son cas avec celui de Donchez ? Son discours au sujet des sous-marins Rouges tenait-il de la sénilité, de la démence ou y avait-il un certain fondement à toutes ces élucubrations ?

Quand bien même Donchez aurait raison, Pacino pouvait-il en faire état devant Warner ? S'il présentait un risque potentiel en mer de Chine orientale et qu'elle décidait de retirer ses porte-avions et ses transports de troupes le temps que des sous-marins nettoient la zone, que se passerait-il ? Il faudrait des mois aux deux sous-marins de l'escorte pour mener à bien cette tâche immense. Les bâtiments basés à Hawaii ne pourraient pas rallier la mer de Chine avant une semaine au moins. Sept jours perdus et, de toute façon, même avec l'appui des douze sous-marins de Pearl Harbor, il faudrait un mois pour nettoyer l'ensemble du théâtre d'opérations. Ce laps de temps suffirait probablement à la Chine rouge pour gagner la guerre. Warner, ainsi que l'avait fait remarquer Paully, devait frapper vite et fort. N'avait-elle pas demandé à « nos amis de Chine blanche » de tenir le coup en leur annonçant l'arrivée de la cavalerie ? Qu'allait-il bien pouvoir lui dire ?

Que, selon lui, la force d'intervention rapide et la flotte du Pacifique se trouvaient en danger de mort. Que quelque cent dix bâtiments risquaient de ne jamais revenir à quai. Dans ces conditions, pouvait-il décemment lui conseiller l'intervention immédiate ?

Warner risquait de se poser des questions à son sujet. Bien sûr, son courage lui avait valu, en d'autres temps, la Navy Cross. Mais il avait également perdu deux sous-marins. Le prendrait-elle pour un lâche qui hésitait à engager le combat ? Après tout, la flotte comportait un nombre imposant de frégates et d'escorteurs ASM, armés de missiles et de torpilles performantes. Ils étaient équipés de sonars remorqués et d'antennes linéaires. Ils disposaient en plus d'hélicoptères Seahawk V de lutte anti-sous-marine, qui disposaient de sonars trempés, de bouées acoustiques et de torpilles intelligentes. Et pour compléter le tableau, les trois porte-avions embarquaient chacun une flottille de S-14 Blackbeard, des avions assez lents, spécialisés dans la lutte anti-sous-marine, équipés chacun d'un millier de bouées sonar, d'un MAD et de deux torpilles. Enfin, dix avions de patrouille maritime P-5 Pegasus se tenaient parés à décoller des bases à terre au Japon. Le P-5, plus gros qu'un Boeing 757, emportait un équipement de détection ASM qui aurait à peine tenu dans un entrepôt et huit torpilles qui pouvaient attaquer un sous-marin jusqu'à 2 000 mètres d'immersion.

Alors, de quoi Donchez avait-il peur ? Pacino s'approcha d'une table près de son lit, il prit le téléphone et consulta une liste manuscrite portant le sceau présidentiel. Il forma un numéro à quatre chiffres sur le clavier.

— Capitaine de vaisseau White.

— Paully, c'est moi. Rejoins-moi tout de suite dans ma chambre.

12

— Amiral Pacino, madame la présidente vous prie de vous joindre à la réunion, dit la secrétaire en refermant doucement la porte derrière elle.

— Chef, je meurs d'envie de savoir ce qui se trame, commenta Paully.

— Désolé, Paully, les adjoints ne sont pas admis, répondit Pacino, visiblement ennuyé.

La réunion durait depuis déjà trois heures. La nuit était tombée depuis un moment et Pacino n'avait pas encore été convié à y prendre part. Lorsqu'il avait téléphoné à l'aide de camp de la présidente, la secrétaire lui avait conseillé d'attendre patiemment qu'on vienne le chercher.

En compagnie de Paully, il avait passé la plus grande partie de la soirée à voir et revoir les images de la vidéoconférence de Tanaka. Ils n'avaient pas appris grand-chose de nouveau et avaient décidé de parcourir le document image par image. Jusque-là, tout paraissait aussi normal que pouvait l'être un film en japonais sous-titré en anglais par la NSA. Ils interrompaient de temps à autre leur projection pour se tenir au courant des derniers rebondissements de l'actualité. SNN offrait la couverture la plus complète, mais les reportages finirent par devenir répétitifs et par perdre de leur intérêt. Les Rouges poursuivaient leur percée au centre du pays, consolidaient leurs positions au nord et attaquaient à nouveau Hong Kong par les airs. Brett Hedley, un correspondant de SNN qui jouissait d'une certaine notoriété, avait perdu la vie dans le bombardement de Hong Kong. Le film de l'explosion de la bombe aérosol qui l'avait tué avait été diffusé plusieurs fois avant que SNN ne décide de ne plus le montrer, en raison de son caractère par trop choquant.

Pendant ce temps, Pacino avait contacté l'équipage de son avion, un Grumman SS-12 supersonique, qui sortait de révision dans les ateliers de maintenance de la base aéronavale de Norfolk. L'avion devait arriver à minuit et demi et le pilote avait reçu l'ordre d'attendre à l'aéroport plutôt que de prendre une voiture pour venir jusqu'au village.

— Continue à éplucher l'enregistrement et tiens-toi au courant des mouvements du SS-12. J'ai l'impression, mon cher Paully, que nous n'allons pas tarder à décamper d'ici en vitesse. Warner ne semble pas d'humeur à plaisanter. Ne défais pas ton sac. S'il le faut, nous dormirons dans l'avion.

— OK, amiral. Bonne chance.

Pacino parcourut le couloir de rondins jusqu'au bout. Une femme vêtue d'un tailleur attendait, ses cartes d'identification accrochées autour du cou par une chaînette. Elle tenait une radio dans laquelle elle marmonna quelques mots à son approche. Elle le précéda sur deux étages et le conduisit jusqu'au niveau principal. Pacino pénétra dans un vaste espace ouvert, près d'une baie qui dominait les lumières du village. De l'autre côté, deux cheminées dans lesquelles brûlaient de grosses bûches encadraient une armoire imposante. On aurait pu faire rôtir un cochon entier dans chacune d'elles et les flammes crépitantes diffusaient dans la pièce une tiédeur confortable. Au centre se trouvait une immense table basse, encombrée de WritePad et d'imprimantes, de cartes papier griffonnées de couleurs vives, de tasses à café vides. Quatre canapés longs et quatre fauteuils l'entouraient. Deux tables en pin avaient été accolées sur le côté de la pièce et portaient chacune un grand écran affichant les cartes de la mer de Chine orientale et de la Chine blanche. Une carte papier de la zone, de deux mètres de long, était punaisée au mur.

En entrant, Pacino fut immédiatement frappé de la disparité des tenues des participants. O'Shaughnessy portait jean, pull-over de ski et des chaussures de marche. James Baldini, chef d'état-major de l'armée de terre, vêtu d'une élégante veste sport et d'un pantalon de flanelle, semblait prêt à se rendre à un cocktail. Les autres portaient des pantalons de ski, des polos à manches longues ou des pulls à col roulé et des après-ski. Seul Lido Gaz, le secrétaire à la Défense, faisait exception. Il avait revêtu un costume trois pièces de chez Armani, une chemise blanche impeccable et une cravate à motifs rouges, exactement comme s'il s'était trouvé au Pentagone. Vêtu de son uniforme bleu, Pacino se sentait comme un poisson hors de l'eau.

— Amiral, mettez-vous à l'aise, dit Jaisal Warner. En pantalon de ski et chaussures d'intérieur, les cheveux ramenés derrière les oreilles, elle était mince et belle. Debout près de la cheminée, elle tenait une tasse de café fumante d'une main et un petit WritePad dans l'autre.

Pacino lui sourit.

— Merci, madame la présidente.

Il enleva sa veste et la posa sur le dossier d'un fauteuil libre, près du canapé, côté fenêtre. D'un mouvement de tête, Warner l'invita à s'asseoir.

O'Shaughnessy se trouvait à sa droite, James Baldini sur le canapé à sa gauche. Jack Daniels occupait un fauteuil dans l'angle droit de la pièce. Près de lui, Chris Osgood et Stephen Cogster faisaient face à la fenêtre. Warner retourna vers son siège, au centre. Le secrétaire à la Défense avait pris place sur le canapé opposé entre le secrétaire d'État, Freddy Masters, et le vice-président Al Meckstar. De taille moyenne, il souffrait d'un léger embonpoint. Ses cheveux argentés, son visage osseux et ses traits empâtés trahissaient la cinquantaine bien avancée. En dehors du Pentagone, il était généralement l'homme le plus élégamment habillé de l'assemblée. De prime abord, il impressionnait par son charme et son intelligence. Mais dans l'E-Ring [1], il laissait libre cours à sa véritable personnalité : il était lunatique, coléreux, sarcastique et imbu de lui-même. Pacino se méfiait de lui et cette réserve semblait porter ses fruits : Gaz lui avait toujours marqué respect et courtoisie.

Le général Bill Pinkenson, le chef d'état-major des Armées, était assis entre eux. Il adressa un sourire radieux à Pacino. Pinkenson se comportait toujours comme un vieil oncle bienveillant : il racontait des histoires et s'adressait directement à ses troupes. Mais lorsqu'il avait décidé d'un but à atteindre, son jugement était sain et sans faille.

En prenant place, Pacino se rendit compte que tous les regards restaient braqués sur lui. Un mauvais goût lui vint à la bouche et il sentit la bile remonter dans son estomac. Il n'allait pas s'en tirer comme ça. On l'avait convoqué afin qu'il donne son point de vue. Pour la dixième fois de la journée, Pacino se demanda pourquoi il était là et pourquoi

1. Le Pentagone est composé de cinq bâtiments concentriques (ou anneaux : rings) numérotés de A à E. L'anneau E, le plus à l'intérieur de la construction, est occupé par les personnalités du rang le plus élevé.

O'Shaughnessy ne lui avait pas encore adressé la parole.

— Amiral Pacino, je vous remercie d'avoir accompagné l'amiral O'Shaughnessy. La présidente Warner sourit. Je sais que nous vous avons tenu à l'écart pendant que nous débattions de quelques autres points, mais croyez-moi, il ne s'agissait que de choses ennuyeuses.

Lido Gaz fronça les sourcils, comme pour manifester que Warner en faisait trop. Elle se rassit et dirigea un pointeur laser vers la carte.

— Je compte, messieurs, que vous me corrigiez si je me trompe dans mes explications et, amiral, vous voudrez bien pardonner mes erreurs, mais voici mon sentiment personnel. Comme vous le voyez sur cette carte, notre force d'intervention rapide sera transportée par les bâtiments de la flotte du Pacifique. Nous débarquerons à Wangpan Yang, dans cette baie située au sud de Shanghai, où nous devrions trouver une zone propice à ce genre d'opérations. Nos forces rejoindront Shanghai sans tarder et se rendront maîtres de toute cette zone. Nous avons déjà préparé ce genre d'opérations ensemble plusieurs fois, c'est pourquoi je vous ai épargné environ deux heures de délibérations. Une fois que la tête de pont sera établie sur la plage, nos forces s'avanceront plus loin, par-là, tandis que nous acheminerons des renforts, par parachutage et par voie de mer. Alors que la FIR agira rapidement, le reste de nos troupes interviendra dans les semaines et les mois qui suivront. Nous avons envisagé l'insertion de la 82e division aéroportée ici, plus loin, derrière les lignes chinoises, les Seals et les Bérets verts par ici, et enfin la Brigade d'intervention spéciale, par-là. Ainsi que vous vous en doutez, amiral, le succès de cette opération dépend essentiellement du débarquement et de l'invasion par mer. Nous souhaiterions vous entendre nous donner quelques détails sur la mer de Chine orientale.

Pacino avala sa salive. Nous y voilà, pensa-t-il. Elle me demande si le débarquement pourra s'effectuer en toute sécurité, bien que la mer de Chine orientale soit un terrain de chasse idéal pour les sous-marins ennemis.

— Nos trois porte-avions de la flotte du Pacifique sont escortés par deux sous-marins nucléaires, vous le savez mieux que moi, amiral, poursuivit Warner. Avec les bâtiments de surface, ils seront chargés de surveiller les soixante-dix bâtiments qui transporteront les Marines et la FIR. Vous vous rappelez sans doute la discussion que nous avions eue avant le blocus du Japon ?

— En effet, madame la présidente, répondit-il en la regardant droit dans les yeux.

— Pour autant que je me souvienne, vous vous étiez montré très critique à l'égard de la gestion de nos forces armées. Et je n'ai pas oublié que vous aviez eu parfaitement raison.

Warner regarda les autres participants.

— Ce qui explique la présence dans cette pièce de tant de visages nouveaux, qui n'assistaient pas à la précédente réunion.

Un avertissement, pensa Pacino. O'Shaughnessy, Baldini, Pinkenson et Gaz ne s'étaient pas trouvés propulsés au pouvoir par hasard durant ces dix-huit derniers mois. Maintenant que l'équipe en charge de l'affaire japonaise avait été complètement remplacée, Warner faisait comprendre aux nouveaux venus qu'ils avaient intérêt à ce que leurs décisions se révèlent efficaces, sans quoi ils subiraient le même sort que leurs prédécesseurs. Pacino jeta un coup d'œil en direction des quatre chefs du Pentagone : quatre visages impassibles.

— Voilà pourquoi vous vous trouvez ici, amiral. Je vous considère un peu comme mon porte-bonheur.

Les participants se fendirent d'un petit rire de complaisance et Pacino se laissa aller dans son fauteuil. Il n'était pas comme Pinkenson, capable de flirter avec la présidente et les membres du Congrès, de plaisanter et de trinquer avec les puissants de ce monde. Il n'aurait jamais pu vivre comme O'Shaughnessy, à la fois chef d'état-major de la marine et à tu et à toi avec les politiciens. Ses compétences se limitaient à exposer ses convictions personnelles à ses supérieurs hiérarchiques. Il se trouvait en présence du chef suprême des Armées et de ses trois adjoints directs. N'importe lequel de ces messieurs pouvait l'expédier illico au fin fond des îles Aléoutiennes végéter derrière un bureau. Il reporta son regard vers Warner, dans l'attente de sa question.

— La dernière fois, vous aviez raison. Cette fois-ci, je voudrais connaître votre opinion sur une chose.

Elle fixa sur lui son regard bleu profond, l'air interrogateur, et lui adressa un sourire encourageant.

— Est-ce que cette flotte sera oui ou non en sécurité en mer de Chine orientale ? Vos deux sous-marins suffiront-ils à la préserver de toute mauvaise surprise ? De tout sous-marin diesel ennemi, de mines dérivantes ou de n'importe quel moyen dont pourrait disposer la Chine rouge ? Sommes-nous dans le vrai en partant sur cette hypothèse ? Si nous mettons nos forces en danger, au diable les déclarations que j'ai faites à la presse. Si vous me convainquez, je ferai machine arrière... Je vous pose la question à nouveau, amiral, la flotte est-elle en sécurité ? Vous étiez intervenu la dernière fois et j'aurais dû tenir compte de votre analyse. À présent, je vous en prie, parlez en votre âme et conscience, je vous écouterai.

Les autres aussi, se dit Pacino.

Que lui dictait son intuition ? Daniels lui avait fourni la preuve que six sous-marins de type Soleil Levant avaient coulé, ou plus exactement avaient disparu. Les Rouges avaient franchi la frontière de la Chine blanche, sans craindre l'intervention de renforts venus de la mer de Chine orientale. Un vieil homme sur le point de mourir lui avait prédit qu'il devrait combattre des sous-marins Rouges. Peut-être Donchez avait-il simplement voulu évoquer la peinture antifouling rouge du SSNX... Mais Pacino se dit qu'il réfléchissait trop. À quoi croyait-il vraiment, au plus profond de lui-même ?

— Madame la présidente, s'entendit dire Pacino d'une voix extraordinairement assurée et grave, je n'aurais jamais imaginé être sollicité pour faire partie de cette cellule et vous exposer le fruit de mes cogitations. J'aimerais beaucoup vous livrer mon opinion en deux phrases qui recevraient l'assentiment de l'ensemble des personnalités ici présentes, mais auparavant, je souhaite simplement mettre quelques petites choses au point.

Tous l'écoutaient attentivement. Daniels avait levé un sourcil. O'Shaughnessy affectait son air de torpeur habituelle. Baldini et Lido Gaz se plissaient le front d'attention. Pinkenson lui adressa un sourire encourageant, quoique un peu forcé. Cogster, affalé dans son fauteuil, tenait les mains croisées sur sa nuque, les yeux mi-clos derrière ses lunettes.

— En tant que commandant des forces sous-marines, j'ai quelques doutes concernant la sécurité de notre flotte en mer de Chine orientale.

— Venez-en directement au fait, le pressa Gaz dans un souffle.

— Madame la présidente, messieurs, la FIR a été envoyée à Yokosuka uniquement dans l'esprit d'anticiper un événement tel que celui qui nous occupe. Madame la présidente, j'approuve votre décision, ainsi que la teneur du discours que vous avez tenu aujourd'hui. Mais, nous devons prendre conscience des risques que nous faisons courir à nos hommes. Or en l'occurrence, il me semble qu'une attaque sous-marine en mer de Chine orientale n'est pas à exclure.

— Comment, grommela Cogster, de quoi diable voulez-vous parler ?

— Pacino, qu'est-ce que c'est que cette histoire ? insista Baldini, irrité.

— Amiral, demanda posément Lido Gaz en détachant les syllabes, dois-je comprendre que vous insinuez que des sous-marins ennemis croisent en mer de Chine orientale ?

— Je soutiens que nous prenons des risques, poursuivit Pacino, sur un ton incisif. Je ne dis pas que ces risques sont injustifiés. Mais je tiens ici à exposer mes craintes. Tout d'abord, il y a onze jours, six sous-marins d'attaque japonais ultramodernes ont disparu.

— Vous voulez dire qu'ils ont coulé, intervint Cogster.

— Vraiment ? répliqua Pacino. Pas de bouée de détresse, pas de pinger de coque, aucune preuve matérielle.

Il savait qu'il allait un peu loin, mais Cogster l'avait piqué au vif.

— Pouvons-nous solliciter l'avis de Chris Osgood à ce sujet ? demanda Gaz, en articulant comme s'il tentait de maîtriser un zézaiement.

Le chef de la CIA leva les yeux et se redressa sur son siège. Il lança un coup d'œil en direction de Pacino, qui pensa y lire une approbation à peine perceptible. Osgood enfila une paire de lunettes, des demi-verres semblables à ceux que portait O'Shaughnessy et parcourut l'écran de son WritePad.

— L'amiral Pacino a raison. On n'a retrouvé aucune trace de bouée ni de marqueur de détresse à proximité des épaves supposées. Et la NSA n'a intercepté aucun message particulier.

— Très bien, dit calmement Gaz, dubitatif. Je suppose que si vous le dites, nous ne pouvons que vous croire.

— Qu'en pense la NSA, pour autant qu'elle ait une opinion ? questionna Cogster en regardant Daniels.

— En effet, nous n'avons rien intercepté, d'aucun émetteur que ce soit, à proximité des lieux des accidents, répondit Daniels en s'adressant directement à Warner, puis en se tournant vers Osgood et Gaz.

Une idée traversa subitement l'esprit de Pacino.

— Des bâtiments de sauvetage se sont-ils rendus sur les zones des naufrages présumés ?

Sans quitter son WritePad des yeux, Osgood fit signe que oui.

— Et même un certain nombre, répondit-il.

— L'un d'entre eux aurait-il pu remonter la coque d'un sous-marin ? demanda Pacino.

— Un seul. Deux bâtiments équipés d'un mini-sous-marin de surveillance robotisé ont été dépêchés sur zone. Le bâtiment de sauvetage capable de remonter des épaves a fait le tour de tous les sites. Nous ne les avons pas vus remonter quoi que ce soit, mais il est vrai que nous n'avions pas les yeux fixés sur eux. Nous pensions que l'information à ce sujet nous serait transmise par des voies plus officielles. Et votre contact auprès de la force maritime d'autodéfense, l'amiral Tanaka, il ne vous a rien dit ?

— Pas encore, répondit Pacino, qui détestait ce genre de situation.

— Je vous en prie, intervint Gaz visiblement mécontent, ces sous-marins ont coulé. Que tentez-vous d'insinuer, amiral, que six commandants auraient simulé leur disparition pour rejoindre leurs camarades de l'Armée populaire de libération ? Comme disait ma grand-mère, « P'têt' ben qu'ça s'pourrait, mon gars, mais j'ai foutrement des doutes ! »

— Second sujet de préoccupation, poursuivit Pacino, qui tentait de démontrer qu'il avait raison, nous n'avons jamais prêté une attention suffisante à la mer de Chine orientale. Pas un sonar, pas une seule patrouille de SNA depuis des lustres.

O'Shaughnessy se redressa subitement. Son visage se recomposait, toute trace d'apathie disparue.

— S'il se passe quoi que ce soit de louche dans ce coin-là, quelles que soient vos sources d'information, nous devons y aller tout de suite. Envoyez les Seahawk, les Blackbeard et les Pegasus sur zone immédiatement. Faites larguer des champs de bouées acoustiques. Et pour l'amour de Dieu, détachez l'*Annapolis* et le *Santa Fe,* les deux 688 de l'escorte, en avant des porte-avions et nettoyez complètement la route de transit entre le Japon et Shanghai. Ordonnez à la flotte de décrire des zigzags irréguliers. Il est presque impossible de lancer une torpille sur un but qui n'arrête pas de gigoter, surtout lorsque les changements de route sont aléatoires. Disposez les bâtiments en écran ASM, les escorteurs et les frégates devant, éparpillez les transports de troupe dans la formation. Dispersez les bâtiments à haute valeur militaire. Les trois porte-avions entourés de leur escorte rapprochée ne doivent pas se trouver à moins de 40 nautiques les uns des autres. Et enfin, si Shanghai représente le but à atteindre, simulez une route en direction de Tsingtao ou Lianyungang, puis virez vers Shanghai au dernier moment.

Pacino scruta les visages qui l'entouraient. Il allait se lancer dans un topo sur la prémonition de Dick Donchez, ou son intuition, ou ses sources de renseignement, lorsque Gaz lui demanda en face :

— Amiral, cette intervention aberrante de votre part a-t-elle quelque chose à voir avec Dick Donchez ?

Pacino fixait Gaz en essayant de ne pas ciller. Du coin de l'œil, il voyait O'Shaughnessy, qui regardait ses pieds en faisant non de la tête.

— Non, répondit Pacino, je n'ai pas parlé avec Dick Donchez depuis plusieurs semaines, des mois peut-être. Lorsque je me suis rendu à l'hôpital, il était déjà dans le coma. Il est mort quelques heures plus tard.

Il avait l'impression d'avoir trahi son propre sang et s'attendait presque à entendre le coq chanter trois fois. Mal à l'aise, il décida de mettre la pression sur Gaz pour voir ce qui allait en sortir.

— Pourquoi cette question ? Quel marché avez-vous passé avec Dick Donchez ? Pourquoi me posez-vous cette question, monsieur le secrétaire à la Défense ?

Gaz éluda la question d'un geste évasif, comme si elle n'avait aucune importance, bien qu'il se sentît profondément exaspéré.

— Amiral, nous connaissions tous vos sentiments à l'égard du regretté directeur Donchez, dit Warner en le regardant droit dans les yeux, l'air grave. Vers la fin, il tenait des propos incohérents et parfois franchement insensés.

Pacino lança un regard vers Daniels, qui fixait le tapis.

— Et il était convaincu que la Chine rouge avait concocté un plan pour s'emparer de sous-marins nucléaires.

Warner durcit encore son regard.

— Madame la présidente, je suis tout à fait conscient de vos préoccupations.

Pacino allait faire remarquer qu'il n'avait entendu parler des sous-marins japonais que le jour même. Mais il se souvint que John Paul Jones soutenait qu'il fallait savoir ne pas tout dire et il se ravisa :

— Donchez ne m'a rien dit à ce sujet. J'ai dû demander son opinion au directeur Daniels. Il était plus proche de Donchez sur ce point que n'importe qui ici présent.

Tous les regards se tournèrent instantanément vers Daniels, qui venait de se faire projeter dans la fosse aux lions. Warner se leva, contourna le canapé sur lequel étaient installés O'Shaughnessy et Baldini et s'arrêta près de la chaise de Daniels.

— Eh bien, Jack ? demanda-t-elle. Qu'en pensez-vous ?

— Madame la présidente, la NSA est une boutique chargée de décrypter les informations qu'elle intercepte, pas de faire du renseignement naval. Nous avons focalisé nos efforts sur l'interception des communications japonaises au moment de la disparition des Soleil Levant et sur la mobilisation de la Chine rouge. Et à dire vrai, Dick était fort occupé de son côté.

— À quoi ? demanda Warner.

— Mourir, lança le chef de l'agence sans mâcher ses mots.

Warner soupira et revint près de la cheminée.

— Amiral Pacino, nous avons bien pris note de vos conseils concernant les précautions à prendre avec la flotte. Et nous apprécions sincèrement votre intervention. Je suppose qu'à présent vous allez regagner Norfolk ?

— Non, madame. Je dois aller à Pearl Harbor.

Il ne voulait pas aborder le sujet épineux du SSNX avec la présidente.

— Avez-vous un moyen de locomotion ? demanda-t-elle en désignant la fenêtre du menton. Dans la lumière du projecteur extérieur, la neige tombait maintenant à gros flocons, soufflée par une légère brise.

— Un avion de service à l'aéroport de Jackson, répondit-il en la regardant, en se levant et en boutonnant sa veste d'uniforme.

— Très bien, bonne chance, amiral. Merci encore.

Puis elle s'approcha de lui. Il hésita un instant, ne sachant quelle attitude adopter. Elle mesurait une tête de moins que lui. Elle lui donna une accolade et effleura sa joue de ses lèvres, dans un geste fraternel.

Se sentant rougir jusqu'aux oreilles, il se retourna vers l'assistance et adressa un signe de tête à Warner et à ses supérieurs du Pentagone.

— Madame la présidente, Monsieur le secrétaire d'État, messieurs les généraux, amiral.

Il tourna les talons et suivit rapidement la secrétaire dans les escaliers de bois. Il poussa un soupir de soulagement lorsqu'il atteignit enfin la dernière marche.

13

La Land Rover que Warner avait mise à la disposition de Pacino patina dans la neige fraîche avant de réussir à s'ouvrir un chemin en direction de la route 390.

L'amiral avait revêtu un uniforme kaki, plus léger, par-dessus lequel il avait enfilé une parka polaire. De retour dans sa chambre, tandis qu'il se changeait, Paully l'avait regardé d'un air amusé.

— Tu as embrassé la jolie nana des services secrets ?

— Que veux-tu dire ?

— Ta joue. Du rouge à lèvres ? Sérieusement, il suffit que je te laisse tout seul une demi-heure et voilà les embrouilles qui commencent...

— La ferme, avait répondu Pacino en souriant.

Il essuya la trace du baiser de Warner. Il se sentit bizarrement coupable du bien-être qui l'envahissait. Un souvenir lointain lui revint en mémoire, une phrase qu'un de ses commandants, Bruce Phillips, avait dite au major Gambini, lorsque ce dernier avait perdu sa femme : « Ne soyez pas malheureux de vous sentir bien. » Conseil évident, peut-être, mais seuls ceux qui avaient perdu un être cher pouvaient comprendre combien il était difficile à suivre.

Pacino et White allaient être seuls sur ce vol. Paully avait renvoyé Kathy Cressman vers l'est avec un WritePad bourré d'instructions destinées à l'amiral Kane. Lorsque la Land Rover arriva à l'aéroport de Jackson, un vent léger poussait des flocons de la taille d'une pièce de monnaie. On distinguait le SS-12 qui attendait derrière le petit bâtiment de l'aéroport civil. Pacino demanda au chauffeur de les déposer juste devant l'avion. Vu de l'obscurité ambiante, l'habitacle apparaissait baigné d'une douce lumière dorée. La Land Rover s'arrêta dans un crissement. La porte sur l'avant de la carlingue s'ouvrit aussitôt et un homme fit descendre une échelle jusque dans la neige. Pacino l'escalada rapidement et entra dans l'appareil. Il remercia le pilote et, d'un geste circulaire du doigt, il lui fit signe de mettre en route. Paully avait à peine eu le temps de verrouiller la porte derrière eux que les deux turboréacteurs se mirent à siffler.

— Vous savez, bien sûr, que l'aéroport est fermé, amiral ? Les conditions météo sont trop mauvaises pour décoller, rappela le pilote.

Après plusieurs mois passés au service de Pacino, il connaissait bien son chef, lequel affichait un mépris quasi total pour la plupart des contraintes en vigueur dans l'aviation civile.

— Évidemment, mais nous sommes pressés. Faites décoller ce tas de boue avant que le temps ne s'aggrave.

— Si la FAA nous tombe sur le dos, l'amende est pour vous, amiral.

— Je n'ai encore jamais payé ces gars-là et je n'ai pas la moindre intention de commencer.

L'avion arriva en bout de piste. La neige avait été dégagée une heure plus tôt mais de nouvelles congères s'étaient formées sous l'effet du vent. Le pilote mit lentement les gaz afin que l'avion accélère doucement sur le sol glissant. À mi-piste, il poussa à fond les manettes des gaz. Après quelques glissades en bout de piste, le SS-12 s'arracha du sol et fonça vers le ciel dans le hurlement de ses turboréacteurs.

Pacino enleva sa parka et la jeta sur l'un des sièges de devant. Puis il se cala dans son fauteuil et démarra son WritePad afin de prendre connaissance des dernières nouvelles de la guerre civile en Chine transmises par SNN. Tandis qu'il parcourait rapidement la partie magazine, l'écran se mit à clignoter, lui annonçant l'arrivée d'un e-mail urgent.

Il jeta un coup d'œil sur sa Rolex. Après la réunion éprouvante à laquelle il venait de participer, il se sentait trop épuisé pour travailler. Mais il avait tout de même décidé de lire son courrier électronique durant le trajet. Suite à sa rencontre avec Jack Daniels, Pacino avait entièrement vidé le contenu de sa messagerie pendant le vol aller. Cet e-mail devrait donc être le seul. Tandis qu'il lançait le logiciel, il nota que le message était classé top secret niveau 24, le plus élevé que puisse recevoir son système. Il passa successivement les différentes étapes du programme d'identification, entra une série de deux codes puis posa le pouce sur la zone sensible du scanner, afin que la machine reconnaisse avec certitude l'empreinte de l'amiral Michael A. Pacino avant de débloquer l'accès à la boîte aux lettres.

Il parcourut l'introduction du message, qui donnait la date et l'heure de transmission, le niveau de classification, le sujet et l'expéditeur du message.

Date	Heure	Classification	Sujet	Expéditeur
4 nov.	0505Z	niveau 24	[classifié]	R. Donchez

Le message d'un mort ? Pacino sentit un frisson lui remonter le long de la colonne vertébrale.

Complexe présidentiel de Teton Village

Elle se tenait debout près de la fenêtre et regardait la Land Rover noire qui reconduisait l'amiral Michael Pacino à son avion. À présent, la force d'intervention rapide était en route vers la Chine blanche et Jaisal Warner repassait dans sa mémoire les réunions de crise auxquelles elle avait participé une semaine auparavant, lorsque la Chine rouge se mobilisait. Elle se rappelait les nombreuses questions restées sans réponse, les divagations de Dick Donchez juste avant son malaise, dans son bureau de la NSA, et l'exaspération de Lido Gaz à l'idée de la présence de sous-marins rouges en mer de Chine orientale.

Selon son habitude, elle s'enquit de l'avis de l'ensemble de son cabinet. Les résultats étaient prévisibles. Al Meckstar, le vice-président, peu enclin au risque, se rangea à l'avis de Pacino, rappelant le désastre qu'avait représenté la perte de l'ensemble de la flotte de surface lors du conflit contre les Japonais. Lido Gaz se montrait dégoûté ; il évoqua la flotte bloquée au port après tous les efforts déployés pour la mettre en œuvre rapidement et accusa Pacino de n'avoir pas réussi à achever le SSNX, mettant le gouvernement dans l'embarras. Le général Pinkenson, en politicien habile, s'en tint à une position intermédiaire : suggérer le déploiement des avions basés au Japon en attendant l'arrivée de la flotte. O'Shaughnessy avait abondé dans le sens de Pacino, ce qui avait fait enrager un peu plus Lido Gaz, que Warner dut calmer. Enfin Chris Osgood, le directeur de la CIA, avait donné son opinion. Il manifestait courtoisement son désaccord avec O'Shaughnessy et proposait de s'en tenir au plan prévu. Cogster, « Chalumeau », s'en était pris à

Pacino sur un plan personnel, allant jusqu'à mettre en doute ses facultés intellectuelles. Enfin, Warner se tourna vers le secrétaire d'État.

— À vous de nous donner votre sentiment à présent, monsieur Masters.

Masters se redressa dans son fauteuil, bomba le torse et fit une grimace de dénégation.

— Madame, si vous voulez vraiment mon opinion, je vous la donnerai, mais en privé. Je ne souhaite pas en faire part ici.

Warner le regarda. L'homme était l'un des plus brillants, des plus intelligents et des plus lucides de tous les membres de son cabinet. Mais il était également l'un des plus agressifs, outrepassant largement Gaz dans ce genre de sport. Elle savait qu'il ne servait à rien de lui ordonner de parler — il l'avait trop souvent menacée de donner sa démission. Elle avait pourtant besoin de son avis. D'un autre côté, il était tard, minuit largement passé, et elle devait prendre une décision.

— Nous reprendrons cette réunion plus tard, décida-t-elle. Monsieur Masters, je vous en prie, restez avec moi. Tous les autres, je vous demande de bien vouloir quitter cette pièce. Ne vous endormez pas. Je vous rappelle dans un moment.

Tous quittèrent le salon, les uns derrière les autres, sans cesser de discuter. Lorsqu'ils furent sortis, le visage de Masters se radoucit. Il rejoignit Warner près de la machine à café et posa paternellement la main sur son épaule.

— Vous tenez le coup, Jaisal ? Ça va ? Que puis-je faire pour vous ?

Elle saisit sa main, reconnaissante du soutien qu'il lui manifestait. Elle se sentit brutalement submergée à la fois par le stress et la pression. Que n'aurait-elle donné pour passer de vraies vacances aux sports d'hiver...

— Je vais bien, Freddy. Franchement, que diable allons-nous faire ?

— Vous voulez sans doute dire, qu'allez-vous décider, vous ? Parce qu'après vous avoir donné mon opinion, je nierai avoir pris position... Sérieusement, ne perdez pas de temps avec ces histoires à la noix de sous-marins disparus. Foncez. Pas de détours, pas de faux-semblants. Continuez à faire avancer la flotte.

— Et les patrouilles aériennes ?

Masters soupira.

— Si nous faisons tout ce foin avec des avions de patrouille maritime, les correspondants de presse accrédités auprès du Pentagone vont raconter à la terre entière que nous avons peur des sous-marins. Politiquement, vous n'avez rien à y gagner.

— Et la formation de la flotte ?

— Hissez le pavillon ! Nous avons autorisé SNN à embarquer à bord du *Webb*. Sans le savoir, les journalistes font campagne pour nous. Nous avons besoin d'un fond d'images avec des croiseurs, des frégates et les soixante-dix transports de troupes au complet. Nous devons faire bonne impression. Vous êtes-vous déjà demandé pourquoi les politiques tiennent tant aux revues de troupes et aux défilés militaires ? Souvenez-vous de vos leçons d'histoire. Autrefois, à l'époque où l'infanterie représentait le fer de lance des armées, les gouvernants pensaient que, s'ils faisaient parader leurs soldats fusil à l'épaule, leurs adversaires potentiels compteraient les hommes et que, dissuadés par leur nombre, ils éviteraient de s'y frotter. Eh bien, nous organisons aujourd'hui un grand défilé nautique. Nous traversons la mer de Chine orientale pour exhiber nos forces, comme à la parade. Nous sommes la cavalerie, après tout, et nous devons chevaucher fièrement, étendards levés, en grand uniforme.

— Mais les risques évoqués par Pacino ? Et les sous-marins japonais qui ont disparu ?

— Oh, je vous en prie, Jaisal, ils ont coulé. Ne vous laissez pas prendre au scénario sénile développé par Donchez. Gardons l'esprit lucide. Les fantômes n'existent pas et les Soleil Levant ne battent pas pavillon chinois. À présent, je voudrais aller me coucher. Je vous le dis, j'en ai assez de vos réunions interminables ! Cinq heures à écouter vos mignons parler pour ne rien dire. Bon Dieu, que croyez-vous que je faisais durant tout ce temps, que je m'occupais de mes placements en Bourse ? Non, je couvre votre sympathique derrière et j'essaie de monter cette opération. Dommage que je sois le seul à m'en occuper. Tous les autres recherchent une solution politique, ils ont peur que Jaisal Warner ne les démette de leurs fonctions et ne les renvoie à leurs chères études, comme pour l'équipe de la crise japonaise.

— O.K., O.K., ça suffit, Freddy. C'est ma façon de faire. Les autres sont mes conseillers, chacun dans la mesure de ses compétences, tout comme vous. Ils perçoivent les choses différemment, c'est tout.

— Je pense qu'ils sont aveugles, Jaisal.

— Freddy, mon père disait une chose dont je me souviendrai toujours. Connaissez-vous l'histoire de l'éléphant et de l'aveugle ? Eh bien la vérité est comme un éléphant et nous sommes tous des aveugles. Alors, mon cher Freddy, si vous voulez connaître la vérité, interrogez donc tous les aveugles qui ont touché l'éléphant.

— Pouvez-vous me faire une faveur, Jaisal ? Ne me mettez pas en binôme avec l'aveugle qui a exploré le trou du cul de l'éléphant, d'accord ?

Warner éclata de rire.

— Carol, faites revenir mes conseillers.

— Qu'avez-vous décidé ?

— Patrouilles aériennes depuis le Japon. Les sous-marins de l'escorte partent en avant pour nettoyer la zone. D'autre part, merde pour les sous-marins Rouges ! Vitesse maximum, formation de parade. Que ça ait de l'allure et que l'on fonce au plus vite vers la plage. Nous saurons demain à l'heure du dîner si ça a marché.

— Quelle femme ! Vous expliquerez tout cela à vos aveugles. Moi, je vais me coucher.

QUATRIÈME PARTIE

TEMPÊTE ARCTIQUE

14

Lundi 4 novembre
Au-dessus de l'ouest de l'Oregon,
altitude 53 000 pieds

— Paully, dit Pacino d'un ton ennuyé, tu devrais lire ça.

— Qu'est-ce qu'il y a ? demanda White de l'arrière, où il était allé chercher un coca.

— Et tant que tu y es, je voudrais savoir ce que les textes disent au sujet d'un commandant physiquement ou mentalement incapable d'assumer ses fonctions, quand et comment il peut et doit être relevé.

— OK, répondit White, sourcils froncés, en revenant à sa place. Pourquoi, un de tes commandants travaille du chapeau ?

— Non, c'est de moi qu'il s'agit, dit-il en tendant autoritairement le WritePad à White.

Le message avait été envoyé deux minutes plus tôt et il émanait de Dick Donchez.

White prit le temps de l'étudier. Enfin, violant délibérément les ordres permanents de Pacino, il sortit un paquet de cigarettes et porta une Camel à ses lèvres. Il l'alluma avec un briquet aux armes du *Reagan* et un nuage se forma autour de lui. Il regarda à travers la fumée.

— Suis-je moi aussi complètement cinglé, ou ai-je vraiment assisté à l'enterrement de cet homme il y a deux jours ?

— Trois, corrigea Pacino sans quitter son écran des yeux, incrédule.

— Eh bien, je suis juif et je ne crois pas en la résurrection des morts le troisième jour, même pour ce vieux Donchez.

— Ça ne me donne pas envie de rire, Paully.

— Clique dessus et regarde ce qu'il a à nous dire.

Pacino double-cliqua sur le démarrage du logiciel et l'icône d'un clip vidéo apparut. La séquence devait durer un bon moment, d'après la taille qu'elle occupait sur le disque dur. Pacino cliqua deux fois sur le clip et la vidéo démarra. L'écran clignota une fois et les images s'animèrent.

Un homme chauve, vêtu d'un élégant costume Armani, était assis à son bureau. À portée de main, dans un cendrier lourd, un cigare fumait doucement. C'était Dick Donchez, en parfaite santé, du moins en comparaison de l'état dans lequel Pacino l'avait vu pour la dernière fois à Bethesda. Il regardait la caméra.

— Hello, Mikey, dit-il d'un ton aimable, ce qui était tout à fait inhabituel chez lui. Lorsque tu regarderas cet enregistrement, je serai mort et tu seras aux prises avec la Chine rouge.

Il prit lentement le cigare et en aspira une longue bouffée. Contrairement à son habitude, au lieu de le garder à la main, il le reposa dans le cendrier.

— Les toubibs prétendent que ces trucs-là finiront par me tuer, plaisanta-t-il. En fait, je suis déjà mort. Mikey, écoute-moi avec attention. J'ai ici un adjoint, un certain Mason Daniels IV. Ses ennemis l'appellent Jack. Pour ses rares très bons amis, il est plus connu sous le nom de Numéro 4, le quatrième directeur de la NSA. Je sais que tu ne l'as jamais rencontré auparavant, mais je nourrissais de grands projets pour vous deux. J'espérais qu'un jour tu prendrais la direction de la CIA, tandis que je passerais la NSA à Numéro 4. Permets-moi de continuer à exister, même longtemps après ma mort.

Mais c'était sans doute un rêve de vieillard sénile. Parlons travail, bien que cela tienne du cauchemar pour un homme de mon âge. Tout d'abord, Mikey, le cancer me ronge la gorge et les poumons, mais pas le cerveau. Je sais que le médecin de service à Bethesda, ce gars aux cheveux noirs, avec d'épaisses lunettes, qui ne se rase jamais, t'a certainement dit le contraire. Eh bien, il travaille pour moi. Si tu en doutes, écoute ce que je vais te dire. Si tu penses que je suis sain d'esprit, tu feras ce que je te dis. Si tu penses le contraire, efface ce message, garde juste le souvenir des bons moments qu'on a eus tous les deux...

Tu as déjà appris, soit de Numéro 4, soit de Tanaka, que six Soleil Levant ont été détournés. Pas disparus, volés. Numéro 4 t'a fait passer une vidéo de la réunion qui se tenait au moment de la disparition présumée des sous-marins. Lors de cette conférence, l'un des commandants annonce qu'il va larguer sa bouée afin que Tokyo sache ce qui s'est passé. Cette bouée n'a jamais été retrouvée, n'est-ce pas ? En réalité, aucune des six bouées n'a jamais été récupérée.

Mais ce n'est pas tout. Avance le compteur de la bande jusqu'au repère 1143. Tu verras seulement une porte béante, à bord de *l'Éclair,* après que le commandant se fut précipité au CO. Cette image est prise depuis l'entrée du local.

Donchez présenta à la caméra une photographie un peu floue, à la définition assez faible. Une vague forme noire flottait dans l'encadrement de la porte, une sorte de bosse entourée par un cercle, avec au milieu une protubérance verticale.

— Cela te paraît douteux, n'est-ce pas ? Examine l'agrandissement fait par l'ordinateur après un bon traitement de redéfinition au scanner.

Donchez posa la première photo et en prit une seconde. Cette fois, on distinguait clairement un homme portant une cagoule, maquillé de noir, dans une combinaison noire de parachutiste. L'excroissance verticale se révélait être un pistolet-mitrailleur.

— Ce qui paraît encore plus anormal, c'est la taille de cet homme : il est très grand. Très au-dessus de la moyenne des équipages de sous-marins de la force maritime d'autodéfense. Il n'aurait jamais franchi le barrage des aptitudes physiques. L'arme est également intéressante. Il s'agit d'un AK-80, tout neuf, fabriqué uniquement en Chine pour l'Armée populaire de libération. Personne d'autre n'a jamais réussi à s'en procurer ni à en acheter à l'exportation. Aucune chance que les Japonais se servent d'AK-80.

Peu après la disparition des six Soleil Levant, nos systèmes de surveillance audio de la zone Pacifique ont détecté des bruits bizarres. Les enregistrements sont mauvais, mais nous avons réussi à intercepter ceux que les Japonais retransmettaient depuis les bâtiments de sauvetage en direction de Tokyo. Examine ça.

Donchez leva un tableau sur lequel se superposaient six graphiques.

— Ce sont les représentations de l'implosion des six coques. Intéressant, n'est-ce pas ? Les six événements initiaux sont nettement décalés dans le temps. Mais regarde ici, au début de cette ligne. Tu vois ce décrochement caractéristique, il ne peut pas avoir de signification physique. Il s'agit d'une anomalie de propagation ou d'un autre bruiteur qui gêne nos hydrophones. Si tu fais bien attention, tu retrouveras ce même décrochement au même endroit sur chacun des six graphes. En fait, on peut même superposer les six enregistrements et ils se révèlent parfaitement identiques ! Tu peux vérifier.

Donchez présenta un quatrième tableau.

— Ceci te montre la superposition de tous les bruits enregistrés. Je répète, nous n'avons pas perçu six implosions différentes, mais une seule et unique, répétée six fois. C'est amusant, la physique, hein, Mikey ?

À présent, voici un enregistrement vidéo pris à l'endroit de l'un des naufrages présumés. Un bâtiment de sauvetage l'a transmis à un satellite Galaxy. Et nous l'avons intercepté et décodé. Beau travail, à vrai dire. Maintenant, observe attentivement.

Des images défilèrent. Puis Donchez réapparut, tirant une bouffée de son cigare.

— Tu n'as rien noté d'anormal et aucun observateur, même averti, n'aurait remarqué quoi que ce soit. Mais as-tu aperçu la boîte de cirage qui flottait au milieu des débris ? L'étude faite par nos géniaux ordinateurs révèle quelque chose d'intéressant à son sujet. Les forces d'autodéfense maritimes japonaises sont intraitables en ce qui concerne les polluants atmosphériques à bord de leurs sous-marins. Ils ont dû apprendre ça des Français. Tu sais, les produits comme l'encaustique, les graisses de cuisson, la fumée de cigarette. Tous ces éléments volatils se retrouvent dans les conduites de ventilation, contaminent les systèmes électroniques et peuvent finir par foutre le sous-marin en l'air. Tout cirage à chaussures, de quelque marque qu'il soit, est formellement interdit à bord des sous-marins japonais. Oh, je sais ce que tu penses, quelqu'un l'a apporté à bord, simple négligence, sans doute. Non ! Revenons aux études de nos ordinateurs. Devine où est fabriqué ce cirage ? Exactement, en Chine rouge, modèle réglementaire dans l'Armée populaire de libération. Ça ne te suffit pas ? Eh bien, nous avons procédé de la même façon pour la bouteille de détergent qui flotte près de la boîte de cirage. En cas d'utilisation de ce genre de produit à bord d'un Soleil Levant, les neurones du processeur hybride mourraient en quelques heures. On peut dire que ce détergent est comme un neurotoxique pour les cellules de l'ordinateur. Je sais ce que tu penses. Non, ce solvant ne peut pas avoir provoqué le naufrage. Si tu perds la partie biologique de l'ordinateur central, la déconnexion des fonctions supérieures est automatique et, en configuration minimale, le « Commandant Bis » met le sous-marin en sécurité et le fait remonter, à moins que l'équipage ne passe en commande manuelle. Et devine où a été fabriqué ce produit de nettoyage ? Ça ne se voit pas sur la vidéo, mais le traitement d'images ne laisse pas place à l'imagination. Évidemment, tu as trouvé, en Chine rouge une fois de plus.

Tu doutes encore ? Et toutes ces communications en provenance de Chine rouge que nous avons interceptées durant les mois qui ont précédé le début du conflit ? Nous avons en archives quelques messages juteux échangés au sujet d'une opération dénommée « Poignard Sanglant ». Je ne m'étendrai pas sur les détails, mais souviens-toi qu'il y a quelque temps, un sous-marin coréen a coulé corps et biens. Il a tout simplement été détourné puis sabordé volontairement. Un bon entraînement à la capture des Soleil Levant. Numéro 4 dispose de tous les détails sur cette opération.

Alors, pourquoi ni la NSA ni moi-même n'avons averti Warner, le chef d'état-major de la marine ou Gaz ? Tu as sans doute déjà trouvé tout seul la réponse à cette question. Nous autres, sous-mariniers, nous partageons une culture, ce savoir si particulier que l'on n'acquiert que si on a vécu et travaillé sous l'eau. Les membres du cabinet de Warner ne connaissent pas notre monde et ne veulent pas en entendre parler.

J'ai essayé de discuter avec eux de l'affaire des Soleil Levant. Ceux avec qui j'ai abordé le sujet en privé ont tout oublié, comme par hasard. J'ai rencontré des conseillers. Pas moyen de leur faire comprendre. Je suis remonté jusqu'à Warner et Gaz. Mais il me manquait encore un certain nombre d'éléments. Je toussais et je souffrais beaucoup. Gaz a tout de suite compris où je voulais en venir et il ne m'a même pas laissé terminer. Warner se repose sur lui, ainsi que sur un professeur de Harvard, un dénommé Masters, qui croit tout savoir. Si ces deux-là ne sont pas d'accord avec toi, ta cause est perdue d'avance.

Je ne voulais pas que tu doutes de moi, j'ai donc demandé à Numéro 4 de te fournir quelques éléments de réflexion solides, mais pas l'ensemble du dossier. Je ne voulais pas que ta crédibilité puisse être remise en cause, comme la mienne l'a été. Dans ces conditions, tu peux peut-être encore agir.

Je t'avais demandé de m'écouter et j'espère que tu es encore là. Tu as probablement conseillé à Warner d'utiliser la force d'intervention rapide avec prudence. Elle ne prendra aucune précaution. Continue à faire ton possible pour mettre la main sur ces Soleil Levant, mais sois conscient que ces sous-marins présentent de grandes qualités. Notre seul espoir est que les Rouges ne sachent pas s'en servir correctement.

Il m'est difficile de prévoir ce qui va se passer ensuite. La simple menace de l'utilisation de la force d'intervention rapide aura peut-être incité les Rouges à rentrer précipitamment chez eux. À moins que le pire ne se soit produit, les Rouges ont coulé l'ensemble de la FIR et nous avons perdu la Chine blanche. Je ne sais pas. Dans tous les cas, fais ton possible pour rendre le SSNX opérationnel au plus vite.

Quelle que soit la situation, fie-toi à ton instinct. Et sers-toi de O'Shaughnessy et de Numéro 4. Ils ont du potentiel et ce sont de bons éléments. Ils peuvent t'aider.

Donchez marqua une pause, respira une dernière bouffée de cigare et l'éteignit dans son cendrier.

— À présent, si quelqu'un regarde cet enregistrement avec toi, demande-lui de te laisser un moment. Je désire te parler seul à seul.

Paully White s'éclipsa en tirant une nouvelle cigarette de son paquet dans la cabine déjà enfumée. Pacino ne quittait pas l'écran des yeux.

— Écoute-moi bien, Michael, nom de Dieu. Je sais que tu vas me pleurer après ma mort. Je ne regrette qu'une chose, ne plus être auprès de toi pour te soutenir. Te voilà seul, Mikey. Je ne sais pas ce qui m'attend de l'autre côté mais si je peux t'aider de là-bas, je te promets d'essayer. Je pense que la vie se termine là. Après, ce ne sont que cendres, poussière et obscurité. Rien de plus. Et alors ? Tu dois continuer à vivre, à te battre. Et même si tu perds ce combat contre les Rouges, tout ce que tu risques, c'est de devenir un Américain moyen, qui va au bureau le matin et qui regarde la télévision le soir. Je tiens à ce que tu saches une chose, Mikey. Donchez s'éclaircit la voix et se moucha.

— Je t'aime. Je te considère comme mon fils, plus encore que si j'étais réellement ton géniteur. Et je sais qu'Anthony, ton père, serait heureux de m'entendre dire ça. Tu as été pour moi un fils formidable, Mikey. Je ne veux pas que tu aies le moindre doute à ce sujet, ni le moindre regret. Les yeux du vieil homme se remplirent de larmes qu'il essuya, gêné, de son mouchoir.

— Encore une chose, Mikey. Après ma disparition, après celle d'Eileen, tu dois continuer à aller de l'avant. Tu ne peux pas rester obsédé par le passé. Fais ton devoir, Mikey. Redeviens toi-même, celui que tu étais lorsque tu commandais le *Devilfish,* il y a quelques années. C'est pour cette raison que j'ai forcé le changement de nom du SSNX-1, afin que tu n'oublies pas. Alors souviens-toi, mon fils. Donchez toussa et se sécha de nouveau les yeux.

— Adieu.

Ses lèvres tremblèrent pendant un court instant puis l'image disparut. Le disque dur du WritePad cliqueta quelques secondes puis l'écran afficha : MESSAGE AUTODÉTRUIT. Pacino éteignit le WritePad et regarda par la fenêtre.

15

— Nous entrons actuellement dans la onzième heure de l'opération SeaLift, Bernard, commenta la journaliste.

Elle se tenait devant un énorme hélicoptère Sea King. Au-dessus de la porte, en lettres capitales noires, on lisait US NAVY. Le rotor tournait lentement. La journaliste était une jolie brune aux yeux verts qui tenait son micro du bout de ses doigts longs et gracieux. Un officier marinier lui tendit un casque de vol.

— Nous allons décoller du pont du *James Webb* et

survoler cette flotte gigantesque, la plus importante armada de tous les temps. La caméra suivit la journaliste, qui s'approchait de l'arrière de l'hélicoptère. La rampe d'accès avait été abaissée.

— Bernard, on m'équipe d'un harnais de sécurité afin que je ne risque pas de tomber par cette porte. De là, nous devrions avoir une vue générale de l'ensemble de la flotte.

Le vrombissement de l'hélicoptère se mua en un rugissement aigu tandis que l'engin quittait le pont. Le sigle de SNN se trouvait incrusté dans l'angle inférieur droit de l'image. En dessous, dans deux petites cases, on lisait 02 :10, heure de Washington et 14 :10, heure de Pékin. Dans l'angle inférieur gauche apparaissait le logo spécialement dessiné à l'occasion de ce conflit, le drapeau de la Chine rouge à côté de celui, enflammé, de la Chine blanche et d'un drapeau américain. En dessous, on pouvait lire « Opération Sealift ». La caméra embarquée dans l'hélicoptère montra un large secteur de pont d'envol puis un carré de mer avant de s'arrêter sur le ciel chargé. Tandis que la caméra pivotait, l'îlot du porte-avions se profila en arrière-plan. La structure gigantesque semblait sortie de l'imagination débridée d'un architecte naval un peu fou, une sorte de pyramide à degrés à échelle réduite. Chaque niveau était hérissé d'équipements divers : les vastes antennes obliques des radars du système antiaérien Aegis, les carolines UHF et VHF des liaisons du groupe aéronaval, les détecteurs de radar et bien d'autres. Une antenne radar gigantesque en rotation lente dominait majestueusement l'ensemble de la structure. Des pavillons flottaient sur une drisse amarrée à un grand mât, sur l'arrière du massif. Le plus grand, le pavillon américain, devait bien mesurer la hauteur d'une maison de deux étages. Le nombre 80 était peint de chaque côté de l'îlot. L'hélicoptère continua à prendre de l'altitude jusqu'à ce que l'ensemble du porte-avions occupe le champ de la caméra. Le bâtiment aux lignes aérodynamiques paraissait impressionnant. L'immense surface plate et grise du pont d'envol se dégageait vers le côté. Tel un rasoir, la proue effilée fendait la mer. Le navire gigantesque traçait sur le bleu de la mer un long sillage d'écume blanche et agitée. De loin, le porte-avions paraissait labourer la mer avec volonté et détermination. Lorsque les bâtiments qui l'entouraient apparurent, la journaliste poursuivit :

— Bernard, vous pouvez vous rendre compte de la taille imposante de l'USS *James Webb,* qui déplace 110 000 tonnes à pleine charge. C'est le plus grand bâtiment de la marine américaine. On parle de « PAN-80 », pour « porte-avions nucléaire, numéro de coque 80 ». Le bâtiment est équipé de deux réacteurs nucléaires, quatre turbines à vapeur et quatre hélices. Il emporte un équipage de cinq mille hommes. On aperçoit à ses côtés les deux autres porte-avions de la flotte, en formation triangulaire. Ce sont les bâtiments de tête de cette imposante armada. En haut de l'écran, vous voyez l'USS *Kinnaird McKee,* PAN-81, et en bas l'USS *Franklin Roosevelt,* le PAN-82. Les dix croiseurs Aegis affectés à leur protection les suivent sur deux rangs. Puis viennent les escorteurs et les frégates sur trois rangées de sept.

L'hélicoptère prit de l'altitude afin que le reste de la flotte s'encadre dans le champ de la caméra. Tous ses bâtiments étaient superbes, tels des poignards tranchant la mer, en formation parfaite, laissant derrière eux un sillage exactement rectiligne.

— Six bâtiments de soutien suivent juste derrière. Ainsi que vous pouvez le constater, ces bâtiments ventrus sont des pétroliers et des ravitailleurs. Ils progressent dans une formation splendide, comme à la parade. Tous les bâtiments ont déployé d'immenses pavillons américains et même la rotation des radars est synchronisée. J'assiste à un spectacle tout simplement étonnant. Puis viennent les transports de troupes, qui ressemblent à des jouets de l'altitude à laquelle je me trouve. Quatorze rangées de cinq, soit en tout soixante-dix bâtiments, transportent les 375 000 hommes de la force d'intervention rapide.

L'hélicoptère décrivit un large cercle et survola le cortège de bâtiments qui paraissait s'étendre jusqu'à l'horizon.

— Bernard, bien que les bâtiments naviguent à cinq ou six de front, le convoi s'allonge sur plus de trois nautiques ! Vous avez sans doute sous les yeux la force maritime la plus importante jamais déployée.

— Christie, demanda une voix off, comment les transports de troupes feront-ils pour débarquer les hommes qui sont à bord ? Est-il prévu qu'ils accostent dans un port ? Pendant la question, le *Webb* était revenu à l'image. La caméra montra un panorama du pont d'envol, donnant un aperçu de la taille du gigantesque bâtiment qui occupait tout l'écran.

— Eh bien ! Bernard, nous avons été informés que les vingt premiers de ces bâtiments possédaient une capacité amphibie. Ils peuvent bien sûr accoster dans un port mais également « beacher », c'est-à-dire s'avancer jusque sur une plage en pente douce. Une fois sur la plage, ils ouvrent d'immenses portes à l'avant pour laisser débarquer hommes et matériel. Quelques-uns possèdent également des portes sur l'arrière et peuvent mettre à l'eau des hovercrafts et des bâtiments de nageurs de combat, parfois même des véhicules blindés qui rejoignent la côte par leurs propres moyens avant de remonter la plage et de pénétrer le territoire environnant. Les bâtiments amphibies transportent tous des Marines qui devraient débarquer les premiers, selon nos sources. Une fois que la position sur la plage sera assurée, les troupes de l'armée de terre suivront. Les cinquante autres bâtiments débarqueront leurs containers ultérieurement, lorsque le rivage sera sous contrôle.

À l'image, le porte-avions se rapprocha de nouveau et se réduisit à un coin de pont d'envol et de mer qui tremblaient. L'hélicoptère se posa et l'image redevint stable. Le bruit qui obligeait la journaliste à crier cessa soudain ; l'arrêt du rotor s'accompagna d'un crissement.

— Christie, connaissez-vous votre position ?

— En fait, non, Bernard, répondit la journaliste en descendant de l'hélicoptère. Elle rendit son casque à un officier marinier, à qui elle adressa un sourire de star éblouissant. Nous n'avons pas eu le droit de nous approcher des équipements de navigation ou même d'une simple carte. De plus, les logiciels de positionnement par satellite ont tous été retirés de nos ordinateurs. Nous ne pouvons donc qu'estimer notre position. D'après l'un de mes confrères qui a l'habitude de naviguer, nous devrions arriver en vue de la chaîne des Ryukyu, qui représente la limite de la mer de Chine orientale, dans une heure environ. De là, nous rejoindrons directement notre tête de pont, une plage sur la côte de la Chine blanche. Une fois sur la plage, cette opération changera de nom et sera baptisée White Hope. Bernard, à vous l'antenne. Ici Christie Cronkite, à bord du *James Webb,* quelque part au milieu de l'océan Pacifique, pour SNN World News.

— Merci, Christie, nous marquons à présent une courte pause de publicité...

— Ici Christie Cronkite, à bord du *James Webb...*

— Éteins, demanda Pacino.

Depuis que le dernier message de Donchez s'était effacé automatiquement vingt minutes plus tôt, Pacino n'avait pratiquement pas cessé de regarder dehors. Il avait fini par reprendre le dessus. Ses yeux étaient rouges et gonflés. Sa première réaction avait été de demander à Paully d'allumer SNN, pour prendre les dernières nouvelles. Il était resté abasourdi en constatant que les bâtiments faisaient route en formation rectiligne, négligeant la prudence la plus élémentaire.

— Warner n'a pas compris, finit-il par commenter.

— J'aurais pourtant mis ma main au feu que cette fois-ci elle t'aurait écouté, ajouta Paully. Après tout, n'avait-elle pas promis qu'elle t'écouterait ?

— Je suppose qu'elle m'a écouté mais n'a pas voulu ou pu agir, commenta Pacino sans desserrer les dents. Je n'arrive pas à y croire. Ces bâtiments vont se faire tirer comme à la foire. Si les prédictions de Donchez se révèlent exactes, la flotte risque d'être anéantie.

— Pouvons-nous faire quelque chose ? Veux-tu parler à O'Shaughnessy ? Je peux l'appeler.

— Pourquoi ? J'ai exposé mon point de vue. Le message n'est pas passé. À présent, les Soleil Levant doivent se trouver quelque part dans le coin. Ils couleront les bâtiments du convoi un par un, comme des pipes dans un stand de foire.

— Nous avons du pain sur la planche, chef. Et peu de temps.

— OK ! Combien de temps d'ici Pearl ?

— Trois heures, environ.

— C'est suffisant. J'ai changé d'avis. Appelle O'Shaughnessy sur la vidéo. Et pendant que je m'entretiendrai avec lui, il faudra que tu te débrouilles pour me trouver Tanaka.

— L'amiral Tanaka ? Est-ce que je peux te demander ce que tu as derrière la tête ?

— Tanaka a conçu les Soleil Levant pratiquement tout seul. Nous aurons besoin de lui. Maintenant, sonne le branle-bas et trouve-moi la situation des sous-marins à Pearl Harbor. Je veux que tous mes bâtiments appareillent dès que possible vers la mer de Chine orientale. Ordonne-leur de faire route à vitesse maximale.

— Vitesse maximale ? Tu es sérieux ? C'est le meilleur moyen de flinguer les douze réacteurs nucléaires, tu en es conscient. Au bas mot, ça veut dire deux cents millions de dollars de réparations, avec plus d'un an de bassin pour chacun des bâtiments. Et je ne te parle pas du tollé chez les familles des équipages quand ils l'apprendront. Les sous-marins seront radioactifs jusqu'à la cloison avant du poste torpilles.

— Paully, vitesse max. Tout de suite.

— Très bien amiral, ce sont tes bateaux. Tes étoiles. Exactement, se dit Pacino. White recula jusqu'à l'endroit où il avait entassé son matériel informatique. Pacino regarda par le hublot. Le plafond de nuages flottait loin en dessous de l'avion. Au-dessus, on ne distinguait rien, à part les étoiles. Suis ton instinct, Mikey, pensa Pacino.

— Amiral ? Tu as le chef d'état-major en ligne.

— Merci Paully.

Pacino appuya sur une touche et O'Shaughnessy, vêtu d'une robe de chambre, apparut sur l'écran, les cheveux en bataille, pas rasé, les yeux bouffis, manifestement de très mauvaise humeur.

— Qu'est-ce que vous voulez ? demanda-t-il d'une voix atone.

— Que s'est-il passé après mon départ, amiral ? La flotte est déployée comme dans un jeu de massacre.

— Notre avis n'a pas été pris en compte. Les bâtiments font route vers la côte à vitesse maximale. Warner veut foncer, sans ruse ni feinte, qu'elle estime inutiles. Dans quelques heures, ils atteindront la plage et tout sera terminé.

— Amiral, je suis persuadé que notre flotte court un grave danger. Elle ne devrait pas tarder à se faire attaquer.

— Disposez-vous d'éléments nouveaux qui vous permettent d'étayer ce genre de conviction ? demanda-t-il en levant les sourcils.

On y est, pensa Pacino. Il allait devoir impliquer Donchez.

— Amiral, le directeur Donchez avait rassemblé un certain nombre de données...

— Je sais tout cela, Pacino. C'est de l'histoire ancienne. Peut-être même de la désinformation. Aviez-vous eu connaissance de ces éléments avant la réunion avec Warner ?

— Non, amiral, je les ai eus plus tard.

— Eh bien, oubliez-les. Autre chose ?

— Au risque de me répéter, puisque personne ne m'écoute, la flotte est en danger. Nous devons ramener les bâtiments au Japon jusqu'à ce que mes forces soient en mesure de leur assurer un transit sûr. Une douzaine de sous-marins 688-I se dirigent vers la mer de Chine orientale à 45 nœuds.

— Si je comprends bien, vous n'envisagez pas seulement un détour mais carrément une retraite. Pour combien de temps ? Une semaine entière ?

— Affirmatif, amiral. Sortez la flotte de ce guêpier. Jamais ma conviction n'a été aussi forte. Jean-Paul court à une mort certaine.

— C'est noté, amiral, répondit O'Shaughnessy, le visage hermétique. Autre chose ?

Pacino restait stupéfait. O'Shaughnessy lui opposait un mur de briques. Son sang ne fit qu'un tour et il se sentit à la limite de la maîtrise de soi.

— Amiral, je dépasse sans doute les bornes et je fais preuve d'un manque de retenue certain, mais ne devrions-nous pas appeler Warner et lui dire qu'elle commet une erreur ?

— Pacino, à moins que ma mémoire ne me fasse défaut, n'avons-nous pas déjà abordé ce sujet au cours de la dernière réunion ?

— Bien sûr amiral, mais elle n'a pas voulu nous écouter. Je vous demande de me répondre en toute franchise. Êtes-vous intervenu contre mes recommandations après mon départ ?

Le visage du chef d'état-major de la marine s'assombrit d'un coup.

— Vous dépassez les bornes, Pacino. Il est deux heures du matin et je retourne me coucher. Vous avez des ordres, je vous suggère de les exécuter à la lettre.

— Oui, amiral. Je vous prie de m'excuser de vous avoir réveillé.

Quelle perte de temps, pensa Pacino, déçu et irrité. Écœuré, il était sur le point de couper la communication lorsque la voix de l'amiral se fit entendre à nouveau.

— Patch ? Pour votre information, je vous ai soutenu. Que vous en ayez douté prouve que vous manquez de confiance en moi. Dans l'avenir, je vous suggère d'apprendre à maîtriser vos paroles mieux que vous ne le faites aujourd'hui.

O'Shaughnessy raccrocha brutalement.

— Bordel de merde, jura Pacino. Il n'avait pas

besoin d'un conflit avec son chef. À présent, O'Shaughnessy était en colère contre lui et, pire encore, il avait sous-entendu que Pacino ne faisait pas correctement son travail.

— Eh bien, voilà qui ne sert pas nos intérêts, commenta Paully.

— Des murs, marmonna Pacino.

— Est-ce que tu peux passer au-dessus de lui et contacter directement Warner ?

— Ce serait envisageable, Paully. Crois-moi, je suis à deux doigts de le faire. Mais une chose me retient.

— Laquelle ?

— Si je prends le risque d'être viré, ça ne servira les intérêts de personne.

— Exact. Du café ?

— Ouais, ça risque d'être une nuit sacrément longue. Laissons les choses aller leur train. Essayons de convaincre le commandant en chef de la force navale du Pacifique. Peut-être pouvons-nous fixer avec lui quelques objectifs communs.

— L'amiral Jean-Paul Henri, le dernier aristocrate de la marine ?

— Essaie de le joindre.

Henri apparut sur la vidéo un bon moment plus tard. Amiral trois étoiles, il avait servi dans les forces de surface durant toute sa carrière. Pendant la guerre contre le Front islamique, il commandait un croiseur Aegis, l'*Ark Royale*. Une équipe de SNN se trouvait à bord lorsqu'il avait abattu une quarantaine de chasseurs bombardiers supersoniques Firestar qui allaient attaquer les troupes alliées pendant leur débarquement sur les côtes du sud de l'Iran.

Les journalistes en avaient fait une vedette dans tous les foyers américains, au même titre que l'officier qui commandait l'opération, le général Pinkenson. Ils avaient également immortalisé son croiseur, qu'ils avaient surnommé « Robocop ». Henri en avait gardé un goût certain pour les feux de la rampe. Il avait tapissé ses bureaux et sa chambre de dizaines de photos le représentant sur le pont de son « Robocop ». Petit à petit, les médias avaient relâché leur pression et il en avait conçu une certaine amertume. Il ne semblait poursuivre qu'un seul but : se trouver à nouveau devant les caméras et, si possible, en tant que chef d'état-major de la marine.

De plus, l'homme n'avait jamais manifesté la moindre sympathie à l'égard de Pacino, sans que la raison de cette animosité puisse être expliquée. Après le blocus du Japon, Henri avait critiqué devant les caméras la façon dont Pacino avait mené les opérations. Pacino avait toujours pensé qu'Henri, tout juste convaincu de ce qu'il avançait, n'avait recherché là qu'une interview supplémentaire. Cependant, lorsque le visage de l'amiral parut sur l'écran, Pacino sentit son estomac se crisper.

Il portait des lunettes métalliques carrées à large monture, qui grossissaient ses yeux. Son visage rouge et bouffi trahissait des années d'excès de boisson. Son double menton et ses joues enflaient un peu plus chaque année. Plus vieux que Pacino d'à peine dix ans, il en paraissait beaucoup plus. Il grimaça en interpellant Pacino.

— Bonjour, Pacino. Je devine la raison de votre appel. J'ai entendu parler de vos idées saugrenues de nous retarder d'une semaine avant d'atteindre la plage. D'ici une petite vingtaine d'heures, nous aurons débarqué.

Saugrenu, pensa Pacino, le même terme que celui employé par Warner pour décrire les avertissements de Donchez.

— Vous allez au-devant d'un problème majeur, Jean-Paul. Je crois de mon devoir de vous en avertir directement. Vous devriez placer votre flotte en formation ASM et faire décoller vos Blackbeard.

— Ouais, très bien, marmonna-t-il. Autre chose ?

— Les 688. Comment les avez-vous déployés ?

— Je les ai détachés il y a cinq heures environ, pour qu'ils nettoient la mer devant nous. Ils filent 5 nœuds de plus que nous et devraient donc se trouver environ 20 nautiques sur notre avant. Cela devrait suffire pour nous avertir s'ils découvrent quelque chose, à condition bien sûr que vous ayez correctement entraîné vos équipages. Et jusqu'à présent, pas de sous-marins ennemis en vue.

— Et les P-5 du Japon ? Ont-ils commencé à patrouiller ?

— Hum ! non, répondit Henri en avançant le menton de manière agressive.

Pacino l'imita, sentant l'exaspération monter.

— Hum ! et pourquoi donc ?

— Hum ! parce que la menace que vous décrivez sort de votre imagination et que ces avions posent quelques problèmes stupides de maintenance et d'équipage à USAirCom. À présent, si vous voulez bien m'excuser, Pacino, nous sommes en pleine alerte aérienne et nous risquons de subir une attaque de chasseurs ennemis. Des avions, bien réels ceux-là, qui, contrairement à vos sous-marins fantômes, peuvent se révéler mortels. Ils vont nous tomber dessus à Mach 2, ne nous laissant que quelques secondes pour réagir. Aussi, avec votre permission, je souhaiterais m'atteler à ce problème tactique urgent. Oh ! J'y pense, encore une chose, Pacino, inutile de me déranger une nouvelle fois.

Il raccrocha sans attendre. Pacino frappa du plat de la main l'écran qui s'assombrissait encore et lâcha un juron bien senti à l'encontre de Jean-Paul Henri.

— Les sous-marins de Pearl Harbor ? Où se trouvent-ils actuellement ?

White soupira.

— Ils ont tous appareillé moins d'une heure après ton appel, lorsque nous étions à la base d'Andrews. Jolie performance, tu remarqueras. Ils ont parcouru environ 400 nautiques, il en reste 400.

— Pratiquement quatre jours à vitesse max.

— Le Pacifique n'est pas une baignoire, amiral. Tu dois composer avec la géographie. C'est pour cette raison que Warner avait pris la précaution de stationner la FIR au Japon.

— Paully, que penses-tu de la situation, en toute franchise ?

— Je pense que tu viens d'avoir ta dernière conversation avec le futur regretté Jean-Paul Henri. Il court au carton. Nous avons fait tout ce qui était en notre pouvoir, mais apparemment, cela n'a pas suffi.

— Il nous reste encore une carte à jouer. Prépare un message pour le *Santa Fe* et l'*Annapolis.*

— Fais attention, amiral, tu marches sur les plates-bandes du bon Jean-Paul.

— Qu'il aille se faire foutre. Envoie un message à ces deux-là et ne te casse pas à mettre Henri en copie. Dis-leur que USubCom suspecte la présence de sous-marins de type Destiny ou Soleil Levant sous le contrôle des Rouges. Dis-leur qu'il pourrait s'agir de copies construites à partir de plans volés aux Japonais. Je ne sais pas, trouve quelque chose de plausible. Quand tu auras fini, appelle le chantier. Je veux que l'on descende le SSNX de son dock flottant. Je veux le sous-marin à l'eau demain. Et que ce soit fait avec la plus grande discrétion. Ils sauront ce que cela signifie. J'ai un plan pour le faire appareiller sans que personne s'en aperçoive.

— Comment ça ?

— Tu verras. Dis-leur juste ça.

— O.K. ! répondit White, l'air dubitatif. Pas de problème, c'est dans mes cordes. Au fait, puis-je demander ce que tu comptes faire ?

— Bonne question, Paully. Nous mettons le SSNX à l'eau parce que nous allons le faire appareiller. Passe-moi le dossier sur l'équipage.

White sourit. Il retrouvait le vrai Pacino. Il appela le dossier demandé sur son WritePad et le tendit à Pacino dès qu'il l'eut trouvé.

L'amiral fronça les sourcils et tambourina du bout des doigts sur la table, se demandant ce qu'il allait bien pouvoir faire de plus.

Mer de Chine orientale, entre Naze et Yakushima
USS James Webb

L'amiral Henri, commandant la Task Force, habitait une chambre immense et luxueuse. Sa bannette, une *queen-size,* aurait pu accueillir confortablement quatre personnes et la surface de la table de conférences devait bien atteindre les dix mètres carrés. Un éclairage d'ambiance, à la fois doux et lumineux, baignait la pièce. Une demi-douzaine de photos ornaient les cloisons, toujours l'inévitable Henri à la passerelle de l'*Ark Royale.*

L'amiral Jean-Paul Henri s'assit à la table de conférences. Il avait incliné l'écran de son WritePad afin de l'utiliser comme vidéophone personnel. Le visage de Pacino venait de s'effacer et l'avertissement du sous-marinier paranoïaque résonnait encore dans ses oreilles.

Henri s'enfonça dans son fauteuil et réfléchit quelques instants, les yeux fermés. La flotte avait déjà parcouru environ un tiers du chemin jusqu'à la plage et il était bien tard pour commencer à réfléchir à un écran ASM. Avec le bord fourmillant de journalistes, il serait difficile de lancer discrètement une opération aérienne d'envergure. Il devrait expliquer le catapultage des S-14 et le décollage des Seahawk. Il serait contraint de dévoiler qu'ils patrouillaient la mer à la recherche de sous-marins ennemis. S'il tentait de travestir la vérité, il serait rapidement convaincu de mensonge, ce qui desservirait évidemment ses ambitions de carrière.

De plus, le vent soufflait du nord-ouest. Pour lancer des opérations aériennes, il faudrait venir dans le vent et se détourner de la route initiale, qui menait la flotte droit vers Shanghai. Il perdrait un temps précieux. Selon les ordres qu'il avait reçus, un élément essentiel de sa mission consistait à débarquer au plus tôt. Pire encore, les journalistes n'avaient pas cessé de lui demander quand la flotte atteindrait la plage, si bien qu'il avait fini par les informer du timing de l'opération.

Henri croyait avoir perçu quelque chose dans le regard de Pacino. Il effleura l'écran du WritePad et se remémora la conversation. Pacino représentait son principal concurrent pour le poste de chef d'état-major de la marine. Son visage trahissait une anxiété certaine. Pacino avait peur, pensa Henri. Pourtant, d'après les témoignages de certains de ses vieux camarades de promotion de l'École navale, ce gars n'avait généralement pas froid aux yeux.

Henri décrocha son téléphone.

— Officier de quart, demandez au commandant, au chef aéro et à l'officier ASM de venir dans ma chambre aussi rapidement que possible.

— À vos ordres, amiral.

Trente secondes plus tard, les trois officiers frappaient à la porte. Ils semblaient tous prêts à se battre, excités par un flot d'adrénaline. Grand bien leur fasse ! pensa Henri. Ces jeunes gens n'avaient aucune idée du poids des responsabilités qui pesaient sur ses épaules. S'ils en avaient eu la moindre notion, ils auraient immédiatement pris la tangente.

— Messieurs, je veux une flottille de S-14 Blackbeard en alerte à une minute sur le pont d'envol. Alerte maximum. Armement à poste.

— Oui, amiral, répondit le commandant au nom de tous.

Henri leur fit signe de se retirer, sans aucune explication supplémentaire. Les officiers savaient qu'il valait mieux ne pas en demander et Henri se serait damné plutôt que de leur en donner.

Pendant un instant, il envisagea d'appeler la base de Kagoshima, où attendaient les avions de patrouille maritime P-5, mais il renonça. Cela dépasserait les bornes. Après tout, si Pacino avait peur, peut-être était-ce parce qu'il ne possédait pas le sang-froid légendaire de l'amiral Jean-Paul Henri.

Il se convainquit que ce devait être la bonne explication.

16

Passage entre Nace et Yakushima
USS Annapolis, *SSN-760*

— Le commandant arrive au CO, hurla une voix.

Le capitaine de vaisseau Jonathan George S. Patton IV entrait au CO de l'USS *Annapolis* comme un porte-flingue dans un saloon de western. Sur son visage buriné se lisait une fureur extrême. Il mesurait 1,75 mètre mais en paraissait plus, peut-être à cause de sa stature élancée de coureur de marathon. Les cheveux couleur charbon, la peau basanée, le regard noir impénétrable, il affichait généralement un masque hermétique et ses sourires étaient si rares qu'ils étaient scrupuleusement répertoriés sur la feuille de chou diffusée sous le manteau dans tout le bord. À terre, malgré cette apparence de rigidité, il ne ménageait pas les encouragements à ses hommes, prêtait une oreille attentive à ses jeunes officiers dans leur apprentissage du bâtiment et leur poursuite de qualification. À la mer, cependant, il restait bourru, souvent abrupt, exigeant et inaccessible.

John était l'arrière-arrière-petit-fils du général Patton, qui avait brillamment balayé les divisions blindées de Panzer nazis avec une tactique offensive originale, une agressivité innée et un culot à toute épreuve. Le jeune Patton avait été admis à Annapolis pratiquement sans avoir postulé, comme si les recruteurs de la marine avaient voulu faire un coup de relations publiques contre leur éternelle rivale, l'Académie militaire de West Point.

Il avait franchi tous les échelons de la carrière d'un officier sous-marinier et avait été admis au cours de commandement, un cycle infernal d'études théoriques et d'exercices pratiques. Un tiers des élèves étaient recalés et définitivement exclus des équipages de sous-marins. L'une des épreuves se déroulait dans un simulateur, à Norfolk, en Virginie, au commandement d'un équipage assemblé de bric et de broc. Il s'agissait de se battre contre d'autres bâtiments et aéronefs simulés par un supercalculateur programmé par une bande de maniaques du jeu de guerre, sous l'œil attentif du commandant des forces sous-marines, le contre-amiral Pacino.

Patton se tenait debout sur la plate-forme surélevée des périscopes, dans le simulateur de CO, dont l'apparence, les sensations et même l'odeur étaient tellement réalistes qu'il se serait cru en mer. Il regarda ses hommes en faisant de son mieux pour paraître calme, alors qu'il était en proie à une peur presque panique. Un échec à ce test terminerait une carrière de dix-huit années aux sous-marins, il devrait annoncer sa déroute à Marcy et leur vie commune pourrait s'en trouver changée.

— *CO de sonar, nouveau contact, baptisé Sierra 1, azimut 1-8-0, annonça le chef du module sonar. Une pompe hélice unique, rapport signal sur bruit moyen, classifié sous-marin nucléaire d'attaque russe, classe Severodvinsk. CO de sonar, deuxième contact sonar, baptisé Sierra 2, dans le 2-6-5. Bruiteur fort, deux hélices, quatre pales, classifié bâtiment de guerre, probablement un Kirov russe. CO de sonar, troisième contact sonar...*

Le chef de module annonça successivement vingt contacts, dans tous les azimuts. Hérissés d'armes ASM, ils appartenaient tous à la flotte russe et chacun d'entre eux représentait une menace mortelle. Des hommes moins valeureux auraient paniqué. Se sachant au pied du mur, Patton se pencha par-dessus la rambarde de la plate-forme et commenta avec une pointe d'ironie :

— Eh bien messieurs, il semblerait que nous les ayons cernés.

Il classa les divers contacts en fonction de la menace qu'ils représentaient, de la distance à laquelle ils se trouvaient, plaçant les sous-marins en tête de liste. Cinq minutes plus tard, il avait lancé cinq torpilles contre les sous-marins, s'était écarté de sa position de lancement et avait élaboré une tactique contre les bâtiments de surface. Il remonta rapidement à l'immersion périscopique en prenant quarante degrés d'assiette et confirma la distance du Kirov, véritable bâtiment de guerre à propulsion nucléaire, armé jusqu'aux dents de torpilles et de missiles ASM. Durant les dix minutes qui suivirent, il lança deux séries de torpilles contre les bâtiments de surface : trois contre le Kirov, deux contre un croiseur Slava, deux contre un Moskva, une contre un Kara, une contre un Kresta II, sans oublier les Udaloy ni les Sovremenny, jusqu'à ce que son poste torpilles ne contienne plus une seule arme. Puis, laissant la moitié d'une flotte russe enragée à sa poursuite, il fit demi-tour et plongea, aussi vite qu'il put, avec quelques zigzags aléatoires. Il entra dans une zone de hauts-fonds, qui avait la bonne idée de se trouver juste sous la couche et qui le rendait invisible des chasseurs en surface, posa son sous-marin sur le fond, arrêta le réacteur et coupa toute source de bruit à bord. La flotte russe passa presque à sa verticale sans le voir. Quatre heures plus tard, il avait coulé douze bâtiments importants et endommagé plusieurs autres sans se faire détecter ni subir aucun dommage.

L'amiral Pacino entra en riant au CO. À la lueur des consoles du système de combat, on distinguait ses dents très blanches. Il s'approcha de Patton et leva la main droite, le pouce tendu vers le haut. Puis Patton, encore sous le choc, lui rendit son sourire.

— Excellent travail, John, complimenta Pacino. Vous avez fait preuve de toute l'agressivité que promettait votre nom et peut-être même un peu plus.

Patton rit un peu jaune car il savait que la crainte de l'échec lui avait donné des palpitations et qu'il n'aurait jamais osé imaginer que les choses se passent si bien.

— Juste une chose, commandant Patton, ajouta Pacino en passant le bras sur l'épaule du jeune commandant. Nous n'étions pas en guerre contre la Russie. Le scénario consistait à trouver un Destiny II japonais au milieu de ce fatras de bâtiments russes. Il secoua la tête sans cesser de rire. Mais bon sang, voilà une attaque qui restera dans les annales. Je montrerai l'enregistrement de cette séance à tous les bébés commandants et cette affaire de Destiny II restera notre petit secret. À l'avenir, vous me ferez penser à ne jamais vous donner de torpilles avant de vous avoir désigné l'ennemi, mon cher John.

Patton rougit, mais ne put retenir un sourire de satisfaction. Pacino, en toute simplicité, l'invita à dîner. En rentrant chez lui, Patton passa la moitié de la nuit debout à raconter à Marcy son voyage à Norfolk et sa prochaine nomination au commandement d'un 688-1, le USS *Tucson*.

Quand son ordre de mission arriva, le sous-marin avait été affecté à l'escorte du groupe aéronaval qui appareillait de Pearl Harbor au moment du blocus du Japon. Il avait appareillé avec un préavis nul et avait été chargé de protéger le porte-avions *Abraham Lincoln* tandis que le convoi faisait route vers le nord-ouest du Japon. Les Japonais avaient attaqué environ une heure après l'appareillage du *Lincoln*. Patton et le *Tucson* avaient perçu le vague sifflement du premier Destiny III japonais au moment où il lançait ses Nagasaki. Patton s'était lancé à vitesse maximum dans sa direction et avait lancé contre lui une salve de quatre torpilles. Le sous-marin avait coulé sans même se douter de la présence du *Tucson*. Le même scénario s'était reproduit avec deux autres Destiny III. Mais à ce moment, seules les quatre hélices de bronze émergeaient encore de la masse du porte-avions *Abraham Lincoln* qui coulait par l'avant. Lorsque Patton découvrit le quatrième Destiny III, il ne lui restait plus qu'une seule torpille. Il la tira contre le sous-marin ennemi et s'attendit à une riposte.

Une seule torpille ne suffisait pas à lui régler son compte. Simplement endommagé, le Destiny fit surface. Patton le guettait dans le réticule de son périscope. Il s'attendait à voir un panneau s'ouvrir et à assister à la sortie des hommes d'équipage. Mais aucun signe de vie. Par curiosité plus que par colère, il ordonna le retour en surface et, accompagné de quelques hommes armés de 9 mm automatiques et de pistolets-mitrailleurs MAC-11, ils abordèrent le sous-marin japonais. Le panneau avant s'ouvrit sans résistance. À bord du *Tucson,* un des officiers filmait l'abordage du sous-marin avec la caméra du périscope. Patton trouva un bâtiment désert. Le compartiment avant, minuscule, ne comportait en tout et pour tout que trois stations de travail reliées à un ordinateur central. De toute évidence, ce bâtiment n'avait pas d'équipage. Patton retourna à bord du *Tucson,* prit le robot japonais en remorque, récupéra les quelques survivants au naufrage du *Lincoln* et mit le cap en direction d'un remorqueur de haute mer envoyé à sa rencontre.

Durant le retour à Pearl Harbor, le remorqueur rendit compte de flammes qui s'échappaient du panneau ouvert en haut du massif du sous-marin japonais. Lorsqu'une équipe put monter à bord, elle constata que le bâtiment ennemi avait entamé une procédure d'autodestruction. Le contenu des consoles et des baies électroniques de l'avant était réduit à l'état de cendres. À Pearl, les experts n'avaient rien pu tirer du magma informe qu'ils avaient examiné et le système informatique de ces bâtiments restait toujours un mystère.

La marine avait transmis aux médias la vidéo enregistrée du *Tucson.* Le film fut diffusé sur toutes les télévisions et bientôt, les photos de John Patton entrant en force dans le sous-marin japonais firent la couverture de tous les journaux et magazines, papier et électroniques. Patton se changea instantanément en une figure emblématique de cette guerre contre le Japon, son nom devint synonyme de preux chevalier, le sabre entre les dents. Seul John Patton connaissait la vérité. Il n'avait brûlé que de la curiosité de se trouver face à face avec les hommes qui avaient anéanti la force américaine.

Lorsque le *Tucson* entra au bassin pour travaux, Pacino avait récupéré Patton afin de lui épargner les affres du chantier. Il lui avait attribué le commandement d'un second sous-marin, le USS *Annapolis,* honneur rarissime dans la marine de Pacino, et qui représentait le compliment suprême.

John Patton se trouvait à présent au cœur de l'action, chargé une fois de plus de la protection d'une force de surface encore plus importante que celle qui avait entouré le *Lincoln*. L'*Annapolis* naviguait à vitesse maximum. Il filait 41 nœuds avec sa nouvelle hélice à sept pales. Cela dit, Patton devait affronter un problème majeur.

Pour rechercher un sous-marin ennemi, il fallait pouvoir l'entendre. À 41 nœuds, il était sourd comme un pot. Bien entendu, l'*Annapolis* avait été modernisé. Le bâtiment avait été complètement désossé durant sa dernière refonte et avait reçu, outre une hélice beaucoup plus performante et silencieuse que la précédente, un nouveau système de propulsion turboélectrique particulièrement discret. Les turbines de propulsion et les gros engrenages du réducteur avaient été remplacés par des turboalternateurs suspendus, qui produisaient l'énergie électrique nécessaire pour alimenter un énorme moteur à courant alternatif. Le vieux réacteur Westinghouse avait également été remplacé par un DynaCorp S10D de 200 mégawatts thermiques, ce qui faisait passer la puissance disponible sur l'arbre de 35 000 à plus de 75 000 chevaux. La vitesse maximale accessible s'élevait maintenant à 41 nœuds, soit la même que celle du vénérable *Seawolf*, un sous-marin pourtant infiniment plus cher. De plus, l'*Annapolis* avait également reçu un nouveau système de combat, l'AN-BSY 4, avec un sonar ultramoderne. Un système vidéo courait dans tout le bord et permettait à Patton de disposer instantanément des informations dont il avait besoin de sa chambre ou de tout autre local du bord.

Le commandant venait de terminer son tour du bord, ce qui tombait pile une heure avant le changement de quart. Il avait exploré les moindres recoins, depuis le presse-étoupe arrière jusqu'au poste des officiers mariniers, le long de la caisse d'assiette avant. Le bâtiment était impressionnant : 6 900 tonnes en plongée, 120 mètres de long, 26 torpilles Mark 52 Hullcracker, 10 missiles antiaériens Mark 80 SLAAM et 10 missiles de croisière Javelot antiterre et antisurface, stockés en tubes verticaux implantés dans les ballasts avant. Le bâtiment avait reçu deux périscopes du dernier modèle, indétectables au radar, les moyens de communication les plus récents et les systèmes de détection électronique les plus modernes jamais installés à bord d'un sous-marin. L'*Annapolis* était propre comme un sou neuf et paré au combat.

Cela ne suffisait pourtant pas à la réussite de sa mission. Suivant les ordres reçus, il fonçait à 41 nœuds et, à cette vitesse, les bruits d'écoulement d'eau sur le sonar l'assourdissaient complètement. Une vitesse de 15 nœuds, idéale pour une recherche ASM, lui donnerait une portée de 10 nautiques environ sur un autre 688-I. Mais sa vitesse actuelle provoquait une augmentation considérable du bruit propre, sans compter celle du bruit rayonné. Les quatre pompes primaires de 2 mégawatts de l'énorme réacteur tournaient en grande vitesse, produisant autant de bruit qu'une locomotive emballée.

Mais il y avait pire encore. L'ennemi possédait probablement des sous-marins classiques, à propulsion diesel. Bien sûr, il leur serait difficile d'atteindre une bonne position de lancement sur le convoi. Mais s'ils réussissaient, ils pourraient s'y maintenir sans un murmure, sans aucune machine tournante émettant le moindre bruit dans l'eau, hormis une hélice et un moteur électrique principal parfaitement silencieux. Dans ces conditions, l'*Annapolis* ne percevrait rien avant le lancement de la première torpille.

Patton se sentait comme un agneau destiné au sacrifice. Le sous-marin précédait le convoi de 30 nautiques. Dix nautiques derrière lui se trouvait l'USS *Santa Fe,* commandé par le jeune Chris Carnage. Si un sous-marin hostile se présentait, l'*Annapolis* et le *Santa Fe* attireraient ses torpilles. En cas d'attaque, les ordres étaient de transmettre à tout prix un message d'urgence au porte-avions. Cela imposait de remonter à l'immersion périscopique, de fuir et de lancer simultanément, un casse-tête tactique impossible à résoudre.

L'amiral Henri n'avait aucune excuse de ne pas les avoir fait appareiller quelques jours avant la flotte pour nettoyer le Pacifique ouest et la mer de Chine orientale. Bon sang, ça ne lui aurait rien coûté de leur faire quitter le quai pendant qu'Henri embarquait les troupes et le matériel. Ils auraient pu quadriller une première fois la zone à 20 nœuds, puis une seconde fois, à vitesse plus faible. Le *Santa Fe* se serait chargé de l'escorte du convoi à courte distance, tandis que l'*Annapolis* serait resté plus en avant, en éclaireur. Entre les S-14 Blackbeards et les avions de patrouille maritime P-5 Pegasus, la mer de Chine orientale aurait été débarrassée du moindre mammifère marin de bonne taille, sans compter tous les sous-marins ennemis, s'il y en avait. Mais à présent, les deux Los Angeles jouaient simplement la sonnette au profit des bâtiments de l'amiral Henri. Dans les hypothèses les plus optimistes, ils auraient tout juste le temps de tirer le signal d'alarme avant de rejoindre leur tombe au fond de la mer de Chine.

Patton leva les yeux vers le jeune officier de quart qui lui rendait compte de la position du sous-marin. Pas de contact sonar, le bâtiment se trouvait à l'immersion d'écoute idéale, 200 mètres, aussi silencieux qu'un hippopotame au galop. Patton acquiesça, regarda sa montre et fronça les sourcils lorsque l'officier qui venait de terminer son quart au PCP entra au CO. Il écouta son rapport, hocha sèchement la tête et entra dans le module sonar, sur l'avant tribord du CO.

Le maître principal Byron DeMeers, maître adjoint sonar au caractère ombrageux, était assis devant la console numéro 2. Patton et lui avaient servi ensemble depuis qu'ils s'étaient rencontrés sur le *Providence,* car il l'avait fait nommer sous ses ordres pendant ses deux commandements. Tous deux s'entendaient comme les doigts de la main. Ils parlaient peu, mais comprenaient parfaitement leurs pensées et humeurs réciproques. Autrefois, DeMeers avait été corpulent, le crâne chauve, les yeux brillants et la moustache noire et drue. Deux ans plus tôt, il avait découvert un centre de fitness et il aurait pu depuis lors exhiber des abdos et des pectoraux de pub de bodybuilding. Pour la première fois depuis vingt ans, il faisait des ravages auprès du sexe opposé. Il vivait seul, sa femme ayant demandé le divorce après sa première affectation aux sous-marins. Dès qu'il était à quai, il recevait de nombreuses invitations de petites amies impatientes, mais il passait la majeure partie de son temps à bord, à entretenir son matériel et à programmer son système sonar.

L'affectation de maître adjoint sonar sur l'*Annapolis* était peut-être le deuxième meilleur poste de ce genre dans toute la flotte et travailler avec Patton semblait lui convenir. Cependant, DeMeers ne manifestait aucun enthousiasme pour cette mission. En privé il avait confié son opinion à Patton :

— C'est une histoire de fous, commandant. Nous perdons notre temps. Le cinglé avec les étoiles, là-haut sur son bateau plat, il n'a jamais vu un sous-marin, ou quoi ?

Patton n'avait rien répondu. Pourtant, il ne pouvait s'empêcher de penser que DeMeers avait entièrement raison.

— Parlez-moi de votre plan de veille, lui demanda Patton.

— Si je le fais, ce ne sera que la douzième fois en trois jours, soupira DeMeers. Mais bon, c'est vous le patron. Quatre parties différentes, selon la nature du but.

Premièrement, un sous-marin classique aux électriques, à détecter sur un bruit d'hélice ou un moteur de propulsion à fréquence très basse. Les chances de succès sont très faibles. Normalement, je n'aurais pas investi beaucoup de temps de calcul sur cette menace mais comme ces bonnes vieilles bailles à gazole sont les plus probables dans le coin, j'ai quand même laissé de quoi explorer sérieusement ces fréquences.

Deuxièmement, un classique au schnorchel, qui rechargerait sa batterie à l'immersion périscopique. Nous recherchons des bruits de diesel lent ou semi-rapide. Probabilité d'occurrence très faible. Un classique en train de chasser une position de lancement sur le convoi ne tiendra pas particulièrement à faire du bruit, je pense.

Troisièmement, un sous-marin nucléaire d'attaque. J'ai rentré la signature de trois types de bâtiments. D'abord, les vieux 688, comme ceux que nous avons vendus dans le coin. Probabilité faible, pour ceux-là. Ensuite, un classe Han, comme ceux dont les Rouges disposaient dans le passé, mais qui ont dû mourir de rouille il y a plus de vingt ans. Qui sait, peut-être quelqu'un a-t-il gardé à flot une de ces vieilles bailles ? Probabilité faible, également. Et sacrément bruyant, avec ça. On l'entendrait arriver avec un bouchon dans chaque oreille. Enfin, un Rubis, un SNA d'origine française qu'ils ont vendu à l'export pendant une dizaine d'années. Petit bateau, bruyant, avec seulement 18 torpilles. Toujours probabilité faible.

Quatrièmement, tout le reste ! Notre senseur principal sera le sonar de détection de transitoires. Nous avons plus de 400 transitoires stockés dans la machine, tous d'origine artificielle. Claquements de panneaux, chuintements de barres, démarrage de pompes, claquements de clapets anti-retour,...

— Ouverture des tubes lance-torpilles, ajouta Patton.

— Oui ! Le démarrage d'un gyro, d'une pompe-hélice de torpille et un tas d'autres choses. Tout ce qui ne peut pas être une baleine ou un banc de crevettes. Ce système de traitement est tout neuf et je ne le connais pas encore assez bien pour sentir ses performances réelles. Préparez-vous sans doute à quelques fausses alertes. Nous pourrions confondre un pet de baleine avec le claquement d'un panneau...

— C'est tout, DeMeers ?

— Affirmatif, commandant.

— Et qu'est-ce qu'on fait de cet avertissement

transmis par USubCom, à propos des clones des Destiny ou des Soleil Levant japonais qui pourraient être utilisés par les Chinois ?

Patton avait lu le message laconique de l'amiral Pacino, mais l'histoire lui avait paru bizarre.

— USubCom pense que les Rouges ont volé les plans et la technologie aux Japonais et ont reproduit un Destiny ou un Soleil Levant. Ouais, j'ai vu ça. La signature acoustique d'une copie d'un Destiny, si conforme soit-elle, n'aura rien à voir avec celle du bâtiment original. Honnêtement, je ne sais pas quoi faire de cette information.

— Alors pourquoi USubCom nous parle-t-il explicitement de Destiny ou de Soleil Levant ?

— Ça me dépasse, commandant, je suis perdu...

— Je ne comprends pas. Et si les Japonais avaient décidé de leur donner un coup de main ? Depuis le blocus, ils pourraient nous en vouloir...

— Allons, commandant, cela n'a pas de sens. Ils mettent les Soleil Levant à l'eau sous contrôle américain.

— Oui, et ils ont tous coulé d'un seul coup !

— Qui sait, peut-être les ingénieurs d'USubCom ont-ils saboté les Soleil Levant, ajouta DeMeers, en laissant divaguer son imagination. L'amiral Pacino pouvait les considérer comme une menace trop importante.

Patton jeta un coup d'œil sur le livre de science-fiction corné posé sur le côté de la console, l'autre passion de DeMeers après son sonar. Il en venait à se demander si les lectures de l'officier marinier n'affectaient pas la clarté de son jugement pendant son quart.

— Pas possible. C'est en dehors de toute logique. Des Destiny ? Des Soleil Levant ? Et puis quoi encore, un Severodvinsk russe ?

— Pas plus de chance qu'un Rubis, qu'un Han ou qu'un vieux Los Angeles, commandant.

— Exact. Quand même, vous ne pourriez pas rentrer un Soleil Levant dans votre plan de veille ?

— J'aimerais bien, commandant mais nous n'avons pas la moindre idée de sa signature.

De nouveau le vieux paradoxe de la recherche ASM, pensa Patton. On ne trouve facilement que ce que l'on connaît bien.

— Donc nous voilà, fonçant devant le convoi à vitesse maximum, 41 nœuds, plus sourds qu'une trappe à cause de notre vitesse, dans le bleu parce que nous n'avons aucune idée de ce que nous recherchons, avec des messages sibyllins à propos de la présence éventuelle de sous-marins japonais de haute technologie... Et dans ces conditions, nous sommes supposés garantir la liberté et la sécurité du transit de la force ?

— Tout juste, commandant. C'est pour ça qu'on vous donne une prime de commandement !

— Tu parles ! Quarante dollars par semaine, répliqua Patton. Vous avez dans vos archives un plan de recherche pour les vieux Destiny III ?

— Bien sûr, sous des mètres de poussière, mais je peux vous le retrouver.

— Soyez sympa, chargez-le. C'est à peu près aussi farfelu qu'un Rubis ou un Han.

— Pas de problème, dans dix minutes, il sera en place. Quelque chose d'autre pour votre service ? Des frites avec votre Destiny III ? Un coca ?

— Juste une mer vide. C'est tout ce que je demande. La dernière chose que je désire, c'est que le convoi soit attaqué sous mon nez.

— Nous avons perdu le *Lincoln* ensemble, commandant. Je n'ai pas particulièrement envie de perdre une seconde flotte. Contre son habitude, DeMeers avait pris une expression tout à fait sérieuse.

Agacé et pensif, John Patton retourna au CO, les sourcils froncés.

17

SS-403, Tempête Arctique

Même après deux semaines de pratique, l'utilisation de la console de commandement demandait encore un peu de concentration, se dit l'amiral Chu Hua-Feng en étudiant les écrans.

Pendant les quinze derniers jours, Chu avait imposé une formation intensive à son équipage. Les exercices avaient duré des heures. Le « Commandant Bis » cumulait la conduite automatique du bâtiment en plongée et la simulation des engagements au profit du personnel de quart au CO. Le « Commandant Bis » avait parfaitement rempli sa fonction — au moins jusqu'à présent. Il contrôlait tout à bord, jusqu'aux fours de la cuisine. Par chance, Chu et ses hommes avaient réussi à persuader le système qu'ils étaient des membres d'équipage légitimes. Dans le cas contraire, la mission aurait avorté.

Le « Commandant Bis » mit cependant un certain temps avant d'obéir au premier ordre de Chu. L'amiral avait fait hisser une antenne et, grâce au matériel embarqué pendant l'invasion, juste avant la séparation d'avec le submersible, Chu avait pu entrer en communication avec les cinq autres Soleil Levant. Il avait été surpris de découvrir qu'aucun de ses commandants n'avait rencontré le moindre problème pour s'emparer de son sous-marin. Des six Soleil Levant, seul l'équipage du *Tempête Arctique* leur avait donné du fil à retordre en tentant de résister. Les cinq autres équipes s'étaient introduites par le panneau arrière, avaient tiré quelques coups de feu pour intimider des Japonais médusés avant de les exécuter méthodiquement pour prendre possession de leur bâtiment. Peut-être cela avait-il un rapport avec ce sous-marin en particulier, avait-il pensé, se demandant pendant un court instant si la machine pouvait avoir une âme. Mais il avait rapidement rejeté cette superstition et poursuivi l'interminable série des exercices nécessaires pour entraîner l'équipage et le groupe.

Plusieurs fois durant les derniers jours, il avait douté, se demandant s'il ne s'était pas attaqué à une tâche impossible. Les hommes ne comprenaient pas, réagissaient mal, la fatigue et le stress s'installaient, le manque d'air frais, de sommeil et de leur nourriture habituelle poussait les hommes à bout. Mais enfin, après un discours acerbe de Chu, l'humeur avait changé, comme celle d'une équipe de football retrouvant son agressivité sur le terrain après avoir été houspillée à la mi-temps par son entraîneur. L'équipe s'était soudée et les hommes fonctionnaient maintenant très bien ensemble. Les derniers exercices s'étaient magnifiquement déroulés et le *Tempête Arctique* les avait tous gagnés. Après une bonne journée de repos, ils se trouvaient là, dans le passage entre Naze et Yakushima, à attendre la flotte américaine.

La chaîne d'informations SNN s'était montrée une source de renseignements intarissable et particulièrement précieuse en diffusant les positions et les intentions des Américains. Seul le point de *beaching* prévu restait encore hypothétique. Pour le reste, Chu disposait d'informations tellement précises qu'il en était venu à se demander s'il n'était pas victime d'une tentative d'intoxication. Mais les photos prises par les satellites chinois avaient confirmé la position de la flotte qui s'approchait.

La préparation de l'attaque coordonnée contre le convoi s'était déroulée de façon satisfaisante. Chu débattait de la tactique à employer avec les autres commandants et, à bord du *Tempête Arctique*, une polémique s'était engagée sur la façon dont l'opération devait être conduite. Entraînés par l'ingénieur, le lieutenant de vaisseau Li Xinmin, qui insistait pour attaquer les 688 américains avant la force de surface, les officiers se prirent à discuter l'idée de manœuvre de Chu. L'amiral proposait de laisser passer les sous-marins avant d'attaquer le convoi et de les détruire ensuite. Lorsque le ton commença à monter, Chu se retira dans sa chambre et programma une simulation qu'il présenta à l'ensemble de l'équipage, le soir même, à la cafétéria. Dans le premier scénario, les Soleil Levant commençaient par lancer contre les 688. En constatant la perte de leurs sous-marins, les bâtiments de surface américains battaient en retraite et se dispersaient à grande vitesse, en zigzaguant. Ils devenaient alors pratiquement impossibles à torpiller et la simulation concluait à un résultat faible, à peine dix pour cent des bâtiments coulés. Dans le second scénario, en attaquant d'abord la force de surface, il envoyait la flotte entière par le fond, sans exception. Chu pensait la démonstration suffisamment probante, mais les hommes s'inquiétèrent de la réaction des 688 et de leur souci de revanche. Le risque d'intervention de l'aviation de patrouille maritime basée à terre les préoccupait également.

Chu s'en moquait complètement. Chaque Soleil Levant était équipé de vingt-quatre tubes lance-torpilles, avec deux armes pour chaque tube, l'une chargée et l'autre en réserve. Soit quarante-huit torpilles par bâtiment, un total de deux cent quatre-vingt-huit armes antinavires de gros diamètre. Deux cent quatre-vingt-huit chances de couler les bâtiments de surface. Avec un tel arsenal offensif, il devrait arriver à couler une force de cent soixante-dix bâtiments à condition de ne pas lancer deux fois sur le même but. Par contre, Chu se demandait déjà comment il allait pouvoir arrêter la seconde vague américaine, qui ne manquerait pas d'arriver tôt ou tard. Devant l'échec des bâtiments de surface, les sous-marins prendraient rapidement le relais. Les 688-I, les ancêtres, interviendraient les premiers. Ils ne présentaient pas un risque très grand. Mais les Américains enverraient sans doute d'autres unités plus modernes pour chasser ses Soleil Levant, qui ne disposaient que d'un nombre d'armes limité. Chu pensait qu'une attaque éclair effroyablement destructrice saperait le moral de l'adversaire et provoquerait de tels ravages dans ses rangs que Warner n'oserait pas s'aventurer à nouveau en mer de Chine avant longtemps.

Chu décida de revenir à la réalité et de cesser de se perdre en conjectures. Il se savait pessimiste de nature et n'avait pas tendance à sabler le champagne de la victoire à l'avance. Il était plutôt enclin à prévoir l'échec. Il se raisonna et conclut que l'heure n'était plus au débat. Il reprit son rôle de commandant et revint à la conduite de l'opération qui les avait amenés là. Aujourd'hui, sa force était prête à anéantir le convoi américain.

Chu se cala dans son fauteuil devant la console sophistiquée du poste de commandement et jeta un regard circulaire sur ses merveilles. Les écrans pouvaient être configurés dans un bon millier de modes différents. Ils pouvaient afficher les programmes du « Commandant Bis » en langage machine, les images sonar, les vidéos brutes des senseurs, la situation tactique reconstituée, le téléréglage des armes, bref, tout ce que l'on pouvait imaginer. Chu avait parcouru quelques-unes des documentations techniques utilisateur et possédait même quelques notes prises par les commandants japonais et qui avaient été traduites en anglais. Il commençait à prendre confiance. Le bâtiment fonctionnait à merveille et, avec son équipage, il le conduirait à la victoire.

Il regarda l'écran central, qui présentait la synthèse tactique, au centre de laquelle se trouvait le *Tempête Arctique*. Aucun contact sonar, mais il avait demandé au « Commandant Bis » d'afficher les positions approximatives des autres Soleil Levant. L'*Éclair* se trouvait 15 nautiques dans le nord-est et le *Nuage d'orage,* 15 nautiques dans le sud-ouest. Les trois sous-marins formaient un triangle, une sorte de bouteille dont le bâtiment de Chu aurait représenté le goulot. Plus à l'est, dans l'océan Pacifique se trouvaient les sous-marins qui joueraient le rôle du bouchon, le *Tremblement de terre,* le *Volcan* et le *Tsunami.* Le *Tempête Arctique* de Chu se trouvait exactement sur la route estimée du convoi américain. Si le débarquement devait avoir lieu dans les parages de

Shanghai, ainsi qu'il l'espérait, la flotte passerait à la verticale. Cependant, si elle se dirigeait vers Tsingtao, elle passerait à moins de deux kilomètres de l'*Éclair* et le *Tempête Arctique* se trouverait à une dizaine de nautiques au sud de sa route. Enfin, au cas où les Américains envisageraient Hong Kong, le *Nuage d'orage* serait sur leur route et le *Tempête Arctique* ne devrait parcourir qu'une quinzaine de nautiques avant d'attaquer. Dans tous les cas de figure, au moins trois de ses sous-marins réussiraient à prendre la flotte adverse au piège. Il espérait que le convoi visait Shanghai, afin de pouvoir l'exterminer totalement. Couler trois porte-avions type Webb lui amènerait la gloire.

Chu avait assigné leur position aux autres sous-marins en utilisant un système de codage ingénieux, basé sur la musique : il avait diffusé de vieilles chansons de rock'n'roll américaines et anglaises. Chaque groupe correspondait à un bâtiment : les Rolling Stones au *Nuage d'orage,* les Beatles au *Volcan* et ainsi de suite. Chaque chanson référençait une position d'attente, préparée à l'avance. Même si elle avait intercepté la musique, la flotte américaine, probablement à l'affût, ne pouvait pas avoir obtenu le moindre indice de sa présence.

S'il avait besoin de déplacer son dispositif lorsque les Américains approcheraient, il utiliserait la VHF passerelle. Son second, qui parlait couramment coréen, prendrait le micro. Simulant un patron de chalutier, il demanderait à ses confrères de s'écarter du convoi, qui effrayait le poisson et risquait de les engloutir dans son sillage monstrueux. En ce moment, Chu avait des chalutiers partout en mer de Chine orientale.

— Amiral, demanda Chen Zhu, l'officier ASM, depuis la console des armes, il est temps, n'est-ce pas ?

— Affirmatif, répondit Chu, en jetant un coup d'œil sur la carte, puis à sa montre.

S'il se préparait trop tôt, il devrait arrêter les gyroscopes des torpilles pour éviter leur surchauffe et leur destruction. Mais s'il démarrait la séquence trop tard, il perdrait de précieuses minutes pendant la bataille. Il décida de prendre le risque.

— Ouvrez les vingt-quatre portes extérieures. Préparez le lancement de toutes les Nagasaki.

Chen transmit l'ordre au « Commandant Bis » puis rendit compte à Chu :

— Toutes portes avant ouvertes, amiral, toutes les torpilles sont sous tension, gyros en fonction.

— Bien.

Un silence lourd s'abattit sur le CO, simplement troublé par le bourdonnement des consoles et le ronflement du conditionnement d'air.

Soudain, le capitaine de corvette Xhiu Liu, le chef du groupement opérations, qui armait la console sonar au poste de combat, annonça :

— Amiral, nouveau contact, bruiteur fort en bande large. Analyse bande étroite, une hélice sept pales, signature Amiral, c'est un 688-I américain en rapprochement à grande vitesse !

USS Annapolis, *SSN-760*

Le capitaine de vaisseau John Patton se pencha sur la table à cartes bâbord, derrière la plate-forme des périscopes, et fronça les sourcils.

Le sous-marin vibrait fortement sous la poussée des 70 000 chevaux de la propulsion. À vitesse maximale, les turbulences provoquées par l'hélice entraînaient une pulsation de la ligne d'arbre qui se transmettait à la coque par l'énorme butée. Quelques heures dans ces conditions suffiraient à fatiguer l'équipage, et espérer trouver un sous-marin ennemi discret dans ces conditions relevait de l'utopie pure et simple. Son instinct lui hurlait de ralentir pour une station d'écoute prolongée.

Sauf que les ordres de l'amiral Henri lui interdisaient même de remonter à l'immersion périscopique, car il ne pourrait plus tenir la vitesse imposée. Patton naviguait en aveugle, sans la moindre idée de ce qui se passait au-dessus ou même autour de lui. Le commandant déplaça son pointeur sur l'écran de la grande carte. Le curseur électronique mesura 20 nautiques. L'*Annapolis* se trouvait donc à présent officiellement en mer de Chine orientale. Si USub-Com avait raison dans son curieux message, c'était là qu'ils risquaient d'être attendus, à l'abri de l'archipel des Ryukyu. Pourquoi ? Parce que tout possesseur d'un téléviseur avait une idée précise de la position de la force américaine. Peu de gens connaissaient sa destination finale mais de toute façon, elle devait contourner Yakushima, l'île la plus méridionale du Japon, par le sud avant d'obliquer en direction des côtes chinoises. L'endroit idéal pour une embuscade.

Il devait évidemment ralentir, mais il devait également balayer une large zone devant lui pour assurer la sécurité des troupes.

— Quelle merde ! tonitrua Patton.

Sur la plate-forme du périscope, le lieutenant de vaisseau Karl Horburg, le jeune et maigre officier de quart, fronça les sourcils.

— Horburg, réglez 10 nœuds et faites arrêter les pompes primaires. Prévenez le sonar que nous faisons une station d'écoute. Dites-leur d'ouvrir grand leurs oreilles, nous resterons à 10 nœuds jusqu'à ce que je donne l'ordre d'accélérer.

Horburg ramassa le cahier d'ordres de l'amiral Henri et le montra à Patton sans un mot.

— Ouais, je sais, dit Patton en grimaçant. Horburg, station d'écoute ! Tout de suite !

— Central, réglez la vitesse à 10 nœuds, dites au PCP de passer en circulation naturelle et d'arrêter les pompes primaires dès que possible ! aboya à son tour Horburg en se tournant vers son subordonné.

Il décrocha un micro au plafond.

— Sonar de CO, le chef de module au CO.

— *CO de sonar, il arrive,* répondit une voix dans un haut-parleur également au plafond.

De sa console, le maître de central annonça :

— Le PCP rend compte : pompes primaires hors-tension, en cours de ralentissement sur leur inertie.

Le réacteur est en circulation naturelle, vitesse maximale autorisée 15 nœuds.

— Reçu, central.

L'air stupéfait, le maître principal Byron DeMeers apparut derrière lui au CO.

— Vous avez vu le loch ? demanda Patton en désignant de la tête l'écran du poste de pilotage.

— Ouais, c'est super, répondit DeMeers, en affichant un de ses rares sourires. Il s'arrêta pour avaler une gorgée de la boîte de coca qu'il gardait en permanence avec lui. Une vraie station d'écoute ! Vous me donnez combien de temps en route stable ? Quel cap en premier ?

— Deux minutes au nord, puis encore deux au sud, répliqua Patton d'un ton qui ne laissait pas de place à la discussion.

— Commandant, vous rigolez ou quoi ? Donnez-moi au moins trois minutes sur chaque branche, réclama DeMeers. Avec un peu de chance, ça pourrait changer la nature de nos décorations ! Pour une minute de plus, soit on trouve un méchant, on lui fait la peau et on gagne une vraie médaille, soit on se prend une grenouille à travers la tronche et nous voilà tous décorés à titre posthume...

— Allez-vous faire foutre, maître principal. Trois minutes, pas plus. À présent, retournez dans votre trou à rats et trouvez-moi ces fumiers.

La voix de Patton trahissait son exaspération, mais Horburg sourit. Il connaissait assez son commandant pour savoir que c'était de sa part une expression d'amusement.

L'*Annapolis* réduisit lentement de 41 à 10 nœuds et mit le cap au nord, le sonar BSY-4 à l'affût d'un contact sous-marin. L'antenne sphérique avant, les antennes de flancs et le câble fin de l'antenne linéaire remorquée tentaient de détecter les bruits les plus discrets de l'océan. Toutes les données recueillies alimentaient l'ordinateur du bord. Les processeurs les triaient, les filtraient et les analysaient pour tenter de distinguer un bruit d'origine artificielle, une aiguille dans une botte de foin dans l'environnement acoustique naturel.

Byron DeMeers se concentra personnellement sur la recherche pendant les 180 secondes autorisées par le commandant. Il écouta chaque bruiteur, identifia les claquements d'un banc de crevettes, puis une baleine isolée, un chalutier et un autre bâtiment de pêche, très éloigné. Vers l'est, l'écran montrait les traces brillantes du convoi : les cent dix bâtiments faisaient route vers eux à 35 nœuds. Les azimuts compris entre le 0-8-5 et le 0-9-5 étaient complètement saturés par les hélices et les étraves qui fendaient la mer.

— *CO de sonar, top trois minutes, vous pouvez évoluer, rien de suspect à ce cap,* annonça DeMeers lorsque son chronomètre sonna la troisième minute.

Pendant que le sous-marin se retournait, DeMeers laissa de côté l'antenne linéaire remorquée et il reporta toute son attention sur la bande large. Pas de contact en défilement rapide. Le convoi qui approchait se faisait de plus en plus bruyant, pour autant que cela soit possible.

— Sonar de CO, en route stable au sud.

— *CO de sonar, bien reçu.*

Trois nouvelles minutes de recherche...

Une fréquence à 155 hertz commençait à grandir sur l'écran de l'analyseur. Parfaitement pure, elle était obligatoirement d'origine artificielle, probablement une machine tournante. Un turboalternateur, une turbine de propulsion ou une pompe, peut-être.

— Sonar du commandant, êtes-vous prêts pour reprendre la route et la vitesse initiale ?

— *Commandant de sonar, négatif,* répondit calmement DeMeers, lâchant sa bombe. *Nouveau contact bande étroite, baptisé Sierra 24, fréquence pure 155 hertz, azimut ambigu 0-7-5 ou 2-5-5, rapport signal sur bruit faible, classé sous-marin possible.*

18

SS-403, Tempête Arctique

— Amiral, murmura Xhiu d'une voix inquiète depuis la console sonar, le sous-marin ennemi est en route vers nous, vitesse 30 nœuds, pas de distance, relèvement constant, nous sommes en route de collision !

Chu savait que le ton de ses premiers ordres conditionnerait le moral de ses officiers pendant toute la bataille à venir. Voulait-il les exciter ou au contraire les rassurer ?

— Reçu, CGO, route de collision. Continuez à entretenir le but, baptême Alfa et annoncez route, vitesse, distance et CPA toutes les trois minutes. Central, à gauche 10, venir au nord, réglez la vitesse à 22 nœuds, 300 mètres, assiette faible.

— À gauche 10, venir au nord, 300 mètres assiette faible, 22 nœuds, répéta l'officier de quart.

— CGO, annoncez la solution du « Commandant Bis ».

Chu s'écartait rapidement du relèvement du but pour le faire défiler et obtenir une distance du contact.

— Amiral, solution grossière sur Alfa, en rapprochement, vitesse 29 nœuds, distance 35 000 mètres. Distance à la route 600 mètres, en augmentation lente. Il va passer très près.

— Bien, central, réglez la vitesse à 3 nœuds.

— 3 nœuds, bien amiral.

— Mais, amiral, intervint Xhiu, il va nous raser les moustaches, nous devons continuer à nous éloigner !

Du calme, pensa Chu.

— Non, la discrétion de notre bâtiment prime sur la distance de passage.

— Amiral, avez-vous l'intention de laisser passer les sous-marins américains ? Nous n'avions jamais pensé qu'ils pourraient s'approcher si près de nous. Celui-ci pourrait nous détecter. Peut-être devrions-nous attaquer les premiers.

— Nous les laisserons passer tous les deux, répondit Chu, toujours d'une voix égale. Si nous les attaquons, les bruits de torpilles et les explosions alerteront la flotte, qui risque alors de nous filer entre les doigts. Maintenant, écoutez-moi tous. Alfa fonce vers nous à presque 30 nœuds, il fait autant de bruit qu'une locomotive et il ne peut absolument pas nous entendre. Vous devez vous calmer, messieurs, et faites attention au second Los Angeles que nous ne devrions pas tarder à découvrir. Le renseignement annonçait deux 688 en avant de la flotte et nous n'en avons détecté qu'un. Guettez également tous les signes d'une contre-détection possible.

Chu attendit sans rien faire pendant les quelques minutes suivantes. Il régla l'affichage de l'écran inférieur gauche en face de lui pour observer l'expression du visage du capitaine de corvette Xhiu Liu, à la console sonar. Les mimiques de l'officier lui en apprenaient autant sur la situation tactique que le meilleur des sonars. Soudain, les yeux de Xhiu s'agrandirent, d'une main il pressa son écouteur à son oreille et commença à ouvrir la bouche. Chu attendait qu'il parle. Au bout d'une dizaine de secondes, bouillant d'impatience, il demanda :

— Que se passe-t-il, Xhiu ?

— Amiral, le niveau du contact diminue, Alfa ralentit. Le nombre de tours d'hélice chute rapidement. Je ne sais pas ce qu'il fait, il...

Xhiu se mit à bégayer. Bizarre, pensa Chu. Cet officier faisait preuve de tellement de sang-froid et de maîtrise de lui-même pendant les opérations commandos ! Par contre, mettez-lui un SNA dans les pattes et il devenait aussi émotif qu'une fillette de six ans. Peut-être était-ce dû à la frustration classique des sous-mariniers. Dans une opération commando, chacun est responsable de ses actes et peut défendre sa propre vie. À bord d'un sous-marin, seul le commandant possède le pouvoir de décision.

— Surveillez-le, répondit Chu d'une voix aussi douce que possible, essayant de rassurer Xhiu.

— Oui amiral, il ralentit toujours... encore.

Les secondes suivantes parurent durer une éternité. Chu fixait l'écran supérieur droit, sur la console devant lui. Il avait appelé la vidéo brute du sonar et analysait chaque nouvelle rangée. En quelques pressions de touches, il afficha la vidéo traitée par le « Commandant Bis » sur l'écran supérieur milieu. Il chercha le Los Angeles, qu'il aperçut aussitôt sous la forme d'un petit cercle rouge clignotant entouré d'un graphique en trois dimensions qui montrait les fréquences sur lesquelles le « Commandant Bis » pistait le contact, ainsi que les transitoires éventuels détectés dans l'azimut. Chu baissa les yeux et jeta un regard à la synthèse tactique. Son propre bâtiment, le *Tempête Arctique,* occupait le centre de l'écran. Un symbole rouge clignotant en forme de losange marquait la position estimée du sous-marin ennemi.

— Il a encore ralenti, amiral. Il change de défilement, défilement gauche, maintenant. Il évolue. Nouveaux contacts sonar, multiples. Probablement des bâtiments de surface, azimut moyen 0-8-8. Au moins trente contacts, classifiés bâtiments de guerre, les azimuts s'étalent sur plus de quinze degrés... Ils sont partout... Une centaine de contacts maintenant, je ne peux pas...

— Félicitations, coupa Chu, vous venez de trouver le convoi. Pour l'instant, dites-moi ce que fait Alfa.

— Excusez-moi, amiral. Hum... Il ralentit encore et il est stable à sa nouvelle route, vitesse actuelle 10 nœuds.

Il nous cherche, pensa Chu. Peut-être a-t-il détecté quelque chose lorsqu'il fonçait vers nous à grande vitesse et qu'il a ralenti pour investiguer.

— Messieurs, dit-il, la manœuvre du 688 est probablement une abattée d'écoute de routine. Calmez-vous tous, il ne nous trouvera pas.

Chu grimaça. Il n'avait pas envisagé de devoir prononcer une telle phrase durant toute l'opération.

Quelques minutes passèrent encore, avec une lenteur infinie.

— Alfa évolue encore, droit sur nous. Il pourrait bien se placer en position de lancement, Amiral.

Xhiu perd les pédales, se dit Chu. Il jeta un regard appuyé à Lo Sun, comme pour lui demander d'aller discuter avec Xhiu et de le détendre. Lo se leva et s'approcha calmement du CGO.

— Du calme, CGO, commanda Chu. ASM, disposez les tubes 10 et 11. Le but est Alfa. Torpilles Nagasaki II, tube 10 en mode autodémarrage discret, vitesse d'approche lente, mode passif. Tube 11, lancement par gaz de chasse, vitesse d'approche maximum, mode actif. Messieurs, votre attention s'il vous plaît. Nous nous préparons à attaquer Alfa.

USS Annapolis, *SSN-760*

— Sonar du commandant, classifiez Sierra 24 *immédiatement* !

Il ne faisait pas bon discuter avec John Patton lorsqu'il était survolté. Contrairement aux usages encouragés par les règlements de la marine, il entretenait une relation suivie, presque amicale, avec DeMeers. Patton avait souvent reçu l'officier marinier dans sa maison de Sandbridge, sur la plage, devant un barbecue. Comme toujours, ils refaisaient la marine et lui prédisaient un avenir des plus sombres, du moins jusqu'à l'arrivée de ce nouvel amiral « qui bottait le cul de tout le monde pour remettre la boutique en marche », comme le disait DeMeers avec beaucoup d'élégance. Mais dès que la situation devenait sérieuse, Patton oubliait convivialité et familiarité, si bien que personne n'aurait pu soupçonner à le voir qu'il avait vidé en compagnie de son officier marinier plusieurs douzaines de caisses de bière. La discipline militaire reprenait tous ses droits, un capitaine de vaisseau face à un maître principal.

Les mots lui brûlaient les lèvres. Patton s'apprêtait à dire : « Lancement d'urgence tube un ! » En moins de dix secondes, le tube serait plein d'eau, porte avant ouverte, et la torpille remonterait l'azimut du contact. Le commandant naviguait portes avant fermées parce que ses ordres lui imposaient une vitesse élevée. À plus de 20 nœuds, les filets d'eau créaient une résonance dans la charpente avant, qui se propageait très loin et empêchait toute détection au sonar passif. Patton n'avait pas spécialement envie d'annoncer son arrivée de cette façon. Il n'ouvrirait une porte qu'au moment de lancer, ce qu'il s'apprêtait à faire dans les secondes à venir. Sur la plateforme des périscopes, il serrait la rambarde au point que ses jointures blanchissaient.

L'officier de quart, le lieutenant de vaisseau Horburg, se tenait à moitié assis sur le siège de cuir devant la console numéro 2 du système de combat BSY-4. Tournant rapidement une série de boutons, il tenta d'aligner rapidement une rangée de points pour déterminer une solution sur le contact. En quelques dizaines de secondes, il détermina des éléments sommaires qui s'affinèrent rapidement. Distance 24 000 mètres dans le nord-est, juste à l'extérieur du secteur saturé par les très nombreux bruiteurs de la force navale.

Patton fixa son attention sur la console numéro 2 et attendit de voir la solution à laquelle arrivait Horburg. Apparemment, le but devait filer au moins 35 nœuds. Patton grimaça, réalisant que dans ces conditions, son adversaire ne pouvait pas être un sous-marin diesel rôdant dans les parages. Probablement un SNA. Mais s'il était hostile, pourquoi ne ralentissait-il pas pour redevenir discret et les attaquer ? Une seule réponse possible, se dit Patton. Ce contact ne devait pas être un ennemi. Il ne pouvait s'agir que du *Santa Fe,* l'autre sous-marin de l'escorte.

— *Commandant, ici sonar, Sierra 24 classifié sous-marin, lointain, rapport signal sur bruit faible, vitesse autour de 40 nœuds, une hélice, sept pales, un Los Angeles modernisé.*

— Reçu, changez de baptême, Sierra 24 est maintenant le *Santa Fe.*

— *Bien reçu de sonar.*

— Le chef de module au CO.

DeMeers arriva de sa démarche nonchalante en décapsulant une boîte de Coca qui siffla en répandant un peu de mousse sur le sol.

— Ça la foutrait mal de tirer ce vieux Chrissy Carnage, commença-t-il, mauvais pour le rapport de mission, hein, commandant.

— Ouais, et en plus je parie que le club des épouses des marins du *Santa Fe* serait capable de nous le reprocher.

— Dommage, j'espérais un bon quart au cours duquel je pourrais me débarrasser de quelques-unes de ces vieilles torpilles.

— Rien d'autre dans le coin ?

— Que dalle, commandant, à part Chrissy, nous et toutes ces grosses bailles derrière nous.

— Ouais, et en attendant, à force de rester là à ne rien faire, ils vont nous passer dessus et nous prendre pour des Chinetoques.

— On repart à fond la caisse, si j'ai bien compris, dit DeMeers avec un air de dégoût pas totalement feint. À cette vitesse, vous me demandez d'entendre un murmure à trois kilomètres avec la tête dans une machine à laver. En marche.

— Racontez ça à l'amiral Henri, DeMeers, répondit Patton en prenant un accent français. Central, reprenez notre route à l'ouest, vitesse 40 nœuds. Et que ça saute !

— 40 nœuds route à l'ouest, bien commandant, répondit Horburg. Il empoigna le micro de l'interphone qui pendait au bout de son fil torsadé, posture qui le faisait ressembler à un cibiste amateur. PCP de central, passez en circulation forcée, pompes primaires en grande vitesse.

Un haut-parleur crachota dans le plafond.

— *Central de PCP, passer le réacteur en circulation forcée, pompes primaires en GV. Début de l'insertion rapide.*

— Sonar de CO, nous reprenons route à l'ouest, vitesse max. Central, à droite cinq, venir au 2-7-0, réglez 40 nœuds, aboya Horburg au maître de central, qui se pencha en avant et tourna un cadran sur le repère « Toute ». Une seconde aiguille vint bientôt recopier la position de la première, indiquant que le PCP avait bien compris l'ordre à exécuter. Sur l'écran du pilote, l'animation montra la rotation des safrans de barre de direction et la silhouette du sous-marin qui s'étirait, indiquant l'augmentation de vitesse.

— La barre est dix à droite, affiché « Avant Toute ».

Comme à son habitude, Horburg avala la moitié de la réponse réglementaire et prononça un grognement inintelligible qui devait vouloir dire quelque chose comme « Bien, central ».

— *CO de sonar, bien reçu.*

— *Central de PCP, le réacteur est en circulation forcée, pompes primaires 1 à 4 en GV. Montée en allure vers 40 nœuds.*

Horburg attrapa le micro avant que le maître de central ait pu faire un geste et y susurra un autre borborygme, qui sembla satisfaire son interlocuteur.

Le sous-marin se mit à vibrer légèrement sous la poussée de l'hélice et l'aiguille du loch passa progressivement de 10 à 40 nœuds.

— En route à l'ouest, annonça l'homme de barre.

— Bien, répondit Horburg, qui se tourna vers Patton et lui rendit compte qu'il était arrivé à la route et à la vitesse ordonnées.

— Cap vers le couchant, dit Patton à moitié pour lui-même.

Il gardait un œil sur la carte et l'autre sur l'écran du sonar. Bizarre, pensait-il. Il venait de terminer sa station d'écoute mais il ne se sentait pas soulagé pour autant. En entrant dans ces eaux, entre Naze et Yakushima, il avait eu un pressentiment étrange et s'était dit qu'il devait y avoir quelque chose de dangereux dans le coin. Mais à chaque fois qu'il terminait une station d'écoute complète, réacteur en circulation naturelle, bâtiment en situation silence et vitesse optimale d'écoute, il ne détectait absolument rien. Évidemment, il ne pouvait rester à 10 nœuds que sept ou huit minutes, à cause du PIM de la force derrière lui. Qui sait, il aurait peut-être entendu quelque chose en restant une heure à 2 nœuds. Le sonar aurait eu suffisamment de temps pour intégrer les signaux acoustiques en provenance de tous les points de l'horizon. Et merde ! se dit-il presque à voix haute. S'il s'était arrêté tout ce temps, la force navale l'aurait dépassé, créant un cauchemar sonore avec toutes les hélices des bâtiments et les bruits de propulsion. Non, il ne pouvait pas faire mieux et, déjà, ces stations d'écoute lui coûtaient cher. En incluant le ralentissement et l'accélération, il perdait à chaque fois 11 minutes à 40 nœuds et reculait de 7,5 nautiques dans sa boîte. Il ne se trouvait plus qu'à 3 nautiques sur l'avant du *Santa Fe* de Chris Carnage, 23 nautiques à l'ouest du convoi au lieu des 30 prévus. Il avait reçu des ordres clairs et devait se tenir aussi loin que possible sur l'avant de la force. Dommage, se disait-il, que pour suivre l'esprit des ordres de l'amiral Henri il doive en violer la lettre.

Patton tenait les yeux fixés sur la carte mais il regardait dans le vide. Quelque chose n'allait pas, il le sentait et cela l'énervait.

Il entra dans le royaume de DeMeers. Les lampes bleues du local sonar projetaient un éclat louche sur les consoles du BSY-4. Deux des quatre sièges étaient vides. Seuls DeMeers et l'un de ses opérateurs, un second maître, portaient un casque sur les oreilles. DeMeers retira l'un de ses écouteurs, l'air excédé.

— Quelque chose ne va pas, dit Patton.

— Très juste, commandant, ça fait une semaine que je n'ai pas vu de femme, répondit l'officier marinier.

— Je suis sérieux, DeMeers, je sens un gros problème.

L'air amusé du sonariste se transforma immédiatement en un masque d'inquiétude.

— Je ne pense pas vous l'avoir jamais dit, commandant, mais depuis que je vous connais, chaque fois que vous avez dit un truc comme ça, les événements vous ont toujours donné raison.

Un frisson glacé parcourut l'échine de Patton. Il se souvenait d'avoir eu pratiquement la même conversation avec DeMeers deux ans plus tôt, une demi-heure avant que la première torpille ne frappe l'*Abraham Lincoln*.

— Cipal, je donnerais n'importe quoi pour avoir tort aujourd'hui.

— Vous voulez une console ? offrit DeMeers en lui tendant un casque.

— Merci, non, je retourne au CO. Gardez l'œil ouvert, et le bon !

— Oui, commandant, ne vous inquiétez pas.

Patton quitta le local sonar et se retrouva par habitude devant la table à cartes. Il n'arrivait pas à chasser son mauvais pressentiment.

Quelque chose rôdait dans le coin.

Chu ignora la question de Xhiu pendant plusieurs secondes et prit le temps de regarder une fois encore l'écran de son sonar.

— Non, décida-t-il, nous n'allons pas lancer sur cet Américain.

— Mais il va passer à moins de 1 000 mètres de nous avant de reprendre son transit, amiral. Il ne nous a pas entendus.

— Justement, Xhiu. Ce 688 ne constitue pas une menace pour nous, à l'heure actuelle. Si nous le coulons, nous attirerons sur nous tous les bâtiments et les avions ASM de la flotte d'invasion.

— Bravo, le deuxième sous-marin arrive à son CPA. Que comptez-vous faire de lui ?

Chu sourit, sachant très bien que Xhiu, devant sa console, le fixait du regard.

— Vous savez ce que je vais vous répondre, n'est-ce pas, CGO.

Xhiu sourit pour la première fois depuis le début de son quart.

— Bien sûr, amiral, on le laisse passer.

— Bon, maintenant, les choses sérieuses commencent, nous allons nous occuper du convoi.

— Ils arrivent, vitesse 35 nœuds, distance 33 000 mètres, relèvement à peu près constant.

— Il est temps de remonter à l'immersion périscopique. Est-ce que Bravo est passé à son CPA ?

— Affirmatif, il est en éloignement, répondit Xhiu sans hésitation.

— Bien, central réglez la vitesse à 8 nœuds. Reprise de vue. 26 mètres, assiette plus trente ! Second, prends ma console.

Le bâtiment prit rapidement de l'assiette et Chu éprouva quelques difficultés à se libérer de son siège, orienté vers l'arrière. Il s'agrippa aux poignées implantées au plafond du compartiment et gagna le périscope tandis que Lo Sun se glissait dans le siège de cuir encore chaud et bouclait son harnais. Chu appuya sur un bouton en forme de champignon et le siège du périscope se déplia lentement. L'ensemble ressemblait un peu à une moto sans roues. Chu enfourcha le siège, prit les poignées et colla son visage au bloc optique. Comme le mât était rentré, il ne vit que du noir dans les oculaires. Il orienta le siège exactement dans l'axe du bâtiment, là où il avait l'habitude de commencer ses tours d'horizon.

— « Commandant Bis », passez le CO en éclairage réduit, demanda-t-il dans le microphone de son casque.

L'éclairage diminua doucement, supprimant les reflets gênants pour l'observation.

— CGO, distance du convoi ?

— 24 000 mètres.

— 100 mètres, annonça Yong Wong depuis la console sécurité plongée.

— On continue la reprise de vue. « Commandant Bis », hissez le périscope au passage à 50 mètres.

Il posa à nouveau son visage sur les oculaires et aperçut cette fois un rond de lumière blafarde qui s'éclaircissait au fur et à mesure de la remontée. Il tourna vers le haut la poignée gauche du périscope pour recadrer le site d'observation vers la surface, loin au-dessus. Son index droit pressa un bouton et déclencha une rotation lente du siège vers la droite. Il apercevait maintenant des rayons de soleil qui jouaient avec les vagues, pénétrant la mer sur quelques dizaines de mètres de profondeur.

— 35 mètres, on casse l'assiette.

— Bien.

Le bâtiment redevint rapidement horizontal et Chu sentit le balancement doux dû à la faible houle. Dans le périscope, le dessous des vagues devint argenté. La mer n'était pas aussi calme que Chu l'avait pensé. À l'approche de la surface, Chu accéléra la vitesse de rotation et annonça :

— Rien de suspect, pas d'ombre ni de coque de bâtiment à la vue.

La tête optique du périscope émergea soudain. Chu regarda des gouttes d'eau ruisseler sur la glace de tête de l'instrument et attendit patiemment quelques secondes. Le ciel et les vagues se stabilisèrent dans l'oculaire et Chu commença un tour d'horizon rapide en grossissement faible, à la recherche d'éventuels bâtiments proches. N'ayant rien décelé, il ralentit sa rotation et tenta d'apercevoir le convoi.

— CGO, azimut de la force ?

— 0-9-4, amiral.

Chu orienta le périscope vers l'est. Il passa au grossissement 6 et l'horizon sembla se rapprocher brutalement. Toujours rien. Il tourna à nouveau la poignée droite pour enclencher le grossissement maximum, 24 et la visée stabilisée. Même avec ces réglages, l'horizon restait vide.

— « Commandant Bis », murmura Chu dans son micro, affichez la synthèse tactique en surimpression dans le périscope.

Aussitôt de nombreux symboles de couleur apparurent. Chu orienta son périscope vers chacun des trois plus proches, toujours sans rien voir. Il se mordit les lèvres. À cette distance, il aurait dû distinguer les hautes superstructures des porte-avions ou même les premiers bâtiments. Le convoi était maintenant entretenu à 19 000 mètres.

— Central, venez à 21 mètres.

Le périscope dépassait maintenant de 9 mètres audessus de la surface, comme un poteau télégraphique au milieu de la mer. Changement de parallaxe qui devrait faire la différence, pensa Chu, en espérant que le revêtement antiradar du mât était aussi efficace que le laissaient supposer les notices en sa possession. L'horizon sembla s'éloigner et se brouiller un peu lorsque l'immersion diminua.

Chu apercevait maintenant trois points noirs dans son oculaire. Il passa au grossissement 24, observa chacun d'eux et distingua les parties supérieures des îlots de trois porte-avions, les coques de ces bâtiments restant encore masquées par la courbure de l'horizon.

— Trois bâtiments, messieurs, azimut du plus proche 0-9-5. Je ne vois pas les coques mais ils approchent rapidement. Le bâtiment au centre est baptisé but 1, celui de gauche, but 2 et celui de droite, but 3. Se disposer pour un lancement de torpilles. Attention pour les paramètres. ASM, toutes les armes sont en état ?

— Affirmatif, amiral, les vingt-quatre torpilles aux tubes sont toutes nominales.

— Bien. Réglez tous les tubes pour un lancement en mode autodémarrage discret, vitesse lente, immersion de recherche 30 mètres, sans phase sourde. Si nous sommes détectés ou si nous sommes pressés, vous changerez les réglages pour lancement par gaz de chasse et vitesse de transit élevée. Maintenant, les tubes. Affectez les tubes 1 et 2 sur le but 1, le porte-avions du centre, les tubes 3 et 4 sur le but 2, les tubes 5 et 6 sur le but 3.

— Reçu, amiral, répondit Chen avant de collationner les réglages. Tubes parés, je vous passe la situation des tubes dans l'affichage du périscope.

Les colonnes de chiffres et de symboles clignotèrent quelques instants devant les yeux de Chu, effaçant la synthèse tactique. Les trois îlots paraissaient maintenant grossir à chaque seconde et soudain une fine ligne grise s'afficha au-dessus de l'horizon, presque simultanément pour chacun des trois bâtiments.

— J'aperçois les ponts d'envol, annonça Chu. Où en sommes-nous de la préparation des torpilles ?

— Tubes 1 à 6 parés à lancer, buts 1 à 3 suivis au

sonar et au périscope. Désirez-vous une confirmation de distance au télémètre laser ?

— Négatif, le laser pourrait nous trahir. Lancement dans cinq secondes, messieurs.

Chu suivait maintenant très facilement les trois porte-avions au grossissement 24.

— Central, descendez à 26 mètres.

— 26 mètres, bien.

— Trois, deux, un... démarrage torpille 1, torpille partie, tube clair. La torpille à l'écoute. Elle est passée devant la caméra d'étrave. Bon fonctionnement... Démarrage torpille 2, torpille partie...

La séquence de lancement se poursuivit sans interruption jusqu'à ce que les six Nagasaki aient quitté le *Tempête Arctique,* en route vers les porte-avions.

À moins de 30 nautiques de là, les deux sous-marins de l'escorte fonçaient à plus de 40 nœuds et n'entendaient rien.

19

La torpille 1, la première lancée par le *Tempête Arctique,* labourait la mer en direction du convoi. Son calculateur de bord, aux capacités nettement supérieures à celles de la première version des Nagasaki, entretenait la position de la torpille ainsi que celle de son but. L'arme se dirigeait vers le point de convergence de sa propre trajectoire avec celle du porte-avions. L'avant abritait un petit sonar derrière un radôme plat, qui recouvrait les hydrophones. Pendant le trajet, l'engin resterait en mode passif, se contentant d'écouter les bruits microphoniques qui lui parvenaient, de les analyser et de manœuvrer pour prendre une route d'interception. Compte tenu des performances générales de l'autodirecteur, le passage en actif ne se révélait que très rarement nécessaire, en général face à un but silencieux, facile à perdre. Avec le niveau de bruit émis par les porte-avions, pas besoin d'actif, aujourd'hui. Les quatre hélices du bâtiment fouettaient rageusement la mer exactement dans l'azimut où la torpille s'attendait à les trouver.

L'engin s'estimait à peu près à mi-course. Il avait reçu l'ordre d'armer sa charge militaire dès la sortie du tube et pouvait exploser à tout instant, quelle que soit la distance du sous-marin lanceur.

Juste entre l'arrière du cône sonar et l'avant du calculateur, un anneau magnétique relié à plusieurs modules électroniques constituait l'un des senseurs de proximité qui feraient détoner la charge au moment voulu. Les lignes du champ magnétique terrestre, fortement resserrées par la présence de fer dans la coque des navires, suffisaient à provoquer un signal exploitable par la mise de feu. Un capteur optique large bande observait également le niveau de la lumière ambiante en dessous et au-dessus de la torpille. La détection soudaine d'une ombre de dimension d'un navire déclenchait également l'explosion. Enfin, un laser bleu émettait ses rayons sur les 180° d'angle solide devant la torpille et analysait la réflexion de la lumière. Il était capable de distinguer tout ce qui n'était pas la mer, le fond ou la surface.

En mode antinavire, la torpille avait activé le senseur magnétique et le laser bleu. Le capteur optique, moins fiable, ne donnerait qu'une indication supplémentaire. Le passage d'un nuage devant le soleil ou, de nuit, la phosphorescence d'un sillage pouvaient fausser les données. Le logiciel cherchait avant tout à obtenir un contact magnétique fort ou une détection laser confirmée. Une détection laser seule, sans confirmation magnétique, serait également considérée comme valide. Dans ce cas, la torpille estimait que le capteur magnétique était en avarie ou que le bâtiment portait un système de contre-mesures destiné à réduire sa signature.

L'arme se rapprochait à 35 nœuds, sa vitesse minimale. Elle émettait une raie à 186 hertz et du bruit blanc, 83 dB au-dessus du niveau du bruit ambiant à 50 hertz. Un récepteur bande large aurait détecté la torpille à une distance de 10 kilomètres environ. La raie à 186 hertz ne se situait qu'à un niveau de 78 dB et un analyseur bande étroite l'aurait probablement estimée à plus de 30 kilomètres. Mais les hydrophones les plus proches se trouvaient dans le dôme sonar de quelques escorteurs, placés derrière la formation des croiseurs, dans un environnement terriblement bruité. Les trois porte-avions ne disposaient d'aucun matériel ASM, abandonnant leur protection aux bâtiments de l'escorte, aux avions équipés de bouées acoustiques et aux hélicoptères avec leurs sonars trempés. Les croiseurs Aegis portaient des sonars d'étrave utilisables en mode actif seulement mais pouvaient déployer des antennes linéaires remorquées, les DynaCorp T-65 et T-148. Cependant, ces antennes restaient fragiles et difficiles à mettre en œuvre, impossibles à utiliser pendant les navigations en formation serrée. Les sonars actifs avaient reçu pour consigne de ne pas émettre, pour ne pas gêner le travail des 688, loin devant. Bien trop loin du lieu de l'action qui se déroulait dans leur baffle, à moitié sourds à cause de leur vitesse, les 688 fonçaient vers l'ouest et n'entendaient rien.

Grâce à l'absence de la moindre autoprotection ASM dans le convoi, six torpilles Nagasaki II filaient vers les bâtiments sans que personne s'en doute.

La première torpille passa sous l'étrave du porte-avions du centre de la formation. Son senseur magnétique, réglé sur la sensibilité la plus fine, s'affola aussitôt. Le détecteur optique enregistra le passage de l'ombre et le laser bleu aperçut facilement l'énorme coque. Les trois capteurs de proximité envoyèrent fidèlement leurs informations au calculateur de bord, qui suivit imperturbablement sa programmation. Aucune temporisation n'avait été imposée. La torpille devait exploser sous l'étrave du bâtiment. Le second engin, lui, avait reçu un retard de trois secondes, destiné à régler sa détonation au niveau des hélices. Le calculateur ferma un relais qui déchargea deux condensateurs dans deux inflammateurs distincts, situés à l'avant et à l'arrière de la charge de combat. Les deux capsules explosèrent, transmettant leur détonation à deux charges relais formées, constituées d'un explosif plus puissant mais moins sensible et implantées au centre de la torpille, directement au contact de l'avant et de l'arrière de la charge à plasma. Les deux relais explosèrent à leur tour, l'onde de choc créée par la charge avant se propageant vers l'arrière et inversement. Au centre de l'arme, les deux ondes de choc se rencontrèrent et comprimèrent les matériaux du cœur à une pression de plusieurs centaines de bars. Les conditions de température et de pression atteintes permirent le démarrage de la réaction complexe de formation du plasma. Quatre containers de matériau plasmagène se rassemblèrent en une seule masse critique. Pendant encore quelques fractions de seconde, l'enveloppe extérieure de la torpille resta intacte alors que l'intérieur se transformait en une boule de feu.

Enfin, la température atteignit une valeur suffisante pour déclencher l'ignition tertiaire et le démarrage de la réaction de conversion totale de la masse des constituants du plasma en énergie pure. La boule de feu se dilata rapidement et engouffra en un instant les restes de la torpille et le volume d'eau de mer environnant, passant d'un volume de quelques centimètres cubes à plus de vingt mètres cubes en moins d'une microseconde. Au centre de cet enfer, la température atteignait plusieurs centaines de millions de degrés, bien supérieure à celle de la surface du soleil. L'énergie thermique dégagée représentait à peu près celle de six bombes H.

Le plasma s'étendit vers l'extérieur et vers la surface avant d'atteindre les premières molécules de la coque du porte-avions. D'abord la peinture époxy, puis la couche d'uréthane et enfin le primer au zinc perdirent instantanément leur structure moléculaire complexe et retournèrent à l'état d'atomes libres. Le plasma atteignit l'acier de la coque, constitué d'atomes de fer et de carbone pris dans un réseau cristallin solide. Vu au microscope, l'acier apparaissait comme une juxtaposition de grains, allongés par le passage au laminoir. Les grains fondirent à l'approche du plasma. Fer et carbone se trouvèrent intimement mélangés en une phase liquide à haute température, avant d'être à leur tour absorbés par le plasma.

Bientôt l'expansion cessa, toute l'énergie du cœur de l'arme s'étant dégagée en quelques dizaines de microsecondes. La boule de feu se refroidit rapidement dans l'environnement extérieur, perdant sa chaleur par radiation, convection et conduction, jusqu'à ce que les centaines de millions de degrés se réduisent à quelques millions, puis à quelques centaines, avant de rejoindre la température ambiante. Le plasma, qui avait déjà entamé la coque sur deux mètres environ, s'effondra brutalement. L'énergie thermique dégagée se dissipa en partie dans l'eau de mer, la transformant en un énorme champignon de vapeur surchauffée. Les ondes de choc, de chaleur et de pression créées par tous ces phénomènes déferlèrent sur le porte-avions, le métal se vaporisant en un geyser de molécules. Prisonnière du magma de matière, la formidable pression ainsi créée explosa dans tout le bâtiment, au-dessus et en dessous du pont principal. À l'avant, les couples et les cloisons disparurent et la coque commença à se désintégrer. Les chaînes, les ancres, les catapultes se vaporisèrent à leur tour. D'autres atomes se joignirent également à la boule de feu qui avançait. Ils provenaient de câbles électriques, de plaques de linoléum, de brassières de sauvetage et de chair humaine, celle des hommes et des femmes qui se trouvaient à l'avant du navire. Mètre après mètre, la boule de feu engouffrait ceux qui se reposaient dans leurs bannettes après avoir terminé leur quart. Elle surprit des joueurs de cartes, des hommes lisant des manuels techniques, d'autres écrivant des lettres à leurs femmes et à leurs enfants, endormis à l'autre bout de la terre.

Les membres de l'équipage logeant dans les postes avant ne se rendirent pas compte de ce qui leur arrivait. Leur structure moléculaire s'était désintégrée bien avant que leurs nerfs aient eu le temps de retransmettre la moindre sensation.

Lorsque la boule de feu arriva dans les ponts supérieurs, elle ne possédait déjà plus l'énergie nécessaire pour vaporiser toutes les molécules qu'elle rencontrait. En revanche, elle restait encore capable de fondre les métaux et transformait toujours l'eau en un maelström de vapeur surchauffée sous forte pression. La température atteignait encore plusieurs centaines de milliers de degrés, bien plus élevée que celle de l'onde de chaleur d'une explosion conventionnelle. Le choc continua à se propager vers le haut et en direction de l'arrière, fondant les structures métalliques sur son passage. En présence de l'oxygène de l'air, les conditions thermodynamiques produites rendaient l'acier combustible et le bâtiment flambait avec fureur, comme une gigantesque pointe d'allumette embrasée. Lorsqu'il atteignit le pont d'envol, blindé et plus résistant que le reste du porte-avions, le choc ne put passer au travers et arracha simplement l'avant de l'immense plate-forme. Des éclats d'acier solidifié retombèrent à plus de deux kilomètres. L'équipage préparait 18 chasseurs DynaCorp F-22 pour l'assaut à venir et 22 S-14 Blackbeard attendaient en alerte à une minute sur le pont d'envol, conformément aux ordres de l'amiral Henri. En une fraction de seconde, ces avions extrêmement sophistiqués furent carbonisés, réduits en flaque d'aluminium fondu au milieu de laquelle munitions, plastique et fibres de carbone se consumaient violemment.

Le pont d'envol, crevé à l'avant, s'enroula sur lui-même vers l'arrière, un peu comme le couvercle d'une boîte de sardines autour de sa clef. Si un observateur avait pu survivre dans cet enfer, il aurait vu tout l'avant du porte-avions jusqu'à l'îlot disparaître dans une énorme boule de feu orangée. La torpille Nagasaki II venait d'exploser à peine vingt millisecondes plus tôt.

Du bâtiment, autrefois connu sous le nom de *James Webb,* il ne restait plus que la moitié arrière, l'avant ayant disparu dans une sphère incandescente de molécules portées à des températures impossibles. Au fur et à mesure de son expansion et de son refroidissement, la sphère changea de couleur pour devenir de plus en plus sombre, jusqu'à ce que ses contours s'évanouissent dans une éruption de fumée noire. Elle commença alors à changer de forme. L'air brûlant entourant la zone d'explosion s'éleva rapidement dans l'atmosphère et entraîna les restes de la boule de feu vers le haut.

En dépassant le niveau de ce qui avait été le pont d'envol, la sphère déclencha une nouvelle catastrophe. Les résidus brûlants de l'explosion émettaient toujours un rayonnement infrarouge incroyablement intense, qui ajouta encore au chaos déjà total. Quarante-trois hommes d'équipage travaillant sur l'arrière du pont d'envol furent carbonisés, moins vite cependant que les pauvres diables des postes avant. Les avions saisinés derrière l'îlot disparurent dans une mer de flammes, engloutis dans des feux de carburant et de munitions. L'onde de pression arriva ensuite. Un double bang incroyablement puissant frappa les restes de l'îlot où 117 hommes d'équipage avaient déjà péri sous les effets de la chaleur et des radiations. Le choc se propagea sur la mer en s'atténuant rapidement. Toutes les vitres de passerelle des deux porte-avions indemnes explosèrent à leur tour, ainsi qu'un bon tiers de celles des croiseurs Aegis.

La boule de feu, maintenant vieille d'une centaine de millisecondes, continua son ascension et prit la forme d'un champignon, laissant derrière elle un pied de fumée noire et opaque. Au moment où elle atteignit l'altitude de 500 mètres, le bâtiment sembla s'apercevoir soudain qu'il lui manquait sa moitié avant. Il filait 35 nœuds au moment de l'explosion, environ 18 mètres par seconde, et avait donc avancé de deux mètres depuis le déclenchement du cataclysme. À la fin de la deuxième seconde, l'amas de ferraille qui avait été le porte-avions s'engagea au-dessus de l'incroyable bouillonnement de la mer qui commençait à remplir de vapeur le cratère creusé par la Nagasaki. L'eau envahit le bâtiment par toutes les ouvertures qu'elle trouva et noya tout sur son passage, hommes et matériel. Les cloisons étanches n'avaient pas résisté au passage des ondes de choc successives et le porte-avions s'enfonça rapidement par l'avant. Quatre secondes suffirent pour que les quatre moignons d'hélices, qui tournaient encore, émergent à l'arrière, juste avant l'explosion de la seconde torpille.

Dix secondes plus tard, il ne restait rien de l'orgueilleux porte-avions de 110 000 tonnes, hormis quelques débris qui retombèrent sur des kilomètres carrés. Les deux réacteurs nucléaires, de la taille d'une maison de cinq étages, s'enfoncèrent rapidement dans la mer, à peu près intacts, protégés par leur enceinte de confinement. Quelques morceaux de bois, provenant des tables et des lambris des salles de conférences situées dans l'îlot flottaient au milieu de l'écume bouillonnante. On y trouvait également des papiers, des morceaux de matelas arrachés aux logements milieu, ainsi qu'une vingtaine de corps déchiquetés. La tête, le torse nu et les bras d'un homme apparaissaient dans les vagues. L'une de ses mains avait disparu, à l'autre, il manquait tous les doigts et le tout s'arrêtait en dessous de la ceinture. Les lueurs des explosions des torpilles à plasma qui détruisaient à leur tour le *Roosevelt* et le *Kinnaird McKee* éclairaient la scène d'une lumière macabre. Le visage de l'homme, en sang, portait des traces de carbonisation. Malgré un œil crevé et l'absence de vêtements, le corps restait facilement identifiable. Même sans ses trois étoiles et sans sa plaquette nominative, on reconnaissait encore le vice-amiral Jean-Paul Henri.

20

USS John Glenn, *DDG-85*

Le capitaine de vaisseau Eddie Maddox, aveuglé par la première explosion, laissa tomber ses jumelles au sol et se jeta à terre, derrière la console de l'homme de barre.

En même temps, l'onde de choc frappa les vitres inclinées de la passerelle, réduisant vingt panneaux de verre blindé à l'état de projectiles coupants, plus dangereux que des éclats de grenades à main. Une volée de particules de verre s'enfonça dans son bras gauche, déchirant la chair. Une seconde plus tôt, il était en train de lever ses jumelles vers le porte-avions de tête, le *James Webb,* sentant que quelque chose n'allait pas.

Au moment où Maddox se tortillait au sol pour se tasser derrière le pupitre, une seconde explosion retentit dans l'azimut du *Webb* et son bâtiment, une frégate Aegis de classe John Paul Jones, le USS *John Glenn,* vibra violemment sous l'onde de choc. L'homme de barre, un jeune officier marinier, reçut des centaines d'éclats dans le torse et dans la tête. Déjà mort, il se tenait encore debout et commença à s'effondrer sur lui-même dans un flot de sang, une vingtaine de morceaux de verre plantés dans le cerveau. Deux autres explosions retentirent dans le nord-ouest, la direction du *McKee,* puis sur tribord, là où se trouvait le *Roosevelt.* L'éclairage de la passerelle vacilla puis s'éteignit.

Les genoux de Ray Hargraves, l'homme de barre, se dérobèrent brutalement et il s'effondra. Il avait gardé la main gauche crispée sur la manette des gaz, que sa chute amena à la position « Stop ».

Quatre explosions secouèrent à nouveau le navire, dont deux si rapprochées qu'on aurait pu les confondre en une seule. La tête de Maddox heurta violemment le sol d'acier recouvert de vinyle. Les ondes de choc secouèrent à nouveau le *John Glenn* et

Maddox percuta le sol à nouveau, tétanisé de peur et de douleur. Le corps de l'homme de barre s'écrasa sur lui au moment où une nouvelle volée d'éclats de verre inondait la passerelle et ricochait dans tous les sens. À demi protégé par le cadavre, Maddox ne bougeait plus, l'épaule et le bras gauche en sang. Deux nouvelles explosions ébranlèrent le bâtiment, plus proches, sur l'avant.

Tandis que le *John Glenn* ralentissait, Maddox sombra dans un état second, à mi-chemin entre conscience et coma. Des images du passé traversèrent son esprit à toute allure, insaisissables. Le visage de son père, vingt ans plus tôt. Son propre visage dans la glace, alors qu'il se rasait ce matin. Il comprit soudain la similitude de leurs traits. Le cercueil de Maman, entièrement recouvert de fleurs, la bouteille de bourbon, plus tard, ce même soir. Le jour du diplôme, à Annapolis, les casquettes lancées en l'air filant comme au ralenti vers le ciel avant de redescendre tout aussi lentement. Le baiser de sa femme Amanda, devant l'autel, le premier cri du bébé, une petite fille alors qu'il attendait un garçon, l'incrédulité qui s'était peinte sur son visage avant de réaliser le bonheur d'être père. Sa fille, Dolorès, pédalant seule sur son vélo pour la première fois avant de s'affaler sur le trottoir trois mètres plus loin. Son fils Ritchie donnant un effet au ballon de basket et hop ! dans le filet. L'amiral Chambers, sensation de bière glacée dans la bouche en entendant l'amiral lui proposant de prendre le commandement du *John Glenn,* les pleurs d'Amanda lorsqu'elle entendit parler d'un énième déploiement dans le Pacifique. La solitude dans laquelle il avait lu l'e-mail de sa femme demandant le divorce. Un autre e-mail reçu de Chambers, félicitations, bon boulot. L'enterrement de son père, encore un cercueil noir, lui-même au bord du trou, incapable de s'en aller. Discussion avec Jean-Paul Henri, le matin même, pour l'avertir une fois de plus qu'on courait à la catastrophe en adoptant une telle formation pour le convoi. Le pilote du Seahawk, qui lui rappelait étrangement Ritchie, soutenant que sa flottille d'hélicoptères devrait ouvrir le chemin à coups de sonar actifs, au cas où un éventuel rôdeur sous-marin... Lui-même, entièrement d'accord au fond, contraint de répondre que cela violerait les ordres formels de l'amiral Henri. Et le flash dans ses jumelles, le *Webb* transformé en un petit soleil...

Des dizaines d'explosions le secouèrent, mais sa conscience dérivait ailleurs, au gré des images mentales qui l'assaillaient, et ne revenait à la réalité présente que par petits flashes intermittents.

Le froid de l'acier contre sa joue, la dureté.

Les éclats de verre, sa joue qui saignait.

Des explosions, encore et toujours, qui secouaient son bâtiment.

Le corps affalé sur lui, le verre enfoncé dans son côté gauche, la souffrance.

Une voix, non, deux ou trois, peut-être, mais pas de mots, rien d'intelligible, simplement des cris de douleur et des gémissements de mourants, mêlés aux siens. Le sang qui coulait à flots de son bras gauche, sa main gauche insensible et inerte.

— Commandant, appela une voix derrière lui, impossible à identifier, le CGO peut-être.

Une sirène hurlante, l'une des alarmes du bord, qui s'arrêta aussitôt.

Une autre voix, dure et autoritaire mais teintée d'une peur presque panique.

— Ici le CGO, j'ai le quart et la manœuvre ! Le commandant est blessé, je prends les commandes de la barre et des machines.

Seuls des cris d'agonie et de souffrance lui répondirent.

Un pied le repoussa brutalement en arrière. Les vibrations de l'arbre sous le pont alors que le navire se remettait en route à vitesse maximum, l'arrière disparaissant à moitié dans une gerbe d'écume.

La prise de gîte sur tribord, si forte que le corps de Maddox roula sur lui-même, puis le retour en gîte nulle. Du bruit, partout, en permanence, des explosions, maintenant plus lointaines, sur l'arrière.

Trente torpilles tirées, trente coups au but.

Toutes les Nagasaki n'avaient pas atteint leur cible. L'une d'entre elles, lancée contre un croiseur Aegis derrière le but 3 l'avait manqué, s'était enfoncée dans le convoi et avait explosé sur un escorteur, bien au-delà de son but. Le croiseur en avait profité pour s'échapper. Chu s'était alors rapproché de plusieurs nautiques afin de renvoyer une Nagasaki contre le croiseur.

La luminosité aveuglante des charges à plasma, fatale aux yeux humains, était filtrée dans le périscope, un système de protection bloquant le passage des photons vers les oculaires en cas d'explosion. Chu se demanda s'il restait quelque part au Japon, dans un chantier ou un dock flottant, d'autres Soleil Levant, seuls capables de contrer son offensive.

L'attaque du *Tempête Arctique* portée sur l'avant du convoi avait éliminé une bonne partie des bâtiments de guerre. Les trente Nagasaki avaient envoyé par le fond les trois porte-avions, les deux rangs de croiseurs, peut-être la moitié des escorteurs et des frégates, et même quelques-uns des ravitailleurs. Chu s'était avancé vers le convoi avec circonspection, les bâtiments ayant d'abord continué leur route dans sa direction. Cependant, il avait largement sous-estimé la puissance des torpilles. Il savait simplement, d'après les documents de Mai Sheng, qu'elles emportaient des charges à plasma, mais il ne s'attendait pas à leur voir un tel pouvoir de destruction. Il aurait pu économiser trois engins s'il n'avait pas doublé les tirs contre les porte-avions. Une seule Nagasaki se révélait largement suffisante, même pour un bâtiment de cette importance. Après le naufrage des trois géants, Chu avait tiré les croiseurs comme à la foire, découvrant les rangs d'escorteurs et de frégates. À ce moment, l'*Éclair* et le *Nuage d'orage* avaient attaqué, plus au sud, annihilant bâtiments de guerre et transport de troupes.

Chu ne distinguait plus un seul navire dans son

périscope, tout juste quelques débris et une nappe de gazole enflammée dans le 2-2-5, probablement le contenu des cuves du ravitailleur qui se consumait dans un énorme panache de fumée noire.

— CGO, quelque chose à l'écoute ?

— Rien, amiral. Il est possible que quelques bâtiments aient survécu mais le sonar est complètement saturé sur les 180° des secteurs de l'est. D'ailleurs je pense que nous sommes sourds sur tout l'horizon pour un bon moment, le temps que les échos des explosions s'affaiblissent. Même la bande étroite ne donne rien.

— Bien, s'il reste des survivants, je pense qu'ils feront cap à l'est, vers le Pacifique. Le *Volcan* se chargera d'eux.

— Je pense comme vous, amiral.

— « Commandant Bis », rentrez le périscope, demanda Chu dans son micro.

Il se redressa enfin, se leva du siège et fit craquer ses articulations. Ces longs moments passés à se pencher sur les oculaires, dans un état de stress extrême, lui avaient laissé des courbatures. Mais il aimait cette sensation de saine fatigue, comme au bon vieux temps des lendemains de matches, à l'École de l'air.

— Central, 300 mètres, assiette moins 15, réglez 15 nœuds et prenez cap à l'ouest. Nous devrions retrouver nos 688 d'ici peu de temps. Même sourds comme des pots, ils ne peuvent pas avoir loupé le vacarme de nos Nagasaki. Je les attends dans le secteur du 2-6-5 au 2-7-5. CGO, je sais que nous sommes au poste de combat depuis un bon bout de temps et que tout le monde est épuisé, mais je veux une mobilisation maximum sur le danger des sous-marins. Ils seront sur nous d'ici peu.

— Bien, amiral.

— Second, je reprends la console de commandement.

Chu se sangla dans son siège et reconfigura ses écrans. Il ferma les yeux quelques instants. Il lui restait dix-huit torpilles. Une fois les 688 au fond, il lui en resterait probablement quinze ou seize, ce qui allait lui permettre de tenir en échec une partie de la seconde force américaine lorsqu'elle se présenterait. Ensuite, il ne pourrait plus rien. Inutile de penser coordonner une attaque avec des moyens aériens, la défense des Américains étant bien trop performante dans ce domaine. Il fallait engager les bâtiments depuis la mer et, sans les Nagasaki, les Américains prendraient inévitablement le contrôle de la mer de Chine orientale.

Ce n'était donc plus qu'une question de temps. Ses six sous-marins allaient finir par se trouver à court de torpilles et il ne pouvait pas recharger. Il avait coulé le premier convoi. Le second devrait venir de Hawaii ou de San Diego.

Il avait arraché un répit d'une ou deux semaines pour ses généraux. Pourraient-ils obtenir la victoire dans un laps de temps aussi bref? Ils avaient sept jours pour en finir avec les Blancs, sinon, la guerre était perdue.

Tandis qu'il attendait le retour des Los Angeles, il dicta quelques messages au « Commandant Bis », un compte rendu pour l'amirauté, un message de félicitations pour ses commandants, un avertissement concernant les deux 688 et ses instructions dans le cas où un second convoi en provenance de Hawaii devrait être intercepté. Une fois les messages parés et en attente dans les mémoires du « Commandant Bis », il s'enfonça dans son siège et attendit patiemment.

USS John Glenn, *DDG-85*

— Je mets la barre toute à gauche, vitesse maximum. Je vois des bâtiments en flammes droit devant et sur tribord. Je fais le tour de l'épave du *John Paul Jones,* les croiseurs ont disparu et les escorteurs sont en train de couler au milieu des incendies.

La voix du CGO. À qui peut-il bien parler? se demanda Maddox.

— CGO, appela Maddox, qu'est-ce...

Ses forces l'abandonnèrent.

— Commandant, ça va ?

— Que s'est-il passé, je ne vois plus rien.

— Tenez bon, commandant. La flotte a été attaquée. Je nous éloigne du convoi.

— Foutez le camp d'ici à toute allure, vers le sud si possible, sortez-vous de la formation et prenez cap à l'est quand vous serez suffisamment loin. Ramenez-nous dans le Pacifique. Cherchez les survivants. Je veux repêcher tous ceux que vous verrez. Trouvez du monde et faites armer une veille optique solide. Et trouvez Robinson, voyez s'il peut faire décoller son Seahawk.

— Oui, commandant, mais je crois bien que je suis tout seul ici et les interphones ne fonctionnent plus.

— Faites ce que vous pouvez, grogna Maddox. Qu'est-ce que c'était, une attaque aérienne ? Pourquoi n'avons-nous rien vu venir ?

— Je ne sais pas, commandant, j'ai juste vu les porte-avions disparaître dans un champignon de fumée.

— Et au radar ?

— Je ne sais pas non plus. Je tourne autour de quatre frégates en train de couler.

— Combien de bâtiments par le fond ?

— Autant me demander combien flottent encore, commandant.

— Quoi ? sursauta Maddox en essayant de remuer son bras gauche.

Il ne sentait plus rien dans tout le côté gauche et son bras ne répondait pas. Le droit semblait fonctionner normalement, mais il reposait dessus de tout son poids. Il parvint à se redresser à demi, repoussa le corps de l'homme de barre et agrippa la rambarde de la console. Il se releva péniblement, les jambes flageolantes, et tenta d'ouvrir les yeux. Il ne vit rien qu'un noir total et se rendit compte qu'il était devenu aveugle.

— Je n'y vois plus, dit-il simplement.

Une autre voix.

— CGO, c'est quoi ce bordel ? L'enseigne de vaisseau Boyd, jeune officier frais émoulu de l'école de spécialité.

— Boyd, prenez la barre, ordonna le capitaine de corvette Miller, le CGO.

— Oui, commandant.

— Nous sommes en route au sud, vitesse maximum.

— Relève de barre, enseigne de vaisseau Boyd à la barre, en route au sud, vitesse maximum.

— Commandant, j'ai été relevé, je jette un œil aux radars.

Des bruits de pas, une porte qui s'ouvre, un grincement. Maddox se sentait lessivé, au bord de la nausée.

— CGO, appela-t-il, Boyd, où est le CGO ?

— Je suis revenu, commandant.

— Où puis-je m'asseoir ?

— Ici, commandant.

Une main lui saisit le bras droit et l'installa avec précaution.

— Il va falloir demander au toubib de s'occuper de votre bras, commandant. Attentez, je retire le verre. Là, vous sentez, le fauteuil du commandant. Asseyez-vous. Vous êtes tout pâle.

— Je m'en doute, répondit Maddox. Alors, ces radars ?

— Plus rien, commandant. Les quatre panneaux d'antennes de l'Aegis ont tous été détruits par plusieurs ondes de choc. L'électronique a grillé. Les antennes tournantes ont disparu et nous n'avons plus de mâts. Tout ce qui se trouvait à l'extérieur est détruit ou carbonisé.

— Et le Seahawk ?

— On l'avait rentré dans son hangar. On a une petite chance de le trouver intact.

— Allez chercher Robinson, faites décoller l'hélico. Je veux une situation de la flotte au plus vite. D'ici là, route à l'est, vers le Pacifique. Sortez-nous de là, nom de Dieu !

— À vos ordres, commandant.

Le lieutenant de vaisseau Brian Robinson dormait profondément dans sa bannette après une nuit de quart à la passerelle. Pilote d'hélicoptère, il voulait également arracher son brevet d'officier chef du quart. Rien ne l'y obligeait mais cela lui faisait passer le temps quand il ne volait pas et, on ne sait jamais, cela pourrait toujours servir sa carrière au moment des tableaux de commandement. Après le quart de minuit à 6 heures, il était recru de fatigue et s'était endormi comme une souche. La première explosion l'avait réveillé instantanément. Il n'avait pas attendu le rappel aux postes de combat pour foncer vers son Seahawk, un hélicoptère léger équipé pour combattre les sous-marins. Il était passé en courant sur la plate-forme tandis que le *John Glenn* roulait, secoué par les explosions incessantes. Lorsqu'il était arrivé au hangar, il avait dû déverrouiller manuellement le sas d'accès dans le noir total, plus de courant à l'arrière. Puis l'électricité était revenue, suffisamment longtemps pour qu'il ouvre la porte blindée du hangar. De là, il avait assisté à la disparition de la flotte, sur leur arrière. Le premier flash de l'explosion d'une torpille l'avait momentanément aveuglé. Comprenant aussitôt le danger, il avait coiffé son casque de vol et abaissé le filtre noir intégré à la visière. Mais des phosphènes avaient dansé un bon moment devant ses yeux et les explosions étaient assourdissantes.

Les turbines à gaz du *John Glenn* accélérèrent soudain à vitesse maximum et le bâtiment prit une forte gîte sur tribord avant de se redresser. Celui qui se trouvait à la passerelle avait repris le contrôle du bâtiment, se dit Robinson, et les sortait en urgence de la formation. Il attendit à côté du Seahawk saisiné dans le hangar, jetant de temps à autre un regard par la porte ouverte. À part de hautes colonnes de fumée là où quelques minutes auparavant s'était trouvée la flotte, il n'apercevait plus personne derrière le sillage bouillonnant. La mer restait désespérément vide.

Le CGO pénétra dans le hangar, hors d'haleine, l'air décidé.

— Les transmissions intérieures sont mortes, Robinson. Faites décoller votre Seahawk. Le pacha veut un rapport sur ce qui reste de la flotte et, ensuite, une protection ASM sur notre avant.

Pas trace du copilote ni des mécaniciens de Robinson après la série d'explosions. Le CGO aida le pilote à larguer les saisines, à rouler l'hélicoptère jusque sur la plate-forme et à déplier le rotor. Après une inspection rapide, Robinson démarra les turbines et en moins de dix minutes, il avait quitté le pont après un salut réglementaire de Bosco.

Il ne lui fallut pas longtemps pour appréhender l'ampleur du désastre. Robinson parcourut quelques nautiques vers l'ouest en prenant de l'altitude mais n'aperçut rien d'autre que des débris, de l'écume et des nappes de gazole. Il ne restait plus rien. 110 bâtiments de combat, tous disparus, sauf le sien.

Et pourquoi nous ? se demanda-t-il, avec la nette impression d'être le seul survivant d'un holocauste. Il prit quelques clichés de la mer et des restes de la flotte avec son appareil numérique et les transmit directement au Pentagone via un satellite de télécommunication ComStar. Il y ajouta le mot-code Oprep-3 Pinnacle, qui identifiait un message d'urgence extrême à transmettre au président. Après l'accusé de réception du message, il vira de 180° en direction du *John Glenn,* qui se trouvait assez loin dans l'est du convoi lorsqu'il avait rencontré son destin. Les radios étaient mortes, rendant impossible tout échange avec son bâtiment base, mais de toute évidence, le commandant Maddox voulait savoir ce qui se trouvait devant lui. Si Robinson trouvait un sous-marin classifié hostile, il pourrait lancer, mais quel risque ferait-il courir aux deux 688 ? Heureusement, ils devaient se trouver au moins 30 nautiques plus à l'ouest. Non, il pourrait sans trop de risques considérer tout contact comme hostile. Robinson disposait de deux torpilles et avait bien l'intention de s'en servir.

Il continua sur sa route, dépassant le *Glenn.* Cinq nautiques plus loin, il ralentit, vint dans le vent et passa en stationnaire. Il sortit le transducteur de son sonar AN/SQS-69, une sphère métallique recouverte d'hydrophones, qui pouvait descendre au bout d'un long câble d'acier à plus de 200 mètres d'immersion, largement sous la couche. Il déroula le câble et la sphère s'enfonça dans la mer, l'hélicoptère se maintenant immobile 30 mètres au-dessus des vagues. Robinson se pencha pour atteindre le panneau de commande du sonar, tâche qui incombait normalement à un officier spécialiste. En mode passif, l'écran restait vide. Il était temps d'émettre.

Il programma le système et la première impulsion, à puissance maximale, résonna jusque dans l'habitacle. Un front d'onde acoustique se propagea dans la mer à plus de 1 500 mètres par seconde, cherchant un contact sur lequel se réfléchir. Le fond de la mer renvoya un écho, même forme d'impulsion, doppler nul, que le système rejeta aussitôt.

Rien. Robinson se secoua. Il savait bien qu'on attrape rarement un gros poisson au premier lancer. Il émit encore plusieurs fois avant de remonter son sonar, de parcourir quelques nautiques vers le sud-est et de tenter à nouveau sa chance.

Robinson songeait aux autres pilotes, ceux qu'il avait connus à bord des bâtiments du convoi, et à ses propres hommes, sur le *John Glenn.* Il ne put s'empêcher de se demander combien d'entre eux avaient disparu. Il se força à chasser cette idée de son esprit, sans succès. Et lui-même, réussirait-il à s'échapper de cet enfer avec le *Glenn* ? Et après ?

Après, on verrait, se dit Robinson. Pour l'instant, il devait repérer ce sous-marin, là, dans ces parages. Ou mieux encore, ne pas trouver de sous-marin du tout, revenir se poser dans trois heures et que le *Glenn,* au moins, s'en sorte. Mon Dieu, faites que le vieux *Glenn* s'en sorte...

21

SS-405, Tremblement de terre

Le capitaine de frégate Ko Tsu surveillait d'un œil l'écran du sonar et de l'autre le visage de son CGO, sur l'image voisine.

— Apparemment, l'un des croiseurs a réussi à s'échapper, commandant, rapporta Jin Lu, le CGO, depuis sa console.

— Qu'est-ce que vous avez ?

— Un bruiteur, deux hélices six pales, hautes fréquences correspondant à des turbines à gaz, azimut 2-7-0. Classifié bâtiment de guerre, un Aegis type John Paul Jones.

— Central, 25 mètres !

Le sous-marin prit aussitôt 20 degrés d'assiette positive, tassant Ko dans les sangles de son harnais.

— Second, aimerais-tu prendre la manœuvre pour une attaque à l'immersion périscopique ?

Le capitaine de frégate Jinan Hsu, le second de Ko, découvrit ses dents de cheval en un large sourire.

— Beaucoup, commandant.

— Dans ce cas, prends le périscope, je regarderai d'ici.

Le *Tremblement de terre* avait tiré vingt-quatre torpilles sur les bâtiments du secteur arrière du convoi. Contrairement au *Tempête Arctique,* au *Nuage d'orage* et à l'*Éclair,* qui avaient tous pu attaquer leurs buts à la vue, le *Tremblement de terre,* compte tenu de sa position initiale, avait commencé par tirer sur des silhouettes à peine visibles dans le périscope, puis s'était contenté de lancer des torpilles sur des azimuts d'écoute, espérant qu'elles trouveraient leur but. Ko avait demandé à son équipage de compter les explosions mais personne n'en entendit exactement le même nombre, qui variait entre cent et cent vingt, précision insuffisante pour déterminer si tous les bâtiments du convoi avaient été coulés.

— CGO, pas d'autre bâtiment ?

Il devait économiser ses torpilles et peut-être même se préparer à se retirer et à laisser le *Volcan* et le *Tsunami*, plus au sud, s'occuper du fuyard.

— Non, commandant, juste celui-ci. Attendez, un but prioritaire ! Sonar actif... un hélicoptère, probablement un Seahawk, azimut 2-8-0. Deux, non, trois impulsions, des bruits de turbine, très faibles, également. Il se peut qu'il effectue une recherche aléatoire en avant de la frégate.

— La frégate est le but 25, l'hélico le but Hôtel-1.

— Affiché, commandant.

— On passe 100 mètres, je viens en assiette plus 10, indiqua l'officier sécurité plongée.

— Bien, second, prépare-toi à prendre le périscope. Central affichez « Stop » et ralentissez jusqu'à 5 nœuds. Attention CO, je lancerai une Nagasaki, tube 25, dans l'azimut. Préparez la torpille du tube 26, au cas où celle du 25 aurait un problème. Ensuite nous descendrons l'hélico.

— Immersion 50 mètres, on passe 5 nœuds, je réduis l'assiette à 5 degrés.

— Bien.

Ko jeta un coup d'œil au loch et vérifia que la vitesse était bien tombée en dessous de 10 nœuds.

— Second, tu peux hisser le périscope.

— Bien commandant, répondit-il avant de demander au « Commandant Bis » d'exécuter la manœuvre.

Ko afficha la vue du périscope sur l'un des écrans de la console.

— Immersion 25 mètres, assiette zéro !

— Bien, central. ASM ? Disposez les torpilles 25 et 26.

— Reçu, commandant. Torpilles 25 et 26 en réchauffage.

— Ouvrez les portes avant ! Disposez les missiles Darkwing un et deux pour un but à basse altitude et basse vitesse.

Ko était sûr d'abattre l'hélicoptère dès que la torpille aurait quitté le tube 25, mais il voulait disposer rapidement des Darkwing, au cas où il aurait été détecté.

— ASM, lancement de la torpille du tube 25 en mode autodémarrage discret, vitesse de transit lente.

— Paramètres affichés, portes avant ouvertes, tubes 25 et 26. Deux missiles Darkwing parés.

— Bien.

— Commandant, nouvelle émission de l'hélicoptère, azimut 2-8-7 !

— Second, périscope dans le 2-8-7 ! Tu vois quelque chose ?

— Rien au grossissement 12 !

— Essaie en 24 puis en 48. Trouve-moi cet hélico ! ASM, les torpilles sont parées ?

— Affirmatif, commandant, nous sommes parés à lancer !

— Lancez sur le 25 !

— Feu sur le 25 ! Torpille partie, tube clair. La torpille a quitté le tube en autodémarrage.

— Nagasaki vue à la caméra d'étrave, annonça le CGO.

— Bien. Maintenant, trouvez-moi ce foutu hélico.

— Là ! J'ai quelque chose en grossissement 48, commandant, très loin.

— Reste dessus. ASM, programmez le Darkwing pour une approche laser guidée par périscope.

— Bien, commandant.

— CGO, la torpille ?

— Azimut 2-7-4, en route vers le but 25, fonctionnement nominal.

— Surveillez-moi ça.

Calmement, il attrapa un thermos de thé dans une poche de côté du siège et se versa une tasse du liquide fumant.

— L'hélico approche, commandant, annonça Jinan Hsu depuis le périscope.

En face de Ko, l'écran montrait une petite tache qui dansait dans le réticule. Lentement, sa forme se faisait plus nette.

— Bien, second. Reste pointé dessus jusqu'au lancement du Darkwing. Nous suivons le but 25 au sonar.

— L'hélico arrive en portée, commandant. Je propose de le tirer maintenant.

— Non, attends. Si tu tires à cette distance, tu ne pourras pas le guider laser jusqu'au bout. Ne t'énerve pas, il ne peut pas nous détecter.

— À tes ordres, commandant.

— ASM, temps de parcours restant ?

— Huit minutes.

— CGO, vous suivez toujours le but et la torpille au sonar ?

— Affirmatif, commandant.

— Il ne nous reste qu'à attendre, messieurs.

Ko but une gorgée de thé en regardant ses écrans.

Robinson remonta son sonar et prit une nouvelle station, un nautique et demi plus loin. Jusqu'à maintenant, il restait bredouille.

Il ne pouvait pas savoir qu'au moment où la base de son sonar remontait de la mer, une torpille Nagasaki entrait dans son volume de détection. Il passa à moins d'un demi-nautique de l'engin.

Dès que le transducteur toucha l'eau, Robinson aperçut immédiatement un contact azimut ouest, derrière lui. Pris d'un doute, il vérifia ses instruments. Son sonariste lui faisait cruellement défaut. Il remonta la base rapidement et fonça en direction du *Glenn*. En vol, il tenta d'analyser le contact, qu'il identifia formellement comme une pompe hélice à grande vitesse. Une torpille ! Quelqu'un attaquait le *Glenn* ! Il fallait les prévenir et, sans la radio, il ne lui restait qu'une seule possibilité, voler au ras de la passerelle et leur faire signe de dégager.

La frégate se trouvait à peu près 5 nautiques sur son arrière, toujours en route à l'est. En moins de trois minutes, il avait parcouru la distance qui le séparait du bâtiment et avant qu'il ait eu le temps de se placer à proximité de la passerelle, l'officier de quart avait compris. Il mit la barre toute à droite et vint au nord, espérant tromper la torpille assaillante. Une fois le *Glenn* prévenu, Robinson reprit route à l'est pour chercher l'origine de la torpille. Le sous-marin devait être loin, sinon il l'aurait détecté au sonar.

Il se trouvait tout juste à un nautique du *Glenn* lorsqu'il entendit une explosion énorme. L'onde de choc chahuta l'hélicoptère comme un jouet. Robinson lutta pour retrouver le contrôle, un sinistre pressentiment dans l'âme. Abattu, il n'avait pas le courage de se retourner.

Il finit par effectuer un virage de 180° et vit un champignon noir, blanc et orange s'élever sur l'océan, à l'endroit exact où se trouvait le *Glenn* une minute plus tôt. Il distinguait encore nettement le sillage de la frégate, mais celui-ci allait mourir dans un gigantesque bouillonnement d'écume. Le bâtiment avait totalement disparu. Les restes de la boule de feu, poussés par le léger vent d'ouest, produisaient un épais nuage de fumée noire qui s'élevait très haut au-dessus de lui. Robinson, paralysé, ne pouvait que contempler la scène.

À la fois enragé et mort de peur, il jeta un œil à sa réserve de carburant, deux heures, peut-être deux heures et demie. Avec ses deux torpilles à bord, il lui restait encore une chance de couler cette ordure avant de faire lui-même son trou dans l'eau. Il reprit lentement de la vitesse et évolua vers l'est. Il revint se placer à un nautique de là où il avait entendu la Nagasaki et descendit son sonar.

SS-405, Tremblement de terre

— Commandant, cette fois-ci nous devrions tirer. L'hélico revient vers nous. Le pilote doit être fou furieux.

— Laisse-le approcher encore un peu, tu dois le voir clairement en grossissement 1,5 avant de lancer.

— 1,5 ? Tu es certain de ce que tu fais ? Il pourrait facilement nous attaquer, à cette distance.

— ASM, confirmez-moi que les Darkwing 1 et 2 sont bien configurés en mode alignement laser sur périscope.

— Affirmatif, commandant, aboya l'officier ASM.

— Second, attends encore un peu.

Dix secondes s'écoulèrent avant que l'hélico ne se décide à prendre sa station, à moins de 3 nautiques du *Tremblement de terre.* Ko entendit l'émission du sonar actif directement à travers la coque, sans avoir besoin d'aucun appareil.

— Second, il est assez près, maintenant. ASM, lancez le Darkwing numéro 1. Second, mets le laser en marche et désigne l'hélico.

Poussé par un générateur de gaz, le missile se libéra de son tube de lancement et fila verticalement vers la surface.

Toujours enveloppé de sa bulle de vapeur protectrice, la tête de l'engin creva la surface et les deux mètres du missile jaillirent dans l'atmosphère. La gravité le ralentit rapidement et le Darkwing commença à retomber vers la mer. Au moment de l'accélération zéro, un capteur ferma un contact, déclenchant l'allumage du propulseur...

Le missile se précipita vers le ciel et accéléra à 300 km/h jusqu'à un kilomètre d'altitude. Son ascension terminée, il rencontra le faisceau laser du périscope du sous-marin. Il s'orienta dans la direction indiquée et trouva, très faible, la réflexion du laser sur son but. Elle coïncidait d'ailleurs parfaitement avec une source de chaleur, probablement l'échappement des turbines de l'hélicoptère. Le missile plongea vers son objectif et accéléra progressivement jusqu'à Mach 0,8, comme aimanté par la chaleur du tuyau d'échappement. La charge militaire détona à moins d'un mètre du pare-brise du Seahawk et l'explosion engouffra instantanément l'hélicoptère, qui se vaporisa en une boule de feu noir et orange.

Robinson venait alors de prendre sa station et de descendre son sonar. Bizarrement, il se sentait près du but.

Il venait de voir une mince traînée blanche zébrer le ciel et monter à la verticale. Il était resté sans rien faire, à regarder bêtement ce missile qui sortait de nulle part. L'engin était monté si haut qu'il avait disparu un instant et Robinson avait soudain réalisé qu'il allait bientôt redescendre pour l'attaquer. Il fallait tenter quelque chose.

Il tira violemment sur le collectif et appuya à fond sur la pédale droite. Son index écrasa le bouton de largage d'urgence de la base sonar et il entendit le claquement sec de la cisaille pyrotechnique qui coupait le câble. Le missile rentra dans son champ de vision avant même que le Seahawk eût parcouru un mètre. Puis il fut là, devant, énorme.

Brian Robinson ne se sentit pas mourir.

Les débris enflammés de l'hélicoptère arrosèrent lentement la mer, comme au ralenti. Les deux rotors, encore presque intacts mais détachés de la structure, semblaient animés d'une vie propre et s'éloignaient en tournoyant. La queue, arrachée juste derrière la carlingue, tourbillonna à plat pendant longtemps avant de s'abîmer dans un geyser d'écume. Le reste du Seahawk fut réduit en menus fragments à moitié fondus, pour la plupart impossibles à identifier.

L'un de ces débris, un casque de vol à demi carbonisé, portait l'inscription « LV B. Robinson, USS John Glenn ». Une matière noire et friable tapissait l'intérieur du casque, le beige clair de l'os visible dans la chair brûlée. Le casque tournoya sur lui-même avant de toucher la surface, où il flotta quelques instants. Puis il sombra au fond de la mer de Chine orientale, 1 500 mètres plus bas.

— Hôtel-1 abattu, commandant, annonça le second.

— Rien dans l'azimut du 25 ?

— Rien, à part une colonne de fumée d'au moins 2 kilomètres de haut.

— CGO, quelque chose au sonar ?

— Négatif, commandant. La frégate a disparu, nous sommes à nouveau seuls.

— Bien. Détendez-vous tous. Nous allons encore rester un peu aux postes de combat pour voir si nous ne trouvons pas d'autres bâtiments de surface. Et attention aux 688 ! Si nous n'avons pas de contact d'ici une heure, je ferai rompre. Second, que penses-tu de tout ça ?

— Extraordinaire, commandant. Ce bâtiment est tout simplement formidable.

Si seulement il avait plus de torpilles, se dit Ko Tsu.

— Très juste, second, répondit-il simplement.

22

USS Annapolis, *SSN-760*

La première explosion résonna si violemment dans le casque de DeMeers qu'il crut en avoir les tympans crevés. Il jeta son casque par terre et porta les mains à ses oreilles. Ses yeux et son nez coulaient comme des fontaines.

Il secoua violemment la tête pour essayer de retrouver des sensations normales. Ses oreilles sifflaient abominablement et il n'entendait plus aucun bruit extérieur. Au bout de quelques secondes, il trouva le courage d'afficher un *waterfall* bande large sur l'un des écrans du sonar. Un nombre incroyable d'échos résonnaient à travers la mer. Il appela le signal de « l'oignon », une base large bande, remorquée à plus de 500 mètres derrière l'*Annapolis.* Le BSY-4-ON41B avait effectivement la forme d'un oignon, profilé en goutte d'eau à l'avant et hémisphérique à l'arrière. Moyennement performant, sa fonction essentielle restait d'avertir le sous-marin de la présence d'une torpille assaillante dans son baffle, là où les autres sonars ne pouvaient rien entendre.

Les signaux de l'oignon s'affichèrent aussitôt et DeMeers constata une saturation totale des gisements de l'arrière. Dans ce coin-là, il y avait plus de bruit que le sonar ne pouvait en entendre. Pendant une demi-seconde, DeMeers se demanda où pouvait bien se trouver Patton avant de réaliser que son commandant se tenait debout juste derrière lui et regardait les écrans par-dessus son épaule.

— Des problèmes du côté du convoi, annonça DeMeers d'une voix presque inaudible et à peine reconnaissable.

Patton marmonna quelques mots que DeMeers ne comprit pas et disparut.

Au CO, Patton monta sur la plate-forme des périscopes, agrippa la rambarde et jeta un regard circulaire autour de lui. Ensuite, il déversa un flot d'ordres à l'intention de l'officier de quart, Kurt Horburg.

— Rappelez aux postes de combat. Je prends la manœuvre, à gauche un, venir au 0-9-0. Sonar, ici le commandant, je viens route à l'est. Patron, notez dans le journal d'opérations : le convoi est attaqué, je reviens vers l'est pour investiguer et si possible, contre-attaquer. Disposez les tubes 1 à 4, préparez le lancement des quatre torpilles, remplissez les tubes mais n'ouvrez pas les portes avant.

Le bâtiment prit une gîte prononcée sur tribord puis à nouveau sur bâbord quand l'homme de barre exécuta son demi-tour à grande vitesse. Un flot de comptes rendus parvint à Patton, mais rien en provenance du module sonar. Patton secoua tristement la tête. DeMeers s'était abîmé les oreilles et Dieu seul savait ce que cela allait coûter à l'*Annapolis* dans les heures à venir.

— Horburg, distance estimée du convoi ?

— Le porte-avions de tête est entretenu par le calculateur à 24 nautiques, commandant. Nous arriverons là-bas dans 35 minutes à cette vitesse.

— En route au 0-9-0, aboya le barreur.

— Bien.

Les équipes du poste de combat envahirent le PCNO et relevèrent le personnel de quart de l'après-midi. À l'avant, à gauche de la porte d'entrée, le pupitre sécurité plongée ressemblait au poste de pilotage d'un avion de ligne. Deux sièges de barreurs entouraient une console surmontée d'un panneau vertical bourré d'instruments et d'écrans reliés à l'ordinateur central. Le panneau montait jusqu'au plafond du compartiment et revenait vers l'arrière, passait au-dessus des deux barreurs et se terminait devant un troisième siège, un peu en retrait de la console centrale. À gauche de l'ensemble, un pupitre enveloppant en forme de L épousait l'arrondi de la coque et entourait un fauteuil pivotant. Quatre hommes suffisaient à piloter le sous-marin en plongée. Le premier barreur, assis dans le siège de droite, tenait un manche identique à celui d'un avion de patrouille maritime et commandait les barres de plongée avant ainsi que la barre de direction. Le second barreur, dans le siège de gauche, orientait les barres de plongée arrière et réglait ainsi l'assiette du bâtiment. Le mécanicien de central occupait le siège pivotant devant le pupitre enveloppant et avait la responsabilité de la pesée, des purges et des chasses, des mâts, de la surveillance de la station d'huile, de l'assèchement et de bien d'autres choses encore. Enfin, le maître de central, assis derrière les barreurs, supervisait l'action des trois autres.

La plate-forme des périscopes, un parallélépipède sur lequel se tenait ordinairement l'officier de quart, se trouvait sur l'arrière du central. Elle était entourée de rambardes et surmontée d'une foule d'équipements accrochés au plafond, répétiteurs sonar, un téléphone sous-marin, micros pour les liaisons radio pendus à leurs fils torsadés, divers moniteurs, des téléphones et le micro de diffusion générale. Les deux périscopes type 21 montés côte à côte en occupaient le centre et leurs tubes d'acier inoxydable luisants de graisse se perdaient dans un passage de coque, au plafond.

Sur bâbord arrière de la plate-forme, une rangée de meubles et de consoles permettait d'entretenir la navigation. On y trouvait les centrales inertielles et les récepteurs satellite, ainsi que les baies d'exploitation. Le central opérations, plus connu sous l'abréviation de CO, occupait tout le côté tribord du PCNO. Un ensemble de huit consoles, armées en permanence par quatre officiers au poste de veille, assurait l'élaboration et le suivi de la situation tactique. La console la plus en arrière était dédiée à la mise en œuvre des armes stockées au poste torpilles, un pont en dessous.

Enfin, deux tables traçantes occupaient l'espace juste derrière la plate-forme. L'une d'entre elles était réservée à la navigation et l'officier de quart y portait régulièrement le point sur une carte. L'autre permettait de travailler à la main les éléments du but principal.

Le moindre centimètre cube du local était occupé par des équipements, des tuyaux, des sectionnements, des placards ou des écrans. Au poste de combat, une vingtaine d'hommes se massaient dans ce compartiment déjà exigu, moins vaste qu'un salon ordinaire. L'officier de quart devait quadrupler le débit du conditionnement d'air, non tant pour l'équipage que pour l'électronique.

L'officier de quart du poste de combat, un lieutenant de vaisseau nommé Dietz, qui avait de la bouteille, remplaça Horburg. Le second de Patton arriva également, le visage encore marqué par les plis de son oreiller. Le capitaine de frégate Henry Vale, grand et mince, dépassait Patton de dix bons centimètres. La peau claire et les cheveux d'un noir profond, il portait des lunettes à fine monture métallique qui lui donnaient l'air d'un professeur d'université.

Patton coiffa son casque. Horburg prit son poste de combat devant la console numéro 2 du BSY-4, chargée de l'élaboration de la situation tactique. Trois autres officiers armèrent les consoles 1, 3 et 4 et l'officier ASM se précipita devant le panneau de commande des armes, à l'arrière du CO. Le CGO arriva à la table traçante tactique avec son équipe de plotteurs et commença à disposer ses instruments. L'officier chef du service sécurité plongée remplaça le maître de central et les barreurs coiffèrent les téléphones autogénérateurs qui les mettaient en liaison avec tous les compartiments du sous-marin.

Patton souffla dans son micro pour le tester et appela Vale, chargé de la coordination du travail des différentes équipes au CO et responsable de l'élaboration des solutions sur le but prioritaire.

— Coordinateur du commandant, pour essai.

— *Commandant de coordinateur, fort et clair,* répondit Vale.

— Sonar du commandant, pour essai.

— *Commandant de sonar, fort et clair,* entendit-il dans son écouteur.

Le maître O'Connor avait remplacé DeMeers. Patton fit un signe du pouce à Vale, lui demandant de le remplacer momentanément et fila vers le local sonar, par la porte avant tribord.

— Comment vont vos oreilles ? demanda Patton à DeMeers, qui avait été rejoint par quatre de ses adjoints, tous les pupitres maintenant occupés.

Le maître principal se tenait debout derrière des hommes et supervisait leur travail par-dessus leur épaule.

DeMeers secoua tristement la tête en montrant ses oreilles.

— Merde, grommela Patton. O'Connor, vous avez pris la suite ?

— Oui commandant, et le cipal est derrière moi pour me donner un coup de main.

— Qu'est-ce qui se passe, là-dehors ?

— Nous sommes complètement saturés dans tout le secteur est. Une explosion après l'autre. Le convoi se fait tirer dessus, commandant. Et en plus, je ne suis pas tranquille. Dans tout ce bordel, je crains de ne pas pouvoir entendre le ou les salopards. Le niveau de bruit est incroyablement élevé, plus de 140 dB, et nous naviguons plein pot, à plus de 20 nautiques de la zone des combats. Pour couronner le tout, je ne sais pas ce que nous cherchons. Le plan de veille nous fait analyser pratiquement tout le spectre !

— Précisez-moi ça, O'Connor, demanda Patton d'un ton sec.

— Je répète que je ne pense pas pouvoir détecter

un sous-marin ennemi dans le bordel ambiant que vous voyez là devant vous, sur les écrans du sonar. D'ailleurs, même si la mer redevenait calme, je ne suis pas persuadé que nous ayons l'avantage acoustique. J'ai besoin de savoir ce que je cherche, un diesel, un Destiny II, un Soleil Levant, un de ces vieux 688 que nous avons revendus aux gens du coin. Je ne peux pas les chercher tous en même temps, il me faudrait au moins une semaine ! En clair, si nous nous lançons dans la bagarre, nous fonçons au casse-pipe avec du coton dans les oreilles !

O'Connor fit un geste en direction de DeMeers. Patton regarda fixement ce dernier et prit soin de bien articuler sa question suivante, afin que l'officier marinier puisse la lire sur ses lèvres.

— C'est également votre avis, DeMeers ?

— Affirmatif, commandant, répondit-il d'une voix forcée de sourd. Nous allons nous jeter dans la gueule du loup.

Patton regarda longtemps les deux sonaristes et il sentit une nausée d'angoisse lui monter dans l'estomac. Il enfonça profondément les mains dans ses poches et serra les poings. Mieux valait ne pas laisser deviner sa peur à ses hommes. O'Connor avait raison, totalement, complètement raison. Foncer dans une zone de guerre sans un plan de veille construit relevait du suicide. Quelles fréquences rechercher, quel niveau, quelles portées pouvait-il espérer en bande étroite ? Et en bande large ? Les deux officiers mariniers savaient pertinemment qu'ils avaient posé la tête sur le billot en s'exprimant ainsi et Patton ne l'ignorait pas non plus. Il lui fallait montrer aux autres une sérénité qu'il ne possédait pas, car c'était tout ce qu'il leur restait pour espérer revoir la lumière du jour : l'instinct et les réflexes de leur commandant.

— Écoutez-moi bien tous les deux, nom de Dieu, siffla Patton, les yeux brillants, j'y vais et j'y vais pour faire un carton. Vous avez intérêt à me trouver des buts, je me fous de savoir si c'est difficile ou pas. Pigé ?

O'Connor acquiesça d'un signe de tête. Il avait la mine d'un homme que l'on conduisait à l'échafaud.

En revenant au CO, Patton se demandait comment il pourrait bien expliquer tout cela à son chef une fois de retour à Hawaii. Il était passé à côté des sous-marins ennemis sans les détecter, il ne les entendrait probablement pas alors qu'il revenait pour les attaquer et ses deux sonaristes venaient de mettre les pouces. Une fois cette mission terminée, il perdrait probablement son commandement, son macaron et peut-être même ses épaulettes. Voir détruire le convoi que l'on était chargé de protéger, ça la foutait mal dans un plan de carrière. Évidemment, tout ceci supposait qu'il s'en tirait vivant et rentrait indemne à la maison. Restait l'autre hypothèse : aller nourrir les poissons de la mer de Chine orientale.

Vale le fixait.

— Que veux-tu, second ? demanda Patton, exaspéré.

— Qu'est-ce qu'on fait, commandant ?

— Je vais parler à l'équipage. Attention CO !

Une douzaine de conversations de service, tenues à mi-voix, cessèrent instantanément.

— Depuis quelques minutes, nous percevons de multiples explosions dans l'azimut du convoi. Nous nous sommes retournés et faisons route plein pot vers nos bâtiments. Le sonar rend compte que le secteur de l'est est complètement saturé et que la série d'explosions se poursuit encore actuellement. Selon toute vraisemblance, le convoi est attaqué. Nous ne savons malheureusement pas par quoi, un raid aérien, un sous-marin ennemi ou même plusieurs. J'ai l'intention de continuer à cette vitesse en direction du convoi. Quand nous serons suffisamment proches, nous réduirons, passerons en situation supersilence et commencerons une recherche sonar. Messieurs, au boulot.

— *CO de sonar, reçu !* entendit Patton dans ses écouteurs.

Bien, j'y suis jusqu'au cou, maintenant, se dit Patton. Je fonce comme un dératé vers une zone où les torpilles pleuvent, sans savoir qui est l'ennemi ni même de quoi il pourrait bien avoir l'air. J'aurais dû faire peindre une pancarte géante, avec une cible et « tirez-moi dessus » écrit en gros.

Au-dessus de l'océan Pacifique
Altitude 51 000 pieds.

Pacino appréciait toute la différence entre « dormir en avion » et « essayer de dormir en avion ». Il avait alternativement trop chaud ou trop froid et cherchait une position à peu près confortable dans son siège incliné à l'horizontale. En cet instant, il transpirait, avait mal à la tête et le sommeil le fuyait toujours, malgré la fatigue qui l'accablait. Il tenta de se relaxer en se forçant à ne plus penser à rien, à oublier le monde autour de lui. Dans une semi-torpeur, il eut une sorte de vision prémonitoire, une coque de SSNX sombrant dans une mer de sang.

Des bruits lui parvenaient de très loin. Il entendait des éclats de voix, une télévision réglée sur SNN, que Paully avait oublié d'arrêter... *Les autres nouvelles financières du jour : la Bourse européenne a encore perdu vingt points aujourd'hui dans un marché très actif, probablement en réaction aux... Nous interrompons ce bulletin d'informations financières en raison de l'actualité en Extrême-Orient. En mer de Chine orientale, l'opération Sealift a apparemment tourné au désastre. En direct du Pentagone, notre correspondant...*

Pacino se redressa brutalement et secoua l'épaule de Paully White.

— Paully, réveille-toi, vite !

Les deux hommes regardèrent le reportage, horrifiés et incrédules. Le journaliste n'avait pas encore fini son intervention lorsque le pilote appela par l'interphone.

— Amiral, un appel pour vous sur liaison protégée, ça vient d'Air Force One. La présidente veut vous parler.

SS-403, Tempête Arctique

L'amiral Chu Hua-Feng avait incliné le dossier de son fauteuil devant la console de commandement. Il avait retiré son casque qui le gênait et, les yeux fermés, il respirait calmement en écoutant le bourdonnement des machines et des ordinateurs. Un sifflement aigu, très faible, provenait de la partie tournante des centrales inertielles de navigation, une petite sphère de titane en rotation sur elle-même à plus de 10 000 tours par minute. Il distinguait également le ronflement sourd de l'air dans les conduits de ventilation.

Dans ce siège confortable, Chu se sentait détendu à l'extrême et il commençait à penser qu'il pourrait rester là des journées entières, s'il le fallait. Dans une poche sous le siège, il avait découvert un sac de survie contenant de quoi tenir un bon bout de temps : des barres chocolatées, des céréales, du pain, deux bouteilles d'eau et un sac-poubelle. Les hommes, hilares, avaient plaisanté sur leur ration de survie idéale ; un jeune officier osa dire qu'il y mettrait bien une de ces poupées gonflables que les Occidentaux décadents... Chu avait froncé le sourcil et intimé à ses hommes l'ordre de cesser ce genre de propos, dont pourtant il se divertissait *in petto.* En position presque allongée, il se reposait lorsqu'il crut entendre une voix dans l'écouteur qu'il avait gardé autour du cou.

— *Amiral, nouveau contact, une hélice à sept pales.*

Xhiu Liu, le CGO qui armait la console sonar, avait trouvé quelque chose. Chu redressa son siège et coiffa son casque dans le même geste.

— *Baptême Charlie,* annonça Xhiu, *sous-marin américain, type Los Angeles modifié, azimut 2-6-4. Contact lointain, en rapprochement rapide. Je prends une trace bande large intermittente, peut-être une pompe, ainsi qu'un claquement.*

— Bien, quel est le tube suivant, Chen ? demanda Chu à Chen Zhu, l'officier ASM qui manipulait son pupitre.

— Le 8, amiral.

— Bien, disposez les tubes 8 et 9 et réchauffez les deux Nagasaki, remplissez les tubes mais attendez pour les portes avant. Je les garde fermées pour l'instant. Comme d'habitude, la 8 en mode autodémarrage discret, la 9 en mode éjection. J'attaque avec la 8 et je garde la 9 parée en cas de chasse.

Chen collationna mais Chu n'écoutait déjà plus, occupé par la manœuvre du sous-marin.

— Central, à droite 5, venir au nord, vitesse 18 nœuds. CGO, je commence une branche route au nord pour mesurer la distance de Charlie. Trois minutes vers le nord, puis trois minutes vers le sud. J'ai l'impression qu'il est loin de nous.

— Reçu, amiral.

Chu attendit patiemment en regardant les azimuts et les fréquences s'accumuler sur son écran. Il se sentait en pleine forme, comme un athlète avant la seconde mi-temps. Il avait même réussi à s'adapter à cette stupide console de commandement, si bizarrement conçue par les Japonais, et commençait à se sentir bien à bord de son sous-marin. D'ailleurs, sans trop se l'avouer, il se disait même que ce bâtiment frôlait la perfection et que, à part quelques détails, il ne l'aurait pas dessiné autrement.

Et pourtant, ce système n'avait pas encore terminé ses essais à la mer ! Ils avaient certes mené le bâtiment au combat contre des bâtiments de surface. Chu avait déjà lancé trente torpilles, toutes mortelles, et vingt-sept bâtiments reposaient sur le fond, avec quelques dizaines de milliers d'hommes dans leurs flancs. Il avait su rester discret et avait fondu sur ses proies sans leur laisser la moindre chance, démontrant son habileté tactique et la supériorité des Soleil Levant. Mais comment le *Tempête Arctique* se comporterait-il face à un autre sous-marin ? La sortie de groupe prévue par les Japonais avait pour thème une série d'exercices entre sous-marins. Peut-être cette partie du logiciel du « Commandant Bis » devait-elle encore être améliorée ou même simplement écrite. Allait-il devoir faire face à une vulnérabilité insoupçonnée de son magnifique bâtiment, qui le rendrait sans défense face à un sous-marin aussi primitif que le *Los Angeles* ? Selon toute vraisemblance, il n'allait pas tarder à recevoir la réponse au cours du duel qui s'engageait.

— Première branche, acquise, amiral, nous pouvons revenir au sud.

— CGO, du changement sur Charlie ?

— Négatif, toujours en rapprochement à la même vitesse, le contact se renforce.

— Pas d'évolution ? Nous a-t-il détectés ?

— Je ne pense pas, amiral, il fait autant de bruit qu'un train de marchandises, répondit Xhiu, montrant un calme olympien et une parfaite maîtrise de soi.

Xhiu aurait-il mûri un peu ? se demanda Chu, ravi.

— Bien, CGO, répondit-il avant de donner l'ordre de venir au sud pour obtenir une distance sur le sous-marin américain qui approchait.

USS Annapolis, *SSN-760*

— Sonar du commandant, avez-vous le contact sur le *Santa Fe* ?

— *Négatif, commandant, rien du tout.*

La réponse laissa Patton très préoccupé. Chris Carnage et le *Santa Fe* devaient se trouver quelque part dans le coin, probablement en route vers les explosions à vitesse maximum, comme lui. S'il venait à prendre le contact sur un sous-marin, il serait intéressant de différencier rapidement un ami d'un ennemi.

En plus, les ordres de l'amiral Henri n'avaient rien prévu pour un cas comme celui-là. Habituellement, les ordres d'opération contenaient toujours des procédures de secours, que faire si un sous-marin ami était attaqué, réactions en cas d'attaque du convoi et bien d'autres. Évidemment, l'annihilation de la flotte n'avait pas été envisagée et Patton savait qu'il risquait son bâtiment, peut-être stupidement, en fonçant tête baissée dans une zone dangereuse sans avoir la moindre idée de ce qui l'attendait là-bas.

Malgré son lourd handicap tactique, Patton avait conçu une idée de manœuvre. Il pensait lancer plusieurs torpilles Mk-52 en mode passif à petite vitesse, sur une trajectoire résiduelle circulaire, à la position estimée du convoi. Si elles détectaient quelque chose, il les lâcherait en autoguidage et peut-être trouveraient-elles un but. Bien sûr, il risquait de vider son stock de Mk-52 en pure perte. Ses chances restaient faibles mais il ne voyait pas ce qu'il pouvait essayer d'autre.

Il regarda la table à cartes depuis la plate-forme des périscopes. Maintenant.

— Central, stoppez ! Prendre la situation supersilence, mettre bas les feux sur bâbord.

Le sous-marin passa de 41 nœuds à tout juste 5 et Patton réduisait le bruit propre émis par son bâtiment comme on le faisait autrefois, en arrêtant complètement une moitié de la machine. Cette manœuvre osée n'avait pas la faveur des officiers, qui en frémissaient d'horreur. Elle pouvait se révéler suicidaire, en particulier s'il fallait fuir devant une torpille ennemie. Dans cette configuration, le sous-marin ne pouvait retrouver la disponibilité totale de sa propulsion qu'après plusieurs minutes, souvent très précieuses. En revanche, les sonaristes n'y voyaient que des avantages...

Patton pensait qu'à 5 nœuds en situation supersilence, il entendrait n'importe quoi d'où il était à Tokyo. Il se trouvait à 15 nautiques de la dernière position connue du convoi et se dit qu'il pouvait commencer à rencontrer le ou les agresseurs à partir de maintenant.

— Sonar du commandant, on ralentit. Ouvrez grand vos oreilles.

— *Reçu de sonar.*

— Le chef de module au CO, dit Patton dans son micro.

DeMeers et O'Connor arrivèrent rapidement, l'air mal à l'aise.

— Eh bien messieurs, c'est le moment de gagner vos médailles, dit Patton.

— Je préférerais gagner un billet pour rentrer chez moi, répondit DeMeers d'une voix maintenant presque normale.

— Très bien, je vois que vous m'entendez parfaitement ! Bon, fini de rire, trouvez-moi ces ordures avec tous vos gadgets électroniques. Allez, au turf, nom de Dieu !

— Commandant, vitesse 4 nœuds, annonça le lieutenant de vaisseau Dietz, depuis l'autre côté du CO.

— Bien, réglez la vitesse à 5 nœuds. Sonar, annoncez tous les contacts.

— *Commandant de sonar, pas de contact.*

— On les aura, dit Patton d'une voix ferme et assurée.

Il devait agir comme s'il se préparait à une bataille qu'il pouvait gagner. Au fond de lui-même, il savait parfaitement qu'il n'avait aucune chance.

23

— *L'amiral O'Shaughnessy est ici, à côté de moi.*

Pacino entendait la voix de Jaisal Warner, la présidente, par le haut-parleur de l'interphone. Pacino tenait un vieux combiné UHF que lui avait passé le pilote. Il casait tant bien que mal sa grande carcasse dans le troisième siège du poste de pilotage, derrière le copilote. Il voyait des étoiles luire au-dessus du Pacifique. Il appuya sur une touche pour répondre.

— Bonjour, madame la présidente, j'ai entendu la nouvelle.

— *Que me recommandez-vous ?* demanda Warner sans préambule.

Tout à fait elle, pensa Pacino, furieux. Elle dispose de tous les éléments alors que je ne connais de la situation que ce que SNN a bien voulu en dire.

— Je ne sais pas, madame. Les Rouges ont détruit

toute la force d'intervention rapide. Quelle autre force pouvons-nous réunir contre eux ?

O'Shaughnessy prit la parole, d'une voix si neutre qu'elle aurait pu provenir d'un ordinateur.

— *Patch, nous avons commencé à embarquer la FIR de réserve à bord des bâtiments de Pearl Harbor. Si la première FIR était imposante, celle-ci est carrément gigantesque. La présidente pense que nous sommes à la croisée des chemins. Mais le monde nous regarde et elle ne veut pas...*

— *Amiral,* interrompit Warner sèchement, visiblement mécontente d'entendre O'Shaughnessy parler pour elle, *oublions la politique un moment. Nous venons...*

Pacino éleva la voix, enhardi par O'Shaughnessy, qui avait employé le vieux surnom de son père.

— Attendez, madame la présidente. Je ne peux pas mettre la politique de côté. J'ai retenu une chose, ou plutôt vous m'avez appris une chose, madame : tout, en ce bas monde, est politique. Je ne peux pas conduire une guerre si vous ne disposez pas du temps nécessaire pour que je la gagne.

Il aurait aimé disposer d'une liaison vidéo pour voir son visage, jauger ses réactions. Cette fois-ci, il fallait la convaincre.

— *Croyez-moi, amiral Pacino, je me souviens de l'affaire du Japon, je vous donnerai du temps.*

Et voilà, se dit Pacino, nous y sommes, il est temps de jeter mes étoiles dans la balance, celles qu'elle m'a données il y a deux ans.

— Madame la présidente, pardonnez mon langage mais, nom de Dieu, vous ne m'avez pas écouté ! Si vous aviez suivi les conseils que je vous ai donnés hier soir à Jackson, votre FIR serait encore de ce monde. En retard, certes, mais intacte. Maintenant, nous avons perdu combien, peut-être 500 000 hommes en comptant les équipages des bâtiments ? Une fois de plus, vous ne m'avez pas donné de temps, même pas celui de patrouiller la mer de Chine. Et maintenant vous m'appelez et vous me demandez d'oublier la politique ?

Le rire de Jaisal Warner résonna dans la carlingue.

— *Amiral, c'est la deuxième fois cette nuit que l'on me parle sur ce ton, avec cette honnête brutalité. Croyez-moi, ça fait mal mais j'apprécie.*

Pacino se demanda un instant à qui elle venait de faire allusion.

— Merci, madame, euh... je crois.

— *Et maintenant, amiral ? La FIR de réserve embarque en ce moment même et nous formerons le convoi depuis Hawaii.*

— Combien de bâtiments ?

— *Deux cents,* répondit le chef d'état-major de la marine, *avec 430 000 hommes de troupe, moins tassés que dans le convoi précédent. Ils appareilleront très bientôt.*

— Pourquoi cette hâte ? Il faudra au moins quatre jours pour arriver là-bas, plus si le temps est mauvais.

— *Nous avons d'autres opérations en cours,* expliqua O'Shaughnessy. *Ce n'est pas votre problème mais le général Baldini bloquera l'avance des Rouges avec des troupes parachutées en Chine blanche. Nous déployons les bombardiers furtifs, équipés de bombes aérosol et de charges à plasma. Nous ne nous arrêterons pas là. La Chine blanche nous a formellement donné l'autorisation d'utiliser des armes de destruction massive dans les zones occupées par les Rouges si le besoin s'en fait sentir.*

Warner a décidé d'employer les grands moyens, se dit Pacino en pensant aux armes chimiques, aux bombes à dispersion de matières radioactives et aux grosses charges à plasma, incroyablement meurtrières. En vingt-quatre heures, ce conflit régional avait dégénéré en une guerre totale.

— *Nous pensons pouvoir bloquer l'avance des Rouges,* continua O'Shaughnessy, *ou du moins les ralentir suffisamment pendant sept à quinze jours, ce qui devrait nous laisser le temps d'acheminer la FIR de réserve.*

Dans ces conditions, pourquoi n'a-t-elle pas accepté mes conseils hier soir ? se demanda Pacino qui n'y comprenait plus rien. Nous aurions sauvé une flotte et plus de 400 000 hommes ! Mais il fallait passer outre. Maintenant, elle lui demandait son opinion du moment.

— *Voilà la situation, amiral. Maintenant que vous avez remarqué que nous ne prenons plus de gants, nous avons un léger problème à résoudre. Un problème encore plus important que celui posé par la procédure de destitution que le Congrès a entamée contre moi.*

— Destitution ?

— *Vous n'avez donc pas écouté les informations ? Le Congrès veut ma tête en échange de la perte de la FIR. Je ne peux d'ailleurs pas lui donner entièrement tort.*

Pacino pensa avoir entendu un soupir de découragement.

— *Trois cent soixante-quinze mille morts, exactement,* continua Warner. *Chacun d'entre eux a une famille, ils représentent des dizaines de millions d'électeurs et si vous croyez aux sondages, j'ai perdu dix-huit points de popularité durant les vingt-quatre dernières heures. Je pense qu'il me reste environ deux semaines avant de redevenir madame Jaisal Warner, simple citoyenne. Quatre jours pour transporter la FIR de réserve en Chine et une semaine pour gagner la guerre terrestre. Qu'en pensez-vous, amiral ?*

Il pensa, sans le dire : J'en pense que tu te fous le doigt dans l'œil.

— J'ai l'impression qu'on veut rejouer le match alors qu'on est déjà dans les arrêts de jeu. La force de réserve pourrait bien se faire attaquer de la même façon, répondit-il.

— *Vous croyez qu'ils vont couler nos bâtiments avant que nous n'atteignions les côtes chinoises ?*

Pacino prit le temps de réfléchir et la liaison resta silencieuse quelques instants.

— *Alors ?* s'impatienta Warner.

Eh bien, pourront-ils réussir une seconde fois ? se demanda Pacino. À leur place, que ferais-je d'autre que d'attaquer le convoi ?

— Madame la présidente, j'ai besoin de réfléchir avant de vous donner ma réponse. Puis-je disposer d'une heure ?

— *Vingt minutes.*

— Nous allons bientôt atterrir. Pouvez-vous prendre la liaison vidéo avec mon bureau ?

Ce serait parfait, se dit-il, de là il pourrait la voir, l'observer. En plus, il aurait le temps de demander son avis à Paully, et peut-être même d'appeler Jack Daniels, alias Numéro 4, pour voir s'il avait des informations solides sur ces gens qui avaient réussi à voler toute une force sous-marine.

Des sous-marins rouges, Mikey. Tu combattras des sous-marins rouges.

Qu'il en soit ainsi, se dit Pacino. Des Soleil Levant aux mains des Rouges, les meilleurs sous-marins du monde...

— *Nous prendrons la liaison dans combien... une demi-heure. Cela vous convient-il, amiral ?*

— Très bien, madame.

Warner et O'Shaughnessy coupèrent la communication sans prévenir. Pacino retourna à son siège, perdu dans ses pensées. Paully White regardait la télévision.

— Qu'a-t-elle dit ?

— Tu en sais probablement plus que moi, Paully, répondit Pacino en s'enfonçant dans son fauteuil.

— Warner prépare une autre force d'intervention, dit White d'une voix sourde. Maintenant, elle trouve le temps de faire transiter un convoi depuis Pearl Harbor ! Et où se trouvait ce plan magique, hier soir ?

— Laisse tomber, Paully, j'ai besoin de toi, tout de suite. Faut qu'on prépare une guerre.

— Je suis prêt. Que puis-je pour toi ?

— Appelle Jack Daniels. Demande-lui tout ce dont il dispose sur les Soleil Levant et essaie de lui faire chercher l'amiral Tanaka. Nous allons avoir besoin de lui. Ensuite, débrouille-toi pour établir une liaison vidéo avec Bruce Phillips, le pacha du *Piranha*.

— Bruce devrait se trouver au beau milieu du

Pacifique en route vers la mer de Chine, à cette heure-ci.

— Pas de problème, rappelle-le à l'immersion périscopique. Oh, pendant que j'y pense, avant toute chose, fais sortir l'*Annapolis* et le *Santa Fe* de la zone des combats au plus vite.

— Mais ils doivent être en train de chercher l'ennemi...

— Je m'en fous, Paully, ils n'ont aucune chance contre une demi-douzaine de Soleil Levant qui les attendent au coin du bois. Fais-les dégager au plus vite. Quand nous pénétrerons là-dedans, nous débarquerons en force, opérations coordonnées avec les P-5, les Blackbeard, les Seahawk, tous nos 688, le *Piranha* de Bruce et tout le tintouin. Et nous nettoierons cette zone pour de bon !

— Je les appelle sur ELF et leur demande de remonter d'urgence à l'immersion périscopique ?

— Affirmatif, et dis-leur de sortir de là plein pot. Et me gonfle pas avec cette histoire de réacteurs à économiser, Paully.

— Sûrement pas, amiral, si tu ne m'en avais pas parlé, je le leur aurais dit moi-même. Nos gars sont en danger mortel.

— Grouille-toi, Paully, tire-les de là.

Mer de Chine orientale
USS Annapolis, *SSN-760*

— *Commandant de radio, je viens de recevoir la première lettre de notre indicatif sur la liaison ELF.*

Les émissions radio très basse fréquence, ou ELF, provenaient de la station de Lualualei, près de Maili, dans l'île d'Oahu. Elles pénétraient dans l'eau et se propageaient sur de très longues distances mais demandaient une puissance énorme à l'émission. Une centrale nucléaire assez grosse pour éclairer tout Baltimore et sa banlieue avait été construite à Lualualei juste pour alimenter les antennes. Malheureusement, la vitesse de transmission restait d'une lenteur frustrante et il fallait une dizaine de minutes pour recevoir simplement deux lettres de l'alphabet. L'amiral Pacino avait fait changer les indicatifs des sous-marins pour qu'ils ne comportent plus qu'un seul caractère alphanumérique codé, transmis deux fois pour confirmation. Il ne voulait pas perdre dix minutes en cas d'urgence pour ramener un bâtiment à l'immersion périscopique.

Patton n'avait pas particulièrement apprécié ce nouveau système. Le commandement d'un sous-marin restait l'une des dernières formes de dictature légales sur cette planète. À la mer, seul maître à bord après Dieu, le commandant ne rendait pas souvent de comptes et ne devait rien à personne. Il recevait rarement des messages radio et n'émettait pour ainsi dire jamais. Mais avec un message ELF, les galonnés dans leurs bureaux pouvaient facilement le ramener à l'immersion périscopique, de jour comme de nuit. Une fois que le calculateur qui veillait la fréquence avait craché son message, plus moyen d'y échapper et il fallait remonter prendre cette saloperie de vacation.

Un message ELF pouvait signifier une déclaration de guerre, un changement d'ordres de mission, de nouvelles règles d'engagement, n'importe quoi. Patton se sentait une très forte envie d'ignorer l'appel et d'attendre une seconde transmission, ce qui lui ferait gagner une vingtaine de minutes de recherche. Mais il savait qu'il devait obéir et remonter.

— Dietz, faites une abattée d'écoute et reprenez la vue, ordonna-t-il malgré lui.

Cinq minutes plus tard, il regardait le moniteur du périscope, dans le plafond du CO, et ne voyait rien que la mer et le ciel, séparés par la ligne droite d'un horizon fin comme une lame de rasoir. Pas de mouettes, pas de nuages, pas d'avions, pas de convoi non plus. Et Patton se sentait de plus en plus impatient. Il devait redescendre au plus vite pour continuer sa recherche.

— Il ralentit, amiral, il est passé de 40 nœuds à moins de 5.

— Reçu, CGO.

Chu attendait en regardant ses écrans. Il bâilla longuement.

— Eh bien, amiral, nous lançons ?

Cet Américain avait-il détecté le *Tempête Arctique* ? Chu se sentait déchiré. Il voulait absolument savoir si les Américains avaient entendu son Soleil Levant et si oui, à quelle distance. Cette information n'avait pas de prix. Pourtant, sa mission revêtait une telle importance qu'il ne voulait pas courir le moindre risque pendant son premier duel avec un Los Angeles. Son décès décapiterait sa flottille, car il n'avait pas vraiment de second prêt à prendre sa place, et ses troupes s'en trouveraient complètement démotivées.

D'un autre côté, le naufrage du 688 mettrait un point final aux premiers efforts des Américains pour débarquer sur la côte chinoise. Ils auraient subi une défaite absolue, totale. Peut-être alors cesseraient-ils d'épauler les Blancs, précipitant leur chute. Son plan avait donc de fortes chances de réussir. Chu corrigea aussitôt : leur plan à tous les deux, à Mai Sheng et à lui, car c'était bien elle qui avait eu l'idée du kidnapping des Soleil Levant. Il se voyait déjà rentrant à la maison, célébré comme un héros. Il épouserait Mai, aurait peut-être des enfants et reconstruirait la marine de la république populaire de Chine, tout au long de la côte enfin réunifiée. Il devait se débrouiller pour faire savoir à SNN qu'il n'avait pas seulement coulé l'ensemble du convoi mais également les deux sous-marins de l'escorte.

Soudain, le rêve dans lequel il avait entrevu son père lui revint en mémoire. *Tu dois te dépêcher, jeune guerrier, car ils arrivent et ils sont forts.* Voilà la signification de ce rêve, pensa-t-il. Il devait frapper vite et fort pour dissuader l'Occident de revenir à la charge.

Le *Tempête Arctique* avait tiré trente torpilles, les deux sous-marins de l'est, le *Volcan* et le *Tsunami* devaient avoir conservé toutes les leurs mais l'*Éclair*, le *Nuage d'orage* et le *Tremblement de terre* pouvaient fort bien se trouver déjà à court d'armes. Si l'Ouest décidait de tenter une nouvelle invasion massive, il ne pourrait couler qu'une partie seulement des bâtiments et la Chine rouge connaîtrait la défaite. Tant pis pour la distance de détection, se décida Chu.

— Ouvrez la porte avant du tube 8, ordonna Chu à Chen Zhu. Adoptez la nouvelle solution.

— La porte s'ouvre, amiral. Téléréglages effectués, nous sommes parés à lancer.

— Lancez tube 8, mode autodémarrage.

— Tube 8, feu!... Tube 8, torpille partie en autodémarrage, tube clair, annonça Chen.

— Torpille vue à la caméra, confirma Xhiu.

— Bien, suivez la torpille CGO.

— À vos ordres, amiral, répondit Xhiu d'une voix nette.

Décidément, cet officier fait des progrès, se dit Chu avec un sourire. Il ne restait plus qu'à attendre.

Le radio courut au CO apporter au commandant le WritePad qui contenait les messages. Patton enfila ses lunettes de lecture et il manqua de tomber à la renverse sous le coup de l'étonnement.

041811ZNOV13

FLASH FLASH FLASH FLASH FLASH FLASH FLASH FLASH

FM COMUSUBCOM

A USS ANNAPOLIS SSN-760

OBJ URGENT-NOUVEAUX ORDRES DE MISSION

SECRET SECRET SECRET SECRET SECRET SECRET SECRET

//BT//

1. EXÉCUTOIRE IMMÉDIATEMENT-JE RÉPÈTE IMMÉDIATEMENT.

2. QUITTEZ LA ZONE DES COMBATS DE TOUTE URGENCE-DE TOUTE URGENCE.

3. ABANDONNEZ TOUTE RECHERCHE OU TOUT ENGAGEMENT EN COURS. -AUCUNE EXCEPTION.

4. FAITES ROUTE SI POSSIBLE AU SUD-EST À VITESSE MAXIMUM EXCEPTIONNELLE-JE RÉPÈTE À VITESSE MAXIMUM EXCEPTIONNELLE.

5. RENDEZ-VOUS LE 071200ZNOV13 AU PLUS TARD AU

POINT BRAVO POUR Y ATTENDRE D'AUTRES ORDRES. POSITION 30°00, ON-135°00, OE AU SUD D'OSAKA-JAPON.

6. UNE FOIS HORS DE LA ZONE D'OPÉRATIONS, ENVOYEZ UN SITRP PAR BOUÉE SLOT, MÊME SI RIEN À SIGNALER.

7. SIGNÉ AMIRAL PACINO.

//BT//

Patton donna les ordres nécessaires avant même d'avoir fini de lire le cinquième paragraphe.

— Cinquante mètres rapide ! Réglez la vitesse à 30 nœuds ! À droite 20, venir au 1-2-0 ! Central, descendez à 240 mètres, assiette moins 20. PCP, rallumez bâbord !

Les réactions automatiques s'enchaînèrent les unes aux autres. D'un coup sec, Dietz releva les poignées du périscope sans prendre le temps de le ramener dans le gisement zéro et s'agrippa à l'anneau de la commande hydraulique d'affalage. Le premier barreur afficha « avant toute » sur le TTOM tandis que le second poussait à fond sur son manche pour mettre les barres de plongée toutes à descendre jusqu'à ce que l'assiette de l'*Annapolis* atteigne moins 10 degrés. La diffusion générale brailla dans tout le bord :

— *Cinquante mètres rapide ! Cinquante mètres rapide !*

La seconde aiguille du TTOM recopia l'ordre d'urgence et le compte-tours qui mesurait la vitesse ligne d'arbres commença à s'affoler. L'assiette augmenta, moins 15, moins 20...

— Central, plus d'assiette, ordonna Patton.

— Assiette moins 30, bien commandant.

— Encore, central, moins 35 !

Le bâtiment s'inclina encore un peu plus. S'il ne se cramponnait pas à quelque chose, l'équipage ne pouvait pas tenir debout avec une telle assiette. Le sous-marin paraissait suspendu par l'arrière, qui se trouvait presque 50 mètres plus haut que le dôme sonar. L'indicateur d'immersion cliqueta à chaque mètre parcouru, de plus en plus vite au fur et à mesure que le bâtiment prenait de la vitesse. Bientôt le maître de central passa 200 mètres et redressa le sous-marin pour se stabiliser à 240 mètres, l'immersion ordonnée. Le loch affichait à peine 25 nœuds, la vitesse maximale sur un bord machine.

— En route au 1-2-0, commandant. Machine bâbord rallumée, le PCP règle 30 nœuds.

— Bien, affichez 40 nœuds, commanda Patton.

Patton grimpa sur la plate-forme des périscopes et attrapa un micro qui pendait du plafond.

— PCP du commandant, dès que vous aurez retrouvé les paramètres normaux sur bâbord, réglez à vitesse maximale exceptionnelle. Donnez-moi tout ce que cette machine a dans le ventre.

À cette allure, le réacteur tout neuf fournirait 200 % de sa puissance nominale et inonderait la zone arrière de radiations. L'équipage devrait se replier des zones irradiées, le tunnel et le compartiment vapeur, sauf en cas de nécessité absolue pour la sécurité du sous-marin. Patton pensait dépasser 48 nœuds, peut-être même atteindre les 50. Il fixait le loch, qui atteignit 41 nœuds au moment où le PCP annonçait :

— *Commandant de PCP, vitesse maximale exceptionnelle. Bien reçu. Clef magique enclenchée, je change les paramètres d'autoprotection du réacteur et les seuils d'alarme.*

— Reçu PCP, répondit-il.

Maintenant que les choses se calmaient un peu au CO, la crise était ouverte au PCP. Pendant les cinq minutes à venir, huit hommes allaient sérieusement transpirer en essayant d'augmenter la puissance du réacteur aussi près que possible du point de fusion du cœur. Les détecteurs de rayonnement se déclenchaient les uns après les autres à travers tout le bâtiment. Les protections contre les radiations n'étaient en effet pas dimensionnées pour arrêter autant de neutrons et de gammas. Le sous-marin se mit à vibrer de plus en plus fort sous l'augmentation de puissance. Le loch décolla lentement de 41 nœuds pour atteindre 43, 45, 46 et s'arrêter sur 49, 5 nœuds. Patton détruisait son réacteur de dix millions de dollars en doublant la puissance fournie à l'hélice mais il n'avait réussi à gagner que 9 petits nœuds. Dehors, la résistance à l'avancement de la coque dans la mer avait quadruplé. Il se demandait si le jeu en valait vraiment la chandelle.

QUITTEZ LA ZONE DES COMBATS DE TOUTE URGENCE-DE TOUTE URGENCE.

« Foutez le camp, et vite. » Un danger inconnu et mortel devait donc menacer l'*Annapolis*. Pacino devait avoir de sérieuses raisons. L'amiral n'avait pas l'habitude de plaisanter avec ces choses-là.

Patton se pencha sur la carte placée sur la table traçante navigation et regarda bouger le petit point lumineux qui figurait la position du sous-marin. Il ne l'avait jamais vu se déplacer aussi vite. Il fonçait en direction de l'archipel des Ryukyu, qui marquait l'entrée de l'océan Pacifique. Quelle sale journée, se dit Patton.

L'énorme explosion le prit totalement par surprise.

Les opérateurs sonar de l'*Annapolis* ne purent pas entendre la Nagasaki Mod. II qui les attaquait. La torpille s'était approchée du sous-marin pendant qu'il était à l'immersion périscopique ; quand le bâtiment plongea et accéléra brutalement, elle se trouva momentanément distancée et se plaça exactement sur l'arrière de son but, dans une course folle pour le rattraper. Le calculateur de l'engin décida d'augmenter la vitesse et passa en mode attaque, à 47,5 nœuds, soit 2 nœuds de moins que l'*Annapolis*. La torpille se trouvait alors à moins de 500 mètres de son but mais la distance se mit à augmenter lentement, 600 mètres, puis bientôt un kilomètre.

Les minutes passèrent. Alors que la distance atteignait 2 kilomètres, le calculateur de la Nagasaki se rendit compte que la torpille ne rattraperait jamais son but. Il savait également qu'il lui restait à peine trente secondes de carburant avant d'avoir épuisé ses réserves.

Le logiciel se dérouta de la séquence principale et

déconnecta le turboalternateur, comptant sur son inertie de ralentissement pour fournir l'électricité nécessaire pendant les dernières secondes de fonctionnement. Déjà, la tension du réseau diminuait et le calculateur sentait que la fin s'approchait rapidement.

En mode opérationnel, l'arme se détruisait automatiquement plutôt que de couler, inerte, au fond de la mer. Avec un coup de chance et compte tenu de la puissance invraisemblable des charges à plasma, elle pouvait infliger des dommages suffisants à sa cible, même sans exploser à proximité immédiate.

Lorsque le calculateur estima qu'il ne lui restait plus que dix secondes d'activité, il ferma les circuits de mise de feu, déclenchant la chaîne complexe qui aboutissait à la formation, puis à l'ignition du plasma. La torpille cessa d'exister en quelques millisecondes, transformée en une boule de feu en expansion.

Aucun sous-marin ne se trouvait à proximité immédiate et le plasma ne vaporisa que de l'eau de mer. La cible se trouvait alors à 2 200 mètres du point d'explosion, suffisamment près pour qu'une onde de choc de cette puissance le détruise à coup sûr.

En moins d'une seconde, le choc se propagea jusqu'à atteindre la coque de ce qui était encore l'*Annapolis,* un sous-marin nucléaire d'attaque de la marine des États-Unis.

Après le passage de l'onde, le bâtiment ne répondait plus à la définition classique du mot sous-marin, un navire qui maintenait l'eau dehors et l'équipage dedans, nettement séparés l'un de l'autre. Les deux avaient fini par se rencontrer.

24

Dante avait compris que dalle à l'enfer, se dit le capitaine de vaisseau Jonathan George S. Patton IV.

Tandis qu'il contemplait la table à cartes, moins de dix secondes plus tôt, la vie était encore relativement belle : il se trouvait au CO de son sous-marin en route vers les Ryukyu à vitesse maximale, pratiquement à l'immersion maximale, et obéissait aux ordres de Pacino, qui lui enjoignait de quitter la zone à toute allure pour se rendre au point Bravo.

Sauf que l'*Annapolis* n'arriverait jamais au point Bravo.

Patton n'avait qu'une seule certitude, une violente explosion venait de se produire à l'arrière. Il ne savait pas si le problème provenait du réacteur nucléaire ou de la machine, à moins qu'il n'ait été causé par une torpille, une mine ou une grenade ASM. Dans tous les cas, les avaries à pleine puissance se révélaient souvent mortelles. Une chaufferie dépassant la prompt-criticité et explosant dans un nuage de vapeur radioactive n'était pas un spectacle très amusant à contempler de près. Un gros collecteur de vapeur sectionné non plus, d'ailleurs. La vapeur s'échapperait si vite de ce tuyau de cinquante centimètres de diamètre que l'équipage serait cuit à l'étouffée dans le compartiment, comme des homards, en moins de trente secondes.

Patton se sentait dans un état de conscience aiguë, comme s'il avait été réveillé en sursaut. Il avait déjà connu cette impression unique le jour où un chauffard avait embouti sa voiture au milieu d'un carrefour. L'instant d'avant, il roulait tranquillement, sans se soucier de quoi que ce soit. Juste après la collision, il s'était retrouvé submergé de perceptions : ballotté dans son siège, la voiture qui partait en dérapage, les pneus qui hurlaient sur le macadam, le volant fou entre ses mains, le moteur emballé, jusqu'à ce qu'il percute un arbre. Puis le silence, le moteur mort, une sirène dans le lointain. Aujourd'hui, il lui semblait revivre ces souvenirs encore vivaces et douloureux. Un choc violent l'avait complètement assourdi et projeté dans une cloison, sur l'arrière du périscope tribord.

Il sentit ses jambes se dérober sous lui. Par pur réflexe, il cria :

— Chassez rapide deux groupes ! Chassez partout, nom de Dieu !

Il s'effondra en touchant le sol de la poitrine. Son bras gauche, replié sous lui, amortit un peu la chute mais lui causa une douleur intense. Le monde se mit à tournoyer autour de lui. Son champ de vision se rétrécit et s'obscurcit d'un voile noir. Bientôt il ne distingua plus qu'une vague lumière grisâtre. Il cligna des yeux et lutta pour ne pas perdre conscience. Il perçut vaguement un claquement métallique et un grondement, avant de se sentir écrasé dans un vacarme énorme. Une brume blanche et glacée l'enveloppa soudain. Durant une fraction de seconde, il se vit flottant dans les nuages avant de réaliser avec satisfaction qu'il baignait dans le brouillard causé par la détente et le refroidissement de l'air des bouteilles de chasse rapide à travers les tuyautages qui passaient le long du tableau sécurité plongée. L'air sous forte pression devait chasser l'eau des ballasts, s'ils existaient encore, pour redonner une flottabilité positive au sous-marin et le faire remonter à la surface.

— Est-ce qu'on remonte ? demanda-t-il à la cantonade.

Personne ne répondit et il se mit à hurler pour se faire entendre à travers le grondement.

— Hé central, officier de quart, les gars, répondez-moi, est-ce qu'on remonte ?

Il se releva péniblement dans un compartiment devenu opaque et blanc. Il sentait des surfaces solides tout autour de lui mais ne parvenait pas à différencier au toucher le sol des cloisons.

Une seconde explosion secoua violemment le bâtiment, qui fit une embardée. Le grondement s'amplifia encore et Patton sentit une odeur caractéristique.

L'éclairage clignota deux fois avant de s'éteindre. Dans le noir, un nuage de fumée chimique épaisse et brûlante balaya le PCNO, agressant la gorge et les poumons de tous les hommes présents. Patton sentit venir des convulsions et vomit le contenu de son estomac.

On aurait dit qu'une fusée venait de s'allumer sous lui. Retenant sa respiration, il se remit debout d'un bond et chercha instinctivement quelque chose au plafond. Il dut s'y reprendre à trois fois avant d'attraper la poignée qui ouvrait une grande boîte métallique encastrée au milieu du fouillis d'équipements divers. Une dizaine de masques à air respirable tombèrent sur le sol.

La fumée acide envahissait totalement l'atmosphère du compartiment. Il tenta d'enfiler un masque mais une douleur suraiguë lacéra son avant-bras gauche. Il se souvint vaguement d'avoir heurté le pont avec le bras et utilisa sa seule main valide pour poser le masque sur son front, le tirer vers le bas jusqu'au menton et serrer les courroies. Il ne respirait toujours pas et avait maintenant les yeux exorbités et les poumons au bord de l'explosion. *Fumée toxique, chimique, le feu, pas d'air, nous mourons !*

Désespérément, il combattit la panique qui l'envahissait. De la main droite, il tâtonna pour trouver le tuyau qui pendait du détendeur et trouver l'embout métallique à son extrémité. Au toucher, il chercha le répartiteur d'air respirable, au plafond, un bloc à six prises, sur lesquelles il pourrait se brancher. Il avait déjà fait cela des milliers de fois en exercice, dans un compartiment rempli de fumée artificielle, non toxique, il est vrai. À l'entraînement, il ne manquait qu'une chose, la peur animale qui vous serrait le ventre. Il finit par réussir à connecter son masque, la prise se verrouilla avec un « clic » et il aspira une grande goulée d'air, qu'il expira aussitôt pour chasser les restes de fumée toxique qui encombraient encore ses poumons et l'intérieur de son masque. L'air frais lui rendit ses facultés intellectuelles et son esprit s'éclaircit.

Il se rendit compte qu'il se tenait debout au centre d'un compartiment plongé dans l'obscurité totale, rempli de fumée toxique, avec un équipage agonisant et un sous-marin blessé à mort. En plus, il n'avait aucune idée de ce qui avait bien pu se produire. De sa main valide, il chercha un fanal de secours qui aurait dû s'allumer automatiquement mais ne l'avait pas fait, pour une raison inconnue. Il bascula l'interrupteur, faisant jaillir un faisceau de lumière blanche. La fumée était si opaque et si dense que le fanal n'éclairait même pas le sol, à moins d'un mètre. Patton trouva une lampe de poche, l'alluma et chercha son chemin jusqu'au tableau sécurité plongée. Deux hommes inconscients gisaient dans leurs sièges. Il essayait de lire les instruments à travers la fumée quand le panneau sembla se précipiter vers lui. Il secoua la tête, comme pour chasser un malaise.

Patton réalisa soudain qu'il n'avait pas perdu brutalement l'équilibre, comme il l'avait supposé tout d'abord. Le bâtiment avait simplement repris une assiette horizontale. L'indicateur d'immersion affichait 10 mètres, la valeur habituelle en surface, et Patton sentait nettement un léger roulis balancer le navire. Il était en surface ! Le maître de central avait dû entendre son ordre et chasser rapide et normal partout. Pendant une seconde, Patton rechercha l'officier marinier qui avait conduit la remontée d'urgence depuis une immersion voisine de la maximale, à une vitesse exceptionnelle et avec une avarie inconnue à l'arrière.

La troisième explosion en moins d'une minute volatilisa l'impression de sécurité qui venait de s'emparer de lui. Il chercha ce qui pouvait bien provoquer une telle fumée. Un feu d'oxygène ? L'Otto Fuel, le carburant auto-oxydant des torpilles Mk-52 ? Un incendie batterie ? Ou bien un dégagement de chlore dû à l'envahissement du compartiment batterie par l'eau de mer ? Peut-être même le cyanure dégagé par le propergol des missiles Vortex Mod. Charlie ? Ou toutes ces causes simultanément ? En tout cas, il ne restait plus à l'*Annapolis* que quelques secondes à vivre.

Une quatrième explosion se déclencha mais cette fois, son grondement ne s'arrêta pas. Le compartiment obscur s'illumina soudain de la lueur de l'incendie qui apparut par la porte arrière. Les flammes montèrent aussitôt jusqu'au plafond et s'approchèrent dangereusement de lui, embrasant la couche de liège qui isolait la coque et produisant encore plus de fumée noire. Patton se secoua. Il contemplait les flammes, sans bouger.

À peine soixante-dix secondes s'étaient-elles écoulées depuis l'explosion initiale qu'il savait déjà que son équipage et son bâtiment n'y survivraient pas. Les flammes s'intensifièrent et la moitié arrière du PCNO se transforma en un brasier infernal. Dans un réflexe de survie, Patton s'arracha à la fascination qui le paralysait, débrancha son masque à air respirable et se précipita vers le sas d'accès passerelle qui menait à la baignoire. Fiévreusement, il trouva une nouvelle prise et déverrouilla le panneau. Il tourna à la hâte le volant de manœuvre et poussa un grand coup. Le panneau s'ouvrit sur un espace sombre et claqua en s'accrochant sur son linguet.

Ses hommes ! Il devait trouver les survivants et les faire évacuer par le panneau passerelle. Il retourna au CO, prit le barreur sous les aisselles et le souleva de son siège. Mais le jeune homme retomba au sol, inerte. Patton aurait pu chercher un masque à air respirable au plafond et le placer sur le visage du second maître, mais cela lui aurait demandé plusieurs secondes, dont il savait ne pas disposer. Fébrilement, il essaya de trouver quelqu'un encore conscient. L'officier de quart reposait sur la plateforme des périscopes, la nuque ouverte, les jambes écartées, une mare de sang sous lui. Patton alla jusqu'aux consoles du BSY-4, au CO. Il trouva Horburg, la tête écrasée, le front à demi enfoncé dans le verre de l'écran devant lui. Le feu gagnait du terrain et Patton dut se replier. Il appela, mais personne ne lui répondit. La chaleur devenait intolérable dans le compartiment et les flammes lui brûlaient les cheveux. Il déconnecta son masque et courut vers l'avant, au local sonar, donna un coup d'épaule dans la porte et se brancha sur la prise la plus proche. Allongé sur le sol, DeMeers vivait encore.

Plus le temps de lui enfiler un masque. Patton voulait gagner au plus vite le sas d'accès passerelle, au sommet duquel il trouverait l'air libre, sans feu, sans fumée toxique, sans produits chimiques. Il se penchait pour soulever DeMeers, gêné par son tuyau d'air, lorsqu'une énième explosion secoua l'*Annapolis* et projeta Patton dans les consoles sonar. Le bâtiment se mit à prendre de l'assiette positive, imperceptiblement au début, puis rapidement, de façon de plus en plus prononcée. Il ne pouvait y avoir qu'une seule explication : le sous-marin coulait par l'arrière.

Le compartiment machines devait embarquer de l'eau. Dans un sursaut d'angoisse et d'exaspération, Patton arracha son masque et rassembla toutes ses dernières forces pour empoigner DeMeers sous les épaules et le tirer vers le sas d'accès passerelle. À demi assommé, l'officier marinier se remit péniblement sur ses pieds.

— Foncez, hurla Patton en le poussant vers le haut.

Les flammes de l'enfer qu'était devenu le PCNO éclairaient le sas d'une lumière orange. L'explosion suivante projeta des éclats de verre et de Plexiglas qui les touchèrent tous les deux. Le feu passa du CO au local sonar, dont les rideaux noirs s'embrasèrent comme des torches. Patton sentait sa combinaison d'uniforme prendre feu mais il continuait, poussant devant lui, sur l'échelle, un DeMeers bien éveillé mais complètement paniqué. L'incendie léchait maintenant le bas des jambes de Patton, qui se retourna pour larguer le panneau inférieur du sas. Le panneau claqua sur son surbau, séparant maintenant les deux hommes de l'incendie au-dessous d'eux.

— Continuez, plus vite, en haut ! cria-t-il à DeMeers qui commençait seulement à grimper l'échelle, dans le noir absolu.

Patton s'arrêta un instant pour étouffer avec les mains les flammes qui consumaient sa combinaison, pourtant ignifugée. Le tissu avait rempli son office pendant un certain temps avant que la chaleur intense ne finisse par avoir raison de lui. Patton mit plusieurs dizaines de secondes à éteindre le feu et ses mains devenues rouges le brûlaient atrocement. Il regarda vers le haut et ne vit rien, toujours dans le noir. Il tâtonna pour trouver le fanal de secours et l'alluma. Son faisceau perça la fumée heureusement peu dense et il aperçut DeMeers, en haut de l'échelle, qui s'affairait sur le panneau supérieur du sas. Il prit la poignée du fanal dans sa bouche et se hissa le long des barreaux de son seul bras valide.

— Ouvrez ce foutu panneau ! Vous y arrivez ?

Dans un claquement sec, le panneau vint frapper contre sa butée et se verrouilla à son tour sur son linguet. Mais la partie n'était pas encore gagnée. Pour rejoindre l'air libre, il fallait encore ouvrir les volets de la fosse de veille, deux panneaux en composite qui assuraient la continuité de forme du massif en plongée. Tandis que DeMeers se battait avec les volets, Patton ouvrit une sorte de coffre-fort étanche à l'arrière de la passerelle et en sortit un paquet volumineux, qui ressemblait à un sac à dos. Soudain la lumière du jour inonda la passerelle, juste pour une petite seconde, avant que la mer ne commence à l'envahir.

— Nous coulons, hurla DeMeers.

— Sautez à l'eau ! commanda Patton.

— Vous êtes fou, commandant !

Patton, coincé sous les volets par la force du flot qui envahissait la passerelle, percevait faiblement la voix de DeMeers à travers le rugissement de l'eau. Le froid l'engourdissait après la séance de barbecue qu'il venait de subir au PCNO.

— Foutez le camp ! Prenez le kit de survie avec vous, gueula Patton. Allez-y, nom de Dieu !

L'eau continuait à monter et s'engouffrait maintenant dans le sas d'accès passerelle, créant un courant violent qui menaçait d'aspirer Patton vers le bas.

C'est la fin, se dit-il. Il se sentait perdre pied. Son bâtiment avait probablement été attaqué et s'était embrasé dans une conflagration générale. Il avait réussi à le faire remonter des profondeurs jusqu'à la surface, pour sauver ses hommes. Mais le destin en avait décidé autrement. Maintenant, son meilleur ami allait mourir dans une dernière vaine tentative pour le tirer de sa prison liquide, sous les volets de passerelle. Pas question.

— Fous le camp, nom de Dieu, DeMeers ! cria-t-il une dernière fois.

Un petit miracle se produisit alors. Byron DeMeers réussit à se pencher suffisamment pour attraper le col de la combinaison de Patton tandis que, de l'autre, il s'agrippait aux volets de passerelle. D'un coup, il extirpa Patton du courant d'eau qui le retenait prisonnier, libre du sous-marin, dont plus rien ne restait visible à la surface. La lumière du jour lui emplit les yeux. Il flottait dans les vagues, respira un grand coup, toussa et vomit les litres d'eau de mer qu'il avait avalés. Le crâne chauve de Byron DeMeers dansait à côté de lui. Avec un grand sourire, il leva la main gauche.

— Regardez, commandant.

Il tenait la poignée orange du kit de survie. Trois secondes plus tard, un morceau de caoutchouc informe apparut à la surface, à côté d'eux. DeMeers tira le cordon d'activation et une petite bouteille de CO_2 gonfla le radeau de survie. Patton se sentait épuisé, au bord de l'évanouissement, en état de choc. Il se souvenait tout juste d'avoir été tiré hors de l'eau par le maître principal. Pendant quelques minutes, il resta allongé sur le fond du radeau, tremblant de tous ses membres, l'avant-bras gauche enflé à éclater, secoué de spasmes, au bord de la nausée mais sans pouvoir vomir.

— Est-ce un effet de mon imagination ou bien étions-nous encore en plongée à presque 50 nœuds à bord de l'*Annapolis* il y a quelques minutes ?

— Exact, commandant. Maintenant, il ne reste plus que nous deux dans cette baille à merde.

DeMeers grimaça. Il se renfrogna encore un peu plus en arrachant la goupille et en sortant l'antenne d'une radio de secours, pas plus grande qu'une grenade, destinée à diffuser un signal de détresse vers le satellite ComStar.

— Il y avait cent trente-quatre hommes à bord, cipal, mes hommes. Cent trente-deux viennent de mourir, avec mon bâtiment. Qu'est-ce qui a bien pu se passer ?

— Probablement une torpille, répondit DeMeers.

— Hé, salut ! s'exclama Patton en se redressant d'un bond.

Il venait d'apercevoir un périscope assez proche pour qu'on l'atteigne en dix brasses.

— Je crois bien que vous avez raison. Regardez là-bas, Byron.

Les yeux de DeMeers semblèrent sortir de leurs orbites. Un instant paralysé de stupeur, Patton contempla le périscope, de forme non répertoriée, puis il se ressaisit et, instinctivement, dressa un doigt d'honneur dans un geste obscène.

— Allez vous faire foutre, bande d'ordures, murmura-t-il pour lui-même.

Le périscope disparut aussi vite qu'il était arrivé, s'enfonçant verticalement dans la mer.

— Encore mon imagination ? demanda Patton repris par ses malaises.

— Non, commandant. Je l'ai vu également. J'aimerais bien étrangler ces fils de putes de mes propres mains.

Patton n'entendit pas la réponse. Il avait sombré dans l'inconscience.

Le *Santa Fe* entendit la torpille arriver et fit demi-tour pour fuir. La vitesse supérieure du sous-marin lui permit de prendre un peu de champ mais il ne résista pas aux effets de la charge à plasma, mortels dans un rayon de 5 kilomètres. La Nagasaki explosa à moins de 2 000 mètres du *Santa Fe,* dont la coque s'ouvrit en deux, comme une noix. Les cent trente-huit hommes d'équipage périrent tous, non pas dans les incendies et la fumée, mais à cause d'une rupture de la coque épaisse à l'immersion maximale, au niveau du poste torpilles. L'eau gicla avec une telle force qu'elle séparait la chair des os des hommes et réduisait leurs organes internes en une bouillie rougeâtre.

La coque du *Santa Fe* toucha le fond à 6 nautiques de ce qui avait été l'*Annapolis*. Avec ce dernier naufrage, la plus puissante armada de tous les temps jamais réunie sur cette planète cessa purement et simplement d'exister. À la surface, presque rien ne témoignait de sa présence passée.

Le fond de l'océan était jonché d'épaves, sur plusieurs dizaines de nautiques à la ronde. À proximité de ce cimetière marin, l'amiral Chu Hua-Feng, de la marine de la Chine rouge, s'extirpa avec peine de son fauteuil devant la console de commandement et se traîna péniblement jusqu'à sa bannette. Son corps lui faisait mal partout et il s'allongea pour dormir. Quand il ferma les yeux, les visages des deux naufragés qu'il avait aperçus dans le radeau de survie revinrent le hanter encore et encore, surtout celui du marin aux cheveux noirs qui lui faisait un doigt d'honneur.

CINQUIÈME PARTIE

SSNX

25

Lundi 4 novembre.
Base aéronavale de Barbers Point, île d'Oahu, Hawaii.

Bien que la cabine du SS-12 soit efficacement insonorisée, Paully entendit distinctement le sifflement des moteurs hydrauliques des becs et des volets, ainsi que le claquement sec du train qui se verrouillait en position sorti. Le pilote arrivait en finale pour atterrir sur la piste 04, brillamment illuminée de balises blanches dans la faible clarté de l'aube naissante. Pacino ne perçut rien de tout cela, concentré, perdu dans ses pensées.

— Le temps travaille contre nous, commença Pacino. Si la force de réserve appareille maintenant, il lui faudra cinq jours et six heures pour atteindre la mer de Chine orientale. Elle arrivera le dimanche 10 à l'aube, heure locale. Les sous-marins de la flotte du Pacifique sont partis hier. À vitesse maximale exceptionnelle, ils atteindront la zone dans la nuit du vendredi 8 au samedi 9. Ce qui nous laisse trente heures pour patrouiller toute la mer de Chine. Dans un délai aussi court, je ne peux rien faire.

— Toujours rien des 688, rappela White.

— Depuis combien de temps avons-nous envoyé le message ELF les rappelant à l'immersion périscopique ?

— Une heure et demie. Nous devrions avoir

entendu parler d'eux depuis au moins une heure, maintenant, d'une façon ou d'une autre. Je crois que nous devons admettre que l'*Annapolis* et le *Santa Fe* n'ont pas reçu notre message.

Un sombre pressentiment envahit Pacino. Le problème ne venait pas des récepteurs radio des 688, il en était convaincu. L'*Annapolis* et le *Santa Fe* avaient disparu corps et biens. Et avec eux, deux commandants qu'il avait personnellement choisis et entraînés, Chris Carnage et John Patton. Pacino se mordit les lèvres. Cette guerre venait soudain de prendre un tour beaucoup plus personnel.

Presque trois cents hommes, tous des professionnels de grande valeur, y avaient également laissé la vie. Ils appartenaient tous à la force sous-marine de Pacino. L'amiral sentit la colère monter en lui, une colère comme il n'en avait jamais éprouvée, sauf peut-être le jour où Dick Donchez lui avait annoncé que son père avait été assassiné. Et maintenant ses hommes, presque ses enfants, venaient de disparaître par la faute d'un commandant de sous-marin meurtrier. Ce commandant et son équipage rôdaient encore quelque part en mer de Chine orientale et le narguaient.

L'avion se posa sur la piste avec une forte secousse, à trois kilomètres de Pearl Harbor.

— Paully, l'*Annapolis* et le *Santa Fe* ont sombré. Ils reposent au fond de la mer, à l'heure qu'il est. Je pense d'ailleurs que tous les 688 que j'enverrais là-bas subiraient le même sort. Ils seraient impitoyablement attaqués et coulés avant de pouvoir réagir.

— Je n'en suis pas certain, amiral. L'*Annapolis* et le *Santa Fe* opéraient selon les ordres de feu l'amiral Henri, à toute vitesse et droit devant. Ils devaient faire le bruit d'une douzaine de locomotives au galop, comparés à ces Soleil Levant. Peut-être qu'ils les auraient entendus s'ils avaient conduit une recherche sonar dans les règles de l'art.

— Peut-être. J'y réfléchirai. En attendant, la liaison vidéo avec Warner est dans quinze minutes. Nous devons fournir une réponse à sa question : les sous-marins rouges vont-ils sortir de la mer de Chine pour venir attaquer notre second convoi au milieu du Pacifique ?

— D'après moi, tout dépend de ce que diront les journalistes, amiral.

— À quoi penses-tu, Paully ?

— Je pense que toutes ces informations transmises instantanément par satellite aux grandes chaînes de télévision permettent à ces pirates de se tenir au courant de nos intentions et de saboter nos plans. Warner annonce au monde entier que nous arrivons avec la cavalerie, la presse et la télévision embarquent sur le *Webb* et tous ces braves gens prennent un hélicoptère pour filmer la formation en long, en large et en travers. Tu parles d'une information tactique en béton !

— Cesse de les appeler des pirates, ça leur donnerait presque un petit air sympathique. Appelons ces sous-marins l'escadrille rouge et leur commandant « Rouge Un ».

— D'accord, saloperie de Rouge Un ! En tout cas, ce type est brillant et son service de renseignement regarde SNN sur grand écran. La chaîne transmet toutes les humeurs de Warner en direct !

— Tais-toi, Paully, laisse-moi réfléchir. Peut-être puis-je faire quelque chose, après tout...

— À propos des médias ? Tu veux rire !

— Chut !

Pacino se frotta les yeux. Une idée venait de jaillir en lui. Lorsqu'il les rouvrit, son avion avait rejoint le hangar attribué à UsubCom. L'éclairage vacilla lorsque le pilote coupa les réacteurs. Pacino et White se levèrent ensemble. Ils n'avaient pas fini de rassembler leurs affaires que la porte s'ouvrit.

Pacino descendit le premier dans la tiédeur de la nuit hawaïenne. Une petite brise odorante soufflait de la mer et il appréciait la douceur du climat, après son séjour dans les neiges de Teton Village. Joanna Stoddart, sa secrétaire, les attendait sur le tarmac, bien qu'il fût 4 heures et demie du matin. Elle devait avoir la trentaine, jolie mais stricte comme une bibliothécaire, mariée à un surfer. Quand elle était plus jeune, elle avait passé quelques années dans la marine et avait travaillé pour Pacino, comme aide de camp. Elle avait donné sa démission pour se marier et lui avait aussitôt demandé de l'embaucher comme fonctionnaire civil. Elle était restée à ses côtés depuis lors.

— Joanna, je suis content de vous...

Elle l'interrompit brutalement.

— Les journalistes me poursuivent, ils veulent tous savoir ce que vous allez faire maintenant. D'ailleurs, Warner et le CEMM également. La présidente et O'Shaughnessy attendent votre appel dès que nous serons arrivés au bureau. Et quatre visiteurs vous attendent déjà, l'un d'entre eux, un Japonais, affirme être Akagi Tanaka.

Paully et Pacino échangèrent un regard.

— Qui d'autre ?

— Colleen O'Shaughnessy et Emmitt Stephens, du chantier, et l'amiral Dick Livingston, de la direction du personnel militaire de la marine.

— Comment va le SSNX ?

— J'ai annulé la cérémonie de baptême pour que Stephens puisse le mettre à l'eau. Je vous prie de croire que la presse m'a sérieusement sonné les cloches !

— Cérémonie de baptême ?

— Oui, amiral, vous vous souvenez ? Les ordres de l'amiral O'Shaughnessy m'ont été transmis par l'intermédiaire de votre WritePad. Le SSNX s'appelle maintenant le USS *Devilfish,* SSNX-1.

— Oui, bien sûr !

Encore Donchez, pensa Pacino, partagé entre la joie de voir revivre le nom de *Devilfish* et les très mauvais souvenirs qui lui revenaient en mémoire à la simple évocation de son ancien sous-marin.

— Il est à l'eau ? Il a embarqué ses Mk-52 et les Mod. Charlie ?

— Le capitaine de vaisseau Stephens, le chef de chantier a appelé pour me dire que tout était paré, mais il n'a rien ajouté d'autre et n'a pas voulu répondre à mes questions.

Les deux officiers et la secrétaire marchèrent jusqu'à une voiture de service qui les attendait, moteur au ralenti. Le gros 4×4 Lincoln noir ne portait plus les autocollants habituels sur les pare-chocs et les insignes d'USubCom avaient été retirés des portières ainsi que du hayon arrière, à l'évidence pour ne pas attirer l'attention des journalistes et des reporters de SNN, omniprésents sur l'île. Pacino se casa à l'arrière droit, Paully à sa gauche et Joanna, devant.

— Et Colleen O'Shaughnessy, qu'est-ce qu'elle peut bien faire dans mon bureau au beau milieu de la nuit ?

— Elle ne m'a pas mise au courant. Vous la connaissez, amiral, si elle ne veut pas répondre, elle est plus têtue qu'un bloc de béton et elle se contente de vous regarder de ses grands yeux marron en prenant un air idiot.

Joanna semblait presque jalouse, se dit Pacino, amusé.

— Probablement un trait de famille...

La Lincoln sortit du hangar et accéléra sur Coral Sea Road en direction de la porte ouest, une route inhabituelle pour gagner Pearl Harbor. Ils entrèrent dans la base navale par la porte d'Ewa Beach. Sans même s'arrêter, le chauffeur fit de grands signes au factionnaire qui leva la barrière juste à temps et la referma aussitôt. La Lincoln fonça jusqu'à un quai où une embarcation les attendait. Le gros diesel démarra au moment où Pacino et Paully montaient à bord, rappelant à l'amiral des souvenirs de l'École navale, lorsqu'ils apprenaient à naviguer à bord de bâtiments identiques le long des côtes de la baie de Chesapeake. Deux marins apportèrent leurs bagages, larguèrent les amarres et l'embarcation prit de la vitesse pour quitter le port de l'Ouest, passer au large de la péninsule de Waipio pour rejoindre celle de Pearl City, où se trouvaient les bureaux du commandement unifié des forces sous-marines, division du Pacifique.

— Un sacré détour pour finir au bureau, fit remarquer Pacino.

— Vous êtes la célébrité du moment, amiral, répondit Joanna en le regardant bizarrement. Ils veulent tous savoir comment vos sous-marins vont se débrouiller pour que la force de réserve ne boive pas le bouillon à son tour.

Pacino grimaça.

— J'aimerais bien le savoir, moi aussi. Assez de tout cela, au travail, maintenant.

Une Jeep les attendait au débarcadère et leur fit parcourir en trombe le kilomètre qui les séparait du bâtiment d'UsubCom. L'édifice blanc, haut de trois étages, paraissait avoir été construit dans le Hawaii de 1905, avec ses petites fenêtres et ses colonnes. Pourtant, à l'intérieur, il était équipé des derniers perfectionnements de la technique moderne. Le bureau de Pacino jouissait de la seule grande fenêtre qui donnait sur le port de l'Est, là où se trouvaient les appontements des sous-marins, tous présentement vides. Il y régnait une ambiance de décontraction tropicale et de nombreuses photos encadrées ornaient les murs lambrissés de pin clair. Elles montraient des amis de longue date devant leurs sous-marins, Pacino lui-même sur le pont du *Seawolf* le jour de sa prise de commandement, un cliché de Donchez à la passerelle de son vieux *Piranha* et une image toute jaunie par le temps d'Anthony Pacino, tenant son jeune fils par la main, passant la coupée du *Stingray*.

Devant la fenêtre, l'amiral occupait un bureau construit avec le bois du *Bonhomme-Richard,* le vaisseau légendaire ayant appartenu à John Paul Jones, deux siècles plus tôt. Le bureau portait deux lampes et une demi-douzaine de photos du jeune Tony Pacino. Une grande table de conférences en verre fumé se trouvait à droite du bureau, en face d'un secrétaire en chêne, sur lequel l'amiral travaillait le plus souvent.

Il jeta sa casquette sur un portemanteau et s'enfonça dans son fauteuil, absorbé par ses pensées.

— Montre-moi la carte, demanda-t-il à Paully en claquant des doigts.

White posa le grand écran sur la table de verre. Pacino parcourut les menus pour afficher la mer de Chine orientale, puis l'étendue d'eau entre Hawaii et la mer du Japon. Il étudia les cartes pendant un certain temps avant de prendre la parole.

— Je suis paré. Joanna, prenez la liaison vidéo avec la présidente. Ensuite, prévenez Emmitt Stephens et Colleen O'Shaughnessy que je les recevrai dans une dizaine de minutes. Enfin, quand j'en aurai fini avec eux, je verrai Dick Livingston puis Akagi Tanaka.

Paully White et Pacino s'assirent à la table de conférences et attendirent le début de la vidéoconférence.

— Que vas-tu faire, patron ? demanda Paully à voix basse tandis que l'écusson présidentiel apparaissait à l'écran, devant eux.

— Tu verras bien, siffla Pacino entre ses dents.

Le visage de Warner apparut. Elle paraissait fatiguée, les yeux brillants, les traits tirés. Pour la première fois, de mémoire de Pacino, elle n'était pas parfaitement coiffée. À côté d'elle se trouvait un Dick O'Shaughnessy qui ne semblait pas en meilleur état.

— *Amiral*, commença Warner avec un sourire, *ne perdons pas de temps. Allons droit au but. Avez-vous réfléchi à ce que nous allons faire avec vos sous-marins ? Et comment escorter efficacement la force de réserve ? Ces sous-marins rouges, vont-ils pénétrer loin dans le Pacifique pour attaquer nos bâtiments ? Quand pourrons-nous débarquer sur les côtes de la Chine blanche ?*

Elle n'a toujours pas compris, se dit Pacino. S'il voulait gagner cette guerre sous-marine, il devrait pouvoir tout contrôler, l'enchaînement des opérations, la force de surface, les médias, et jusqu'à la présidente elle-même.

— J'ai pensé à tout cela, madame, et je crois pouvoir vous apporter une réponse. Madame la présidente, j'ai un plan pour débarrasser la mer de Chine de ces sous-marins rouges et faire transiter la force de réserve sans subir de pertes. Nous pouvons réussir, madame, et je suis prêt à commencer quand vous voulez.

— *Bien,* répondit Warner, l'air surprise, un sourcil levé, *et comment comptez-vous vous y prendre exactement ?*

— Croyez-moi, madame la présidente, amiral, mon plan est solide. Je suis certain que vous reconnaîtrez à quel point il était bon lorsque le général Baldini débarquera en Chine blanche avec tous ses hommes.

Warner grimaça, peu habituée à voir ses questions éludées aussi efficacement.

— *Amiral Pacino, décrivez-moi votre plan,* intervint-elle d'une voix insistante.

— Je vais prendre le commandement de toutes les forces du Pacifique, les sous-marins, les bâtiments de surface, les avions, et même la force de réserve. Tous les commandants de ces unités seront placés sous mon autorité unique et j'aurai carte blanche pour conduire cette opération à ma façon. Le général Baldini sera également mon subordonné jusqu'à ce que nous atteignions un point situé à 20 nautiques de la plage. Je lui transférerai alors le commandement tactique et opérationnel de toutes les forces engagées, sauf celui des sous-marins et des bâtiments de surface de la flotte du Pacifique, que je conserverai sous mes ordres. Pendant le transit de la force de réserve vers la côte chinoise, continua Pacino, tous les journalistes ainsi que les représentants de la presse et des médias seront considérés *persona non grata* à bord des bâtiments et seront raccompagnés à Pearl Harbor. La presse ne sera en aucun cas tenue informée des événements en cours et encore moins de nos intentions. L'amiral Copenflager, le commandant de la force de réserve, recevra même l'ordre d'intercepter tout avion de quelque nationalité qu'il soit qui approcherait de ses bâtiments, en particulier les aéronefs affrétés par les médias. Ceux-là seront soumis à un brouillage électromagnétique pour les empêcher de communiquer et seront escortés jusqu'à la base aérienne d'Hickham, où les journalistes seront internés jusqu'à la fin du conflit. Si la presse refuse d'obéir à nos injonctions, je donnerai l'ordre d'abattre leurs avions.

— *Ça suffit, maintenant, Pacino!* coupa Warner, furieuse. *Vous êtes devenu fou ou quoi? Tirer sur des journalistes? Et puis quoi encore?*

— Madame la présidente, je viens de vous exposer mon plan. Je veux un ordre écrit, signé de votre main et de celle de l'amiral O'Shaughnessy, me désignant comme commandant en chef des forces militaires du Pacifique et je le veux sur mon bureau dans vingt minutes. Ensuite, ne comptez pas entendre parler de quoi que ce soit pendant une semaine, peut-être dix jours. Le prochain coup de téléphone vous parviendra de l'ambassadeur de Chine rouge, qui implorera votre pardon.

— *Pacino!* hurla O'Shaughnessy.

Warner l'arrêta immédiatement en posant sa main sur sa manche galonnée.

— *Amiral, cette conversation est surréaliste. Je veux connaître votre plan concernant les sous-marins rouges, et vous allez me l'exposer immédiatement.*

— Non, répondit Pacino, très calme, qui sentait le regard de Paully peser sur lui.

— *Comment?* sursauta Warner, scandalisée.

— J'ai dit non, non comme le contraire de oui, simplement non. Soit vous me désignez commandant en chef des forces militaires du Pacifique, soit je démissionne.

— *Amiral, il n'en est pas question! Vous ne commandez rien d'autre que vos sous-marins. Sortez-vous cette idée ridicule de la tête et dites-moi ce que vous comptez faire de vos bâtiments pour protéger la force de réserve. J'ai une conférence de presse dans quarante minutes.*

— Madame la présidente?

Son attention lui était totalement acquise mais l'incompréhension et même une certaine peur se lisaient sur son visage.

— *Eh bien, amiral!*

— Je démissionne. Au revoir.

Il appuya sur le bouton de déconnexion et l'écran s'éteignit aussitôt.

— Ça alors, qu'est-ce que c'est que cette connerie, amiral ? Qu'est ce que tu viens de faire ?

— Tu parles comme Warner, Paully.

— Joanna, faites entrer Emmitt Stephens et Colleen O'Shaughnessy.

L'homme et la femme pénétrèrent dans le bureau et saluèrent Pacino. En souriant, il leur indiqua un siège de l'autre côté de la table de verre.

Au-dessus de l'Ohio
Air Force One
Altitude 38 000 pieds

— Est-il devenu complètement cinglé ?

L'amiral Richard O'Shaughnessy regardait encore fixement l'écran vide. Il se tourna vers la présidente, si en colère qu'il paraissait sur le point de perdre le contrôle de lui-même.

— Non, madame, parvint-il à articuler de sa voix de baryton. Je crois que je vois où il veut en venir.

Il attrapa une télécommande, mit en marche la télévision et sélectionna SNN.

— *... force en route pour la mer de Chine orientale et nous avons demandé au capitaine de frégate Fred Duke de nous expliquer le fonctionnement d'un écran anti-sous-marin au sein d'une force navale. Commandant, vous nous avez dit que la flotte disposait d'hélicoptères capables d'attaquer les sous-marins ennemis. À votre avis, ont-ils une chance contre ce qui semble...*

O'Shaughnessy éteignit le récepteur.

— Pacino a raison, madame. Celui qui nous attend là-bas en mer de Chine savait que nous allions arriver et connaissait tout de nos plans, même la nature de notre formation tactique et les humeurs du commandant en chef, qu'il repose en paix.

— Qu'est-ce que vous me racontez là, amiral ? Vous prétendez que la télévision a causé notre défaite ?

— Pas entièrement, madame la présidente. Nous n'avons pas écouté Pacino, voilà notre erreur. Si nous avions suivi ses conseils, l'armée débarquerait demain ou après-demain en Chine et nous n'aurions eu à supporter que l'inconvénient de quelques jours d'attente supplémentaires.

— D'accord, et qu'est-ce que j'aurais bien pu raconter aux journalistes ?

— Nous y voilà. C'est exactement là que Pacino voulait en venir, madame, répondit O'Shaughnessy en souriant.

Warner lui jeta un regard noir de fureur contenue.

— Sauf le respect que je vous dois, madame, vous représentez un risque pour notre sécurité à tous.

— Vous feriez bien de réfléchir à vos paroles, amiral.

— Exactement, c'est ce que vous ne faites pas, ou plutôt, que vous ne pouvez pas faire. Vos paroles sont diffusées dans le monde entier. Vous dites à la Chine blanche, tenez bon, la cavalerie arrive. Vous menacez la Chine rouge, je vous somme de vous retirer. Ensuite, deux cents journalistes sur le Webb montrent à la terre entière comment nous nous y prenons pour botter le cul aux Rouges. Nous devrions avoir honte de nous-mêmes... Combien de conférences de presse avez-vous données, avons-nous données pour être plus exact, dans lesquelles nous avons livré des secrets militaires ? Pacino a raison, nom de Dieu ! La seule façon de nettoyer la mer de Chine est d'y entrer en catimini en laissant les Rouges s'interroger sur nos intentions. Regardez par ici une minute, s'il vous plaît.

O'Shaughnessy marcha jusqu'à un globe placé sur une petite table.

— Hawaii est ici, la Chine blanche, là. La mer de Chine occidentale est le passage obligé pour débarquer en Chine blanche. Maintenant regardez les orthodromies entre Hawaii et Shanghai, Tsingtao ou Hong Kong. Elles passent toutes par l'archipel des Ryukyu, par ici, à quelques nautiques près. Les Rouges n'ont pas besoin de connaître notre destination, ils doivent juste savoir à quel moment nous allons arriver. L'amiral Pacino vous a présenté une méthode pour couper l'information. Vous êtes une politicienne habile, vous le lui avez déjà prouvé, et il s'est porté volontaire pour vous décharger complètement du fardeau des opérations militaires. Il a fait un travail superbe pendant la crise avec le Japon. Faites-lui confiance aujourd'hui. Il nous sortira de là, madame, donnez-lui liberté de manœuvre.

Un long moment, Warner resta le dos tourné, sans un mot. Finalement, elle se décida à parler, d'une voix mal assurée.

— Amiral, vous êtes viré. Veuillez quitter ma salle de conférences. Immédiatement.

26

Colleen O'Shaughnessy entra dans le bureau de Pacino comme en pays conquis.

À 5 heures du matin, le soleil ne se levait pas encore au-dessus du port de l'Est. Elle portait un jean, un simple chemisier blanc sous une veste noire et une paire de rangers relookées par un désigner. Comme seul bijou, une fine chaîne d'or au cou. Ses cheveux d'un beau noir brillant lui tombaient jusqu'aux épaules et une frange coupée au-dessus des sourcils dégageait des yeux marron extraordinaires, les plus immenses qu'il eût jamais vus.

Elle s'assit en face de lui, le dos à l'écran vidéo, avec Emmitt Stephens, le chef de chantier responsable de la construction du SSNX, à sa droite. Pacino trouva que Stephens le regardait bizarrement avant de réaliser que ce dernier lui avait posé une question. Perdu dans la contemplation de Colleen, Pacino n'avait rien entendu.

— Pardon ?

— Je disais, j'ai de bonnes et de mauvaises nouvelles. Je commence par les bonnes.

Stephens relut les notes qu'il avait prises sur son WritePad.

— La coque et les systèmes mécaniques du SSNX sont parés pour les essais à la mer. Le réacteur a passé tous les tests fonctionnels et hydrauliques, à froid comme à chaud. Il reste à exécuter la première divergence et la fourniture de vapeur à quai. Toutes les armes sont à bord mais je ne veux pas savoir ce que vous avez fait embarquer. On m'a parlé de Mk-52 de combat et de Vortex Mod. Charlie, mais je ne vous le demande pas. Pour les mauvaises nouvelles, je passe la parole à Colleen. Maintenant, si vous voulez m'excuser, amiral, il me reste beaucoup à faire.

— Écoutez-moi bien, Emmitt. Je veux que vous fassiez diverger ce foutu réacteur et que vous allumiez la machine. Prenez l'autonomie électrique en configuration normale.

— Amiral, vous vous foutez de moi ? Vous savez bien que ce n'est pas possible. Ce bâtiment n'est pas en service. La première divergence est du ressort du Bureau des réacteurs de la propulsion navale et il nous faudra des semaines pour nous approcher des conditions nominales.

— Emmitt. Le réacteur. Critique. Tout de suite.

Pacino et Stephens avaient beau travailler ensemble depuis des années, l'ingénieur mécanicien ne s'était jamais fait à la manière qu'avait Pacino de mettre lourdement la pression sur ses collaborateurs. Il avait réussi à faire appareiller le *Seawolf* en quatre jours alors qu'il aurait normalement fallu trois semaines, et avait répété la performance lorsqu'il avait dû équiper le *Piranha* de ses missiles Vortex Mod. Bravo. Quand Pacino avait besoin d'un bâtiment en urgence, Stephens faisait des pieds et des mains pour le lui livrer. Mais traiter la première divergence et la mise en service d'un réacteur neuf par-dessous la jambe, personne n'avait encore jamais osé cela. Le flux neutronique pourrait sortir de la zone d'invisibilité avec un coefficient de croissance tel qu'il serait impossible de contrôler la réactivité. Un sous-marin soviétique avait subi un accident de ce genre lors du redémarrage de son réacteur après un rechargement et, si les Russes n'avaient pas conçu ce bâtiment avec une double coque, il aurait fallu évacuer toute la population de Vladivostok.

Pacino vissa son regard dans celui de Stephens, l'air implorant, avec un geste de la main imitant inconsciemment celui de l'amiral O'Shaughnessy.

— Emmitt, vous êtes le seul à pouvoir faire ça. Le SSNX est votre bébé, vous le connaissez mieux que personne, vous l'avez construit presque de vos propres mains. Ne le laissez pas devenir un éléphant blanc, inutile quand on a besoin de lui. Un petit milliard d'hommes et de femmes en Chine blanche comptent sur vous en ce moment. Si nous retardons la divergence d'une seule minute, les Rouges tiendront la mer de Chine orientale une minute de plus. Je suis certain que vous avez compris. Pouvez-vous le faire ?

Emmitt Stephens se leva. Il connaissait par cœur ce discours que Pacino lui avait déjà servi à toutes les sauces, toutes les autres fois, pour tous les sous-marins. Puis il sourit, comprenant qu'il venait de se faire avoir une fois de plus.

— D'accord, amiral, je vais faire de mon mieux.

— Bravo, Emmitt, je vous retrouve à bord.

Pacino lui fit un signe de la main et se tourna vers Colleen O'Shaughnessy. Elle lui rendit son regard et il se sentit attiré par elle. Colleen commença à exposer les problèmes du système de combat Cyclops et les raisons pour lesquelles il ne fonctionnait toujours pas.

— ... L'analyse des modes de défaillance n'a rien révélé d'intéressant et la décision a été prise tôt ce matin de jeter à la poubelle le code ajouté par DynaCorp et de repartir d'une version plus ancienne, qui date d'avant l'acquisition, et de recommencer à développer à partir de ce point.

— Ça va, Colleen, vous m'avez eu, je suis perdu.

— Eh bien, amiral, en clair, votre système de

combat vient de subir une lobotomie et son intelligence équivaut à peu près à celle d'un nouveau-né.

— Et maintenant ?

— J'écris le logiciel, je continue jusqu'à ce qu'il fonctionne.

— Vous seule ?

— Exact, moi toute seule, répondit-elle d'une voix d'alto, la voix assurée, cultivée et musicale d'une femme qui n'avait pas l'habitude qu'on lui pose des questions.

— Combien de temps ?

— Un mois pour aller jusqu'au test C-1, peut-être une semaine de plus avant le C-9. Autant vous le dire tout de suite, ce calendrier est optimiste. Si je m'écoutais, honnêtement, je vous demanderais trois mois.

— Nous sommes lundi aujourd'hui, non ? Vous avez jusqu'à jeudi. À ce moment-là, nous serons en mer de Chine orientale. Et trouvez quelque chose à vous mettre, vous ne pouvez pas rester dans cette tenue à bord.

— Pardon ? Mais de quoi parlez-vous exactement ?

— Le SSNX appareille, Colleen, et vous partez avec lui. Vous écrirez votre programme pendant le transit. Départ dans une heure. Je vous retrouve sur le quai.

Elle sembla perdre un peu de sa confiance en elle-même.

— Je ne suis pas certaine de comprendre, amiral. Je...

— Vous appareillez à bord du *Devilfish,* Colleen. J'envoie le SSNX de l'autre côté du Pacifique, dans la zone d'opérations de mer de Chine, et vous représentez mon seul espoir d'un système de combat fonctionnel lorsque nous arriverons là-bas.

— Mais...

— Joanna, pouvez-vous aider mademoiselle O'Shaughnessy à faire ses bagages ? Conduisez-la chez elle et ramenez-la sur le quai pour 6 heures. D'accord ?

Paully White passa la tête dans l'encadrement de la porte.

— Tu devrais regarder ça, amiral, dit-il en allumant l'écran vidéo.

Un journaliste se tenait sur le tarmac, devant Air Force One, l'avion présidentiel. Plusieurs agents des Services et des dizaines de reporters encombraient la passerelle. La porte avant de l'appareil venait de s'ouvrir.

— *... une déclaration à propos de la conduite de la guerre en Extrême-Orient et le déploiement de la FIR de réserve. La voilà qui arrive.*

Jaisal Warner descendit la passerelle, vêtue d'un tailleur bleu marine qui soulignait sa silhouette mince, souriante et adressant des signes de la main aux journalistes. L'amiral O'Shaughnessy la suivait de près, dans son uniforme bleu-noir galonné d'or jusqu'au coude. Colleen passa derrière Pacino, assis à la table de conférences, et resta figée devant l'écran. Pacino sentit les effluves légers de son eau de toilette et se retourna pour la regarder. D'un regard qui s'était adouci, elle suivait son père qui descendait derrière la présidente.

Warner marcha jusqu'à un podium, l'air déterminé.

— *Mes chers compatriotes, bonjour, commença-t-elle. À compter de maintenant, je désigne le contre-amiral Michael Pacino, de la marine des États-Unis, commandant en chef de toutes les forces militaires du Pacifique. Dans ses nouvelles fonctions, il organisera l'invasion et la libération de la Chine blanche. Tous les commandants de forces sont immédiatement placés sous son autorité. De plus, à la demande expresse de l'amiral Pacino, les organismes militaires ainsi que tous les services du gouvernement fédéral sont astreints dès maintenant au secret total vis-à-vis de la presse et des médias, qui ne seront pas tenus au courant du déroulement du conflit contre la Chine rouge.*

Un léger tumulte secoua l'assemblée des journalistes présents. Warner leva une main pour demander le silence.

— *Votre attention s'il vous plaît, mesdames et messieurs. Après une étude détaillée des causes ayant conduit à la perte de notre force d'intervention rapide et conformément au vœu de l'amiral Pacino, j'ordonne que tous les journalistes soient reconduits à l'extérieur des établissements militaires et des unités combattantes, en particulier des porte-avions de la force de réserve. De plus, tout avion, de quelque nationalité qu'il soit, qui tenterait d'approcher à moins de 500 nautiques de la force navale sera intercepté par les chasseurs de la marine et escorté au loin. Dans l'éventualité où cet avion n'obéirait pas aux ordres des chasseurs, je donnerai moi-même l'ordre de l'abattre.*

Warner fit une courte pause pour laisser ses paroles pénétrer son auditoire, dans un silence absolu.

— *Merci, mesdames et messieurs les journalistes, pour votre coopération. Mes chers compatriotes, je vous demande de prier pour les hommes et les femmes de la force de réserve, ainsi que pour l'amiral Pacino. Ce sera tout, merci.*

Le vacarme éclata tandis que Warner quittait le podium, des centaines de questions fusant de partout. Paully White éteignit la télévision. Le silence de la pièce ne dura pas plus de dix secondes. Une demi-douzaine de téléphones se mirent à sonner tous ensemble dans le bureau de Joanna.

Colleen regarda Pacino avec un étonnement non feint.

— Vous devriez vous dépêcher, Colleen, dit Pacino en mettant les pieds sur la table de verre et en joignant les mains derrière sa nuque. Le commandant en chef a parlé.

— Heureuse de voir que cela ne vous est pas monté à la tête, amiral ! répondit Colleen en fronçant le nez, avant de sortir rapidement.

— Tu le savais ! dit Paully avec stupéfaction. Tu savais qu'elle allait le faire !

— Bien sûr ! Elle n'avait pas vraiment le choix, tu sais. Que pouvait-elle faire d'autre ? Nous virer, Dick O'Shaughnessy et moi ? Et courir le risque de perdre la force de réserve ? Non, je ne crois pas.

— Ouais, et quand tout ceci sera terminé, tu seras

mis à la retraite d'office. Ta solde s'arrêtera le jour où les troupes débarqueront sur la plage.

— Paully, si nous arrivons à Shanghai, je serai heureux de me retirer. Pour l'instant, occupons-nous d'amener ces soldats en Chine blanche plutôt qu'au fond de l'océan.

— Tu peux recevoir Tanaka ?

— Attends, j'ai besoin de discuter avec lui mais il faut que je parle d'abord à Dick Livingston. Ensuite tu m'appelles Bruce Phillips, à bord du *Piranha.* Et nous devons tous deux faire nos bagages. Va jusqu'au SSNX et attends-moi à bord. Et emmène Tanaka avec toi.

— Il part avec nous ?

— Oui. Trouve-lui un uniforme et une chambre à bord. Installe également Colleen dans l'une des chambres passagers. Non, donne-lui plutôt la chambre du second. Ainsi, elle n'aura pas à partager sa salle de bains avec quelqu'un d'autre que le commandant.

— Et qui sera ce commandant ?

— Je n'en sais encore rien. Je vais en discuter maintenant avec Dick Livingston. File, maintenant, je te retrouve à bord du SSNX.

— Peut-être devrais-tu te décider à l'appeler par son nom, maintenant.

— Je ne sais pas si je pourrai un jour, *Devilfish* me fait vraiment une impression trop bizarre.

— Amiral ! appela Joanna.

— Je pensais que vous vous occupiez de Colleen ?

— Elle m'a dit ne pas avoir besoin de moi, répondit Joanna en jetant un regard glacé à Pacino. En tout cas, SNN a de bonnes nouvelles.

— Venant de SNN, je préférerais pas de nouvelles du tout, Joanna.

Mais quand l'écran s'éclaira, l'image montrait John Patton vêtu d'une combinaison de survie orange vif.

— *... survivant du sous-marin nucléaire d'attaque*

Annapolis. *Le capitaine de vaisseau Patton, qui n'a pas coulé avec son navire, vient d'être repêché par un hélicoptère du* Kaijo Hoancho, *les gardes-côtes japonais. À leur retour à Yokosuka, le capitaine de vaisseau Patton et un autre survivant non identifié se sont refusés à tout commentaire. Dans le même temps, l'amiral Pacino, le nouveau commandant en chef récemment nommé par la présidente Warner, n'a fait aucune déclaration publique et n'a pas pu être joint. Des sources autorisées au Pentagone nous ont appris que...*

Pacino éteignit le récepteur, en proie à une excitation qu'il n'avait plus connue depuis le jour de son mariage avec Eileen. Dans un éclair de culpabilité, il réalisa soudain que la mémoire de sa femme disparue s'était un peu éloignée de lui, ces derniers temps.

— Tu as vu ça ? demanda Paully, incrédule.

— On dirait que le SSNX vient de trouver son commandant ! dit Pacino, incapable de réprimer un sourire. Joanna, appelez Yokosuka et faites ramener Patton ici au triple galop, un jet supersonique, un F-22 peut-être ou un F-14, n'importe quoi, mais vite.

— Vous lui donnez le commandement du *Devilfish,* après la perte de l'*Annapolis* ?

— Un peu, que je le lui donne ! Il a la haine contre les Rouges ! Je lui redonne un sous-marin, une solide chance de se venger et il s'en tirera bien. Maintenant, faites entrer l'amiral Livingston. Il va me falloir un équipage pour le SSNX, ou plutôt... le *Devilfish,* devrais-je dire.

— Tout de suite, répondit White avec un large sourire.

Soudain, un bon pressentiment envahit Pacino. La victoire ne se laisserait pas décrocher aisément mais au moins, s'il perdait la guerre, il ne pourrait s'en prendre qu'à lui-même et ne pourrait pas rejeter la faute sur les médias ou les politiciens.

Il fit entrer Livingston, lui désigna un siège et commença à parler.

Océan Pacifique
300 nautiques dans l'ouest nord-ouest d'Oahu
Porte-avions USS Douglas MacArthur, *CVN-85*

Le contre-amiral Gregory Copenflager se tenait droit comme un i dans son fauteuil, devant la caméra du système de vidéoconférence.

— *Bien, amiral,* répondit-il en recevant un ordre qu'il allait se faire un plaisir d'appliquer.

— Une dernière chose, continua Pacino de son bureau de Pearl Harbor, avant même que vous formiez l'écran ASM. Vous en avez sans doute entendu parler si vous avez regardé l'intervention de Warner à la télévision. Je veux que vous rassembliez tous les journalistes présents à votre bord, tous, ainsi que tous ceux présents à bord de tous les bâtiments de la flotte, et que vous les rameniez à Pearl Harbor. Je veux que toutes leurs affaires, bagages, sous-vêtements, appareils-photo, caméras, WritePad, soient expédiées à Pearl par transport séparé. Avant de les faire monter sur le pont d'envol, vous leur banderez les yeux. Je sais que cela peut vous sembler un peu paranoïaque, mais je ne veux pas qu'ils parlent d'autre chose que des mauvais traitements qu'ils ont subis à bord de nos bâtiments et, en tout cas, pas de la formation de la flotte, du moral des troupes ni des tactiques que nous comptons mettre en œuvre. Je m'occuperai de les faire accueillir à leur arrivée ici. Et ne vous inquiétez pas d'un risque quelconque pour votre carrière. Contentez-vous de me mettre ça sur le dos. Vous avez bien compris ?

— *Oui, amiral, je donne immédiatement les ordres nécessaires.*

— Greg, préparez-vous à devoir attendre quelque temps au point Delta. Je vous demande de faire au plus vite pour rallier Delta en respectant les zigzags et le masquage de votre destination finale, mais n'espérez pas foncer vers la Chine dès que vous serez arrivé au large des Ryukyu. Vous resterez dans le coin tant que je ne vous aurai pas personnellement donné l'ordre d'y aller. Cet ordre ne viendra que lorsque la mer de Chine orientale aura été débarrassée des sous-marins des Rouges.

— *Bien reçu,* répondit Copenflager, dont les mâchoires se serraient à l'évocation des Soleil Levant.

— Bonne chance, Greg, et faites attention à vous.

— *De même, amiral, et bonne chasse.*

Copenflager, le commandant de la FIR de réserve, coupa la communication et regarda son état-major et le commandant du *MacArthur.*

— Rassemblez les journalistes dans les salles d'alerte, confisquez leurs affaires et mettez-leur un bandeau sur les yeux. Préparez cinq Hawkeye pour les ramener à Pearl et embarquez leurs bagages dans le sixième. Plus de diffusions générales avant qu'ils aient quitté le bord. Ensuite, vous mettrez en place l'écran ASM, dispersion maximale des bâtiments, routes erratiques selon le plan prévu. Il est 5 h 45, messieurs, exécution, vous avez une heure pour évacuer les journalistes et prendre la formation. Des questions ?... Très bien. Alors, au travail.

Les officiers se levèrent et quittèrent la pièce. Copenflager se leva à son tour, soulagé. Peut-être que les choses allaient changer, avec Pacino aux commandes. Copenflager l'espérait ardemment, sans quoi, pour lui, la guerre risquait d'être vraiment très courte.

Bâtiment de l'état-major du Commandement unifié des forces sous-marines, division du Pacifique
Pearl Harbor, Hawaii

La présidente le fixait d'un regard noir. Pacino ne se souvenait pas d'avoir jamais vu à Jaisal Warner une telle expression, même lorsqu'elle l'avait chassé du bureau Ovale pendant l'affaire du blocus japonais.

— *J'aimerais toujours savoir ce que vous manigancez, amiral. J'entends des rumeurs à propos du SSNX.*

— J'aimerais savoir où vous avez pu entendre des bruits de ce genre, madame, répondit Pacino à la caméra en espérant que sa voix sonnait suffisamment dure et sèche.

Derrière Warner, l'expression de l'amiral O'Shaughnessy restait insondable, comme d'habitude, mais Pacino pensa y avoir vu passer la trace d'un sourire. Pacino se sentait sûr de lui comme il ne l'avait pas été depuis longtemps. Un seul mot lui occupait l'esprit : *Devilfish.* Il savait que cela pouvait paraître ridicule et confiner à la superstition, mais ce nom était pour lui chargé de sens. Donchez avait dû s'en douter, d'une façon ou d'une autre, et penser qu'il ramènerait à la vie le Pacino d'autrefois.

— Comme je vous l'ai déjà dit, je ne veux pas que les Rouges apprennent quoi que ce soit de nos intentions par la presse ou la télévision. Et je voudrais savoir qui vous a parlé du SSNX parce que mon plan a l'air de commencer à fonctionner. Madame la présidente, la seule absence d'information ne suffit pas contre les Rouges. Nous devons organiser une désinformation, lâcher dans les médias des éléments susceptibles de les induire en erreur, quelques informations totalement fausses et d'autres mêlées de suffisamment de vérité pour qu'elles soient vraiment crédibles. Si vous conservez un profil bas jusqu'à la fin de l'opération, vous ne pourrez pas être attaquée plus tard sur l'une ou l'autre de vos déclarations, lesquelles pourraient bien contenir une bonne part de désinformation en provenance de mes services.

Jaisal Warner ne goûtait pas du tout cette situation.

— *En résumé, je dois simplement vous faire confiance et attendre tranquillement que vous m'appeliez de la plage d'ici deux ou trois semaines ?*

— Pas exactement, madame.

— *Je vous ai attribué les fonctions de commandant en chef. Je vous laisse donc votre autonomie. Mais vous avez intérêt à gagner cette guerre. Si quelque chose tourne mal, je considérerai notre conversation d'aujourd'hui comme une preuve supplémentaire de votre insubordination et vous ne commanderez bientôt plus que votre dériveur, sur la marina d'Annapolis.*

Quelques mois auparavant, une telle déclaration de Warner l'aurait sérieusement inquiété. Peut-être était-ce dû à sa nouvelle confiance en lui, ou plutôt à celle qu'il venait de redécouvrir, mais au lieu de se contenter d'acquiescer sans un mot, il durcit son expression et la regarda avec insistance, comme le faisait O'Shaughnessy.

— Et qu'est-ce que je gagne si j'emporte la victoire ?

Warner tenta de rester sérieuse mais Pacino lisait en elle comme dans un livre. Elle laissa échapper un sourire identique à celui qui couvrait la une des quotidiens pendant ses campagnes électorales.

— *Une surprise, amiral, et je suis certaine que vous l'apprécierez.*

— Non, j'aimerais savoir, dit Pacino, sentant soudain le besoin de convaincre Warner que l'opération avait de très bonnes chances de succès, quoique lui-même n'en fût que presque totalement certain. — Parce que vous allez devoir vous exécuter.

— *N'avez-vous pas une guerre à gagner, amiral ?* demanda-t-elle en hochant la tête.

— Je vous dis au revoir pour quelque temps, madame. Souvenez-vous, n'écoutez pas les rumeurs.

Il coupa la communication et se tourna vers Paully White, qui le fixait avec stupéfaction.

— Qu'est-ce que c'est que cette histoire de désinformation, chef ? Nous n'avons rien lancé de ce genre ! Les rumeurs à propos du SSNX ne viennent pas de nous !

— Je le sais bien, Paully, mais je veux déstabiliser Warner. Si elle est convaincue que nous allons déployer le SSNX, les médias finiront par en entendre parler et les Rouges également.

— Et comment vas-tu faire sortir le sous-marin de Pearl Harbor sans être repéré ?

— J'en ai discuté avec Emmitt Stephens, il y a quelques mois. Il a trouvé une solution géniale. Nous ferons appareiller le *Devilfish* en plein jour sans que personne s'en aperçoive. Je pense que tu apprécieras.

— Et maintenant ?

— Direction le SSNX. Nous allons devoir nous débrouiller pour éviter les téléobjectifs de nos camarades journalistes. Appelle Joanna, elle a l'air assez douée pour ce genre de choses.

Une demi-heure plus tard, ils arrivèrent au quai de Ford Island, où Emmitt Stephens avait fait amarrer le SSNX. En apercevant le bâtiment, Paully White s'immobilisa, siffla longuement entre ses dents puis se mit à rire.

27

Océan Pacifique
850 nautiques dans l'ouest-nord-ouest d'Oahu
USS Piranha, *SSN-23*

Bruce Phillips tenait la plus belle cuite de toute sa vie d'adulte. Il gisait, allongé sur sa bannette, dans sa chambre, enfoui sous les couvertures, en caleçon et en tee-shirt. Avec l'air conditionné réglé au maximum, il faisait tellement froid dans la pièce que sa respiration se condensait presque. Il était tôt, c'était un lundi matin. Peu avant minuit, les pendules du sous-marin avaient été réglées sur l'heure de la mer de Chine orientale, un saut de dix-huit heures par rapport à celle de Hawaii.

Tout avait commencé samedi soir, lorsque Abby O'Neal lui avait brutalement annoncé qu'elle le quittait. Elle était venue passer une semaine de vacances à Honolulu. Elle travaillait à Washington en tant qu'associée chez Donnelly & Houston, un cabinet d'avocats et de consultants de droit maritime. Ils devaient se marier, mais le *Piranha,* que commandait Phillips, avait été transféré de Norfolk à Pearl Harbor quatre mois plus tôt. Phillips, qui savait qu'il quitterait son commandement l'année suivante, n'en avait pas été perturbé outre mesure. La séparation serait longue, mais il pensait que leur amour tiendrait le coup.

Son avenir dans la marine n'était guère réjouissant. Quelle satisfaction pourrait-il trouver à la paperasserie après avoir commandé le dernier Seawolf? Il avait envisagé de quitter la marine après son affectation sur le *Piranha* et de recommencer une nouvelle carrière ailleurs. Abby, mise au courant de ses projets, avait parfaitement accepté cette séparation temporaire.

Cependant, après plusieurs semaines puis plusieurs mois de séparation, ses coups de fil s'étaient faits plus rares. Elle parlait de plus en plus souvent d'Albert Donnelly, le fils du fondateur du cabinet, qui lui avait offert une promotion au-delà de ses rêves les plus ambitieux en la recrutant pour l'agence de Washington. Phillips savait que Bert avait divorcé de façon plutôt déplaisante un an auparavant, ce qui avait fait de lui un des célibataires les plus convoités de Washington. Bien qu'il sût Abby fiancée, il tentait de la courtiser. Au début, elle l'avait découragé. Mais voici qu'après cinq mois de séparation, elle était devenue distraite, presque distante. Phillips ne s'en était pas alarmé, car il la savait capable de mouvements d'humeur parfois exagérés. Sur un coup de tête, il l'avait invitée à passer une semaine avec lui à Hawaii, afin qu'elle profite du soleil d'automne et rentre toute bronzée pour Thanksgiving à Washington.

Il l'avait accueillie à l'aéroport vêtu de son uniforme blanc de cérémonie, un bouquet de roses rouges à la main. Dès qu'il l'avait aperçue, il lui avait souri et tendu les bras. Mais en l'approchant, il avait vu tout de suite que quelque chose n'allait pas.

Malgré un maquillage soigneux, on voyait bien qu'elle avait pleuré. Elle ne trouva même pas le courage de le regarder dans les yeux quand elle fut contre lui. Les mains nerveusement nouées, elle paraissait tendue. Ses cheveux, autrefois noirs et raides, étaient beaucoup plus courts, roux et bouclés. Ses yeux avaient également changé : des lentilles de contact d'un bleu bizarre travestissaient ses iris marron.

— Abby, qu'est-ce qu'il y a ? demanda-t-il d'une voix qu'il ne se connaissait pas.

— Je voulais te l'annoncer de vive voix, Bruce, c'est fini entre nous.

Elle retira sa bague de fiançailles, un solitaire de diamant, et la lui tendit.

— Il y a ce que tu sais déjà et ce que je vais te dire maintenant. Je t'aime. Je t'ai aimé dès notre première rencontre. Mais je ne supporte pas cette séparation. Pire encore. Tu aimes ton sous-marin plus que moi. Lorsque je t'ai demandé tes projets, j'espérais que tu quitterais le *Piranha* à l'occasion de ta dernière mutation. Au lieu de faire ça, tu as été demander un rendez-vous à l'amiral pour le supplier de ne pas être relevé de ton commandement et il a prolongé ton affectation. Trois années de plus sur ce foutu *Piranha*. Si c'est lui que tu veux, Bruce, eh bien garde-le ! Cette saloperie de bateau est à toi. Et à présent, c'est moi qui donne les ordres, commandant. Vous êtes officiellement relevé de vos fonctions de fiancé. Je rentre par le prochain avion et je ne veux pas discuter avec toi. Adieu, Bruce.

Il était resté planté là, l'air stupide, abasourdi, incapable de prononcer la moindre parole et l'avait regardée se diriger vers les toilettes des dames. Cinq longues minutes il n'avait pas bronché, bouche bée, incrédule et, en même temps, douloureusement conscient. Il s'avança machinalement vers les toilettes. Sans se soucier des cris d'indignation qu'il provoquait, il avait tambouriné sur la porte du WC où il supposait qu'elle se trouvait, avant qu'une vieille dame horrifiée en sorte. Un agent de sécurité l'avait jeté dehors.

Il avait passé le reste de la nuit à descendre verre sur verre de bourbon dans un bar de Ward Avenue. Le barman l'avait expulsé de force lorsqu'il était trop ivre pour tenir encore debout. Il avait demandé à un chauffeur de taxi de le conduire à son sous-marin et pas à son appartement. Il était tombé devant la coupée et les factionnaires l'avaient hissé à bord avant de le traîner jusqu'à sa bannette.

Ensuite, brouillard complet. Il avait dormi, vomi, s'était tenu dans un coin pendant que le maître d'hôtel changeait ses draps et son matelas, avant de se rendormir, vomir, dormir. L'officier de garde l'avait secoué pour le réveiller, le second derrière lui. Tous deux lui avaient annoncé que le sous-marin venait de recevoir l'ordre d'appareiller d'urgence. D'un geste de la main, Phillips leur avait intimé l'ordre de sortir, furieux contre le bâtiment qui lui avait fait perdre la seule personne qui comptait réellement pour lui, Abigail Patricia O'Neal. De dépit, il s'était retourné et s'était rendormi.

Il aurait pu dormir ainsi pendant encore longtemps, mais il se sentait tellement mal, la bouche pâteuse et le sang lui battant dans la tête, qu'il s'était forcé à se lever. Pris de vertige, il s'était approché du lavabo dans le coin de sa chambre. Il avait abaissé le bac en inox et allumé l'éclairage qui encadrait le miroir. Les néons scintillèrent avant de se stabiliser. La glace lui renvoya l'image d'un visage terreux et défait qu'il n'avait pas du tout envie de voir.

Il s'était dit qu'après avoir cuvé, il donnerait sa démission. Mais le sous-marin avait appareillé. De toute façon, le capitaine de frégate Roger Whatney, son second, appartenait à la Royal Navy et servait à bord du *Piranha* au titre d'un programme d'échange. Selon les règlements de la marine américaine, Whatney ne pouvait relever Phillips de ses fonctions que si celui-ci se trouvait physiquement ou mentalement incapable de les assurer. À la réflexion, même si le choc était difficile à encaisser, se faire larguer par sa petite amie ne pouvait constituer un motif suffisant pour abandonner son commandement.

Bruce avait le visage étroit, un menton volontaire, le nez écrasé d'un boxeur et portait une barbe de plusieurs jours. Ses cheveux étaient coupés en brosse et son front avait commencé à se dégarnir. Mais il avait du charme, comme Abby le lui répétait souvent dans ce qui lui semblait maintenant une vie antérieure. Petit, environ un mètre soixante-cinq, mais musclé, son allure trapue lui donnait l'air imposant.

Phillips se passa la tête sous l'eau. Il se demanda s'il devait se raser et décida que non. Il entra dans le cabinet de toilette qui séparait sa chambre de celle de son second, se glissa sous la douche et laissa l'eau tiède qui lui coulait sur les épaules et le corps le ramener à la vie. *À une vie vide et sans intérêt,* pensa-t-il.

Par-dessus le bruit de la douche, il entendit Whatney, qui l'appelait avec son accent du sud londonien.

— Commandant, on nous demande de remonter d'urgence à l'immersion périscopique. L'amiral a l'air de vouloir faire un brin de causette.

Après un long silence, il reprit :

— Tu vas bien, commandant ?

— Ça va, Roger, répondit Phillips en fermant les yeux. Son mal de tête n'avait pas l'air de vouloir se calmer. Je me rase, rejoins-moi dans ma chambre dans trois minutes.

— O.K., commandant. Je prépare la vidéo.

Ford Island
Base navale de Pearl Harbor
Quai numéro 5

— Je n'y crois pas, dit le capitaine de vaisseau Paul White en regardant la longue barge.

Un amoncellement de détritus culminait à une dizaine de mètres au-dessus du bordé. Un remorqueur de haute mer passait son aussière, se préparant à tirer la barge.

— Ça ressemble à un tas d'ordures. Ça sent comme un tas d'ordures. C'est plein de mouettes, comme un vrai tas d'ordures.

— Tu as raison, Paully, *ce sont* des ordures, répondit Pacino. Je t'avais dit que je pouvais faire appareiller le SSNX au nez et à la barbe des chasseurs de scoop.

— Tu confirmes que ce tas de merde n'est qu'une couverture destinée à camoufler ton sous-marin ?

— Prends ton sac et suis-moi, dit Pacino en enjambant le bordé de la gigantesque barge.

Pacino écarta quelques dizaines de centimètres de détritus nauséabonds et dégagea un panneau de contre-plaqué qui dissimulait une porte. Il l'ouvrit et entra, invitant Paully à le suivre. Un tube de plastique épais, renforcé de couples en contre-plaqué et éclairé par une ligne d'ampoules nues, formait un tunnel qui courait sous l'amas de déchets. Le tunnel se terminait dans une grande niche au-dessus d'un panneau circulaire. Un factionnaire se mit au garde-à-vous et salua Pacino. Il se tourna vers un panneau de commande fixé sur une paroi et appuya sur un bouton. Sous la poussée d'un vérin hydraulique, le panneau s'ouvrit et laissa passer un cercle de lumière jaune et crue.

— Attention dessous, cria Pacino en laissant tomber son sac.

Et il disparut à l'intérieur du sous-marin.

— Pas croyable... répéta White.

Océan Pacifique
578 nautiques à l'est de Tokyo
Altitude : 47 000 pieds

— Personne ne vous a rien dit ? demanda le capitaine de vaisseau John Patton au pilote, la voix déformée par le masque à oxygène et par l'acoustique de l'interphone.

— Désolé, commandant, répondit le jeune pilote de chasseur supersonique F-22 de l'aéronavale. Ils m'ont juste demandé de vous emmener à Pearl Harbor aussi vite que possible.

— Qui vous a donné cet ordre ?

— Le cabinet du chef d'état-major de la marine, commandant.

— Et vous ont-ils expliqué pourquoi ?

— Un ordre direct de SuperCinC-Pac, commandant.

— Pardon ?

— Le commandant en chef de toutes les forces militaires du Pacifique, l'amiral en charge de l'invasion de la Chine blanche. Ou de la seconde force d'intervention, plutôt.

— Je suis désolé de paraître stupide, mais je suis resté hors du coup pendant un certain temps. J'étais cloîtré dans une chambre d'hôpital, sans télévision, et je n'ai aucune idée de ce qui se passe. Qui est cet amiral ?

— Je pensais que vous le saviez, commandant. C'est une de vos stars, à vous les sous-mariniers, il s'appelle Pacino.

— L'amiral Pacino, commandant en chef de tout le Pacifique ? Vous rigolez...

— Non, commandant, je vous assure.

Il lui en voulait donc tellement de la perte de l'*Annapolis* qu'il le faisait ramener à Pearl d'urgence à bord d'un chasseur supersonique... Patton se sentait mortifié. Qu'allait-il dire pour sa défense ?

Pacino et White s'étaient installés dans la chambre réservée aux autorités, sur l'arrière de la chambre du second.

La cloison arrière supportait deux bannettes qui pouvaient se rabattre comme des couchettes de train. Une cloison escamotable se déroulait depuis le plafond pour en masquer le désordre. Un bureau double occupait la cloison opposée. Au centre se trouvait une table entourée de six fauteuils de cuir. Un grand écran de vidéoconférence, face à la porte, diffusait les images de Satellite News Network. Le son était coupé. Un journaliste en studio lisait son bulletin d'informations.

Pacino s'était approprié un fauteuil profond, juste en face de l'écran. Il avait étalé ses papiers et posé son WritePad sur la table. Il étudiait ses cartes et ses dossiers, en donnant des ordres à son ordinateur d'une voix posée, dictait des messages pour la flotte et jetait de temps à autre un coup d'œil sur le récepteur. Paully White arpentait la pièce, tempêtait au téléphone, apportait des fruits et du coca, interpellait ceux qui passaient dans la coursive. L'amiral tournait et retournait en tous sens les différents problèmes tactiques. Un plan commençait à poindre dans son esprit.

Il finit par entendre Paully White, qui s'égosillait pour attirer son attention.

— Que se passe-t-il, Paully ?

— Emmitt Stephens, amiral.

— Fais-le entrer.

Pacino regarda sa montre. Il était 6 heures locales et il aurait voulu avoir déjà appareillé. Mais rappeler l'équipage avec un préavis aussi court n'avait pas été facile. C'était d'ailleurs une part du problème : à quelle date au plus tard le SSNX devait-il quitter Pearl Harbor pour arriver en même temps que le *Piranha* dans la zone d'opérations, en mer de Chine orientale ? L'étau qu'il voulait refermer autour des forces rouges avait besoin de ses deux mors.

Pacino se leva pour accueillir Stephens, les cheveux en bataille, en sueur, l'air épuisé.

— Je voulais vous apporter l'information personnellement, amiral, le réacteur est critique et nous sommes passés en réchauffage nucléaire, au barème d'urgence. Nous devrions pouvoir allumer dans une heure environ.

— Parfait, Emmitt.

Pacino lui donna une tape amicale sur l'épaule et Stephens sourit imperceptiblement.

— Comment cela s'est-il passé ?

— Une vraie galère, amiral.

— Bien, dites au remorqueur de démarrer ses gros moteurs. Je veux qu'ils fassent du bruit, beaucoup de bruit, parce que vous allez lancer notre propre diesel de secours et je veux qu'il soit couvert par le vacarme du remorqueur. Ensuite, vous larguerez les câbles de terre. Nous terminerons le réchauffage et l'allumage à la mer.

Pacino s'attendait aux protestations habituelles devant cette violation flagrante des procédures, mais Stephens approuva simplement d'un signe de tête.

— Emmitt, vous ai-je dit que je vous nommais ingénieur de ce bâtiment et que vous partiez avec nous ?

— Sans blague, amiral, vous charriez !

— J'espère que vous avez un slip de rechange.

— Amiral, à la longue, je commence à vous connaître un tout petit peu. À tout hasard, j'avais préparé un sac.

— Lancez le diesel, chef ! dit Pacino en souriant.

Lorsque la porte se ferma derrière Stephens, Pacino vit l'expression de Paully.

— Qu'est-ce qu'il y a, Paully ?

— Tu es vraiment content, hein ? Tu as retrouvé ton élément.

Cela ressemblait presque à une accusation. Car c'était vrai, Pacino se sentait revivre. Il avait repris le plein commandement des forces sous-marines, qu'il avait trop longtemps négligées. Ses hommes et ses machines travaillaient au rythme de sa baguette de chef d'orchestre. Paully avait bien vu les choses, l'amiral avait retrouvé sa vraie raison de vivre. Pacino avait brièvement ressenti cette exaltation lors du blocus du Japon. Pour la première fois depuis des années, il réalisait que le commandement d'un sous-marin ne lui manquait plus, qu'il ne ressentait plus ce vide qui s'était creusé en lui après la perte du *Seawolf*. Pour rien au monde il ne serait revenu en arrière. Pourtant, une certaine culpabilité le taraudait : le voici qui retrouvait son allant et sa joie de vivre naturelle alors qu'il n'en avait absolument pas le droit. Eileen reposait dans sa tombe. Elle avait laissé derrière elle un abîme douloureux, qui ne se comblerait jamais.

La vie de cinq cent mille Américains et d'un million de Chinois dépendait des décisions qu'il allait prendre. Il réalisa qu'il devait faire abstraction de ses propres sentiments et aller de l'avant, en dépit du sentiment de trahir la mémoire de sa femme disparue. Il s'unit à elle en pensée et il lui sembla ressentir une sorte d'encouragement.

Pacino rendit à Paully son regard.

— J'adore ça, Paully, de A jusqu'à Z. Et maintenant, où est Tanaka ? J'ai toujours besoin de lui parler.

— Joanna ? appela White dans la coursive. Ne bouge pas, amiral.

Il disparut quelques instants et revint désappointé, une grosse enveloppe à la main.

— Joanna dit qu'il est parti. Il a laissé ça pour toi.

— Dis à Joanna de venir, demanda doucement Pacino, soudain inquiet.

Il ouvrit l'enveloppe et trouva une note accompagnée d'une pile de disquettes.

— Amiral ? demanda Joanna.

— Où est Tanaka ?

— Il m'a donné cette enveloppe sur le quai et m'a simplement dit qu'il devait partir.

— Vous lui avez parlé de ce qui se cache sous les ordures ?

— Oui, amiral, répondit Joanna ennuyée. Il a pris l'air fâché et il a juste dit que ce n'était pas une chose à faire. Il est venu jusqu'au panneau, les larmes aux yeux. Apparemment, ça le mettait mal à l'aise qu'une femme le voie dans cet état.

Pacino lut la note. Paully attendait, le sourcil levé.

— Il dit qu'il ne peut pas venir avec nous, commenta Pacino tout en lisant le message. Il ne veut pas couler sa propre flotte, même si elle est tombée aux mains de l'ennemi.

Les dernières lignes expliquaient son geste : il avait dédié le type Soleil Levant à la mémoire de son fils, lequel avait péri sous le feu d'un missile Vortex tiré par le *Piranha*. Il aurait l'impression de tuer son fils une seconde fois s'il participait de près ou de loin à la destruction d'un Soleil Levant.

Pacino se reprit à penser à la mort. Une vague de tristesse l'envahit et il se sentit très proche du vieil amiral, de son deuil. Il plia la lettre et la glissa lentement dans sa poche de poitrine. En fouillant parmi les disquettes, il trouva une seconde note, plus officielle cette fois :

Amiral Pacino-san, vous trouverez ci-joint toutes les données que j'ai pu rassembler concernant les Soleil Levant. Malheureusement, la signature acoustique de ces bâtiments reste un mystère, même pour moi. Une série d'essais à la mer devrait permettre de la mesurer précisément. J'espère pourtant que grâce aux éléments que je vous adresse, vous pourrez avoir une bonne idée de la menace que vous vous apprêtez à affronter. Bonne chance, amiral. Tous mes souhaits de réussite rapide vous accompagnent. Je reste votre serviteur dévoué, Akagi Tanaka.

— Paully, copie les disquettes sur le disque dur. Il faut charger un officier d'analyser leur contenu. J'aimerais autant décider tout de suite à qui on va confier ça. Voyons la liste de l'équipage.

Pacino regarda sa montre.

— Pourquoi ce diesel est-il si long à démarrer ?

— Emmitt s'en occupe, ne t'inquiète pas. Tu n'attends pas Patton ?

— Bon Dieu, non. Il prendra une vedette et nous rejoindra en mer.

— Et pourquoi pas un hélicoptère ? demanda Paully. Il pourrait sauter dans un Sea King directement à la base aérienne de Hickam et il serait ici en moins d'une demi-heure.

— Non. N'oublie pas qu'on est une grosse poubelle flottante. Un hélitreuillage par un Sea King de l'US Navy à bord d'une barge à ordures, voilà un scoop en or massif !

— Tu as raison, j'avais oublié.

À cet instant, le moteur démarra dans un rugissement puissant, suffisamment fort pour être gênant jusque dans la chambre de Pacino, située deux compartiments plus loin, à plus de trente mètres de distance.

— Je préférerais nettement respirer les gaz d'échappement du diesel plutôt que cette odeur de poubelle, commenta Pacino. Paully, essaie de contacter Bruce Phillips.

— J'ai déjà rappelé le *Piranha* à l'immersion périscopique.

Pacino sélectionna la liste des officiers parmi les dossiers du personnel que l'amiral Livingston avait chargés dans son WritePad. Le capitaine de corvette Christopher Porter était un ancien de l'École navale, sorti major de l'École atomique et de l'École de navigation sous-marine, breveté plongeur, parachutiste, célibataire, officier ASM du *Barracuda* lorsque Pacino avait embarqué à bord durant le blocus. Il était actuellement affecté à terre à San Diego et en vacances à Honolulu. Il avait été arrêté une demi-heure plus tôt, laissant derrière lui une jeune fille interloquée dans une chambre d'hôtel, fort désireuse de savoir pourquoi on lui enlevait son petit ami. Malheureusement, des consignes de sécurité sévères ne permettaient pas de lui fournir la moindre explication. Porter était un officier brillant, qui connaissait bien les sonars. Pacino décida de lui confier le poste de CGO ainsi que l'étude des Soleil Levant, afin de trouver une méthode pour les détruire.

Le capitaine de frégate Walt Hornick, ancien ingénieur du *Piranha* de Bruce Phillips, arrivait en seconde position sur la liste. Suivant le cours normal de sa carrière, il enseignait à l'École de navigation sous-marine, à Groton, lorsque les Rouges avaient commencé à mobiliser. Il avait reçu l'ordre de se rendre immédiatement à Pearl Harbor pour y subir une formation spéciale, un prétexte, évidemment. Dimanche à 4 heures du matin, un Marine l'avait réveillé et conduit à bord du SSNX. Il avait participé à la mise à l'eau du sous-marin et à son camouflage sous la barge à ordures. Hornick attendait avec les autres au carré, furieux d'avoir été « shanghaïé [1] » simplement pour sortir du bassin un

1. Devant la difficulté à recruter des matelots pour les longues traversées du Pacifique à la voile, les armateurs de San Francisco avaient pris l'habitude d'organiser des beuveries dans les tavernes du port et de traîner les hommes ivres morts à bord des bâtiments. Lorsqu'ils se réveillaient, les bâtiments avaient appareillé. Cette pratique était très commune, en particulier pour la ligne qui desservait Shanghai, d'où le nom de « shanghaïage » qui lui a été donné.

nouveau bâtiment qui n'avait jamais navigué. Pacino dicta « commandant en second » à son ordinateur. Les mots s'inscrivirent sous la photo du capitaine de frégate Hornick.

Pacino avait déjà attribué le poste d'ingénieur à Emmitt Stephens, bien qu'il ne fût pas vraiment sous-marinier. Restaient les officiers subalternes. Une dizaine de photos s'affichèrent sur l'écran. Il lui parut plus juste de confier la répartition des tâches au commandant en second. Il appela le carré. Une voix hésitante lui répondit.

— Dites au capitaine de frégate Hornick de venir me voir, demanda Pacino.

Paully entra à cet instant.

— La liaison vidéo est établie avec le *Piranha,* amiral. Tu es paré ?

Non, pensa Pacino, mais je ferai semblant. Après tout, c'est ça le commandement d'une flotte : improviser et faire comme si tout était planifié d'avance.

28

USS Piranha, *SSN-23*

Il se sentit mieux dans sa combinaison propre. Une tasse de café fumait sur la table devant lui. Le maître d'hôtel avait rangé sa chambre pendant qu'il passait sous la douche.

Le capitaine de vaisseau Bruce Phillips but une gorgée au mug à l'emblème du *Piranha,* un poisson couvert d'écailles, aux dents acérées et menaçantes, qui semblait le dévisager, devant la silhouette d'un Seawolf. Au-dessus, on lisait USS *Piranha* SSN-23, en dessous s'inscrivait la devise du bâtiment : PROFOND-SILENCIEUX-RAPIDE-MORTEL. Deux aigles argent agrafés au col de sa chemise indiquaient son grade. Des dauphins or brillaient au-dessus de sa poche de poitrine gauche dans l'éclat des projecteurs allumés pour la vidéoconférence.

Roger Whatney, son commandant en second, vêtu d'un pull-over vert olive, était assis à côté de lui. Sur ses épaulettes s'étageaient deux larges galons d'or encadrant un filet plus fin, l'un des galons formant une boucle. Le second, cheveux courts et moustache frisée, était un esprit fort, diaboliquement intelligent, l'humour coupant comme un rasoir.

— Bonjour, amiral, dit Phillips, crispé.

— Bruce, je suis content de vous parler, répondit Pacino. Vous aussi, commandant Whatney. Je sais que vous êtes tous les deux pressés de rejoindre votre zone d'opérations, je serai donc bref. Tout d'abord, une petite leçon de géographie : dans la moitié gauche de votre écran, vous devriez voir une carte de la mer de Chine orientale. L'archipel des Ryukyu en délimite la bordure est. Au nord de cette chaîne se trouve l'île de Yakushima, juste en face de Kagoshima. Puis un passage large, jusqu'à l'île de Naze. À l'est de ce passage entre Naze et Yakushima se trouve le point Delta, sur la route entre Shanghai et Honolulu. À 100 nautiques au sud-ouest, le point Écho, votre destination, et encore 50 nautiques plus au sud, le point Foxtrot.

La flotte de surface zigzague en direction du point Delta. Elle attendra dans ces parages jusqu'à ce que le franchissement de la mer de Chine orientale soit sûr. Une fois que nous aurons nettoyé la zone d'opérations, elle mettra le cap droit sur la côte, près de Shanghai.

À présent, comment allons-nous assainir cette zone ? Après avoir quitté votre position d'attente en temps voulu, vous pénétrerez dans la zone d'opérations à zéro heure vendredi, heure de Pékin, soit dans quatre jours. Vous prendrez position dans la partie sud du passage entre Naze et Yakushima, un peu au sud de la position du naufrage de la FIR. Je ne sais pas si vous avez briefé votre équipage au sujet des forces des Rouges, mais nous avons toutes les raisons de croire qu'elles consistent en six sous-marins japonais de type Soleil Levant qui ont été envahis et détournés alors qu'ils étaient en plongée. Préparez-vous à une telle éventualité, Bruce. Cadenassez les panneaux de vos sas d'accès et des sas de sauvetage. Je ne tiens pas à ce que vous subissiez le même sort.

De toute façon, une fois là-bas, vous rechercherez les Soleil Levant. Les 688 interviendront loin dans le sud, à partir du point Foxtrot, et feront route moyenne au nord. Ces sous-marins sont notre point faible car je crois qu'ils possèdent un sérieux handicap face aux Soleil Levant. J'ai une petite idée derrière la tête, mais je ne vous en dirai pas plus pour l'instant...

Pacino poursuivit encore une quinzaine de minutes avant de demander à Phillips s'il avait besoin de précisions complémentaires. Sur sa réponse négative, il ajouta qu'il avait transmis la copie officielle écrite des ordres qu'il venait de lui donner. Juste avant de couper la communication, Pacino annonça qu'il reprendrait contact dans trois jours, lorsqu'il approcherait de la mer de Chine à bord du SSNX.

Phillips décrocha un téléphone et ordonna de redescendre en immersion et de reprendre le transit. En posant le combiné, il jeta un coup d'œil en direction de Whatney.

— Roger, c'est quoi ce bordel, à ton avis ? La mer de Chine orientale ? Des Soleil Levant détournés par les Rouges ? Cadenasser les sas ? Ce SSNX de merde ?

Whatney eut la délicatesse de ne pas sourire.

— Tu as loupé la moitié du film, commandant. J'ai pris sur moi de compiler quelques messages et de faire un résumé en images des derniers événements pour que tu te mettes au courant. Tu en tenais une sérieuse, commandant, et tu devrais d'ailleurs peut-être retourner te coucher...

— Pas question, répondit Phillips, intrigué et heureux que quelque chose lui permette d'oublier Abby. Je vais regarder ça. Dans une heure, tu me retrouves ici. Merci, Roger... Oublions tous les deux ce qui vient de se passer.

Whatney sortit et Phillips se mit à lire. La petite aiguille d'un vieux chronomètre en laiton fixé sur une cloison égrenait le temps. Il s'aperçut au bout de vingt minutes que son mal de tête avait disparu.

— Amiral, les câbles de terre sont largués. Le sous-marin est à l'autonomie électrique, alimenté par le diesel.

Walt Hornick se tenait devant la porte du carré de l'amiral. Il triturait sa casquette à deux mains, comme un gamin pris en faute.

— Tout l'équipage est à bord ? demanda Pacino.

— Pas encore, amiral, il manque le commandant et le représentant de DynaCorp pour le Cyclops.

— Mademoiselle O'Shaughnessy ?

— Oui, amiral.

— Et alors ?

— Amiral, nous allions lui envoyer une voiture, mais...

— Ne vous en faites pas pour moi, tous les deux, lança une voix féminine enjouée de la coursive.

La porte s'ouvrit et Colleen entra. Elle portait une combinaison divinement coupée, impeccable, un drapeau américain et l'insigne du *Devilfish* sur les manches, son nom brodé sur une poche. Une ceinture soulignait sa taille fine, le tissu s'épanouissait aux hanches et sur sa poitrine ronde. Ses manches retournées dévoilaient de fins avant-bras et une grosse montre d'homme à son poignet gauche. Ses cheveux noirs et brillants étaient retenus en queue de cheval. Pacino se rendit compte qu'il ne pouvait s'empêcher de la dévisager. L'uniforme n'avait généralement rien de féminin, mais elle le sublimait et il avait oublié ce qu'il allait dire.

Heureusement, Paully rompit le charme.

— Il ne manque plus que le commandant Patton. Je pense que nous devrions pouvoir appareiller maintenant, amiral.

— Très bien, répondit Pacino en retrouvant sa

voix et en faisant un clin d'œil à Paully. Colleen, vous a-t-on indiqué votre chambre ?

— Oui, amiral. Il paraît que je m'installe chez le second. Où est-ce que vous le mettez ?

— Tout le monde descend d'un cran sauf le commandant, répondit Pacino en sentant une certaine émotion l'étreindre. L'équipage n'est pas complet pour cette mission, donc pas de problème de surpopulation.

— Si vous avez besoin de moi, je serai en bas, au local calculateur, ajouta O'Shaughnessy en regardant autour d'elle. C'est gentil chez vous ! Bon, je n'ai pas trop de temps à perdre. Malgré les effluves de poubelle, n'oubliez pas de m'appeler pour dîner.

Elle tourna les talons et disparut. Pacino s'aperçut que, pour la dixième fois de la journée, Paully White le regardait fixement.

— Amiral, qu'est-ce que tu fous ? grogna White.

— Que veux-tu dire ?

— Je parle de la façon dont vous vous regardez, tous les deux. On dirait deux ados de seize ans.

— Quoi ? De quoi parles-tu, Paully ?

— De rien, amiral, soupira White, de rien du tout. Je vais au CO. Je pense que le jeune Hornick a besoin d'un coup de main pour faire appareiller ce tas de ferraille. Il manque encore un peu de pratique.

— Excellente idée, répondit Pacino en se replongeant dans ses cartes.

— Tu sais, amiral, il est peut-être temps que tu reviennes à la vie. Sortir, rencontrer des gens... Des femmes, aussi. Tu vois ce que je veux dire...

— Paully, merde, c'est pas le moment !

— Excuse-moi !

La porte se referma. Pacino resta seul, un peu décontenancé.

Mer de Chine orientale
50 kilomètres à l'ouest du passage
entre Naze et Yakushima
SS-403 Tempête Arctique

L'amiral Chu Hua-Feng était assis au bout de la table du carré des officiers et regardait le grand écran de télévision en compagnie de ses officiers. La fumée de cigarette montait de plusieurs cendriers jusqu'au plafond.

— *... première journée complète sans aucune nouvelle. Depuis son intervention à midi, heure de la côte Est, la présidente n'a fait aucun commentaire. Nous avons en ligne notre correspondante au Pentagone, Diane Shaw. Diane ?*

— *Roland, le secrétariat d'État à la Défense semble avoir diffusé des consignes de discrétion très strictes à tous ses officiers, sous-officiers et personnels civils. Nous n'avons pu obtenir aucun commentaire de leur part. Nous avons assisté à de nombreux va-et-vient, en particulier des chefs d'état-major des armées et de la marine, accompagnés du secrétaire à la Défense, qui se sont rendus à la Maison Blanche. Sans la moindre explication à la presse. Ici Diane Shaw, en direct depuis le Pentagone, pour SNN World News.*

— *Merci Diane. De retour à notre studio de Denver, nous avons Annette Spalding, correspondante de guerre, qui se trouvait à bord de l'USS* Douglas McArthur *juste après son appareillage de Hawaii. Annette, pouvez-vous nous en dire plus au sujet de l'évacuation forcée de la presse ?*

— *Eh bien, Roland, la façon dont nous avons été traités est tout à fait scandaleuse et inadmissible. On nous a fait monter sur le pont les yeux bandés et on nous a confisqué nos caméras. Nous avons ensuite été littéralement jetés dans un avion de l'aéronavale dont les hublots étaient occultés. Les...*

Chu éteignit l'écran.

— C'est comme ça depuis des heures, messieurs, commenta-t-il. Second, qu'en penses-tu ?

— Pas grand-chose, commandant. Apparemment,

notre principale source de renseignements vient de se tarir.

— Nous disposons toujours des photos satellite, qui nous permettront de voir arriver la seconde vague de la force d'intervention.

Lo Sun haussa les épaules.

— Les photos ne nous renseigneront pas sur leurs intentions... Avec ce black-out, nous ne savons plus rien de la flotte américaine, et pas seulement d'elle. Nous ne recevons plus non plus aucune information sur les opérations terrestres en cours sur la Mère Patrie, étant donné que nous ne diffusons que de la propagande. Je sais, je ne devrais pas le dire, mais si vous voulez la vérité, regardez plutôt SNN que Télé-Pékin.

— Inutile de t'excuser, second. Je suis d'accord avec toi. Heureusement, le temps joue en notre faveur. Je finirai bien par trouver ce second convoi.

Chu garda les yeux fixés sur l'écran éteint. Il se demandait d'où et quand l'ennemi viendrait. Comment devait-il déployer ses bâtiments ? S'ils venaient par le sud ? Et combien de temps serait-il en mesure de les retenir ? Ils se trouvaient à court de torpilles. Et si un de ses sous-marins se faisait détecter ? Combien de temps tiendrait-il avant de se faire couler ?

Pour la première fois depuis le début des hostilités, il sentit l'anxiété l'envahir. Il quitta le carré et monta lentement vers sa chambre. Il se rappela une fois de plus le rêve où son père lui parlait. Il s'effondra sur la bannette pour réfléchir au nouveau tour que prenaient les événements.

Base aéronavale de Hickam
Oahu, Hawaii

La piste paraissait s'approcher doucement. Les roues du train d'atterrissage entrèrent en contact avec le béton presque imperceptiblement. Le chasseur ralentit en dévalant la piste avant de prendre le dernier taxiway en direction des hangars de la partie militaire de l'aéroport.

Patton regarda sa montre : huit heures du matin passées de quelques minutes. Il avait l'impression que le vol avait duré toute la nuit. À l'intérieur du hangar, la verrière se souleva lentement et l'air hawaïen, tiède et moite, envahit le cockpit. Patton descendit, les muscles courbaturés. Il leva les yeux lorsqu'il entendit un autre avion atterrir, également un F-22 de l'aéronavale, qui les rejoignit bientôt. Patton s'était redressé, le casque sous le bras. On approchait une échelle tandis que la verrière de l'autre jet s'ouvrait déjà. Le passager arrière se leva et descendit. Lorsqu'il retira son casque, Patton reconnut Byron DeMeers.

— Que faites-vous ici ? demanda Patton.

— Que faisons-*nous* ici, voulez-vous dire, commandant ?

— Messieurs, une voiture vous attend, annonça le pilote de Patton.

Ce dernier remercia le jeune lieutenant de vaisseau, lui tendit son casque et monta dans la Land Rover. Quelques instants plus tard, ils fonçaient sur une route déserte. Ils franchirent plusieurs contrôles jusqu'à une petite jetée, sur laquelle le chauffeur s'arrêta en faisant crisser les pneus.

Une femme en civil les attendait et elle désigna une vedette amarrée au quai.

— Où allons-nous ? demanda Patton.

Sans un mot, la jeune femme se contenta de le regarder et se dirigea vers l'embarcation. Patton secoua la tête et embarqua derrière DeMeers.

La vedette franchit la passe est à toute vitesse, en planant sur l'eau calme, contourna Ford Island et sortit par le chenal principal pour gagner le Pacifique. Patton regarda DeMeers en haussant les sourcils et celui-ci se contenta de hausser les épaules.

La traversée sembla durer une éternité. En réalité, moins d'une heure avait dû s'écouler depuis leur appareillage de la jetée. Lorsque le barreur ralentit, Patton ne sentait plus les muscles de ses jambes, endoloris d'avoir à amortir en permanence les rebonds de la vedette sur les vagues. Il se leva, monta sur la plate-forme à côté du pilote et regarda la mer autour de lui.

— C'est pas vrai, marmonna-t-il.

DeMeers le rejoignit et le même air d'étonnement se peignit sur son visage.

À quelques centaines de mètres devant eux, un remorqueur de haute mer tirait une gigantesque barge chargée d'ordures, survolée par un nuage de mouettes. Les détritus en décomposition dégageaient une odeur pestilentielle qui se diffusait sur l'eau et irritait les narines de Patton.

— Voilà donc notre punition, dit DeMeers, prendre le commandement d'une poubelle flottante !

— Vous n'avez pas encore tout vu, dit Patton. Le pire reste à venir, nous ne nous dirigeons pas vers le remorqueur, mais vers la barge.

— Je savais que j'aurais dû écouter ma mère, commenta DeMeers. Elle voulait que je reste à la ferme.

— Qu'est-ce... demanda Patton.

Un matelot de plage avant passa un traversier sur un taquet le long du rebord de la barge. Un peu sur l'arrière du taquet, une plaque de contre-plaqué pivota soudain, laissant apercevoir un homme en combinaison. Ce dernier saisit Patton par le bras et le tira à l'intérieur. Il fit de même avec DeMeers.

Plus surprenants encore que cette barge à ordures, et que l'homme qui semblait sortir de nulle part, et même que le passage sous la montagne de détritus, furent les mots que prononça leur guide à l'extrémité du tunnel. Il prit un micro et annonça : « *Devilfish, le commandant monte à bord.* » Interloqué, Patton regarda vers le bas. L'échelle permettait d'accéder à quelque chose, cinq mètres plus au fond. L'odeur qui s'en échappait était reconnaissable entre toutes. Un mélange de gazole, d'huile, d'ozone, de graisse de cuisson, de transpiration et de cire à linoléum qui ne pouvait provenir que d'un seul type de bâtiment : un sous-marin nucléaire.

Patton regarda DeMeers, puis de nouveau en bas, et enfin l'homme en combinaison.

— Allez-y, commandant, dit ce dernier. Et bienvenue à bord du *Devilfish.*

— Pourquoi cette annonce? demanda Patton.

— Eh bien commandant, parce que c'est le règlement, je crois. Quelque chose ne va pas, commandant?

L'homme paraissait sincère et ne semblait pas comprendre la confusion de Patton.

— Non, non, bien sûr, répondit Patton en jetant un coup d'œil à DeMeers. J'embarque tous les jours à bord d'une barge à ordures pour prendre le commandement d'un sous-marin nucléaire caché dessous. C'est tout naturel, voyons... Attention dessous! cria-t-il en se faufilant par le panneau. DeMeers le suivit.

Dès qu'ils eurent disparu, le factionnaire se tordit de rire jusqu'à en avoir des crampes dans le ventre. L'équipage avait tiré au sort celui qui accueillerait le commandant, et ça avait vraiment valu son pesant de cacahuètes.

En bas de l'échelle, Patton trouva les officiers et officiers mariniers alignés au garde-à-vous dans une coursive lambrissée impeccable. L'un des officiers mariniers saluait au sifflet de bosco. Comme dans un vrai film d'aventures maritimes.

Légèrement étourdi, il regarda les hommes en uniforme kaki. Il entendit une voix familière, celle de l'homme à qui il devait sa carrière :

— Bienvenue à bord du *Devilfish,* commandant Patton. Êtes-vous prêt à prendre le commandement du premier bâtiment du type SSNX?

Patton se retourna lentement et retrouva l'amiral qu'il connaissait bien, peau bronzée sous sa crinière blanche. Le sourire aux lèvres, il claqua des talons, se redressa et salua. Pacino lui rendit son salut puis s'avança et lui serra la main. Vigoureuse poignée de main.

— Amiral, heureux de vous revoir.

— John Patton, chevalier sans peur et sans reproche, s'exclama Pacino en accentuant son sourire. Je suis foutrement content de vous revoir. Lorsque nous avons su que vous aviez survécu, nous avons tous ici remercié le Ciel. Comment allez-vous ?

— Je vais bien, amiral, en tout cas physiquement, mais j'ai perdu...

— Pas maintenant, l'interrompit Pacino. Allons-y pour votre prise de commandement. Messieurs, garde à vous !

Pacino sortit une simple feuille de papier de sa combinaison et la tendit à Patton.

— Commandant, lisez vos ordres.

Patton parcourut rapidement le papier puis commença à lire :

— Du directeur du personnel pour le capitaine de vaisseau Jonathan George S. Patton IV, US Navy, sujet, changement d'affectation, référence, etc. Paragraphe un : le capitaine de vaisseau John Patton fera mouvement pour prendre le commandement de l'USS *Devilfish,* SSNX-1, en route pour une opération classifiée dans la région maritime du Pacifique. Paragraphe deux : le capitaine de vaisseau Patton prendra ses ordres directement du commandant en chef des forces maritimes du Pacifique, l'amiral M. Pacino, auprès duquel il est détaché pour la durée de l'opération à venir. Paragraphe trois : ces ordres sont exécutoires à compter d'aujourd'hui, 4 novembre.

Patton leva les yeux vers les officiers. Tous l'applaudirent. Une énorme boule se forma au fond de sa gorge.

La chambre du commandant était gigantesque comparée au petit boudoir des vieux 688. Elle disposait d'une bannette presque double, équipée de répétiteurs et d'un standard téléphonique. Durant la journée, la bannette pouvait être rabattue et elle laissait place à une table de travail high-tech. À côté se trouvait un bureau devant lequel était installée une chaise pivotante en cuir, à dossier haut. À la grande table de conférences, la place du commandant faisait face à une rangée d'écrans encastrés au-dessus de la porte. L'objectif d'une caméra de vidéoconférence apparaissait à proximité de l'écran principal.

— Vous trouverez des uniformes à votre taille dans ces armoires, souligna Pacino. Nous irons au CO dans quelques minutes. En attendant, pourquoi ne vous asseyez-vous pas un peu, John ?

Patton s'écroula dans le fauteuil de cuir. Il avait l'impression de nager en plein rêve lorsque le pont commença à osciller sous lui. Les vagues de l'océan faisaient rouler le sous-marin dont il venait de recevoir le commandement. Un sous-marin dont il ne connaissait absolument rien. L'amiral commandant en chef des forces du Pacifique était assis devant lui, de l'autre côté de la table de conférences, attendant calmement de lui poser la vraie question du moment. *Mais qu'est-ce qui a bien pu se passer là-bas, en mer de Chine, avec le convoi ?*

— Alors, John, vous êtes certain que tout va bien ? Pas de brûlures, de blessure, de fracture ?

— J'ai subi une révision complète à Yokosuka, amiral. J'avais quelques brûlures aux jambes et aux genoux, mais rien de plus méchant qu'un gros coup de soleil. Byron DeMeers, mon chef de module sonar, et moi-même souffrions d'un début de déshydratation et d'une hypothermie légère, mais une maxi d'eau minérale et un bon cheeseburger ont arrangé tout ça.

Pacino adressa un large sourire à Paully White en secouant la tête.

— Alors, que s'est-il passé ? Avez-vous détecté les Soleil Levant ? Ou la torpille ?

— Aucun des deux, amiral. J'avais ralenti à 5 nœuds environ. J'étais 30 nautiques sur l'avant de la flotte lorsqu'elle a coulé. Le maître principal DeMeers est plus qualifié que moi pour vous donner nos réglages sonar et nos plans de veille. Mais nous étions au poste de combat, toutes les antennes sonar au maximum de leur sensibilité et nous n'avons absolument rien entendu. Nous avons reçu votre message nous demandant de dégager, nous avons mis en route et quelques minutes plus tard, une explosion venant de nulle part nous a fait boire la tasse. Quelqu'un a eu le temps ou le réflexe de tirer sur les chasses et l'*Annapolis* est remonté en surface. Le PCNO a été rapidement envahi par les flammes et la fumée. Avant que j'aie eu le temps de m'approcher des hommes pour voir s'il y avait des survivants, l'incendie avait gagné le CO. J'ai couru vers le local sonar à l'avant, et j'y ai trouvé le maître principal Byron DeMeers qui respirait encore. Je l'ai tiré jusqu'au sas d'accès passerelle. À ce moment-là, tout le pont supérieur était déjà en feu. Nous sommes remontés dans le sas tandis que le sous-marin commençait à couler. Byron m'a sauvé la vie. J'étais coincé sous les volets de fosse de veille. Il a réussi à me sortir de là et à me hisser dans un radeau de survie. Le reste n'a pas d'importance. Je me suis rendu compte que j'avais été attaqué par un sous-marin lorsque j'ai vu émerger un périscope qui n'avait l'air ni américain ni européen. Le salopard nous a observés pendant quelques secondes avant de disparaître.

— Et alors ? demanda Paully White.

— Que pouvais-je faire ? Je lui ai fait un doigt d'honneur, je crois...

Les deux officiers se mirent à rire en échangeant des regards entendus. Patton en resta interloqué.

— Qu'y a-t-il de si drôle ? demanda Patton. Je suis responsable de la mort de cent trente-deux hommes et du naufrage de mon bâtiment.

Pacino redevint immédiatement sérieux.

— Désolé, John, nous ne voulions pas vous manquer de respect, ni à vous, ni encore moins aux hommes que vous avez perdus. Simplement, vous avez fait ce que nous aurions tous voulu faire, dire à ce commandant rouge d'aller se faire foutre ! Allons visiter le bâtiment. Peut-être que le temps que nous arrivions à l'arrière, le capitaine de vaisseau Stephens aura réussi à amener le réacteur en puissance.

Patton sortit du carré derrière l'amiral, persuadé que, d'une façon ou d'une autre, il venait de passer un nouveau test, plus important que celui qui l'avait qualifié à Norfolk, bien des années plus tôt.

29

Patton contemplait le CO et se pinçait pour s'assurer qu'il ne rêvait pas.

Gigantesque, modulaire et ouvert, le CO ne pouvait avoir été dessiné que par un génie de la conception des sous-marins. La plate-forme du périscope, pas très différente de celle de l'*Annapolis* mais deux fois plus vaste, occupait le centre. Quatre CO de 688 auraient tenu dans celui du SSNX. Le poste de commandement, une console couverte d'écrans, de téléphones, d'appareils-photo et de manettes, se trouvait derrière la plate-forme du périscope. Un peu plus vers l'arrière, les deux tables à cartes, l'une à côté de l'autre. Mais là s'arrêtait la similitude avec les 688. Le poste de pilotage se trouvait à bâbord avant. Mais au lieu des quatre hommes nécessaires aux tableaux du central, un seul opérateur barrait le sous-marin, installé dans un fauteuil de cuir profond. Il était entouré d'écrans. Une sorte de manche à balai dépassait d'entre ses jambes et, à sa gauche, un levier permettait d'afficher les ordres d'allure à la machine, une petite manette des gaz comme celle des embarcations de plaisance à moteur.

À côté du poste de pilotage, en se rapprochant de la ligne de foi du sous-marin, une console commandant les auxiliaires du navire occupait la place du panneau des chasses et purges sur les 688. Le côté bâbord du CO recevait une impressionnante rangée de consoles, les centrales inertielles de navigation, les pupitres radio, le répétiteur ESM et la commande des contre-mesures radar et acoustiques, un moniteur sonar et les baies de commande des armes. Le côté tribord, quant à lui, semblait très curieux. Cinq stations identiques s'y alignaient. Patton n'avait jamais rien vu de semblable à bord d'un sous-marin nucléaire d'attaque. Elles ressemblaient à des œufs de plastique d'un mètre cinquante de diamètre environ, qui s'ouvraient en deux et dans lesquelles les opérateurs pénétraient entièrement. Une sorte de coupole en plastique fumé s'arrondissait au-dessus de la tête de l'opérateur. L'intérieur était garni d'une structure de cuir, non pas un siège, plutôt une sorte de boudin capitonné sur lequel on pouvait s'appuyer. Un casque et une paire de gants y étaient disposés.

— Qu'est-ce que c'est ? demanda Patton à l'amiral.

— Le système de combat, répondit Pacino. Vous entrez dans ces bulles, celle de l'avant s'appelle la VR zéro et vous est destinée. Une fois à l'intérieur, vous vous appuyez sur le rail puis vous enfilez le casque et les gants. La verrière en coupole descend et vous coiffe la tête. Vous êtes alors dans un environnement de réalité virtuelle en 3 D. Par exemple, lorsque vous remontez à l'immersion périscopique, le système de combat vous donne l'impression d'avoir vous-même la tête hors de l'eau. Vous « voyez » vraiment les bâtiments autour de vous en tournant la tête. L'univers, qui vous entoure est modélisé par le système, en quelque sorte. L'ensemble est animé par un calculateur baptisé Cyclops, une nouvelle merveille produite par une filiale de Dyna Corp. D'ailleurs, la vice-présidente de la boîte est à bord en ce moment. Je vais vous la présenter.

— Une femme ?

— Exact, Colleen O'Shaughnessy.

— O'Shaughnessy, quelque chose à voir avec le grand chef ?

— Sa fille. Une dure à cuire, elle aussi.

— Vous pouvez me montrer le fonctionnement de ce système ?

— Non, il ne marche pas encore, même pas en démonstration.

Patton retint sa respiration. Il ne voulait pas paraître stupide devant l'amiral, mais ne comprenait pas que le *Devilfish* puisse partir en mission opérationnelle sans système de combat.

— Excusez-moi, amiral. Il ne fonctionne pas ? Et avec quoi allons-nous combattre ?

— Nous n'affronterons personne avant que Colleen ait fini d'écrire le logiciel. Le système est indisponible jusqu'à ce qu'elle ait terminé.

— OK, répondit Patton, dubitatif et abattu.

Pacino lui avait déjà montré la tranche milieu, les chambres des officiers et le carré. Ils avaient commencé leur visite au niveau supérieur, par les logements de l'équipage, la cuisine et le CO. Puis l'amiral l'emmena au local sonar, sur l'avant tribord du CO. Cinq sièges étaient disposés derrière des consoles alignées à angle droit, vides de tout personnel de quart.

— Ne devrait-il pas y avoir quelqu'un ici ? demanda Patton.

— Plus tard.

— Laissez-moi deviner, amiral. Le sonar ne fonctionne pas non plus ?

— Exact, il est relié au Cyclops. Si le Cyclops est arrêté, le sonar également.

De l'autre côté de la coursive centrale se trouvaient le PC radio et le petit réduit des contre-mesures électroniques. Le local calculateur se trouvait tout à l'avant, dans une sorte d'enclave sur bâbord, coincée entre l'échelle et le local des contre-mesures. Un membre d'équipage pianotait frénétiquement sur une console, assis dans un fauteuil profond qui faisait face à de nombreux écrans. Il s'arrêta, jura, se remit à taper sur le clavier, s'arrêta de nouveau et jura encore. Il portait la combinaison réglementaire à la mer, mais avait une longue queue de cheval noire.

— Colleen, nous avons un visiteur, annonça Pacino.

La jeune femme se leva, pas très grande, mais belle et extraordinairement bien faite. Elle paraissait contrariée et tendit la main à Patton.

— Commandant Patton, je présume ? demanda-t-elle en esquissant un sourire, d'une voix grave qui le surprit.

— Mademoiselle O'Shaughnessy, j'ai entendu dire que vous travailliez sur le Cyclops. Une vague idée de quand vous aurez fini ?

O'Shaughnessy se tourna vers Pacino et lui sourit.

— Il est pire que ce que vous m'aviez annoncé. Il pourrait être amiral... En moins d'une minute, il m'a déjà demandé quand j'aurai fini ! Sa première question ! Même pas bonjour ! Bon Dieu, est-ce que ce ne serait pas votre frère jumeau, amiral ? L'amiral Pacino vient ici toutes les heures pour me poser la même question. À présent, pardonnez ma brutalité, mais ce sous-marin n'est qu'un tas de ferraille jusqu'à ce que je réussisse à faire marcher le Cyclops. Maintenant, foutez-moi le camp ou je donne l'alarme !

— On ne dit jamais « alarme » à bord d'un sous-marin. Dans le jargon, cela veut dire « arrêtez le réacteur » !

Patton observa Colleen, qui imitait l'amiral en faisant semblant de répéter les mots qui sortaient de sa bouche, un amiral trois étoiles ! Puis il regarda Pacino et comprit que quelque chose se passait entre eux, quelque chose d'autre que de simples relations de travail. Patton fit demi-tour pour sortir derrière Pacino.

— Bonne chance, mademoiselle O'Shaughnessy, lança-t-il.

— Colleen, s'il vous plaît.

Elle s'était déjà replongée dans son univers.

— Elle est belle, commenta Patton, vous ne trouvez pas ?

— Je n'avais pas remarqué, répondit Pacino.

Au niveau inférieur, sur l'arrière, se trouvaient un compartiment auxiliaire, un local de stockage sur bâbord et des rances supplémentaires sur tribord. Sur l'avant, le gigantesque poste torpilles rendait celui de l'*Annapolis* ridicule. Il croulait sous les armes, stockées sur leurs berceaux hydrauliques. En se faufilant, les deux hommes eurent peine à atteindre l'avant du local.

— Deux tubes de 533 mm dans le bas, deux de

914 mm au-dessus. Nous pouvons stocker quarante-huit armes de 533 mm ou trente-quatre engins de 914 mm. Pour cette patrouille, nous avons embarqué essentiellement des missiles Vortex Mod. Charlie de 914 mm. Deux torpilles Mark 52 Hullcracker de 533 mm ont été mises aux tubes. Deux autres sont en réserve.

— Des missiles Vortex ? s'étonna Patton. Pourquoi est-ce que je n'en ai jamais entendu parler ?

— Parce que leur existence même est classifiée, bien entendu. Je vous en parlerai plus longuement plus tard. Il s'agit d'une version réduite du Mod. Bravo que nous avons utilisé durant le blocus du Japon. Le missile quitte le tube en autodémarrage, comme une torpille. À 50 nœuds, le module de propulsion classique se détache, des gouvernes se déploient et le moteur fusée à carburant solide est mis à feu. Ces engins n'ont pas la portée des bons vieux Mod. Bravo, mais si nous nous approchons suffisamment, nous pouvons faire but.

— Pour le SSNX, qu'est-ce que ça veut dire, s'approcher suffisamment ?

— Sur votre 688, vous pouviez prendre un contact sonar sur un sous-marin à quelle distance ? 20, 30 nautiques ?

— En effet, amiral, de cet ordre.

— Pour le SSNX, c'est proche. Nous pouvons obtenir un contact sur sous-marin à 80 ou 90 nautiques.

— Quoi ? Sauf le respect que je vous dois, vous vous fichez de moi, amiral !

— Le sonar du *Devilfish* est complètement différent de ce que vous connaissez. Plus d'antenne linéaire ou d'antenne de flanc telles que vous les avez pratiquées. Nous utilisons un nouveau système baptisé ISTA, pour « imagerie sonar à transparence acoustique ».

Les deux hommes regagnèrent le niveau milieu en empruntant l'échelle arrière et retournèrent au CO.

— Comment cela fonctionne-t-il ?

— C'est facile à expliquer, difficile à réaliser et à

mettre en œuvre, encore plus à implanter dans un calculateur et à faire marcher. Autrefois, nous nous contentions d'écouter l'océan, sur toutes les fréquences, à l'aide d'un sonar large bande. Cela fonctionnait bien contre les bâtiments de surface, tellement bruyants qu'on les entendait venir depuis une centaine de nautiques. De même pour les première et seconde générations de sous-marins soviétiques. Mais à la troisième génération, nous avons dû combiner des sonars bande large et étroite. Nous avons utilisé des hydrophones remorqués sur des câbles de plusieurs centaines de mètres, capables de très longues portées sur des fréquences très précises, à condition d'être connectés à un ordinateur performant. Ce dernier point nous limitait fortement.

Ils entrèrent au CO et Pacino s'appuya contre les rambardes de la plate-forme du périscope. Patton s'installa dans le siège du commandant, sur bâbord.

— Les ordinateurs s'amélioraient, mais pas les portées de détection. Puis les sous-marins japonais de type Destiny arrivèrent sur le marché, trop silencieux pour être détectés par nos antennes remorquées en bande étroite. Heureusement, les Seawolf, extrêmement discrets et équipés du sonar le plus performant de sa génération, réussirent pourtant à damer le pion aux Destiny. Avec les Soleil Levant, la bande étroite est devenue obsolète. À ranger au musée. Et nous pressentons que dans quelques années, les sous-marins ennemis utiliseront un système de suppression active de bruit, en émettant délibérément un signal identique à celui du sous-marin mais en opposition de phase, qui masquera l'intégralité de la signature. John, dans dix ans, nos adversaires seront tellement silencieux qu'ils rivaliseront ou surpasseront les Seawolf ou les SSNX. Équipés de la suppression active de bruit, ils seront plus silencieux que l'océan qui les environne. Invisibles !

— Où voulez-vous en venir, amiral ?

— À l'ISTA, John, un véritable bond en avant dans la technologie du sonar. Ça change radicalement notre conception du sonar. Dans le passé, il nous servait à rechercher des bruits bien spécifiques, des fréquences, mais cela ne suffit plus. Aujourd'hui, nous n'écoutons plus, nous voyons. Le sonar n'est plus une oreille, c'est un œil. Voilà comment il fonctionne. L'océan est rempli de bruits de fond. Les vagues, les poissons, les crevettes, le chant des baleines, le vent, les tempêtes, parfois l'éruption d'un volcan sous-marin. Il en vient de partout. Jusqu'à présent, nous avons essayé d'ignorer ce bruit de fond, c'est-à-dire, de trouver une aiguille dans une botte de foin. Plus maintenant. Nous utilisons le bruit de fond juste comme votre œil utilise la lumière ambiante. Le bruit de fond « éclaire » notre environnement et, lorsqu'il rencontre un objet, il se réfléchit, est bloqué ou concentré. Notre œil décode ces informations et identifie l'objet.

Le bruit de fond de l'océan rencontre quelque chose, un sous-marin par exemple. Cet objet modifie la façon dont vous percevez le bruit de fond, tout comme un objet modifie la lumière ambiante que perçoit votre rétine. Même si le sous-marin but est stoppé, la différence de densité avec l'eau modifie, arrête ou concentre le son. Cela crée une « image » sonore que nos calculateurs savent maintenant interpréter et représenter en trois dimensions. Évidemment, il faut des ordinateurs colossaux. Il faut gérer plus de données qu'aucun calculateur ne l'a jamais fait dans l'histoire, et le challenge consiste à les traiter assez rapidement pour avoir une représentation du monde en temps réel. Le système doit ensuite traduire ses résultats sous une forme intelligible par l'homme et les présenter ici, dans ces bulles VR.

Dès que Colleen aura réussi à le faire fonctionner, je vous montrerai. Vous pouvez « voir » un dauphin qui nage à un demi-nautique. Un pétrolier géant en surface ressemble vraiment à la forme allongée d'un superpétrolier. Un sous-marin ressemble également à un sous-marin. John, il n'y a plus de *waterfalls* ou de graphique fréquence-temps, plus de temps d'intégration, plus de divination dans le marc de café pour classifier un contact. Vous voyez votre adversaire exactement comme un pilote voit le sien dans un combat tournoyant.

— Je ne peux pas y croire. Voir l'ennemi ?

— Oui John, la mer est devenue transparente, c'est pour cette raison que nous avons baptisé ce système « imagerie sonar à transparence acoustique ». Cela fait plusieurs dizaines d'années que nous travaillons là-dessus et les ordinateurs capables de supporter un tel système viennent d'arriver sur le marché. Bien sûr, le Cyclops n'est pas encore tout à fait au point, mais c'est pour bientôt.

— Quand ?

— Lorsque nous arriverons en mer de Chine orientale.

— Comment le savez-vous ?

— Ne vous inquiétez pas et faites attention à ne jamais poser à Colleen de questions commençant par le mot « quand ». Mais n'oubliez pas ceci, elle désire autant que nous que le système fonctionne.

— *CO de PCP, autonomie électrique prise sur deux turboalternateurs,* annonça un haut-parleur au plafond. *La propulsion est parée à manœuvrer. Nous arrêtons le diesel.*

— Je n'ai pas encore visité le compartiment machines, dit Patton, en jetant un coup d'œil à l'écran de télévision qui montrait une image du PCP, le poste de commande propulsion.

— L'arrière également est entièrement nouveau, commenta Pacino. Je vous emmènerai faire un tour dès que nous serons en route libre. Eh bien maintenant, commandant, vous avez un bâtiment à faire plonger, je crois.

— Comment vais-je y arriver, avec cette barge d'ordures sur le dos ?

— Ouvrez simplement les purges, comme d'habitude. Le fond de la barge, sous les ordures, est découpé en forme de sous-marin. Lorsque nous plongerons, nous laisserons un trou immense, la barge se remplira d'eau et coulera, en éparpillant suffisamment de détritus dans le Pacifique pour obliger à une importante opération de nettoyage. Ça fera les gros titres des journaux, j'en suis sûr, et la centrale d'incinération de Midway Island aura du travail pour quinze jours. Pas très écolo, je vous l'accorde, mais nous serons les seuls à savoir que le SSNX a appareillé.

Un ordinateur bancal, un système sonar révolutionnaire, un interface homme-machine qui n'a pas été testé, une foule d'inconnus en guise d'équipage, le tout sous les ordres d'un commandant qui vient de faire couler son dernier sous-marin, pensa Patton, subitement assailli par le doute. Il regarda Pacino, qui paraissait tellement sûr de lui, aussi solide qu'un roc, et sourit.

— Central, dit Patton à l'intention du jeune lieutenant de vaisseau au pupitre sécurité plongée, descendez à 65 mètres.

— 65 mètres, bien commandant, répondit le jeune officier, de l'autre côté de l'immense local. Ouvrir les purges du groupe avant. Ne pas sortir de mâts ou de caméra pendant cette prise de plongée, commandant. Toutes purges du groupe avant vues ouvertes. Je règle à 8 nœuds, commandant. Deux degrés à descendre sur les barres avant.

Le sous-marin prit une légère assiette négative, à peine perceptible, et l'indicateur d'immersion à la console de Patton commença à défiler lentement.

— La difficulté consiste à plonger suffisamment vite pour se dégager de la barge tandis qu'elle coule, expliqua Pacino. Ce qu'il faut, c'est descendre rapidement et vous écarter ensuite à 20 nœuds de votre route actuelle.

— Bien amiral.

— Excusez-moi, je ne voulais pas vous donner d'ordres, John. Simplement, nous avons réfléchi à la meilleure façon de procéder pendant la conception de la barge.

Patton hocha la tête.

— J'ouvre les purges du groupe arrière, annonça l'officier de plongée. Immersion 26 mètres. Assiette moins 2. Vitesse 5 nœuds, en cours de réglage à 8 nœuds. Immersion 35 mètres... 40, assiette moins 5...

— Central, 100 mètres, réglez la vitesse à 20 nœuds, nous allons nous éloigner par le sud.

— Bien commandant, répondit un lieutenant de vaisseau derrière la console de sécurité plongée.

Durant les minutes suivantes, Patton suivit attentivement les évolutions du sous-marin pour s'écarter de la barge. Puis il décida de remonter à l'immersion périscopique pour assister à son naufrage. Il prit le périscope et eut juste le temps de voir la barge à demi submergée qui coulait lentement par l'arrière. Le remorqueur se largua promptement. Patton sentit une tape sur son épaule.

— John, nous sommes déjà en retard, nous devons nous rendre immédiatement au point Écho.

— Rentrez le périscope numéro 2, ordonna Patton. Central, 270 mètres, assiette moins 20, réglez à vitesse maximale.

— Vitesse maximale exceptionnelle, John.

Patton jeta un coup d'œil à l'amiral. Il commençait à se sentir plus comme un gamin qu'on dirige que comme un roi sur son trône.

— Central, correction, vitesse maximale exceptionnelle.

Le sous-marin prit une forte assiette négative. La coque craqua sous l'augmentation de la pression extérieure. Le pont commença à vibrer, doucement au début, puis plus fortement. Patton se tordit le cou pour regarder l'indicateur de vitesse. Il n'en croyait pas ses yeux. 66 nœuds. Jamais auparavant il n'avait atteint une telle vitesse avec un sous-marin et la sensation était grisante. Il s'approcha de l'écran de la carte électronique et calcula le temps de transit jusqu'au point Écho à l'aide d'une pointe sèche virtuelle. Deux jours et dix-huit heures. Il regarda sa montre puis appela l'officier de quart.

— Faites passer le bâtiment à l'heure de Pékin. Il est maintenant 5 heures du matin, mardi 5 novembre.

Ils allaient arriver sur zone le jeudi 7 novembre autour de 23 heures. Pourtant, Pacino avait dit qu'il laissait jusqu'à jeudi soir à la vice-présidente de DynaCorp pour faire fonctionner le calculateur. Patton se sentit soudain écrasé de fatigue.

— CGO tracez la route vers le point Écho. Je vais me coucher, pour une bonne charge de désulfatation. Ne me réveillez que si c'est vraiment nécessaire. Sinon, voyez le second.

— Bien, commandant. À quelle heure la prochaine remontée à l'immersion périscopique ?

Le sous-marin devait remonter régulièrement prendre le trafic messages dans la boîte aux lettres du satellite ComStar.

— Ne remontez pas. Nous fonçons.

Un pari de tout repos, pensa-t-il, car le commandant en chef se trouvait à bord. Qui d'autre pourrait leur envoyer des messages ?

Patton fit un geste à Pacino, qui se penchait sur la carte et franchit la porte de sa chambre, sur la cloison arrière du CO. Il trouva Byron DeMeers, en train de boire un coca et de ruminer.

— Byron, à quoi pensez-vous ?

— Commandant, j'ai mal au crâne. J'ai l'impression qu'on m'a renvoyé à l'école et que je ne sais plus rien. Ce système ISTA, c'est foutrement compliqué !

— La seule chose qui m'intéresse est de savoir s'il va fonctionner.

— Qui peut le dire ? En tout cas, s'il ne fonctionne pas, nous allons au-devant de sérieux problèmes.

— À part cela, que pensez-vous du bâtiment ?

— Je vais vous le dire franchement. Sans un sonar qui marche, ce bateau est une merde. Si je ne peux pas me servir de mes oreilles, cet engin n'est qu'un gigantesque aimant à torpilles d'environ 125 mètres de long.

— Oh, cessez de gémir, sonariste de mes deux, interrompit Patton. Et foutez le camp, je voudrais me coucher. Vous devriez d'ailleurs en faire autant, après ce que nous venons de vivre.

— Pas le temps. Il faut que j'apprenne le Cyclops ou vous pourriez bien en pâtir.

30

Mercredi 6 novembre
Océan Pacifique, à 1 320 nautiques au sud-est de Naha,
île d'Okinawa
USS Devilfish, *SSNX-1*

— Je pense que ça devrait marcher, annonça Colleen O'Shaughnessy en regardant sa console dans le local calculateur.

— J'ai besoin de certitudes, commenta Pacino. Votre système ne doit pas se planter une fois que nous serons entrés en zone d'opérations et que nous commencerons à chercher les Rouges.

Le regard de Colleen brilla de colère. Elle leva les yeux vers lui, respira profondément avant de lui déclarer d'une voix acide :

— Si vous voulez une garantie quelconque, donnez-moi deux semaines de plus et je passerai la batterie des tests C-1 à C-9. Sinon, vous devrez faire avec le système tel qu'il est aujourd'hui, comme nous tous ici. De plus, si le Cyclops se plante, je serai là pour le remettre en fonction.

— Ce n'est pas suffisant, Colleen. Faites votre possible pour rendre le système fiable à 100 %. Notre mission et nos vies en dépendent. Quand il faudra lancer une torpille, je n'aurai plus le temps de vous faire appeler pour corriger le logiciel !

Colleen toisa l'amiral du regard. Elle n'avait pas dormi depuis trois jours et trois nuits, depuis que le sous-marin avait appareillé de Hawaii caché sous sa barge d'ordures.

— Apparemment, amiral, vous n'avez pas le choix.

— Je vous le répète, vos assurances ne me suffisent pas. Le Cyclops doit fonctionner de façon parfaite d'ici à 18 heures demain. Il vous reste exactement vingt heures.

— Pourquoi 18 heures ? Nous n'entrons pas en zone d'opérations avant 23 heures, que je sache.

— Nous entrons en zone d'opérations, le *Devilfish,* son équipage et moi. Pas vous, Colleen, vous nous quittez demain à 18 heures, un transfert de personnel est prévu à votre profit.

— Quoi ?

— Vous revêtirez une tenue de plongée et vous sortirez par le sas de sauvetage avant que nous soyons à l'immersion périscopique. Nous replongerons aussitôt et vous serez repêchée par un vieux pétrolier qui passera par là. Je déteste l'idée de vous évacuer de cette façon mais je n'ai vraiment pas le choix. Je ne peux pas prendre le risque de faire surface ou même de faire une baignoire.

— Amiral, je reste avec vous pour la durée de cette opération. Annulez ce transfert de personnel, comme vous l'appelez. Je reste avec le Cyclops. Vous et vos bricoleurs d'informaticiens ne pouvez rien faire sans moi.

— Colleen, je n'ai pas l'autorisation de votre père pour vous emmener dans une zone de combat. Êtes-vous d'accord pour la lui demander par écrit ? Et aller à la guerre avec nous ?

La voix de Colleen O'Shaughnessy s'éleva de trois octaves quand elle attaqua.

— Qu'est-ce que c'est que ce bordel, monsieur Pacino ? Je suis adulte et je n'ai besoin de personne pour décider à ma place ! Qu'essayez-vous de faire en mêlant mon père à tout ceci ? Vous tentez de vous couvrir parce qu'il est votre patron ?

— Du calme, Colleen, intervint Pacino d'une voix de fer. Vous êtes un ingénieur civil et les règlements de la marine ne me permettent pas de vous emmener au combat. De plus, je dois en référer à votre père car il est actuellement le seul officier de marine qui me soit hiérarchiquement supérieur. Et je vais même ajouter quelque chose. Si j'étais votre père, je descendrais tout homme qui oserait mettre votre vie en danger. Vous avez été embauchée pour concevoir le système de combat de ce sous-marin, pas pour le mettre en œuvre en situation réelle.

— Vous ne me ferez pas sortir d'ici !

— Demain, 18 heures tapantes, Colleen. Il vous reste vingt heures. Je vous suggère de les mettre à profit.

Colleen O'Shaughnessy jura entre ses dents, en employant un mot que Pacino n'aurait jamais cru pouvoir sortir d'une si jolie bouche. Il ferma doucement la porte du local et se retrouva face à face avec Paully White.

— Alors ? demanda White.

— Je ne peux te donner que mon avis, Paully. Et tu sais quoi ? C'est pas mon avis qui compte, en l'occurrence, c'est le sien.

— Pas rassurant, murmura Paully en roulant les yeux.

— Ça suffit, commandant, coupa Pacino durement.

Paralysé par la surprise, Paully regarda Pacino s'éloigner sans un mot.

— Écoutez-moi bien, bande de sauvages ! commença le capitaine de corvette Christopher Porter, debout devant les officiers rassemblés au carré. Désolé, amiral, commandant White et vous, mademoiselle O'Shaughnessy, je m'adressais seulement à eux, fit-il avec un geste théâtral, réalisant soudain que son entrée en matière favorite pouvait ne pas se révéler tout à fait appropriée en la circonstance.

Porter occupait le poste de chef du groupement opérations et avait réuni les officiers au carré pour une séance d'entraînement. Un grand écran noir aux formes arrondies était descendu du plafond. Les participants avaient coiffé un casque en plastique léger dont les lunettes transparentes contenaient un filtre permettant de percevoir les images affichées à l'écran en trois dimensions. L'ensemble de l'installation rappelait les bulles de plastique en forme d'œuf installées au CO, à plus grande échelle. Porter tamisa l'éclairage et l'écran s'illumina de jaune clair, la représentation du bruit de fond acoustique. Une forme rouge, que Pacino voyait se détacher en relief devant lui, grandit rapidement sur le fond jaune.

— Identification ? lança Porter.

L'un des jeunes officiers cria :

— Banc de poissons.

— Exact.

L'image se modifia, les poissons disparurent et une tache bleue lointaine flotta soudain devant l'assistance.

— Identification ? demanda Porter une nouvelle fois.

— Un sous-marin, répondit une autre voix.

— Bien, ami ou ennemi ?

L'assemblée attendit un peu que l'image se précise.

— Un méchant, CGO, type Soleil Levant.

— Faux, coupa Porter qui semblait apprécier la mine déconfite du commissaire, quelqu'un d'autre ?

— Américain, un Los Angeles, cracha Patton.

— Pas vous, commandant ! dit Porter avec un sourire.

— Tu parles !

— O.K., commandant, vous n'avez pas le droit de participer à notre jeu, mais vos réponses montrent que vous êtes motivé.

— Finissez, CGO, nous n'avons pas le temps maintenant, vous reprendrez la séance plus tard. On passe au briefing armes, puis à l'idée de manœuvre. Si quelqu'un souhaite une tasse de café, qu'il aille la chercher au galop. Je veux toute votre attention pour la suite, et que personne ne dorme.

— Bien, commandant.

L'éclairage se ralluma et l'écran noir disparut dans le plafond. Porter appuya sur les touches d'une télécommande et deux panneaux de bois s'écartèrent, découvrant un grand écran de télévision.

— Messieurs, nous passons aux armes.

Porter dirigea la télécommande vers l'écran et pressa un bouton. Un schéma noir sur fond blanc, un plan d'architecte naval, apparut devant eux. On y reconnaissait le SSNX vu de profil.

— Nous utiliserons en priorité le missile Vortex Mod. Charlie. Il se déplace à 300 nœuds sous l'eau, emporte une charge à plasma et son autodirecteur utilise un laser bleu. Il mesure 92 centimètres de diamètre et peut être lancé par les tubes 3 et 4. Portée : 40 à 50 nautiques, selon la trajectoire ordonnée. À portée max, le temps de parcours reste toujours inférieur à dix minutes. On n'échappe pas à cet engin. Avec son autodirecteur à grande ouverture, il est capable d'attaquer plusieurs fois de suite en cas de besoin. Des questions à propos du Vortex ?

Porter se tut et posa un regard interrogateur successivement sur chacun des participants à la réunion. Quand il s'attarda un peu trop longtemps sur Colleen O'Shaughnessy, Pacino sentit une pointe de jalousie inattendue lui mordre le cœur. Il jeta un coup d'œil à la jeune femme, dont l'expression restait impénétrable et se trouva aussitôt ridicule. Après tout, il avait plus de quarante ans et Colleen pas encore trente. Sans même considérer cette différence d'âge, il en était encore à se remettre de la mort d'Eileen et à essayer de retrouver un sens à sa vie.

Et pourtant, il se devait d'être honnête avec lui-même. Il admirait Colleen, l'appréciait et la trouvait séduisante. Mais où tout cela pourrait-il le mener ? Un vieux dinosaure comme lui n'avait aucune chance avec une fille comme elle. Et pourquoi irait-il s'enticher d'une jeune femme cadre commercial dans une boîte qui vendait des systèmes de combat à la marine ? Et dont le père, de surcroît, était le chef d'état-major de la marine, son supérieur hiérarchique direct.

Il contempla Colleen brièvement une dernière fois avant de focaliser à nouveau son attention sur le briefing en cours. Elle sembla sentir le poids de son regard et tourna la tête vers lui. Ses grands yeux marron exprimaient une fureur contenue. Elle lui en voulait encore de devoir quitter le *Devilfish* avant la bataille, mais juste comme elle se retournait vers Porter, Pacino perçut l'ébauche d'un sourire qu'elle tentait de réprimer. Un sentiment de culpabilité s'empara à nouveau de lui et il baissa les yeux vers son annulaire gauche, où il portait la chevalière d'Annapolis. Un an plus tôt, il avait retiré l'alliance qu'Eileen lui avait offerte et où l'on pouvait lire, gravée à l'intérieur de l'anneau, la devise « Je t'aimerai toujours ». Il l'avait enfilée sur un ruban et déposée sur un cadre contenant une photographie d'elle, qu'il gardait précieusement sur sa table de chevet, dans sa chambre à Pearl Harbor. Ensuite, il avait fait passer sa chevalière de l'École navale de sa main droite à sa main gauche. Pris d'une impulsion soudaine, il retira sa chevalière et la replaça à son annulaire droit. Il leva les yeux et s'aperçut que Colleen le regardait, et même qu'elle l'avait observé tandis qu'il faisait l'échange. À grand-peine, il se força à accorder toute son attention à Porter.

— ... les Mk-52, portée de 8 à 40 nautiques, selon la vitesse de transit et l'immersion de recherche. O.K., passons aux senseurs et au plan de veille. Nous avons déjà parlé des réglages sonar en détail et je n'y reviendrai pas. Je préfère insister sur les capteurs trans-horizon. Nous disposons de deux de ces capteurs, le Mk-12 « Yoyo » et le Mk-4 « Œil-de-lynx ». Le Mk-12 est largué par un avion de patrouille maritime P-S Pegasus et mesure environ 3 mètres de diamètre. Il largue une petite bouée qui flotte à la surface tandis que le corps du yoyo s'enfonce à la meilleure immersion d'écoute, sans dépasser 300 mètres. Ce capteur n'est en fait rien d'autre qu'une réduction de notre propre sphère. À l'aide d'une fibre optique, il transmet tout ce qu'il détecte à la bouée en surface, qui le relaie au satellite ComStar par une liaison de données, puis de là, vers nous, à l'immersion périscopique. Avec le yoyo, nous sommes capables de recevoir des signaux d'une zone distante de plus de 1 500 nautiques. La sensibilité du yoyo ne vaut évidemment pas celle de notre propre sphère, mais permet quand même d'excellentes détections, 100 nautiques sur un sous-marin dans de bonnes conditions, mais nous en espérons 50 en mer de Chine.

— Maintenant, passons aux Mk-4, continua Porter. En cas d'indisponibilité des yoyos, par exemple si les P-5 sont cloués au sol pour une raison quelconque, nous pouvons employer nos propres Mk-4 Œil-de-lynx. Ce capteur est un yoyo en réduction, dont la base hydrophonique est contenue dans la partie avant d'un missile de croisière Javelot et remplace la charge militaire. Pour cette mission, nous n'avons embarqué que deux Javelot de combat, avec leur charge à plasma. Les 10 autres missiles stockés dans le système de lancement vertical à l'avant sont tous des Mk-4, qui devraient nous donner de 24 à 48 nautiques de portée sur un Soleil Levant. La portée utile estimée est de l'ordre de 30 nautiques en moyenne. Nous nous servirons en priorité des yoyos, dont la définition est meilleure mais au cas où quelque chose se passerait mal, il nous resterait toujours les Mk-4. Voilà, j'ai terminé. Quelqu'un a-t-il des questions ? Non ?

— Cinq minutes de pause, demanda Patton. Ensuite, tout le monde reprend sa place pour écouter l'idée de manœuvre de l'amiral Pacino.

— Messieurs, la séance reprend, dit Porter en rappelant les officiers dispersés entre le carré, l'office et la coursive des chambres.

— CGO, les portes sont verrouillées ? demanda Walter Hornick, le commandant en second.

— Affirmatif, second.

— Tout le monde ici est habilité ?

Pacino jeta un coup d'œil circulaire à l'assistance. Colleen O'Shaughnessy avait quitté le carré et il se sentit soulagé, puis ennuyé. Il devait arrêter cela tout de suite. Ses sentiments pour elle risquaient de déstabiliser leur collaboration et il devait vraiment se concentrer sur sa mission.

— Amiral, nous sommes prêts, annonça Patton.

Après un regard rapide à la carte affichée à l'écran, Pacino se leva et s'adressa aux officiers.

— Bonjour messieurs, commença-t-il ainsi qu'il le faisait toujours. Vous reconnaissez ici la mer de Chine orientale. La croix rouge marque la position du naufrage du convoi de la première force d'intervention rapide, à mi-chemin entre l'île de Naze et Yakushima. Ce passage se trouve exactement sur l'orthodromie qui joint Oahu à Shanghai. Messieurs, je pense que les Soleil Levant rôdent là, dans ce passage. Si j'avais à défendre la mer de Chine orientale contre un convoi ou une escadrille de sous-marins ennemis, ce n'est pas ainsi que je procéderais. J'occuperais sans doute toute la zone. Mais d'après moi, voilà comment les Rouges raisonnent : ils attendent là, dans le passage obligé, que le convoi se présente. Ils savent que nous sommes sacrément pressés d'arriver à la côte et de débarquer nos soldats. Comme ils disposent de satellites qui localisent les bâtiments et prennent des photos, ils connaissent notre destination. En plus, sans être devins, ils se doutent bien que notre objectif final doit se situer du côté de Shanghai. C'est sur ce point que les Rouges portent leur effort pour couper la Chine blanche en deux et donc, c'est vraisemblablement là que nous tenterons d'intervenir. Tout le monde me suit, jusqu'ici ?

— Bien, continua Pacino, donc nos Soleil Levant sont regroupés entre Naze et Yakushima. Ont-ils peur de nous ? Pensent-ils qu'une escadrille de sous-marins américains peut venir les déloger ? Commandant Patton, qu'en pensez-vous ?

— Honnêtement, je ne crois pas que cela les empêche vraiment de dormir, amiral, répondit Patton d'une voix forte.

— Et pourquoi, John ?

— Parce qu'ils nous envoient par le fond avant même que nous nous apercevions que nous avons de la compagnie. Je naviguais à 5 nœuds, en situation supersilence, les oreilles grandes ouvertes pour essayer de détecter ces foutus Soleil Levant que je savais dans le coin. Quelques secondes plus tard, je me retrouve en surface et mon sous-marin flambe comme l'enfer. Mon patron sonar m'arrache de la passerelle à la dernière seconde pour me jeter dans un radeau de survie et je me trouve nez à nez avec un putain de périscope ! Est-ce que tout le monde a bien compris ? Ces Soleil Levant sont des saloperies, ils nous ont exterminés et ils sont persuadés qu'ils peuvent recommencer quand ils veulent.

— Bien dit, commandant, commenta Pacino avec un sourire. Nous ne représentons pas une menace pour eux, ils se jouent des 688.

— Et le *Piranha,* notre type Seawolf ? demanda Chris Porter.

— Bonne question, CGO. Quelqu'un a-t-il une idée ? Non ? Voici ma théorie. Le *Piranha* se trouve exactement dans la même situation que les Los Angeles. Dans la merde... Il utilise les mêmes capteurs que les 688, en bande large et en bande étroite, et il cherche des fréquences que nous ne connaissons pas. Ça nous simplifierait la vie d'avoir de bons renseignements sur les caractéristiques des Soleil Levant. Il suffirait d'établir un plan de veille centré autour des fréquences qu'ils émettent, attendre qu'ils se pointent et tirer dans le tas à coups de Vortex. Mais pas de chance, nous ne connaissons pas leur signature.

Pacino but une gorgée d'eau en regardant son auditoire, une vieille astuce qui permettait de juger de la réaction des officiers.

— Mon intention est d'utiliser au maximum les capacités de notre sonar à transparence acoustique. Ce soir à minuit, dix P-5 Pegasus décolleront de Kagoshima pour mouiller le premier *pattern* de vingt yoyos. Nous attendrons à l'immersion périscopique pour recevoir les signaux. Nous y passerons d'ailleurs le plus clair de notre temps, messieurs. Une fois que nous aurons découvert les Soleil Levant, nous guiderons l'approche des Los Angeles de la flotte du Pacifique, qui viendront lancer leurs torpilles. Douze 688 vont bientôt nous rejoindre au point Écho. Certes, ils sont bruyants et relativement vulnérables mais j'en ai besoin pour leur puissance de feu. Avec 12 sous-marins qui emportent chacun 26 Mk-52, je dispose de 312 torpilles que je peux lancer sur les différents objectifs. Ça leur fera un sacré essaim d'abeilles qui viendront leur bourdonner dans les oreilles.

Pacino s'arrêta un instant avant de reprendre son exposé.

— Nous savons par l'amiral Tanaka que les Soleil Levant disposent d'excellentes contre-mesures antitorpilles. Ils disposent de quatre appendices qui se détachent des barres arrière en X. Chaque appendice contient un bruiteur qui reproduit exactement un Soleil Levant, juste un peu plus fort que le vrai, et un ballon qui se gonfle et agit comme un réflecteur sonar. Une torpille ne peut que se faire leurrer avec un tel dispositif. Heureusement, ils n'embarquent que quatre de ces engins. En plus, ils disposent d'un système ventriloque, une sorte de sonar actif qui perçoit les émissions de la torpille assaillante et renvoie de faux échos pour la détourner. Ils peuvent certainement éviter une torpille, deux peut-être, mais pas une douzaine si elles arrivent simultanément.

Même si j'ai bien l'intention de lancer toutes ces torpilles, mon arme principale reste la batterie des 10 missiles Vortex Mod. Bravo du *Piranha,* tous à longue portée. Avec un peu de chance, Bruce Phillips tirera six Bravo et la guerre sera finie. Dans le cas contraire, un ou plusieurs d'entre nous, peut-être tous, se ramassent des torpilles à plasma dans la figure. Aucune garantie de succès. Après les Bravo du *Piranha,* il nous restera nos propres Vortex Mod. Charlie, moins gros et d'une portée plus faible. Nous en emportons plus que le *Piranha* mais pour les mettre au but, nous devrons nous approcher et pénétrer plus profondément dans les eaux ennemies.

En première approximation, messieurs, je suis plutôt optimiste. Mais il me reste bon nombre de préoccupations. Premièrement, les Soleil Levant disposent de missiles antiaériens. S'ils détectent les P-5, ils peuvent les descendre et avec eux, nos senseurs déportés. Dans ce cas, j'emploierai les Mk-4 mais si nous ne trouvons que quelques-uns des Soleil Levant, nous aurons de sérieux problèmes. Je devrai envoyer le *Piranha* pour tirer ceux que nous aurons débusqués et risquer de le faire descendre par l'un de ceux que nous n'aurons pas vus.

Deuxièmement, il existe une chance de ne trouver personne dans la zone où nous cherchons. Si je me suis trompé, les Soleil Levant sont dispersés du nord au sud, ce qui nous obligerait à mouiller des yoyos jusqu'à ce que nous les détections tous. À un certain moment, nous pourrions même être obligés d'attirer leur feu. Une option peu engageante, j'en conviens, d'autant que la seule façon de le faire serait d'envoyer le *Devilfish* au contact, puisque tous nos autres sous-marins sont aveugles et sourds. S'ils nous coulent, l'opération est terminée et le convoi devra se débrouiller sans nous.

— Comment ? Le convoi tenterait de passer quand même ? coupa Porter.

— Exactement. Chaque Soleil Levant emporte 48 torpilles. À eux six, ils disposent donc de 288 torpilles. Nous avons perdu 110 bâtiments en tout, ce qui doit correspondre à environ 120 Nagasaki. Il doit leur rester autour de 148 armes, qu'ils épuiseraient jusqu'à la dernière sur un nouveau convoi.

— Mais cela leur suffirait pour en couler la majeure partie, protesta Porter.

— Écoutez, ce n'est pas mon idée, mais je pense que le général Baldini foncera avec le convoi. Je connais ce type, une vraie tête de mule. Peut-être qu'il fera le pari que les Rouges ont dépensé plus de torpilles et qu'il pourra faire débarquer au moins la moitié de ses hommes. Il doit se dire que la moitié de 400 000 hommes, c'est tout de même mieux que rien.

— Il nous reste quand même une consolation, continua Pacino. D'après les Japonais, la Nagasaki Mod. II ne file que 46 nœuds à pleine vitesse. Un 688 peut gagner à la course contre une torpille et d'après moi, c'est ce qui a dû arriver à l'*Annapolis*. Mais on ne peut pas fuir devant une torpille que l'on n'a pas entendue. Le sonar demeure donc la clef de voûte de tout l'édifice. Enfin, il me reste un dernier problème. Si le Cyclops ne fonctionne pas, cette mission s'écroule d'elle-même. Espérons que le système ne nous réserve pas de mauvaise surprise.

— S'il fonctionne aussi bien que mademoiselle

O'Shaughnessy est jolie, nous devrions nous en sortir facilement, lança un petit malin de l'autre extrémité du carré.

— Ça suffit, tonna Pacino soudain furieux, se mordant les lèvres. Des questions ?... Commandant, faites rompre votre équipage et venez me rejoindre dans la chambre VIP.

Pacino quitta le carré et traversa la coursive, le cœur toujours battant de colère. Aucun doute, il se sentirait beaucoup mieux lorsque Colleen aurait définitivement quitté le bord.

31

Mercredi 6 novembre
Océan Pacifique, à 270 nautiques
au sud-est de Naba, île d'Okinawa
USS Devilfish, *SSNX-1*

— Un pétrolier à la vue, attention pour un bien pointé... top ! bien pointé, attention pour une distance, top ! distance. Trois graduations en grossissement 1,5. Inclinaison 5 droite. Relève périscope par l'officier de quart !

Patton releva les poignées du périscope et descendit de la plate-forme.

— Où se trouve mademoiselle O'Shaughnessy ?

— Je ne sais pas, commandant, en tout cas pas au sas de sauvetage avant, répondit le maître de central en raccrochant son téléphone.

Patton et Pacino échangèrent un regard.

— Je vais la chercher, dit Pacino en quittant le PCNO.

Il passa devant le module sonar, descendit une échelle, longea la coursive centrale jusqu'à son extrémité et arriva à la porte du local calculateur. Il entra la combinaison du verrou en appuyant sur une séquence de touches alphanumériques facile à mémoriser, S-S-N-X. Avec un clic sonore, le verrou s'ouvrit et Pacino entra. Il aperçut aussitôt Colleen devant sa console, qui pianotait comme si le transfert de personnel ne devait pas avoir lieu.

— Vous êtes en retard, commença Pacino en essayant de rester calme. Vous devez partir, maintenant. Terminez ce que vous faites, enfilez la combinaison de plongée et vos bouteilles.

Pacino tendait l'index vers le vêtement et le matériel de plongée entassé aux pieds de Colleen. Elle continua son travail, l'ignorant complètement.

— Colleen, allons-y, maintenant.

Il tendit la main pour lui attraper le bras. Elle se dégagea d'un mouvement brusque et recommença à pianoter sur son clavier, sans un mot.

— Qu'est-ce que vous voulez, à la fin ? hurla Pacino, incapable de maîtriser sa fureur plus longtemps.

— Je vais vous le dire, amiral, répondit-elle d'une voix basse, dans laquelle on sentait pourtant bouillir une rage contenue. Vous me traitez comme une enfant. Alors foutez-moi la paix et laissez-moi travailler. J'ai deux térabytes de programmation à mettre au point.

— Colleen, nous nous débrouillerons sans vous. Laissez vos instructions au capitaine de frégate Porter. Il faut que vous partiez, maintenant.

— Pourquoi ?

— Parce que votre vie est en danger.

— Non, je ne crois pas. Par contre, je ne donne pas cher de votre peau si vous me jetez dehors. Amiral, le code n'est pas stable. Il tourne une demiheure, peut-être une heure avant de se planter et il faut tout relancer à chaque fois.

Elle continuait à taper tout en discutant.

— Très bien, nous relancerons le Cyclops quand il se plantera. Votre tâche ici est terminée.

— Vous ne comprenez pas, amiral. Chaque fois que le système se plante, il faut que j'analyse la condition d'erreur et que je corrige l'instruction erronée avant de pouvoir relancer. Le module de débogage fonctionne de cette façon. Nous pourrions même perdre le système cinquante fois de suite s'il reste cinquante lignes foireuses. Et votre monsieur Porter n'a aucune chance de pouvoir y parvenir. Donc, ce n'est pas votre vie ou même ma vie qui est en jeu, c'est la totalité de cette mission. Sans le Cyclops, vous n'irez nulle part. Vous l'avez dit vous-même, amiral. C'est moi, le système de combat de ce bâtiment.

Elle cessa de pianoter, laissa tomber ses mains sur ses cuisses et leva les yeux vers Pacino.

— Je vais vous dire pourquoi vous tenez tellement à m'évacuer. C'est à cause de vos sentiments pour moi.

Pacino ouvrit la bouche de saisissement et la regarda fixement. Elle avait défait sa queue de cheval et avait dû se faire un shampooing car sa chevelure détachée luisait sous la lumière des plafonniers. Elle souriait, les yeux brillants, et son teint était aussi joli que si elle sortait d'un bain de soleil.

— Mes sentiments pour vous ?

— Exactement. Et je vous comprends, Michael. Moi aussi, j'éprouve quelque chose pour vous, depuis notre première rencontre, il y a 137 jours exactement, lors de la réunion de chantier chez DynaCorp.

— Je ne m'en suis jamais douté, réussit-il à articuler, la gorge si serrée qu'il pouvait à peine parler. Pourquoi ne m'avez-vous rien dit ? Pourquoi n'avez-vous rien fait pour que je comprenne ?

— Vous n'étiez pas prêt. Vous ne l'êtes toujours pas, d'ailleurs. Cela dit, j'ai quand même fait quelque chose pour vous, puisque je suis ici aujourd'hui.

Pacino se débattait dans ses pensées.

— Mais Colleen, votre vie est en danger. Nous partons au combat, vous ne pouvez pas rester.

— Pourquoi ?

— Les règlements de la marine, pour commencer.

— Je m'assieds dessus ! Ensuite ?

— D'accord, votre père.

— Si j'étais un homme, vous ne vous poseriez pas les mêmes questions, pas vrai ?

Pacino tentait de reprendre le cours normal de ses pensées.

— Vous avez raison, sans doute. Peut-être que votre évacuation aurait moins d'importance, mais peut-être pas. En attendant, vous nous quittez sur-le-champ. Je ne veux pas vous faire courir de risque plus longtemps. Je n'aurais jamais dû vous faire venir jusqu'ici.

— Essayez de voir la situation de cette façon, amiral. Si nous nous trouvions à bord du *Titanic* en 1912, m'évacueriez-vous ?

— Oui, sans aucun doute.

— Bien, maintenant, si je me trouvais être, à bord du *Titanic,* la seule personne détenant l'information vitale qui permettrait de ne pas rencontrer ce fameux iceberg, m'évacueriez-vous toujours ?

— Mille fois oui, nom de Dieu !

— Et vous auriez un millier de morts sur la conscience ? Non, je ne crois pas. Laissez-moi rester pour tenter de sauver ce bâtiment, amiral. Car sans moi, vous naviguez aujourd'hui à bord du *Titanic* et l'iceberg est pour demain.

Pacino la regarda dans les yeux un long moment.

— Vous avez raison, vous ne m'êtes pas indifférente, finit-il par admettre en attendant la morsure de la culpabilité, qui ne vint que plus tard.

Colleen sourit.

— Je voudrais trois enfants.

Pacino éclata de rire. Il ouvrait la bouche pour répondre lorsque le clic du verrou se fit entendre, précédant de peu l'entrée de Patton dans le local, l'air interrogateur. Au même moment, un haut-parleur dans le plafond annonça : *Perte du système de combat !*

— Au boulot, soupira Colleen en se tournant à nouveau vers sa console.

Pacino lui fit un signe de la main et sortit de la pièce, entraînant Patton derrière lui.

— Vous pouvez annuler le transfert de personnel. Prévenez le pétrolier qu'elle reste avec nous.

— Elle est folle, ou quoi ? Nous fonçons droit dans la gueule du loup et...

— Nous nous retrouverons sans système de combat si elle n'est pas à bord pour faire fonctionner le Cyclops.

Patton soupira avant de retourner au PCNO. Quand Pacino y arriva à son tour, Patton avait déjà donné l'ordre de redescendre en immersion à vitesse maximale. Il regarda Pacino bizarrement.

— Vous avez une seconde, amiral ?

Patton lui fit signe d'entrer dans la chambre du commandant. Sur la table, un paquet était enveloppé d'un papier kraft. Une enveloppe, collée avec du scotch, portait la mention « RÉSERVÉ COMMANDANT ».

— J'ai déjà lu la note dans l'enveloppe. Elle disait simplement de vous remettre ce paquet lorsque nous approcherions de la zone d'opérations, indiqua Patton.

Il regardait l'amiral, l'air intrigué.

Pacino ouvrit le paquet et en tira un morceau de tissu noir, lourd et grossier. Lorsque les pans se déplièrent, Patton ne put retenir un long sifflement à la vue du magnifique pavillon pirate, deux fémurs croisés sur un crâne blanc au milieu du rectangle noir. Le Jolly Roger était grand, à peu près de la taille d'un drap de lit. Au-dessus du crâne, on pouvait lire USS DEVILFISH, et en dessous des deux fémurs QUI VEUT LA FIN VEUT LES MOYENS. Pacino tressaillit.

Ce pavillon avait flotté à la passerelle du premier *Devilfish* et c'était l'un des deux objets qu'il avait pu sauver du naufrage, avec une photographie de son père devant son sous-marin, le *Stingray*. De retour à Norfolk, Pacino avait déposé le Jolly Roger et la photographie au pied du monument au *Stingray*, une stèle de marbre noir qui portait, gravée en lettres d'or, la liste des disparus en mer. Tout en haut de celle-ci, on pouvait lire « Anthony Pacino, commandant ». Handicapé par ses blessures, il s'était penché avec peine et avait déposé respectueusement ces reliques au pied du monument, avant de se détourner, appuyé sur ses béquilles. Il pensait ne jamais revoir ce pavillon.

Il en avait cependant entendu parler. Quelqu'un lui avait rapporté qu'un jour, lors de l'une de ses visites à l'amiral Donchez, alors commandant des sous-marins de l'Atlantique, il avait aperçu le Jolly Roger claquant au vent au-dessus du bâtiment de l'état-major, à côté du pavillon américain. Pacino avait mis cet épisode sur le compte de la trop grande imagination de son interlocuteur. Pourtant, le Jolly Roger se trouvait bien là, devant lui, à bord du nouveau *Devilfish,* encore un symbole légué par Donchez.

— Je voudrais lire le mot, demanda Pacino.

Patton lui tendit la feuille de papier sur laquelle il reconnut l'écriture de Donchez.

« *Remettez ceci à l'amiral Pacino lorsque le Devilfish approchera de la zone d'opérations.* »

Pacino avala sa salive.

— Faites-le accrocher au PCNO, demanda-t-il à Patton.

Point Écho
40 nautiques à l'est du passage
entre Naze et Yakushima
USS Devilfish, *SSNX-1*

Pacino jeta un coup d'œil à sa Rolex. Encore trente minutes avant minuit. Il arpentait le sous-marin de long en large depuis deux heures, passant son temps entre le carré, le PCNO, la chambre de Patton, le module sonar et le local calculateur.

Avec Paully White et John Patton, l'amiral était maintenant assis à la petite table de conférences dans la chambre du commandant et regardait une fois de plus la carte de la mer de Chine orientale. Pacino sentait une boule lui nouer l'estomac, symptôme habituel chez lui de la tension précédant un combat décisif. Il cherchait désespérément à trouver ce qu'il pouvait encore faire d'utile. Il avait déjà rappelé le *Piranha* à l'immersion périscopique et expliqué les détails de l'opération à Bruce Phillips. Il ne restait qu'à attendre.

Que se passerait-il s'il s'était trompé ? se demanda-t-il soudain. Si les sous-marins Rouges ne les attendaient pas dans le passage mais se trouvaient à plusieurs centaines de nautiques dans le sud, ou même déployés sur toute la longueur de la côte chinoise ? Que ferait-il alors ? Pour le moment, il ne pouvait que patienter. Bientôt, les P-5 mouilleraient les yoyos dans le passage et la bataille commencerait. S'ils ne détectaient rien, il serait alors temps d'envisager un plan de secours.

Il se laissa aller un instant à penser à Colleen mais il avait l'impression de s'asseoir sur une fourmilière. Il ne pouvait que se faire du souci pour elle et espérer qu'il ne lui arriverait rien. Et à lui non plus, corrigea-t-il aussitôt.

Quand la pendule indiqua 23 h 55, heure locale, Pacino se leva.

— Il est temps de rappeler au poste de combat, dit-il en sortant de la chambre du commandant.

Une fois de plus, il emprunta l'échelle et la coursive centrale avant d'entrer au local calculateur. Dans la petite pièce, l'écho du haut-parleur au plafond qui annonçait *Au poste de combat, au poste de combat !* se réverbérait, sinistre.

— Eh bien ! Nous y voilà, je crois.

Lorsque Colleen se tourna vers lui, son visage exprimait une inquiétude profonde. Tout en parlant, elle continuait à surveiller son écran du coin de l'œil.

— Bonne chance, Michael.

Une telle phrase lui parut incongrue dans la bouche de Colleen, mais si douce à entendre.

— À toi aussi, ma chérie, prononça-t-il à son tour, se haïssant d'employer un tel mot dans de telles circonstances.

Le visage de Colleen s'éclaira un instant et elle retrouva un semblant de sérénité. Mais après quelques secondes, l'angoisse revint et elle recommença à pianoter sur son clavier, jurant contre l'ordinateur. Il se retira doucement du local et la regarda intensément avant de fermer la porte. Il voulait garder ce souvenir d'elle, quoi qu'il advienne.

SIXIÈME PARTIE

YOYO

32

Jeudi 7 novembre
Base aéronavale de Kagoshima, Japon

L'avion de patrouille maritime P-5 Pegasus attendait en bout de la piste 18, moteurs au ralenti. Le ruban de béton pointait exactement vers le sud, en direction des eaux sombres de la mer de Chine orientale. Seuls l'éclairage des instruments de vol et les balises de la piste diffusaient une faible clarté à l'intérieur du cockpit. Les chiffres lumineux du chronomètre synchronisé avec l'horloge atomique du satellite ComStar égrenaient les secondes : 53... 54... 55...

La main gantée de Nomex du capitaine de frégate David Toscano reposait déjà sur les manettes des gaz des quatre turboréacteurs, montés par paires sur l'extrados des ailes hautes de l'avion à la silhouette disgracieuse. Lorsque le chiffre 55 apparut devant lui, Toscano les poussa à fond et les turbines se mirent à hurler, loin derrière lui. L'avion commença à vibrer sous la poussée des moteurs tandis que le pilote gardait les pieds sur les freins et vérifiait un par un tous ses instruments, pressions d'huile, de carburant, débits, températures moteurs et nombre de tours par minute. Les réacteurs DynaCorp montaient normalement en régime. L'avion, lourdement chargé de quatre grosses torpilles Mk-79 et de deux yoyos, aurait besoin de toute leur puissance pour s'arracher du sol avant le bout de piste.

Toscano jeta un coup d'œil à son copilote, qui lui fit un signe de tête affirmatif, la figure masquée par la visière de son casque de vol. Le chronomètre continuait à égrener les secondes : 58... 59... 00... À cet instant précis, Toscano lâcha les freins. La première seconde, il ne se produisit strictement rien. L'avion, vibrant de toutes ses membrures sous les dizaines de tonnes de poussée de ses moteurs, ne bougea absolument pas. Les doigts du pilote se crispèrent sur le manche à balai tandis qu'il gardait les pieds bien appuyés sur les pédales. Finalement, le P-5 s'ébranla doucement et accéléra. Après quinze secondes, il atteignit la vitesse d'un coureur de 100 mètres et l'aiguille du badin décolla de zéro. Il avait à peine parcouru 20 mètres sur la piste et il lui restait un peu plus de 2 500 mètres de béton à parcourir.

Le gros engin prit lentement de la vitesse jusqu'à ce que le sol défile très rapidement sous lui. Il bondissait doucement sur la piste et la portance commençait à se faire sentir sur les ailes. Aux trois quarts de la piste, le P-5 avait atteint sans problème la vitesse de décollage, 175 nœuds, mais Toscano maintint l'appareil au sol. À 200 nœuds, alors qu'il voyait la fin de piste s'approcher rapidement, il tira légèrement sur le manche et arracha son appareil. La nuit noire emplit son pare-brise et les vibrations cessèrent instantanément. Le P-5 survolait déjà la mer de Chine orientale. L'aiguille de l'altimètre monta régulièrement et, au passage à 1 000 pieds, Toscano réduisit les gaz et rendit du manche.

— Train, dit-il dans son micro.

Le copilote repoussa le levier avec la poignée ronde et le train d'atterrissage du P-5 se rétracta dans le fuselage.

— Volets, continua-t-il en ramenant un petit levier vers lui.

Il entendit aussitôt le sifflement du moteur hydraulique qui rentrait les volets dans les bords de fuite des ailes. Le Pegasus avait pris sa configuration normale de vol.

Toscano appela la carte de navigation sur l'écran avant. Lorsque le point de largage du premier yoyo commença à clignoter, le trait de côte des îles japonaises disparaissait dans leur nord. Environ quinze minutes jusqu'au premier *drop*. Toscano se concentrait sur sa navigation et ses instruments, le P-5 étant un avion notoirement capricieux.

À proximité du point de largage, Toscano rompit le silence pesant qui régnait au poste de pilotage.

— Démarre les turbopropulseurs !

Son copilote déclencha la séquence de démarrage automatique du turbopropulseur droit, dont l'énorme hélice aux pales en forme de cimeterre était restée en drapeau depuis le décollage. L'hélice prit un peu de pas et se mit à tourner sous l'effet de la vitesse du flux d'air environnant. Bientôt un mécanisme déclencha l'injection de carburant dans la chambre de combustion et le turbopropulseur se stabilisa au ralenti.

— Le turbo numéro 1 est en fonction, paramètres normaux.

Sans attendre, il lança le numéro 2.

— Deux turbopropulseurs en fonction.

Toscano réduisit les gaz des réacteurs et leur hurlement se transforma en murmure. Beaucoup plus discrets et moins gourmands que les réacteurs, les turbopropulseurs maintiendraient l'avion au-dessus de l'eau à faible vitesse. Toscano laissa le P-5 s'approcher de la surface de la mer. D'un coup d'œil sur la carte, il nota sa position, à moins de 3 nautiques du point de largage du premier yoyo.

— Ouverture de la porte avant de la soute 1, commanda-t-il dans son micro.

Le copilote appuya sur le bouton et un voyant vert indiqua la nouvelle position des portes de la soute qui contenait les yoyos.

— Un nautique avant largage, arme le dispositif de largage et mets le yoyo sous tension.

— Yoyo numéro 1 sous tension, autotest correct, largage armé, paré à larguer.

— Quatre cents mètres, attention...

Chu avait l'œil collé au périscope et commanda :

— Attention pour le lancement du missile Darkwing numéro 2, trois, deux, un, feu ! Guidage laser, j'ai l'avion au centre du réticule.

— Darkwing 2 parti, amiral, annonça Lo Sun depuis la console de commandement.

L'énorme avion de patrouille maritime volait si bas que les portes ouvertes de la soute rasaient presque les crêtes des vagues. Chu était remonté à l'immersion périscopique et avait rappelé au poste de combat à peine quelques secondes plus tôt. Il aurait juré que l'avion savait où le *Tempête Arctique* se cachait. Il n'avait pas orbité en larguant des bouées, il avait juste surgi de nulle part et se dirigeait droit sur eux. Le « Commandant Bis » lui avait donné une dizaine de secondes de préavis sur l'avion, durant lesquelles Chu s'était levé de la table du carré, avait donné l'ordre de reprendre la vue d'urgence et avait saisi les poignées du périscope.

Chu sentit un frisson lui glacer le dos. Les Américains contre-attaquaient. Il n'avait pas anticipé cette éventualité et espérait que les Japonais n'avaient pas divulgué les caractéristiques des Soleil Levant.

Le cours de ses pensées s'interrompit brusquement lorsqu'il aperçut à travers son périscope la traînée brillante laissée par le missile.

Toscano surveillait ses instruments d'un œil et la carte de l'autre. C'était le moment.

— Attention pour le premier yoyo, trois, deux, un, top ! Larguez.

Le copilote poussa un bouton sur le panneau de commande des soutes et vérifia que la séquence de largage était bien initialisée. L'avion bondit soudain vers le ciel quand la masse de deux tonnes se détacha de son berceau et tomba vers la mer.

Un flash de lumière, très bref, apparut sur l'avant tribord, juste avant que le P-5 n'explose. L'avion se désintégra complètement. Les éclats coupèrent en deux le corps de Toscano dans son siège, et ce père de deux enfants fut mort avant d'avoir rien vu.

Des dizaines de milliers de débris de toutes tailles arrosèrent la mer sur un kilomètre carré. Un réacteur à peu près intact s'écrasa à proximité immédiate du yoyo, qui s'enfonçait déjà dans les profondeurs de la mer de Chine. La queue de l'appareil manqua de justesse la bouée émettrice restée en surface.

Deux cents mètres plus bas, le yoyo commença à transmettre ce qu'il voyait avec son système d'imagerie à transparence acoustique. La mer autour de lui était pleine de morceaux de métal qui tombaient vers le fond. Les débris du cockpit passèrent bientôt à proximité puis tout se calma et il ne resta plus que l'océan et la forme solitaire d'un Soleil Levant qui rôdait à l'immersion périscopique, à 1 200 mètres de là.

Cinq Pegasus décollèrent cette nuit-là de Kagoshima. Tous les cinq furent attaqués par un missile alors qu'ils passaient à proximité de la position du *Tempête Arctique* et tous les cinq se désintégrèrent avant de couler, ne laissant aucun survivant.

Le premier yoyo avait pu être largué à la position prévue mais tous les autres explosèrent dans les avions qui les emportaient.

Aucun autre P-5 n'était disponible à Kagoshima. Et de toute façon, cela n'aurait servi à rien. Tous les yoyos fabriqués à ce jour avaient été embarqués à bord de la première vague d'avions. Il n'en existait pas d'autres.

Après avoir abattu cinq avions, l'amiral Chu, toujours devant son périscope, retira son casque et s'essuya le front d'un revers de main.

Sans le savoir, il venait de remporter la première manche.

Point Écho
USS Devilfish, *SSNX-1*

— L'Awacs au-dessus de Kagoshima rend compte qu'il a perdu les cinq Pegasus au radar, annonça Paully White de la console radio.

— Comment ça, perdus ? demanda Patton.

— Ils ont simplement disparu de l'écran radar. L'Awacs surveillait les Pegasus d'une altitude de 12 000 pieds. Ces avions volent trop bas pour être contrôlés par des radars à terre. D'après le commandant de l'Awacs, les cinq Pegasus ont bu la tasse, il ne sait rien d'autre.

— Je reçois les signaux d'un yoyo, interrompit Porter de la console 1 du Cyclops. Ainsi qu'un contact, confirmé sous-marin en plongée.

Pacino, penché sur la table à cartes, se redressa d'un coup. La situation commençait à évoluer. Selon toute probabilité, les P-5 avaient été descendus à coups de missiles antiaériens tirés par les Soleil Levant. Pacino cligna des yeux avant de regarder Patton. Il ne pouvait plus compter sur les yoyos. Ce maudit commandant Rouge avait descendu ses avions de patrouille maritime. Il allait devoir employer les Mk-4, dont il espérait ne pas avoir à se servir en raison de leurs performances moindres. Mais sans eux, la mission se terminait là.

— *CO de sonar, contact sur le yoyo numéro 1, 30 nautiques au sud-ouest de l'île de Yakushima. Classifié sous-marin en plongée, probablement hostile.*

— Baptême, but 1, ordonna Patton.

Il marcha jusqu'à la bulle de visualisation totale située à l'avant tribord du CO, la console zéro, et y entra. Pacino choisit la VR 4, tout à l'arrière du CO, ouvrit la verrière et se glissa à l'intérieur. Il abaissa le canopy transparent derrière lui et coiffa le casque de visualisation par-dessus ses écouteurs. Une lueur jaune apparut sur tout l'horizon et la tache elliptique bleue d'un contact sembla flotter devant lui, à moins d'un demi-nautique.

— Passez la visualisation du système de combat

en mode réalité virtuelle, la source est le yoyo 1, demanda Patton.

Aussitôt, le fond jaune avec ses marques bleues et rouges disparut, remplacé par la situation telle que la percevait le yoyo, un monde bleuté, la surface au-dessus, la forme tridimensionnelle du sous-marin, tout près.

— Représentation géographique, distances réelles.

L'image se transforma une fois de plus, cette fois en une vue du dessus du passage Naze-Yakushima, le contact du yoyo au milieu en haut et le *Devilfish* en bas à droite. Les côtes et le continent asiatique apparaissaient avec un relief extraordinairement détaillé. Pacino siffla entre ses dents. Après avoir vu cela, il serait impossible de revenir aux vieux écrans plats en deux dimensions.

— Commandant Patton, il est temps de lancer les Mk-4.

— Nous sommes parés, amiral.

Deux minutes plus tard, les quatre premiers missiles Javelot emportant les Mk-4 avaient quitté leur tube. Le système de lancement vertical, logé dans les ballasts avant, avait ouvert une à une les portes des tubes et un générateur de gaz avait propulsé chaque missile vers la surface au milieu d'une bulle de vapeur. Les accélérateurs à poudre s'allumèrent dès la traversée du dioptre et accélérèrent les engins jusqu'à Mach 0,8 à une altitude de 800 mètres, avant de se détacher et de retomber vers la mer. Les turboréacteurs s'allumèrent à leur tour et les missiles redescendirent aussitôt vers la sécurité des basses altitudes. Les Javelot rasèrent la surface, à peine 6 mètres au-dessus des crêtes des vagues, jusqu'à arriver à leur destination finale. Puis, ils effectuèrent une ressource brutale, montant verticalement dans le ciel avant de basculer sur eux-mêmes et de foncer droit vers la mer. Pendant la descente, une charge pyrotechnique sépara la section avant du reste du missile et l'ouvrit comme une fleur tandis qu'une autre charge détruisait le reste du Javelot, désormais inutile. Un objet oblong se dégagea de chacune des sections avant, freiné et stabilisé par un petit parachute. Quelques instants plus tard, un second parachute plus grand se déploya, puis un troisième, à quelques centaines de mètres au-dessus de la surface. Les Mk-4 dérivèrent lentement dans le vent et touchèrent doucement les vagues avant de larguer leur parachute et de s'enfoncer dans la mer, comme les yoyos. Quatre bouées émettrices flottèrent bientôt à la surface, reliées par un câble aux capteurs, 200 mètres plus bas.

Deux minutes plus tard, une seconde salve de Mk-4 fendit l'air puis, à nouveau deux minutes plus tard, les deux derniers Mk-4 quittèrent leur tube de lancement.

Les dix senseurs Mk-4 survécurent à leur mise à poste, s'enfoncèrent à la meilleure immersion d'écoute et commencèrent à transmettre leurs signaux aux satellites ComStar orbitant au-dessus du Pacifique Ouest.

SS-403, Tempête Arctique

— Amiral, un splash, probablement une bouée, azimut 0-9-5, annonça Lo Sun, soudain nerveux.

Chu se raidit dans son siège, devant la console de commandement. Il était redescendu à l'immersion de 300 mètres, là où la bathy lui laissait espérer la meilleure écoute.

— Ce n'est pas tout, je perçois également des turboréacteurs, très faibles.

— Turboréacteurs et bruits d'entrée dans l'eau ? Qu'est-ce que c'est que cette histoire ?

— Amiral, peut-être des missiles de croisière.

— Des missiles de croisière ? Tu plaisantes ! Qu'est-ce que ces engins pourraient bien faire contre nous à 300 mètres d'immersion ?

— Peut-être larguer des grenades ASM à plasma. Deuxième bruit d'impact dans l'eau, amiral. Non, trois... Quatre, maintenant, ils nous encadrent.

Était-ce une coïncidence, se demanda Chu, si ces quatre bruits d'impacts provenaient exactement du nord, du sud, de l'est et de l'ouest? Les Américains tentaient-ils de l'encadrer en plaçant des charges à plasma tout autour de lui? Ou lançaient-ils des bouées acoustiques pour essayer de localiser son bâtiment? À moins qu'ils n'utilisent des torpilles portées par missile de croisière?

Chu se sentait mal à l'aise comme il ne l'avait encore jamais été durant toute cette opération. Les Américains n'avaient pas peur de lui et s'avançaient avec des avions et maintenant des missiles de croisière. Que lui réservait l'avenir? Avec la puissance dévastatrice des charges à plasma, aurait-il même le temps de se rendre compte de ce qui lui arrivait?

Dépêche-toi, mon petit guerrier, car ils arrivent et ils sont forts. Conclus rapidement.

En cette heure d'incertitude, le rêve reparut et il comprit enfin sa signification. Son père n'était pas revenu mystérieusement de l'au-delà pour lui parler. Son esprit avait imaginé tout cela. Sans doute cherchait-il inconsciemment un message de prudence de la part du seul homme qu'il ait jamais écouté. Sauf cette fois. Il n'avait pas réussi à obtenir une victoire décisive. Il avait coulé le premier convoi mais, malgré les centaines de milliers de morts, cela ne s'était pas révélé suffisant. Peut-être aurait-il dû laisser un bâtiment s'échapper pour raconter l'horrible massacre, peut-être les Américains auraient-ils ainsi cru en sa puissance. Mais Chu ne pouvait pas revenir en arrière.

Les Américains arrivaient. Ils arrivaient sans crainte, avec certitude, amenant la mort avec eux. Et ils étaient puissants. Chu admit en lui-même qu'il avait vraiment peur. Il se dit qu'il allait mourir aujourd'hui et que ses os ne reposeraient jamais dans une tombe.

Les mots de son père lui revinrent une fois de plus en mémoire : *le courage n'est pas l'absence de peur mais il se traduit par des actions entreprises sous l'étreinte terrible de la peur, des actions au profit de tes hommes, de ton bâtiment, de ta flotte, de ton pays. Un jour, mon fils, tu montreras ton courage. Aujourd'hui, sache qu'il dort en toi. Ton courage jaillira de ton cœur lorsqu'il sera temps. N'en doute jamais.*

Pacino retourna dans la bulle de visualisation numéro 4 dès qu'il entendit que le premier Mk-4 avait pris un contact classifié sous-marin. Il afficha la représentation géographique pour se faire une idée de la position relative des contacts traités par le Cyclops. Il se permit un sourire en regardant la mer et les détections autour de lui, et même la terre modelée en trois dimensions. Il compta et recompta, n'en croyant pas ses yeux. Quatre, cinq... six ! Les six Soleil Levant ! Tous là, devant lui. Il avait envie de sortir de la bulle et de laisser éclater sa joie auprès de Patton et de Paully White mais il se ravisa. Le Cyclops pouvait s'arrêter de fonctionner n'importe quand. Colleen avait dit que le logiciel n'était pas encore au point et qu'il ne demandait qu'à se planter.

Il quitta la bulle de visualisation et monta sur la plate-forme des périscopes. De là, il pouvait facilement voir un grand écran, piloté par le Cyclops, sur lequel s'affichaient les positions des douze 688 et du *Piranha.* Tous apparaissaient, ainsi que les six Soleil Levant.

Malheureusement, les sous-marins ennemis se trouvaient hors de portée des Mk-52 des 688 ainsi que des Vortex Mod. Bravo du *Piranha.* Il ne pouvait plus attaquer avec ses avions de patrouille maritime, tous abattus. Les escadrilles de Blackbeard et de Seahawk embarquées sur les porte-avions et les bâtiments de la FIR de réserve se trouvaient bien trop loin pour fournir un soutien quelconque. Il allait devoir s'approcher, ce qui amènerait les sous-marins américains en portée des Soleil Levant. Pacino dicta un message pour les 688 et le *Piranha* et demanda à Patton de le transmettre. Il donnait aux sous-marins les coordonnées des six Soleil Levant. La force avancerait, en immersion profonde, le *Piranha* à 17 nœuds, les 688 à 10 environ, assez vite pour qu'ils puissent parcourir du chemin, assez lentement pour qu'ils entendent quelque chose et ne soient pas aussi bruyants que des locomotives emballées.

Trop facile, se dit Pacino. Qu'avait-il bien pu manquer ? La réponse lui vint presque aussitôt, quand l'officier de quart jura avant d'annoncer sur la diffusion générale :

— *Perte du système de combat !*

Sa voix trahissait la déception de tous les hommes présents au CO.

La carte s'effaça sur la table traçante, noire et inerte. Les cinq bulles VR s'ouvrirent et cinq officiers en sortirent, avec l'air désorienté des personnes passant de la pénombre d'un cinéma à la lumière brillante du soleil. Le maître principal Byron DeMeers ouvrit la porte du module sonar et entra au CO. Les hommes se rassemblèrent d'eux-mêmes dans l'espace libre, à bâbord, au pied de la plate-forme des périscopes.

Pacino, en proie à un conflit intérieur, prit sa décision. Il dévala l'échelle, se précipita dans la coursive centrale et composa le code du verrou de la porte d'entrée du local calculateur.

Colleen O'Shaughnessy, vice-présidente de Cyclops Computer Systems, une division de DynaCorp Defense International, l'architecte du système de combat Cyclops Mk-72 NSSN, était assise devant sa console, la tête entre les mains. Des larmes roulaient silencieusement sur ses joues.

33

SS-403, Tempête Arctique

L'amiral Chu Hua-Feng fixait l'écran du sonar avec suspicion et confusion.

Douze contacts sous-marins.

Douze 688, qui s'avançaient dans le passage entre Naze et Yakushima comme si les Soleil Levant n'existaient pas.

Mais après tout, pourquoi s'inquiéter ? Ces 688 ne connaissaient pas sa position, il devait être devenu paranoïaque.

Et pourtant, douze sous-marins, tous des 688, tous groupés à l'entrée du passage... Que se passait-il ?

— Amiral, appela Xhiu Liu, le CGO depuis la console sonar.

L'urgence de la situation s'entendait dans le ton de sa voix.

— Dix, non onze... maintenant tous les douze 688 ont ouvert une porte avant. J'entends encore des bruits d'ouverture de tubes... Tous les sous-marins ont maintenant ouvert au moins deux portes avant de tubes lance-torpilles.

Que peut-il bien se passer ? se demanda Chu, hésitant. Tous les douze ensemble, progressant exactement dans sa direction, ouvrant tous ensemble les portes de leurs tubes lance-torpilles... Pouvaient-ils l'avoir détecté ? D'une façon ou d'une autre, les Américains devaient connaître sa position. Le *Tempête Arctique* occupait le poste le plus à l'est de la formation des Soleil Levant dans le passage. Pouvait-il s'agir d'une sorte de manœuvre d'intoxication ? Après tout, lui-même avait bien demandé à sa flotte de chalutiers de remorquer de faux périscopes. En plus, quelques-uns remorquaient également des bruiteurs sophistiqués qui imitaient parfaitement la signature des Soleil Levant. La ruse appartenait depuis toujours à l'art de la guerre en Chine.

Mais si Chu se trouvait devant une illusion, quel pouvait bien en être le but ? Attirer son feu pour l'obliger à gaspiller ses précieuses torpilles ? Il n'avait simplement aucun moyen de le savoir. Il prit sa décision. S'ils voulaient des torpilles, ils allaient les avoir ! Et il ne ferait pas dans la dentelle.

— Ouvrez les portes avant des tubes 13 à 24. Affichez vitesse rapide, immersion de recherche 50 mètres pour toutes les torpilles.

— Bien amiral, répondit Chen Zhu à la console des armes.

Les torpilles furent réchauffées en quelques instants.

— Disposez la torpille du tube 13 sur le but 3, celle du tube 14 sur le but 4 et ainsi de suite, ordonna Chu.

— Tubes 13 et 14 parés, les tube 15 et 16 dans quelques secondes.

— Lancez 13 et 14 !

La différence entre un lancement discret en mode autodémarrage et la chasse d'une Nagasaki à l'aide d'un générateur de gaz était impressionnante. Une charge de poudre vaporisa de l'eau contenue dans un réservoir, la transforma en vapeur surchauffée sous forte pression, qui vint pousser la torpille hors de son tube à la vitesse d'un boulet de canon. Le moteur de l'engin démarra et il fonça à travers la mer à vitesse maximale, sans se préoccuper de discrétion. En quelques minutes, Chu lança sa salve de douze Nagasaki en direction de la vague des 688 américains et s'enfonça dans son fauteuil pour attendre les quatorze minutes du temps de parcours.

Il serait intéressant de voir si les Américains allaient fuir ou bien continuer tout droit en direction des torpilles. Chu, tendu, regardait fixement son écran. Il aurait bien aimé avoir une tasse de thé mais il n'avait pas eu le temps de remplir son Thermos depuis l'approche des P-5. L'impatience commençait à se faire sentir.

— Les buts 3 à 14 sont toujours en rapprochement, annonça le CGO.

Ils n'avaient toujours pas entendu les Nagasaki. Excellent. Chu passa en revue ses écrans les uns après les autres et essaya de penser à la façon dont il allait attaquer le second convoi. Avec un peu de chance, il n'aurait même pas besoin de couler cette deuxième flotte. Les Américains abandonneraient la partie et rentreraient chez eux, comme ils auraient dû le faire depuis le début.

— Le but 3 a détecté la torpille. Changement

d'inclinaison, il évolue, amiral. Il se retourne et accélère. Idem pour le 5, le 8 et maintenant le 4... Tous, maintenant, tous les 688 ont détecté les torpilles et fuient.

— Bien, répondit Chu sobrement.

Vraiment ? se demanda-t-il. Si les Los Angeles avaient détecté les Nagasaki suffisamment tôt, ils avaient une chance de s'en sortir, la différence de vitesse jouant en leur faveur. Chu comptait sur les explosions des charges à plasma en fin de parcours pour endommager gravement ou même couler ces sous-marins en fuite.

La première déflagration résonna dans le local, si forte qu'elle était audible sans l'aide d'aucun appareil bien qu'elle fût distante de plus de 20 kilomètres. Une seconde, puis une troisième explosion leur parvinrent et, finalement, Chu en perdit le compte exact. Le coin de ses lèvres se releva légèrement. Les Américains venaient de payer pour lui avoir causé autant de nuits blanches.

USS Devilfish, *SSNX-1*

— C'était quoi, ce bordel ?

Paully White se tenait au milieu des officiers qui attendaient la remise en route de leur système de combat. Le *Devilfish* était aveugle et sourd sans le Cyclops. Une forte explosion retentit, rapidement suivie de deux autres, puis d'autres encore, à intervalles irréguliers.

Pacino arriva à la porte avant du PCNO en courant.

— Combien d'explosions ? demanda-t-il.

Patton lui annonça la mauvaise nouvelle.

— Douze, amiral, je pense que les 688 ont été touchés.

— Merde...

Il ne put rien ajouter d'autre.

— Et le Cyclops ?

— En panne, et pour de bon, d'après Colleen.

À cet instant, l'éclairage des bulles vacilla, s'éteignit puis vacilla encore avant de rester allumé tandis que les stations se reconfiguraient. Les officiers se précipitèrent à leur poste et coiffèrent leur casque.

— *CO de local calculateur, Cyclops en fin d'initialisation, opérationnel dans dix secondes.*

La voix de Colleen restait basse, calme et mesurée, ne laissant rien paraître du désespoir que Pacino avait constaté vingt minutes plus tôt.

— Sonar du commandant, tour d'horizon de la situation ! demanda Patton.

— *Commandant de sonar, initialisation toujours en cours, attendez,* répondit la voix de DeMeers... *Commandant de sonar, Cyclops en fonction, nous avons les six Soleil Levant, douze sphères bizarres, non identifiées, matériau de faible densité, et de multiples objets...*

— Comment ? demanda Patton, ennuyé. Avez-vous le contact sur les 688 ?

— *Commandant de sonar, je pense que les douze sphères sont les restes des explosions de torpilles à plasma. Nous classifions les nombreux petits objets comme des débris de coque de sous-marins. Le Cyclops les montre en mouvement vertical vers le bas. Ils coulent. Tous se trouvent maintenant entre 600 et 1 000 mètres d'immersion et les premiers débris commencent déjà à se confondre avec le fond... Commandant de sonar, je vous confirme, il ne reste autour de nous que les six Soleil Levant et le* Piranha.

— Quel fils de pute ! cracha Pacino. Ce fumier vient d'assassiner presque deux mille de mes hommes.

Une rage meurtrière l'étouffait. Il aurait voulu tuer le commandant de l'escadrille rouge de ses propres mains.

— Amiral, le *Piranha* est en portée de trois des Soleil Levant avec ses missiles Vortex.

USS Piranha, *SSN-23*

Le capitaine de vaisseau Bruce Phillips se tenait sur la plate-forme des périscopes et regardait par-dessus les épaules des opérateurs assis devant les consoles du système de combat.

— Sonar du commandant, alors ? aboya-t-il dans son microphone.

— *Commandant de sonar,* répondit le maître principal Henry de sa voix de baryton, *aucun contact, juste de la saturation dans les azimuts où se trouvaient les 688.*

— Sonar du commandant, je monte prendre la radio. Peut-être que le bon oncle Mikey sur le *Devilfish* aura quelque chose de plus intéressant à me raconter que vous et votre équipe de jeunes filles au sonar.

La réponse du maître principal fut aussi professionnelle que le discours de Phillips était peu orthodoxe.

— *Commandant de sonar, bien reçu. Avez-vous l'intention de faire une abattée d'écoute ?*

— Négatif. Officier de quart, remontez à l'immersion périscopique, au galop !

— Bien commandant, répondit sèchement l'officier de quart, un jeune enseigne de vingt-huit ans nommé Gustavson. Central, 20 mètres, assiette plus 20, affichez 15 nœuds.

— 20 mètres, assiette plus 20, afficher 15 nœuds... 15 nœuds affichés, on monte en allure.

Le bâtiment s'inclina fortement et l'équipage s'accrocha où il put.

— 200 mètres... 150 mètres...

— Bien. Sonar, nous remontons à l'immersion périscopique sans abattée d'écoute, dit l'officier de quart dans l'interphone.

Il se tenait derrière le périscope numéro 2, toujours rentré à cause de la grande vitesse.

— 100 mètres !

— Bien, central, stoppez ! Affichez arrière 3. Réduisez l'assiette à 10 degrés.

Le bâtiment se mit à vibrer lorsque la pompe-hélice partit en arrière. L'officier de quart devait ralentir le sous-marin avant de passer au-dessus de la couche, dangereusement près de la surface, où il pourrait découvrir un contact proche rôdant dans les parages.

— 60 mètres...

— Bien, stoppez, annoncez le passage à 7 nœuds.

— Affiché stop ! Vitesse 10 nœuds.

— 50 mètres, aboya le maître de central.

— Vitesse 7 nœuds, annonça le pilote.

— Attention pour hisser le périscope numéro 2, cria l'officier de quart à travers le CO.

À ce commandement, le maître de central et le pilote devaient annoncer l'immersion et la vitesse, pour ne pas dépasser les valeurs prescrites, risquer d'arracher le périscope et d'ouvrir ainsi un trou béant dans la coque.

— Immersion 45 mètres !

— Vitesse 6 nœuds.

— Je hisse !

Gustavson fit tourner l'anneau de hissage dans le plafond et le tube d'acier inoxydable du périscope s'éleva dans son puits. Il se pencha pour attraper les poignées de chaque côté du bloc optique et les écarta.

Il régla le site au maximum et tourna rapidement plusieurs fois pour tenter d'apercevoir une ombre ou la forme caractéristique d'une coque suffisamment proche pour présenter un risque de collision.

— Clair au périscope !

— 30 mètres...

— Top la vue ! annonça Gustavson lorsque le périscope creva la surface dans l'air transparent de la nuit.

L'officier de quart se lança aussitôt dans une recherche des bâtiments de surface proches, en grossissement faible et en site bas. Il transpirait sous l'effort demandé par la rotation rapide du périscope.

— 21 mètres, lança le maître de central.

Tous se taisaient au CO, s'attendant à ce que Gustavson crie « 55 mètres rapide » ou son équivalent fonctionnel : « Oh merde ! », ce qui déclencherait une série d'actions automatiques pour ramener le sous-marin à l'immersion de sécurité. Mais finalement, Gustavson annonça « rien de proche ». Bruce Phillips tendit la main vers le combiné rouge de la liaison UHF cryptée par satellite, baptisée Nestor pour une raison oubliée depuis la nuit des temps. Il jeta un coup d'œil à la feuille des indicatifs radio du jour et grimaça en lisant le sien.

— Ricky de Lucy, parlez, dit-il dans le combiné. Ricky de Lucy, me recevez-vous, parlez.

— *Lucy de Ricky, fort et clair. Attention pour message Flash en provenance de Fred. Texte : coordonnées grille alpha en zéro golf, bravo en huit hôtel, charlie en deux foxtrot, delta en neuf mike, écho en six tango et foxtrot en cinq sierra.*

Roger Whatney se dépêcha de gribouiller les coordonnées des six Soleil Levant sur un coin de calque puis pianota furieusement sur une console du système de combat BSY-4.

— *Postez immédiatement vos paquets. Break. Faites l'aperçu, parlez.*

Phillips claqua des doigts en direction de Whatney, qui portait déjà les positions sur la table traçante et se pencha sur la console 2. Trois des six Soleil Levant se trouvaient à l'intérieur du cercle de portée des missiles Vortex. Le *Piranha* les emportait à l'extérieur de sa coque épaisse, comme une cartouchière passée sur l'épaule d'un bandit mexicain, car les engins étaient bien trop volumineux pour trouver leur place à l'intérieur. De plus, les vieux Mod. Bravo ne pouvaient pas être tirés depuis un tube lance-torpilles, sous peine de rupture de la coque.

— Ricky de Lucy, dites à Fred que nous mettons tout de suite notre courrier à la poste. Terminé.

— Commandant, les buts 1, 2 et 4 sont en portée.

Phillips avait gardé les missiles Vortex sous tension depuis leur entrée en zone d'opérations. Il risquait de faire surchauffer l'électronique et les gyros mais, à cet instant, il ne regrettait pas d'avoir pris le pari. Le tir allait être immédiat.

— ASM, larguez les portes avant des tubes 10, 1 et 9. Tube 1 sur le but 1, tube 10 sur le but 2 et tube 9 sur le but 4.

— Tubes affectés, commandant.

— Bien, attention pour lancer, tube 1 sur le but 1.

— Sous-marin paré, annonça Gustavson.

— Solution affichée et vérifiée, rendit compte Whatney.

— Missile paré, tube 1 sur le but 1, dit l'officier ASM.

— Lancez, ordonna Phillips.

— Feu ! répéta l'officier ASM. Démarrage de la séquence automatique de lancement, le calculateur commence le décompte...

— Sonar de CO, attention, lancement d'un Vortex ! cria Gustavson pour que les opérateurs sonar aient le temps de retirer leur casque, sous peine de se faire éclater les tympans.

— Trois, deux, un, allum...

Le reste des paroles de l'officier ASM fut couvert par le rugissement de l'allumage du moteur à propergol solide de l'énorme missile Vortex.

— Attention pour lancer, tube 10 sur le but 2.

La même litanie s'égrena une nouvelle fois. Les hommes formaient une équipe bien entraînée, chacun avec une tâche précise dans la chaîne qui conduisait à la mise en œuvre de l'arme jusqu'à ce que le calculateur prenne à sa charge les dernières opérations de préparation de l'engin et sa mise à feu.

Trente secondes après avoir reçu les coordonnées par radio, Phillips avait lancé trois missiles en direction des trois Soleil Levant en portée.

Il tira un havane tout neuf de sa poche de poitrine.

— Et maintenant, il n'y a plus qu'à laisser mijoter... dit-il à la cantonade.

Il alluma son cigare avec son briquet de l'USS *Greeneville* et un large nuage de fumée l'enveloppa bientôt.

La première explosion sembla provenir de très près, la deuxième d'un peu plus loin et la troisième parut éloignée. Après chaque détonation, une clameur de courte durée s'élevait au CO. Phillips ne fit rien pour calmer l'enthousiasme de ses hommes. Ses oreilles bourdonnaient encore du fracas des lancements et des explosions mais, cette fois, il n'en avait cure. Le bâtiment était resté à l'immersion périscopique et Phillips décrocha le combiné rouge.

— Ricky de Lucy, parlez.

— *Ricky, parlez.*

— Trois lettres à la poste. Avez-vous les accusés de réception ?

Avons-nous coulé ces salopards, nom de Dieu ?

— *Lucy de Ricky, affirmatif...*

Les hurlements de joie au CO couvrirent la fin de la phrase.

SS-403, Tempête Arctique

— Qu'est-ce que c'était que ça, bordel de merde ? demanda Chu.

— Et ça venait d'où, CGO ? continua Lo Sun, d'une voix teintée d'angoisse.

— Et Xhiu, pourquoi n'avez-vous rien détecté ? Ni les explosions, ni les transitoires très forts qui les précédaient ? continua Chu. Votre sonar est en avarie ?

— Oui, amiral, je vérifie. La page arrive... C'est ça ! Transitoires très bruyants, azimut 1-1-2. J'ai trois secteurs saturés au sonar dans les azimuts où se trouvaient le *Volcan,* l'*Éclair* et le *Tsunami,* amiral.

La chance tournait vraiment très vite, se dit Chu, amèrement. Trois de ses sous-marins avaient disparu et son foutu opérateur sonar n'avait rien vu venir.

— CGO, passez l'azimut aux armes. Chen, programmez les Nagasaki 24, 23 et 22 contre les buts 15, 16 et 17, tous dans l'azimut et à la distance où les transitoires sont apparus.

Xhiu pianotait furieusement sur son clavier. Lo Sun se pencha par-dessus l'épaule de Chu et lui murmura à l'oreille :

— Pourquoi trois torpilles, amiral ?

— Il pourrait y avoir trois sous-marins ennemis dans cet azimut, répondit-il.

— Amiral, il ne nous reste plus que 18 grenouilles. Vous en tirez trois, il ne nous en restera plus que quinze. Si nous avons perdu trois de nos bâtiments, notre stock d'armes est déjà dangereusement bas pour arrêter le second convoi. Êtes-vous certain d'avoir besoin de ces trois torpilles ?

Chu jeta un regard glacial à son second.

— Oui, laissa-t-il tomber simplement, et Lo retourna à sa console sans un mot. Lancement par gaz de chasse, grande vitesse de recherche, immersion de recherche 200 mètres !

Six minutes et demie plus tard, la troisième Nagasaki quittait le tube 24. Beaucoup trop long, pensa Chu. Son équipage commençait à commettre des fautes, oubliant de remplir les tubes ou de réchauffer les torpilles. Plus vite cette mission serait terminée, mieux il se porterait.

Au moins, les torpilles étaient parties. Il pouvait maintenant réfléchir au problème le plus urgent : comment trois armes aussi bruyantes avaient-elles pu être lancées d'un sous-marin en plongée sans qu'il les détecte, malgré toutes les capacités du « Commandant Bis » et du sonar extraordinairement performant des Soleil Levant ? Il porta l'azimut des transitoires sur la carte et prit une décision. Il remonterait dans cette direction à la recherche des Américains pour confirmer leur destruction avant de se remettre en place pour attendre le convoi.

34

— Commandant de sonar, alerte torpille ! Plusieurs torpilles lancées par le Soleil Levant le plus à l'est en direction du Piranha *!*

Pacino tressaillit, se redressa dans son siège et se leva d'un bond. Il trouva Patton debout à côté des bulles de visualisation au CO.

— Il faut prévenir Phillips, dit Pacino en tendant la main vers le combiné rouge de la liaison Nestor.

— Lucy de Ricky, parlez !

Pas de réponse.

— Lucy de Ricky, parlez, nom de Dieu !

La sueur perlait à grosses gouttes au front de Pacino. L'une d'entre elles lui roula dans l'œil gauche, qui se mit à piquer.

— Merde, Phillips, prends la liaison, dépêche-toi, lança-t-il au hasard.

USS Piranha, *SSN-23*

Phillips alluma son second cigare de la nuit, ou plutôt le premier de la journée, puisque la pendule venait juste de passer minuit, heure locale, ce vendredi matin.

— Merci mon Dieu, nous sommes vendredi ! murmura-t-il pour lui-même.

— Commandant, deux de plus en portée, annonça Whatney, excité.

Phillips plissa les yeux et s'adressa à l'équipage.

— Attention pour lancer, tube 3, but 4, ordonna-t-il en tirant une grosse bouffée de son cigare.

— Lucy de Ricky, répondez, nom de Dieu.

Phillips leva les yeux d'un air exaspéré. La radio ne cessait pas de beugler dans le CO. Il continua à donner ses ordres et écouta les comptes rendus tout en se dirigeant distraitement vers le combiné.

— Sous-marin paré, dit Gustavson.

— Solution parée, annonça Whatney.

— Tube 3, but 4, début de la séquence automatique de lancement !

— Ricky de Lucy, je vous reçois fort et clair, parlez ! répondit Phillips à la radio tout en suivant le lancement du Vortex.

— Lucy, exécutoire immédiatement, éloignez-vous vers l'est à vitesse maximale excep...

Le reste se perdit dans le grondement assourdissant du missile Vortex qui quittait le tube 3, sur tribord, du même côté que la console radio. Il fallut plusieurs secondes avant que Phillips pût entendre quelque chose.

Il appuya sur l'interrupteur d'émission.

— Ricky de Lucy, répétez.

— Il ne vous a pas entendu, amiral.

— Lucy de Ricky, exécutoire immédiatement, dégagez vers l'est à vitesse maximale exceptionnelle ! Je répète, foutez le camp vers l'est à vitesse maximale exceptionnelle ! Tout de suite ! Avez-vous reçu ?

La réponse fut identique.

— Ricky de Lucy, répétez.

— Lucy de Ricky, foutez le camp, nom de Dieu, tirez-vous de là immédiatement ! Fuyez ! Avez-vous reçu ?

Bruce Phillips regardait fixement le téléphone.

— ASM, tube 8, but 5, début de la séquence automatique de lancement.

— Lucy de Fred, pour exécution immédiate, éloignez-vous vers l'est au plus vite, tout de suite ! Est-ce que vous me recevez ?

Phillips fit une grimace.

— Sous-marin paré, commandant.

Phillips prit sa décision. Il n'était qu'à deux Soleil Levant d'une belle médaille, et il n'était pas question d'abandonner maintenant. D'un autre côté, il n'entrait pas dans ses habitudes d'ignorer un appel radio urgent, surtout lorsqu'il provenait directement de l'amiral Pacino. Il allait s'expliquer directement avec lui, cette fois-ci sans utiliser cette foutue procédure radio.

— Amiral, ici Phillips, négatif, lancement de deux Vortex en cours, je répète, lancement de deux Vortex en cours par le *Piranha*. Négatif pour dégager, terminé.

Il regarda l'officier de quart et mit le volume de la radio à zéro.

— Officier de quart, rentrez le périscope et descendez à 330 mètres, la meilleure immersion d'écoute.

— Bien commandant, répondit l'officier de quart qui donna les ordres nécessaires au central.

— Eh bien? demanda Phillips, irrité, à son officier ASM. Qu'est-ce que vous attendez? Lancez sur le 5!

— Feu sur le 5, séquence automatique enclenchée, cinq, quatre...

Les trois Nagasaki remontèrent l'azimut de leur objectif, désigné simplement sous le nom de but 15, le quinzième sous-marin rencontré durant cette opération.

Les armes se rapprochaient à la vitesse de 46 nœuds et fonçaient vers le *Piranha,* qui naviguait tranquillement à 5 nœuds à l'immersion périscopique.

Patton regarda Pacino.

— Incroyable, il ne nous écoute même pas! bredouilla Patton.

— Lancez un Vortex contre lui, ordonna Pacino.

— Quoi?

— Tout de suite, John, allez-y, tirez un Vortex en direction du *Piranha,* activez un plafond de 300 mètres et assurez-vous bien de désactiver le mode d'autodestruction en fin de parcours. Vite!

Le visage de Patton s'éclaira brusquement, il avait compris.

— Disposez le tube 1, Vortex Mod. Charlie, mode autodémarrage, plafond 300 mètres, autodestruction de fin de parcours désactivée, le but est... le *Piranha,* attention pour lancer le Vortex 1, rendez compte sitôt paré!

— Commandant, qu'est-ce que tu fais, demanda Walt Hornick, le commandant en second.

— Lancez ce bordel de missile tout de suite! rugit Patton.

L'équipage obéit mollement, ne comprenant pas

pourquoi on leur ordonnait de tirer contre l'un des leurs. Manifestement, Patton n'avait ni le temps ni l'envie de leur fournir des explications.

Il fallut cinquante secondes pour que le Vortex quitte son tube et allume son propergol. Contrairement aux Mod. Bravo de Phillips, directement éjectés de leur tube par la poussée de leur moteur principal, les Mod. Charlie étaient équipés d'un petit propulseur semblable à celui d'une torpille, qui permettait d'éloigner l'engin du sous-marin d'environ 300 mètres avant la mise à feu du moteur fusée.

Pacino se glissa dans la bulle numéro 4 pour voir ce qui se passait. Phillips allait-il finir par réagir ?

— Amiral, commença Hornick, pourquoi avons-nous lancé sur le *Piranha ?*

— Réfléchissez, second, Phillips n'a pas voulu nous écouter lorsque nous lui avons demandé de dégager. Il ne peut pas entendre les torpilles Nagasaki pendant qu'il tire ses Vortex contre les Soleil Levant, et je doute fort qu'il puisse même les détecter en temps normal avant qu'il ne soit trop tard. Par contre, il ne peut pas louper le Vortex qui fonce vers lui. Il va devenir fou, faire surface d'urgence et tout arrêter dans son sous-marin. Nous avons imposé un plafond au missile. Il ne détectera pas tout ce qui se trouve à une immersion inférieure à 300 mètres. En manœuvrant pour échapper au Vortex, il échappera du même coup aux Nagasaki, qu'il ne peut pas entendre.

— Maintenant, il ne nous reste plus qu'à attendre de voir ce que vont devenir les deux Soleil Levant et le *Piranha,* souffla Pacino dans son micro.

— *Perte du Cyclops !* entendit-il dans son écouteur juste au moment où le système de visualisation s'éteignait dans un clignotement

Pacino sortit de la bulle numéro 4, l'air effondré. Une fois de plus, le Cyclops s'était planté.

L'explosion qui suivit résonna violemment dans tout le bord.

— CO de sonar, nouveau contact, un missile Vortex.

— Il semblerait que le *Devilfish* veuille s'amuser un peu lui aussi, dit Phillips à l'intention de Whatney.

— *CO de sonar, missile en relèvement constant, en rapprochement rapide! Il faut faire quelque chose, commandant!* L'officier marinier criait et sa voix parvenait déformée à travers l'interphone. *CO de sonar, il est pour nous! Il faut remonter d'urgence!*

Phillips ne prit pas le temps de se demander ce qui se passait. Il tourna la tête vers le central et hurla.

— Chassez rapide et normal partout, surface! En avant toute! Assiette plus 30!

Personne n'eut besoin de se le faire dire deux fois.

La chasse rapide, commandée par deux leviers chromés dans le plafond au-dessus du poste de pilotage, injecta de l'air sous très forte pression dans tous les ballasts, qui se vidèrent rapidement de leur eau. Une cacophonie de sifflements stridents envahit le PCNO tandis que l'air HP se détendait au passage à travers tuyautages et distributeurs. Le *Piranha* fonçait vers le haut avec 30 degrés d'assiette positive, sous la poussée puissante des ballasts pleins d'air et de la propulsion. En moins de quatre-vingt-dix secondes, il remonta de 320 mètres et creva la surface à la vitesse de 34 nœuds. Le dôme sonar émergea le premier, puis la partie cylindrique de la coque et le massif. L'énorme sous-marin sortit presque entièrement de l'eau avant de retomber lentement dans une immense gerbe d'écume. Le *Piranha* replongea jusqu'à l'immersion de 50 mètres avant de se stabiliser en surface.

— Mettez le réacteur en alarme! continua Phillips. Arrêtez tout à bord!

L'officier de quart transmit les ordres au PCP et, en quelques secondes, l'éclairage vacilla avant de passer sur secours et le ronflement du conditionnement d'air se tut. Toutes les consoles du système de combat s'éteignirent, sauf une.

— Sonar, où est le missile?

— Toujours en rapprochement, commandant.

Phillips jeta son mégot de cigare, tira un nouveau

havane de sa poche de poitrine, hésita et le replaça dans son étui. Il tapa du pied, nerveusement, et attendit.

Le Vortex Mod. Charlie passa exactement 280 mètres en dessous de la coque du *Piranha*. Son programme lui dictait de ne pas tenir compte des buts à une immersion inférieure à 300 mètres. Il laissa donc le *Piranha* et s'éloigna de toute la puissance de son moteur fusée jusqu'à épuisement de son propergol, quarante secondes plus tard. Comme prévu, le missile termina sa mission sans exploser et coula lentement vers le fond de la mer.

Les trois Nagasaki perdirent la trace du *Piranha* dans la perturbation causée par le sillage du Vortex et ne purent le reprendre puisque le sous-marin était passé au-dessus de la couche thermique, importante dans cette zone. Elles continuèrent à chercher un moment avant de s'égarer très loin de leur but.

En surface au-dessus de la couche, le *Piranha* n'entendit pas les Nagasaki s'éloigner. Il perçut simplement les trois explosions terminales, à une quinzaine de nautiques de lui.

Les détonations entendues par le *Devilfish* après la perte du Cyclops provenaient des deux Soleil Levant attaqués et coulés par Phillips. La mer était vide. Ou presque.

Le *Piranha* avait survécu. Un seul Soleil Levant restait à éliminer, le *Tempête Arctique*.

35

USS Devilfish, *SSNX-1*

— État du Cyclops ? demanda Patton.

— *En panne, et pour de bon,* dit Colleen O'Shaughnessy sur l'interphone de secours.

— Pouvons-nous lancer un Vortex en manuel? demanda Pacino.

— *Ça devrait être possible,* répondit Colleen.

— John, nous allons tirer quinze Vortex dans le tas, pour une attaque en saturation. Et demandez à quelqu'un de prendre la liaison avec le *Piranha.* Prévenez Phillips de ne replonger sous aucun prétexte.

— Bien amiral.

Pacino se pencha contre la rambarde du CO, ferma les yeux et écouta la litanie des ordres d'ouverture des portes des tubes lance-torpilles. Les missiles Vortex seraient programmés pour remonter un azimut donné en recherchant les contacts. Une salve de quinze missiles devrait remplir cette tâche. En cas d'échec, peut-être Colleen arriverait-elle à redémarrer le Cyclops. Alors ils pourraient attaquer le dernier Soleil Levant.

Le lancement des Vortex dura une demi-heure, les moteurs à poudre s'allumèrent les uns après les autres et les missiles disparurent dans la mer, à la recherche du dernier sous-marin chinois. Impossible de savoir si les Vortex avaient touché leur cible. Les premières explosions se firent entendre au bout de quarante minutes. Elles pouvaient aussi bien être dues à l'autodestruction programmée en fin de parcours qu'à la découverte d'un but. Les engins étaient programmés pour exploser lorsqu'ils avaient épuisé leur propergol au cas où, par une chance extraordinaire, ils se trouveraient près d'un but.

Pacino sentit une profonde lassitude lui peser sur les épaules. En quelques heures, il avait perdu cinq avions de patrouille maritime Pegasus, douze 688, peut-être même le *Piranha.* Il leva les yeux pour regarder Patton qui revenait de la coursive centrale avant.

— Colleen nous annonce qu'elle sera parée dans deux minutes, annonça-t-il.

Pacino enfila son casque de réalité virtuelle et grimpa dans la bulle de visualisation. Il était impatient de savoir ce qui s'était passé depuis que le *Devilfish* était aveugle et sourd.

SS-403, Tempête Arctique

Les missiles approchaient.

Chu avait bien compris qu'il devait virer et s'enfuir mais, auparavant, il voulut lancer ses trois dernières Nagasaki dans l'azimut du bâtiment qui avait tiré ces stupides missiles au plasma contre lui. Une fois les trois armes parties, Chu fit demi-tour et mit le cap à l'ouest à vitesse et immersion maximum, pour tenter d'échapper à l'attaque en saturation.

Trop tard. Le missile numéro 6, à court de propergol, s'autodétruisit un kilomètre sur l'arrière du *Tempête Arctique,* encore à 80 mètres d'immersion et en pleine accélération. L'onde de choc de l'explosion se propagea à la vitesse du son dans l'eau et frappa violemment le sous-marin. Si Chu n'avait pas été sanglé à son fauteuil, il serait mort. Mais les cinq points de son harnais le maintinrent solidement. Tout son corps lui faisait mal, meurtri par les sangles et il se redressa, contusionné mais pas brisé. Bien qu'il eût survécu, le reste du sous-marin avait eu moins de chance.

Le réacteur se mit en alarme.

La mer commença d'envahir le compartiment machine par une fissure sur un tuyau de réfrigération.

Ni le périscope, ni aucun des mâts ou antennes ne fonctionnaient.

Mais ces problèmes n'étaient rien en comparaison de la vraie catastrophe : la « mort », sous l'effet de l'onde de choc, du « Commandant Bis ».

Les fonctions évoluées des réseaux de neurones s'arrêtèrent lorsque les armoires s'ouvrirent et que la soupe de cellules nerveuses vivantes se répandit sur le sol. Le « Commandant Bis », privé de ses fonctions supérieures, se mit à convulser, un peu comme un poulet auquel on aurait coupé la tête juste avant de mourir.

Bien que la coque du sous-marin soit restée à peu près intacte, sans le « Commandant Bis », les Chinois devaient abandonner le bâtiment.

Chu ne pouvait pas remonter : celui qui avait tiré contre lui plus d'une douzaine de missiles au plasma ne cesserait pas d'attaquer sous prétexte qu'il était en surface.

Non, il devait faire évacuer l'équipage par le sas de sauvetage, puis saborder le sous-marin. Par chance, un de leurs chalutiers avait été repéré à proximité.

— Messieurs, votre attention, s'il vous plaît, dit-il d'une voix forte. Quittez vos postes et rassemblez-vous près du sas de sauvetage avant. Nous abandonnons le bâtiment sans faire surface. Exécution !

Près du sas, Chu trouva une douzaine de cagoules et de kits de survie. Il avait envoyé Xhiu chercher leurs propres radios et leurs balises de détresse. Une fois le panneau inférieur ouvert, les hommes montèrent rapidement dans le sas. Le bâtiment prenait de la gîte sur bâbord et accusait déjà une assiette négative plus importante. Lorsque tous furent entrés, Chu ferma le panneau inférieur, leur ordonna d'enfiler leurs cagoules et commença à remplir le sas. Une fois le sas plein et équilibré, Chu ouvrit le panneau supérieur en tirant un levier et un vérin hydraulique. Les hommes se trouvaient dans une section du sas de sauvetage séparée de la mer par une paroi verticale et respiraient dans une poche d'air, en haut de celle-ci. Chu trouva la prise d'air comprimé et gonfla successivement la cagoule de chaque homme avant de le pousser immédiatement sous la paroi, en direction du panneau supérieur. Il resta seul à bord. Il gonfla sa propre cagoule et se faufila sous la paroi métallique pour passer dans l'eau froide.

Durant une courte seconde, il regretta de quitter le sous-marin qui allait mourir. Du plat de la main, il tapa deux fois sur l'acier de la coque, comme pour lui souhaiter bonne chance et se hissa hors du panneau. La flottabilité de la cagoule le fit remonter sans effort vers la surface. Il fit bien attention d'expirer pendant toute la durée de la remontée. L'air pressurisé à 80 mètres d'immersion aurait fait exploser ses poumons s'il ne soufflait pas en permanence.

Vingt secondes plus tard, il crevait la surface. Les

premiers sortis du sous-marin avaient déjà gonflé deux radeaux et pianotaient sur leurs radios pour essayer d'appeler des secours.

— Alors ? demanda-t-il.

— J'ai pu joindre Tianjin. Ils devraient nous envoyer un hydravion. Ils seront là dans deux heures environ.

— Parfait.

— Amiral, pensez-vous que nous avons gagné la guerre ?

Chu réfléchit à la question, qui lui paraissait purement rhétorique, tant la réponse allait de soi.

— Nous avons coulé la force d'intervention américaine, puis douze de leurs sous-marins, descendu cinq avions de patrouille maritime. Pour leur part, ils ont détruit cinq de nos sous-marins et paralysé notre propre bâtiment, nous obligeant à l'abandonner.

Le grondement amorti d'une explosion résonna en dessous d'eux.

— Soit notre sous-marin vient d'imploser, soit quelqu'un s'est chargé de l'achever avec une torpille, commenta Chu. De toute façon, notre succès se mesurera au temps que nous aurons pu retenir la force de débarquement américaine. Si les Américains décident que cette mer est encore trop dangereuse à traverser, alors nous aurons arraché une victoire immense. S'ils décident que le passage est possible et poursuivent jusqu'en Chine blanche pour combattre nos forces, alors nous aurons subi une défaite terrible. Mon opinion ? Nous avons fait de notre mieux et je vous dois à tous de multiples remerciements pour votre travail et les risques que vous avez pris.

USS Piranha, *SSN-23*

— C'est plutôt calme ici en ce moment, dit le maître principal Henry.

— Pas de missiles, pas de torpilles, pas de Soleil Levant.

— Exact.
— Faites diverger le réacteur, plongez et sortez-nous d'ici au plus vite, ordonna Phillips.

USS Devilfish, *SSNX-1*

— Démarrage Cyclops dans trois, deux, un...
Pacino pensait se trouver soulagé de pouvoir voir le monde autour de lui. Il avait tort.
Les écrans scintillèrent de nouveau. Pacino coiffa son casque.
— Bordel, dit une voix.
— Merde, une seconde.
— Alerte torpille ! hurla une troisième.
— Vitesse maximum d'urgence ! cria Patton. À gauche toute, venir au 0-6-0 !
L'écran de Pacino montrait le *Piranha* en surface, sans personne autour de lui. Pas de Soleil Levant, mais une seule torpille Nagasaki qui fonçait vers eux, à moins d'un nautique de leur position.
Le pont commença à vibrer sous l'effet de l'accélération. Pacino espérait sincèrement que le *Devilfish* réussirait à distancer l'engin. Il était plongé dans ses pensées lorsqu'il entendit Patton donner des ordres surprenants.
— Officier de quart, prenez la diffusion générale et faites équiper tout le monde de masques à air respirable.
— Bien, commandant.
Dans tout le bord, des haut-parleurs aboyèrent :
— Alerte torpille ! Capelez les masques à air respirable !
— Central, armez le dispositif d'extinction automatique.
— Euh, oui, commandant, mais vous ne croyez pas que nous risquons de détruire le Cyclops et tous les équipements électroniques du bord si nous faisons cela ?
— Ça vaut mieux que de griller dans un incendie, répondit Patton sèchement.

Pacino le regarda, étonné, mais décidé à ne pas intervenir. Peut-être Patton avait-il tiré les leçons du naufrage de l'*Annapolis*.

Pacino enfila son masque et le brancha sur une prise. Il respira un air en conserve sec et chaud, au goût métallique.

Le pont continuait à vibrer sous leurs pieds. Pacino se demanda si la torpille allait s'autodétruire en fin de fonctionnement. Puis il pensa à Colleen, se demanda si elle portait bien son masque et ce qu'elle faisait en ces instants tragiques. Il se leva pour atteindre la connexion de son masque, avec l'intention de le débrancher et d'aller vers l'avant vérifier que tout se passait bien pour elle.

Il n'y parvint pas.

La détonation de fin de parcours de la torpille Nagasaki le projeta au sol. Il sombra dans les ténèbres.

36

Les premières secondes après l'impact de la torpille parurent presque calmes, les hommes souffrant d'une surdité temporaire, conséquence de la déflagration.

Pacino se retrouva sur le pont, allongé sur quelqu'un qui gémissait de douleur. Il retira son masque et se redressa. Il distingua la rambarde de la plateforme des périscopes au-dessus de lui, la saisit et se releva à la force des bras. L'éclairage au plafond vacillait, mais il fallait s'attendre à des fluctuations de tension après la perte du réacteur. En cas d'arrêt des turboalternateurs, la batterie d'accumulateurs prenait le relais mais n'alimentait plus que les circuits vitaux.

Il regarda l'écran de la console de navigation. Le sous-marin maintenait son immersion. Cela signifiait que le pilote automatique contrôlait toujours les barres de plongée. Apparemment, le *Devilfish* ne semblait pas courir de danger immédiat. Avant tout, ils devaient retrouver le réacteur et la propulsion. Bizarre, d'ailleurs, que l'officier de quart au PCP n'ait pas rendu compte de la mise en alarme du réacteur, pensa-t-il. Le transmetteur d'ordres affichait « Stop ». Pacino tendit le cou pour repérer Patton, qui se relevait également, de l'autre côté de la console de commandement. Il paraissait indemne, ainsi que l'officier de quart. Tous deux réajustaient leurs masques, puis les tuyaux et détendeurs agrafés à leur ceinture.

Le système de combat avait à nouveau cessé de fonctionner, rien d'étonnant après le choc qu'ils venaient de subir.

Par un extraordinaire coup de chance, ils avaient réussi à distancer la torpille Nagasaki et à s'en sortir presque entiers. Pacino attira le regard de Patton et lui montra le masque sur son visage. À présent que le sous-marin était relativement sûr, les masques n'étaient plus nécessaires. Il cherchait les sangles lorsqu'une voix venant d'un haut-parleur le pétrifia.

Cette voix arrivait au CO par le circuit d'urgence numéro 4, qui amplifiait tous les circuits de téléphone autogénérateur qui couraient dans le bord et enregistrait les conversations. L'homme hurlait :

— *Alarme incendie au poste torpille ! Feu de carburant torpille !*

Pacino sentit brusquement l'adrénaline l'envahir. Un feu de cette origine signait la plupart du temps l'arrêt de mort de tout sous-marin nucléaire. Le carburant auto-oxydant, contenu dans les étages de démarrage des missiles Vortex et dans les torpilles Mark 52, brûlait sans air, le produit contenant suffisamment d'oxygène pour que la combustion s'entretienne d'elle-même. Cette particularité en faisait un carburant idéal pour une torpille mais présentait un danger mortel en cas de fuite et d'inflammation à l'intérieur du bord, car il n'existait aucun moyen de l'éteindre. Le peroxyde brûlerait jusqu'à épuisement et les fumées étaient tellement toxiques qu'une seule inspiration suffisait à terrasser un homme sur place. Pacino avait été confronté au problème durant la phase de conception du SSNX et il avait relevé le défi de deux façons. Il avait fait installer une extinction semi-fixe à azote liquide dans le compartiment, qui débitait simultanément à l'avant et à l'arrière du local. Il avait également fait renforcer les cloisons du poste torpille. Une fois les panneaux d'accès fermés, le poste pouvait être noyé par un circuit d'eau de mer. L'eau n'arrêterait pas l'incendie de carburant, qui continuerait à brûler, mais permettrait peut-être de refroidir suffisamment la coque pour empêcher sa rupture.

Il avait demandé plusieurs simulations d'incendie de torpilles, qui avaient toutes abouti au naufrage du sous-marin. En désespoir de cause, Pacino avait essayé un nouveau scénario dans lequel il éjectait les torpilles encore saines, avec un succès mitigé. En tout cas, seule la combinaison des trois modes d'action permettait peut-être à un équipage bien entraîné d'éviter la catastrophe.

Il pensa à Colleen. Le local calculateur se trouvait juste au-dessus des armes en feu. Il l'imagina luttant dans les fumées toxiques, s'effondrant à genoux, en train de mourir. Avant de réaliser ce qu'il était en train de faire, il prit une profonde inspiration, débrancha son tuyau d'air et se précipita par la porte arrière. Comme il n'appartenait pas à l'équipage, il n'avait pas de place attitrée au poste de combat ou durant un accident, bien qu'un certain flou subsiste dans les règlements de la marine à ce propos.

Ce n'était pas l'heure de discutailler un point de règlement. Il devait éteindre cet incendie. Il bondit vers l'échelle en face de la chambre du second, descendit le long des rambardes lisses en acier, sans toucher les barreaux des pieds, jusqu'à ce que ses semelles heurtent les tôles du pont inférieur. Il traversa la coursive en courant jusqu'à la porte avant, celle qui donnait dans le poste torpilles.

C'était une lourde porte étanche en acier avec un

petit hublot à hauteur des yeux. Il ne vit qu'une épaisse fumée noire et la lueur orange vacillante des flammes. Pendant une fraction de seconde, Pacino resta figé. S'il ouvrait la porte, l'appel d'air aggraverait le sinistre. Mais il réfléchit. Ce qui se consumait à l'intérieur n'avait pas besoin d'oxygène. Il en contenait suffisamment.

Il ouvrit une armoire portant l'inscription OBA et sortit un appareil respiratoire autonome, qui ressemblait à un compensateur de flottabilité pour plongeur, une sorte de poumon artificiel muni d'un masque à gaz. Il l'enfila en laissant le masque pendre au bout de son tuyau et s'empara d'une cartouche d'oxygène, sur l'une des étagères de l'armoire. Il l'inséra dans l'appareil, arracha une goupille et alluma le générateur chimique. En trente secondes, la cartouche monta en température et commença à produire l'oxygène dont Pacino aurait besoin à l'intérieur du local.

— *Incendie au poste torpilles,* annonça un haut-parleur de la diffusion générale. *Intervention de l'équipe sécurité avant. L'amiral Pacino prend la direction des opérations sur place. Le sous-marin fait surface d'urgence. Se disposer à noyer le poste torpilles.*

Pacino fut rejoint par un homme à la forte carrure, la chemise trempée de sueur.

— Qui êtes-vous ? demanda Pacino à travers son masque.

Il prit une nouvelle inspiration, retira son masque à air respirable et enfila celui de l'OBA. L'air qu'il y respira était poisseux et chaud. Mais au moins, il allait le garder en vie.

— Premier maître Hanson, torpilleur, amiral, répondit l'homme. J'enfile un OBA et je viens avec vous.

— J'entre le premier et je commence l'intervention, dit Pacino à l'officier marinier. Je percuterai l'extinction à azote liquide. Si j'y parviens, je prendrai la manche et j'attaquerai le feu depuis l'avant, vous ferez de même depuis l'arrière. Ensuite nous pousserons les armes dehors. Vous connaissez le fonctionnement du panneau de commande arrière de la manutention ?

— Oui, amiral, répondit Hanson.

Quatre hommes supplémentaires arrivèrent. Hanson avait déjà enfilé son OBA et allumé sa chandelle à oxygène.

— Équipez-les avec des OBA, patron, et faites-les entrer dans le poste torpilles. Foutez-moi ces missiles dehors au plus vite ! Si l'incendie gagne le propergol solide de l'un des Vortex, nous sommes tous morts !

L'explosion du moteur fusée d'un missile Vortex ouvrirait une brèche d'un mètre cinquante dans la coque, ferait monter la pression à l'intérieur du compartiment jusqu'à 70 bars et remplirait le sous-marin de cyanure d'hydrogène, un gaz mortel même à une concentration infinitésimale.

— Amiral, vous devez vous équiper d'une combinaison vapeur ou vous serez brûlé vif !

— Pas le temps ! hurla Pacino.

— Prenez quand même les gants !

Pacino enfila les gants que lui tendait Hanson. Le premier maître bascula un levier fit pivoter le panneau d'accès. Pacino s'approcha, incrédule devant ce qu'il voyait et ressentait. Quelqu'un avait dû ouvrir la porte de l'enfer. Des flammes s'engouffrèrent par l'ouverture tandis qu'il se glissait à l'intérieur. Un nuage de fumée épaisse l'engloutit totalement. Pacino s'avança à tâtons vers le côté où se trouvait le tableau de commande du système d'extinction. Comme souvent à bord d'un sous-marin, le moyen de secours était potentiellement aussi dangereux que la menace. L'azote liquide à -190° était suffisamment froid pour détruire les tissus humains par simple contact. Une simple éclaboussure sur une main obligeait à une amputation. Une goutte sur la peau provoquait une brûlure cryogénique. De plus, l'utilisation du système remplissait le compartiment d'azote presque pur, dont une simple bouffée pouvait altérer instantanément le centre de la respiration dans le cerveau et tuer un homme en arrêtant sa respiration. Pour cette raison, Pacino avait choisi de ne pas confier la mise en œuvre de l'installation à un ordinateur ou à un système électrique, mais d'obliger à une action manuelle sur un distributeur mécanique. Il sentit le cache du coup de poing de déclenchement, le souleva avec effort en bandant le ressort qui le maintenait en place et, du poing, frappa le gros champignon rouge.

Un miaulement puissant, comme celui d'un chat géant, emplit le local lorsque l'azote liquide balaya les flammes et les armes. Le système fonctionna pendant deux longues minutes et satura l'atmosphère de gaz inerte. Pacino se faufila immédiatement derrière le rideau de protection en plastique épais placé à côté du déclencheur, pour éviter que le liquide n'entre en contact avec sa peau insuffisamment protégée. Il entendit le sifflement s'atténuer au fur et à mesure de la vidange des bouteilles d'azote liquide et il sortit de son recoin.

Hanson hurla derrière lui.

— À l'avant, amiral, j'ai la manche de l'arrière. Jenson ! Ouvre le sectionnement !

Pacino avança dans les flammes. Une chaleur intense saturait chaque pore de sa peau. Sa combinaison de travail en tissu ignifugé commençait à se consumer lentement et ses manches dégageaient de la fumée lorsque le tissu s'enflamma. En atteignant le centre du local, Pacino réalisa qu'il était en flammes.

Il ne pouvait rien faire. Pour la première fois, il frissonna de peur et il ralentit sa progression. La panique l'envahit soudain, illogique, impossible à raisonner.

Il venait de s'arrêter lorsqu'il sentit un corps sous son pied droit, face contre le pont. La peau boursouflée collait sous sa chaussure. L'amiral se demanda soudain si c'était Colleen.

Colleen ! Son esprit explosait. Elle devait se trouver juste au-dessus de lui, et elle devait être en train de mourir. Il fallait la rejoindre et la sauver. Cette pensée fit refluer la panique à laquelle il avait cédé. Pacino courut jusqu'à la cloison avant, en proie à la colère plus qu'à la peur. Il avait fini par trouver la femme idéale et n'allait pas la laisser mourir avant même que leur idylle n'ait pu se nouer.

Il saisit la manche à azote liquide de l'avant et ouvrit le sectionnement d'alimentation, dirigeant le jet vers le point le plus chaud du compartiment. L'atmosphère sembla se rafraîchir un instant.

— Éjectez les armes, patron !

— Je tire les Mk-52, amiral !

Au même instant, Pacino perçut le fracas de l'un de deux tubes lance-torpilles inférieurs. Il ferma le sectionnement de la manche, vaguement conscient que la concentration d'azote éteignait les flammes de sa combinaison. Il ne sentait aucune brûlure, mais peut-être était-il anesthésié par le choc ou la chaleur. Rejetant cette pensée, il entendit le deuxième tube éjecter une seconde Mk-52. Un troisième, puis un quatrième lancement résonnèrent avant que la chaleur ne redevienne intense. Pacino arrosait les points brûlants par des jets brefs, espérant que la réserve d'azote liquide tiendrait jusqu'à l'éjection de toutes les armes restantes.

Le système finit par s'épuiser. Pacino laissa tomber la manche et, à tâtons à travers l'épaisse fumée noire, gagna une échelle verticale qui conduisait à un petit panneau dans le plafond.

— Patron, je n'ai plus d'azote liquide, où en êtes-vous ?

— Encore deux, amiral ! répondit Hanson.

— Dépêchez-vous ! Le feu reprend.

Hanson mit un Vortex au tube, ferma la porte culasse et éjecta l'arme avant d'ouvrir la dernière porte, sur bâbord.

Il est peut-être déjà trop tard, pensa Pacino en voyant les flammes redoubler de fureur. Leur ronflement seul suffirait à arrêter le cœur d'un homme. Une vibration lui gratta le sternum : le chronomètre de l'OBA l'avertissait de la fin de vie proche de sa cartouche d'oxygène. Il lui restait environ trois minutes. Pacino devait attendre, cependant. S'il ouvrait le panneau maintenant, les flammes envahiraient le local calculateur et les émanations toxiques tueraient sûrement Colleen en quelques secondes. Mais s'il patientait trop longtemps, il mourrait asphyxié. Déjà, il sentait l'oxygène se raréfier dans le poumon artificiel.

Le tube lance-torpilles éjecta la dernière arme alors que les flammes commençaient à lécher le plafond du compartiment. Pacino vit son masque commencer à fondre. L'oxygène diminuait toujours et il se sentait de plus en plus faible.

— Noyage en cours, amiral, sortez par le panneau avant, je file par l'arrière. Vite !

Pacino entendit le grondement puissant de la mer qui se précipitait. En quelques secondes, il sentit quelque chose de frais lui lécher les pieds. L'eau. Elle monta rapidement jusqu'à son menton, un rafraîchissement bienvenu après sa traversée de l'enfer. L'oxygène complètement épuisé, Pacino se débarrassa de l'OBA. La fumée toxique pénétra ses poumons et un malaise violent s'empara de lui, sapant la force de sa volonté. Il oublia ce qu'il voulait faire, il savait que c'était important mais il ne pouvait plus mettre le doigt dessus. Le niveau de l'eau se trouvait maintenant à moins de 50 centimètres du passage vers le local calculateur.

L'amiral se cogna la tête sur le volant de manœuvre et il se souvint. Colleen ! Il suffisait de tourner le volant mais il se sentait trop faible. Le niveau montait toujours tandis qu'il se battait avec le dispositif de fermeture. *Dans le sens contraire des aiguilles d'une montre, tu dois tourner dans le sens contraire des aiguilles d'une montre pour l'ouvrir.* Il rassembla ses dernières forces et le volant se débloqua. Il poussa pour ouvrir le panneau mais ne réussit qu'à s'enfoncer dans l'eau, maintenant devenue chaude à cause des feux de carburant qui continuaient dans la cale. Il faudrait établir une circulation d'eau pour empêcher l'acier de fondre, se dit-il dans un réflexe professionnel. Finalement, il trouva une prise solide sur un échelon sous le panneau et le poussa d'un coup d'épaule.

Il passa la main par l'ouverture mais ne put s'agripper à rien. L'eau monta jusque au-dessus de sa tête et il sombra en arrière, à bout d'air, en se disant qu'après tout, tout cela n'avait plus beaucoup d'importance.

USS Piranha, *SSN-23*

— Bruits d'avion dans l'azimut 2-7-0, commandant, annonça le maître principal Henry.

— On remonte ! ordonna Phillips à l'officier de quart.

Le bâtiment remonta rapidement à l'immersion périscopique et Phillips reprit lui-même la vue. Dehors, il faisait noir comme dans un four, aucun bâtiment proche. Phillips passa en recherche air et ne trouva rien.

— Sonar du commandant, un jet ou un avion à turbines ?

— *Turbopropulseurs, commandant. Faites attention, il pourrait s'agir d'un avion de patrouille maritime. Peut-être que les Rouges en ont quelques-uns.*

— Disposez le Slaam, commanda Phillips.

Le missile Mk-80 Slaam était un missile antiaérien à guidage infrarouge, monté au sommet du massif et lançable en plongée.

— Je passe en infrarouge, dit Phillips.

Aussitôt, il aperçut un avion volant bas au-dessus de l'horizon, en route vers eux. L'infrarouge permettait de voir les sources de chaleur et Phillips apercevait l'intérieur du cockpit ainsi que les consoles et les divers équipements. Il avait l'impression de posséder une supervision à rayons X, comme dans les dessins animés. L'avion perdit encore de l'altitude avant de toucher la mer.

— Un hydravion, annonça Phillips. Il a amerri. Attention pour un top... top !

— Azimut 2-1-0 !

— Central, à droite 15, venir 2-1-0, vitesse 10 nœuds.

Le bâtiment évolua docilement et se rapprocha de l'hydravion qui se balançait doucement dans les vagues, hélices arrêtées, silencieux sur la mer.

— Un sauvetage. Les Rouges, à tous les coups, dit-il en n'y croyant pas lui-même. Officier de quart, prenez le périscope, faites surface et rapprochez-vous de cet hydravion au plus vite. Utilisez l'air comprimé, pas le temps de vidanger à la soufflante et faites ouvrir les volets de fosse de veille. Au galop, nom de Dieu !

Phillips agrippa son second et courut au râtelier des armes portatives, dans la coursive centrale au niveau milieu. Whatney fourragea dans ses poches avant de trouver la bonne clef, ouvrit l'armoire forte et Phillips s'empara d'un fusil automatique M-20 ainsi que d'un pistolet Beretta 9 mm avant de foncer vers le sas d'accès passerelle.

Il gravit les trente échelons en un temps record et émergea à l'air libre en passant par la trappe ménagée dans le caillebotis métallique du plancher de la passerelle. L'air frais de la nuit sentait merveilleusement bon, après tout ce temps passé enfermé à bord du *Piranha*.

La vague d'étrave balayait l'avant du sous-marin, arrosant la passerelle de ses embruns. Phillips attrapa une paire de jumelles et les porta à ses yeux. Droit devant lui, à moins de 500 mètres, le gros hydravion chinois repêchait des survivants qui montaient à bord par la porte ouverte dans la carlingue. Les hommes ne semblaient pas pressés. Phillips appuya son M-20 sur le rebord de la passerelle, passa le sélecteur sur la position automatique et visa les hommes dans l'avion.

— Eh, bande de trous du cul ! cria-t-il avant de lâcher une rafale.

Les balles s'enfoncèrent dans la queue de l'appareil et dans la mer, en un violent staccato. Whatney arriva à son tour à la passerelle et joignit son feu à celui de son commandant. Sous la grêle de projectiles, le radeau de survie explosa avant de couler. Les balles gravaient des pointillés dans l'aluminium de la carlingue et le sifflement de la mise en route d'un turbopropulseur déchira bientôt la nuit. L'avion allait tenter de décoller.

— En avant, toute ! hurla Phillips à travers le sas d'accès passerelle.

Le second turbopropulseur démarra à son tour. Plus près, maintenant, il reprit sa visée et appuya sur la détente. Le chargeur était vide.

— Un chargeur, merde ! hurla-t-il, ivre de rage.

L'arme de Whatney claqua, également à vide. Phillips tira le Beretta de sa ceinture et le déchargea dans la nuit, trop loin pour faire mouche.

— Merde ! jura-t-il alors que le pistolet venait de tirer sa dernière cartouche.

Les deux hélices de l'hydravion avaient maintenant atteint leur régime normal et l'aéronef prit lentement de la vitesse, laissant derrière lui un sillage phosphorescent en s'éloignant vers l'ouest.

— Il faut les descendre ! dit Phillips à Whatney. Descends et dis-leur de tirer un Slaam contre ces fils de pute. Ils vont nous échapper.

— Commandant, tu ne peux pas lancer en surface. Tu le sais bien, nous ne pouvons tirer qu'en plongée.

Phillips se laissa glisser le long de l'échelle du sas, ne s'arrêtant que pour claquer le panneau.

— Allez, faites-moi plonger ce tas de ferraille, et plus vite que ça !

— Pas possible, commandant, répondit l'officier de quart en secouant la tête. Notre flottabilité est trop importante après la chasse HP. Toutes les purges sont ouvertes et nous n'avons pas encore commencé à nous enfoncer. Il est parti, commandant, je ne le vois même plus à l'infrarouge.

— Merde ! Après tout ce que ces salopards ont fait, ils s'en tirent sans une égratignure...

Whatney et Phillips échangèrent un regard puis dirent au même moment :

— Le porte-avions !

Phillips décrocha un micro et hurla au radio de quart d'établir la liaison avec le convoi. Quelques F-22 devraient pouvoir régler son compte à cet hydravion, pensa-t-il.

Trois minutes plus tard, quatre F-22 d'alerte décollèrent du pont du *Douglas McArthur,* pleins gaz, post-combustion allumée, fonçant plein ouest dans la nuit au-dessus de la mer de Chine orientale.

37

USS Devilfish, *SSNX-1*

Plusieurs mains énergiques l'empoignèrent et le hissèrent à travers le panneau. Pacino avait l'impression qu'une seule personne armée de six bras l'avait extrait de l'ouverture béante du poste torpilles submergé.

Il toussa et recracha l'eau de son estomac, puis dans une nouvelle quinte, celle de ses poumons. Il vomit et se sentit pris de convulsions et de palpitations. Il gisait sur le pont, recroquevillé en position fœtale. Des larmes coulaient de ses yeux fermés. Lorsque les convulsions se calmèrent, sa respiration resta saccadée pendant un long moment avant qu'il ne reprenne son souffle. Son vertige s'atténua, la pièce dans laquelle il se trouvait cessa de tourner et il réussit à ouvrir complètement les yeux.

Il prit une profonde inspiration et tout sembla plus net autour de lui. Il était allongé au milieu d'une flaque d'eau, à même l'acier du pont. Sa combinaison était trempée, du moins ce qu'il en restait, car elle avait brûlé en de nombreux endroits. Ses yeux lui faisaient mal d'avoir été trop longtemps exposés à la chaleur et il était ébloui par les néons du plafonnier, au-dessus de lui. Un visage allongé, aux pommettes saillantes, les yeux enfoncés dans les orbites, encadré d'une chevelure d'un noir de jais, flottait au-dessus de lui. Le capitaine de vaisseau John Patton fronçait les sourcils en le regardant fixement. Pourquoi me regarde-t-il de cette façon? se demanda Pacino.

— Colleen, demanda Pacino d'une voix rauque. Où est... Colleen ?

— Je suis ici, Michael, répondit-elle de sa voix grave et douce. Le commandant Patton a envoyé un de ses officiers me chercher. J'étais tombée par terre et je suffoquais mais ils m'ont mis un masque et m'ont sortie de mon trou.

— Comment ça va ?

— Bien, très bien.

— Vous êtes sûre ?

Il leva le bras dans sa direction mais elle le repoussa gentiment de la main. À son contact, une douleur forte lui traversa le bras. Pacino regarda Patton, puis Colleen.

— Dites-moi tout, John ? Est-ce que je vais bien ?

Il s'imagina soudain horriblement brûlé et défiguré, la peau noircie et racornie, sans cheveux. Ressemblait-il vraiment à cette image ? Pourquoi le dévisageaient-ils tous ainsi ?

— Vous ressemblez toujours à l'homme que vous étiez lorsque je vous ai rencontré pour la première fois, amiral, le rassura Colleen avec un sourire.

— Alors, pourquoi me regardez-vous de cette façon, tous ?

— Vous avez sauvé le *Devilfish,* amiral. Sans vous nous aurions coulé.

Patton parlait d'une voix absente.

— Comme pour l'*Annapolis,* la fumée, ça sentait la même chose. C'était un incendie de carburant torpille. Voilà ce qui s'est produit !

— Deux incendies de postes torpilles pendant la même opération, commenta Pacino en faisant un effort pour s'asseoir. Personne ne devrait avoir à traverser une telle épreuve.

— Je ne peux pas croire que vous ayez réussi, amiral. C'était... inimaginable.

— Je n'avais pas vraiment le choix, John. Il fallait entrer dans ce poste, ou couler corps et biens.

— Comment vous sentez-vous ?

— Pas vraiment en pleine forme. Est-ce que j'ai été brûlé ?

Patton examina l'amiral.

— Sans gravité, amiral, à part quelques jolies cloques sur les jambes et un bon coup de soleil sur les mains et le visage. On dirait que vous rentrez du Club Med.

— John, je voudrais parler à Colleen. Pouvez-vous nous laisser une minute ?

Après le départ de Patton, Pacino se redressa et s'assit contre une baie électronique, les yeux à demi fermés. Il lui semblait n'avoir jamais été aussi épuisé.

— N'essaie pas de parler, mon chéri, le pressa Colleen.

— Si, dit-il. J'ai besoin de te parler. Je...

— Je sais, l'interrompit-elle, un doigt sur la bouche. Chut ! Plus tard. Pas ici, pas à bord d'un sous-marin, au milieu de tous ces marins et de ce capharnaüm. Les femmes ont besoin d'un peu de romantisme.

— Bien sûr, répondit-il à voix basse.

Il sentit qu'elle l'entourait de ses bras pour le soutenir. Son contact et l'odeur de sa peau le relaxaient profondément. Il s'endormit instantanément, complètement épuisé.

L'hydravion avait peiné pour décoller. Les balles avaient endommagé l'un de ses moteurs. Les chasseurs américains étaient passés loin au-dessus d'eux, les cherchant sur la route directe vers le continent, alors qu'ils suivaient les contours de la côte, pratiquement au ras de l'eau. À bout de carburant, les chasseurs avaient fini par abandonner et repartir comme ils étaient venus.

L'amiral Chu Hua-Feng s'assit dans le siège de toile sans lâcher son second, le capitaine de corvette Lo Sun, mourant, blessé à la poitrine, qui saignait abondamment. Chu était couvert de son sang.

— Je suis triste, Lo, dit Chu, suffisamment bas pour n'être entendu de personne, j'ai déjà perdu ton frère. Il était mon meilleur ami, le meilleur navigateur qu'un pilote puisse souhaiter. Il était mon ami quand personne ne voulait de moi parce que j'étais le fils de l'amiral. Et il est mort. À présent, Lo, tu es mon ami, le meilleur ami au monde. Avec moi, tu as détourné deux sous-marins. Tu m'as secondé fidèlement. À nous deux, nous avons détruit un convoi entier. Nous nous sommes battus côte à côte pour tenter de sauver notre sous-marin et nous n'avons abandonné que lorsqu'il était vraiment perdu. Lo, je t'en prie, ne t'en va pas, ne pars pas, ne meurs pas. S'il te plaît, Lo...

Pourquoi Lo ? implorait-il. Pourquoi la balle ne l'avait-elle pas touché, lui ?

— Chu, murmura Lo, les yeux à demi ouverts, je vais mourir. Je le sens. J'ai froid. Mais je distingue une lumière. Tu dois parler à... ma mère. Dis-lui...

— Quoi ?

Les yeux de Lo se fermèrent. Après un dernier râle, son corps se figea. L'amiral Chu Hua-Feng, commandant en chef de la mission « Poignard Sanglant » essuya ses larmes, qui inondaient le visage du jeune homme.

Quelques heures plus tard, à l'arrivée à Tianjin, il descendit de l'hydravion en portant Lo dans ses bras, comme un enfant. Une équipe médicale prit le corps et le déposa doucement sur une civière recouverte d'un drap blanc avant de le charger dans une ambulance qui démarra aussitôt. Chen Zhu et Xhiu Liu s'approchèrent et lui murmurèrent quelques mots de condoléances. Puis ils s'éloignèrent lentement, à pied, le long du quai. Le reste de l'équipage suivit. Tous avaient survécu, sauf Lo.

Chu resta longtemps sur le quai après le départ de l'ambulance qui emportait le corps de son ami. Lorsque le soleil commença à se lever sur la baie de Bo Hai, le froid s'atténua et il réalisa qu'il n'était plus seul.

— Je vous attendais, dit-elle d'une voix chantante. J'avais entendu dire qu'un équipage avait survécu. J'espérais que c'était vous. Mais personne ne pouvait me renseigner. Vous êtes en vie !

— Mai, dit-il, sur un ton qui exprimait tout ce

qu'il voulait lui dire. Il se leva, la regarda, le poids du monde sur les épaules, sa mission terminée, mais envahissant encore sa mémoire. Il s'approcha instinctivement d'elle et l'embrassa. Elle passa ses bras autour de lui. Sous sa tunique, il sentait battre le cœur de ce corps si frêle.

— Que s'est-il passé ? demanda-t-il. Quelles sont les nouvelles ? Avons-nous réussi ?

La tristesse qu'il lut dans ses yeux lui suffit pour comprendre.

— Tous les Soleil Levant ont été coulés. La seconde force d'intervention américaine a traversé la mer de Chine orientale. Le président Yang a suivi le débarquement à la télévision. J'étais avec lui.

— Qu'a-t-il fait ?

— Je suis désolée, Chu. Il a dit : « Négociez la paix. Donnez aux Blancs tout ce qu'ils veulent. Mais ne permettez pas aux Américains de s'installer durablement sur le sol chinois, qu'il soit rouge ou blanc. »

— Et ensuite ?

— Quelques coups de fil. L'Armée populaire de libération se retire sur tous les fronts. Les Blancs ont envahi des territoires à l'ouest. Nous tenons encore Pékin. Les pourparlers de paix commencent demain, mais les bâtiments de combat américains se trouvent maintenant à dix kilomètres au large de Shanghai, canons et missiles pointés vers nous, pardessus la Chine blanche. C'est terminé, Chu. Ça a presque fonctionné. Presque.

— Presque ne suffit pas, commenta-t-il d'un ton las.

— Quelle importance ? répondit-elle en enfouissant la tête dans son épaule. Au moins vous êtes sain et sauf.

Il la serra contre lui en pensant à Lo Sun, au *Tempête Arctique*, aux Américains et à ce que le futur leur apporterait. D'une certaine façon, tant que Mai était à ses côtés, rien de mauvais ne pouvait lui arriver.

— Allons-y, dit-il. Je ne veux plus voir la mer, aucune mer, jamais.

ÉPILOGUE

Vendredi 8 novembre
Mer de Chine orientale.

Tandis que le soleil se levait sur la mer, le sous-marin nucléaire *Tempête Arctique* remonta lentement en surface, sous l'effet d'une légère flottabilité positive. Le massif affleura la surface de l'eau, puis la coque, un long moment plus tard. Le bâtiment vide et silencieux était livré à lui-même. Le panneau du sas de sauvetage avant était resté ouvert après l'évacuation des hommes du commando « Poignard Sanglant ».

Une frégate américaine arriva à proximité une demi-heure plus tard, lorsque le contact eut été identifié comme un sous-marin en surface. Le USS *Princeton* vint se mettre à couple, passa huit aussières entre les chaumards à tribord et les taquets de pont du sous-marin et le tira lentement contre son bord où il vint reposer sur des défenses épaisses.

Quand le *Princeton* accosta à la base navale de Yokosuka, un homme du nom d'Akagi Tanaka attendait sur un promontoire, le regard fixé vers le chenal. Ce sous-marin représentait le fruit de nombreuses nuits blanches. Il le salua de la main et ravala quelques larmes lorsqu'il vira et disparut de son champ de vision.

Port de Yokosuka, Japon

Lorsque le *Piranha* apparut au détour du chenal, les applaudissements éclatèrent, une fanfare se mit à jouer, les confettis et les rubans volèrent. Sur les plages avant et arrière, une centaine d'officiers et de membres d'équipage, en uniforme bleu impeccable, se tenaient au garde-à-vous, face au quai. Le vent soufflait fort et le pavillon américain claquait dans la brise.

Pendant que le sous-marin s'amarrait, la centaine de bâtiments présents dans la baie actionnèrent leur sirène en guise de salut. Le capitaine de vaisseau Bruce Phillips, en grand uniforme bleu, toutes médailles dehors, se tenait debout sur le sommet du massif, appuyé à une rambarde démontable en tubes d'acier. Lorsque les sirènes lui rendirent hommage, il salua dans un geste de remerciement. Le *Piranha* passa une première aussière sur le quai. Le sous-marin rentrait de mission, mais la partie ne faisait que commencer.

Il regarda en dessous de lui la foule agglutinée sur le quai, les journalistes de SNN, les appareils-photo, les femmes, les enfants, les familles que la marine avait amenés par avion pour ce retour, particulièrement célébré car une douzaine de sous-marins ne rentreraient pas ce jour-là. Phillips scruta la foule, à sa recherche, mais Abby O'Neal ne s'y trouvait pas.

Il sortit un cigare de la poche intérieure de sa veste, l'alluma avec son vieux briquet à l'emblème du *Greeneville* et tira quelques bouffées. Entouré d'un nuage de fumée bleutée, il regarda de nouveau attentivement le quai. Aucun signe d'elle. Abby n'était pas venue.

— Tant pis pour toi, ma grande, dit-il pour lui-même, la bouche tordue par un sourire un peu forcé.

— Pardon, commandant ? demanda l'officier de quart.

— Rien, répondit Phillips en regardant la foule.

Une journaliste lui fit un signe :

— Commandant ! Commandant Phillips ! M'accorderiez-vous une interview ? Satellite News Network ? Je peux vous faire passer en *prime time* !

La journaliste était jolie et énergique. Son sourire magnifique témoignait de gènes de première qualité ou bien d'une facture colossale chez un orthodontiste habile.

— Pourquoi pas au carré ? lui hurla-t-il. J'ai du champagne au frais !

— Parfait, répondit-elle.

Bruce Phillips arrangea sa cravate, cala son havane entre ses dents et enjamba le rebord de la passerelle. L'officier de quart le regarda serrer la main de la journaliste et lui donner le bras pour l'accompagner jusqu'au panneau.

Le *Devilfish* apparut dix minutes plus tard. Son équipage se tenait également au garde-à-vous, en uniforme bleu impeccable, face au quai.

Tandis que la fanfare recommençait à jouer et que les sirènes lançaient à nouveau leur long hurlement, une vingtaine de bateaux-pompes projetèrent leurs jets d'eau dans le chenal. Une pluie de confettis et de rubans volèrent du haut de la colline qui surplombait les quais. Lorsque le sous-marin se rapprocha, on put lire en lettres capitales blanches sur le massif noir :

SSNX
USS DEVILFISH

Très haut au-dessus du massif, le pavillon américain flottait sur un mâtereau en acier, partiellement masqué par le Jolly Roger.

Sous le Jolly Roger, un antique balai de paille oscillait dans la brise.

Un cameraman de télévision cadra un journaliste devant le massif noir du *Devilfish* qui poursuivait sa route vers le quai.

— Vous pouvez distinguer un balai dans la mâture. Il paraît que c'est une vieille tradition qui nous vient de la marine à voile, qui annonce que le bâtiment a passé un vrai coup de balai et que tous les navires ennemis ont été envoyés par le fond. Et comme vous le savez maintenant, Brett, le SSNX a pratiquement gagné tout seul la bataille en mer de Chine orientale...

Le grand écran de télévision diffusait ces images dans le Bureau ovale de la Maison Blanche. La présidente Jaisal Warner suivait en direct l'accostage du SSNX.

— Vous savez, commenta l'amiral O'Shaughnessy, c'est pour vous que Pacino a fait inscrire SSNX sur le massif. Il savait que vous aviez été chaudement critiquée à ce sujet et il souhaitait rappeler à tous que le SSNX est votre bébé.

Warner sourit à O'Shaughnessy.

— Oh, ça va, Dick. Pas la peine de lui faire de la publicité, une fois de plus. J'accepte votre proposition. Je nommerai Pacino au poste de chef d'état-major de la marine.

O'Shaughnessy lui rendit son sourire.

— Je regrette vraiment de quitter ce poste. Mais si c'est lui qui me remplace...

— Vous ne devriez pas non plus regretter votre nomination au poste de chef d'état-major des armées, mon cher Dick. Hé, regardez, cette fille à côté de Pacino. On dirait la vôtre.

L'amiral regarda attentivement l'écran. Colleen et Pacino quittaient le sous-marin côte à côte, absorbés dans une discussion animée. Tous deux riaient aux éclats.

— Incroyable, bégaya-t-il. Il a emmené Colleen à la mer avec lui ? Pour une mission de combat ?

— Désolé, Dick. Trop tard pour revenir sur votre proposition. Apparemment, Michael Pacino ne sera pas seulement votre chef d'état-major de la marine. Vous devriez commencer à vous faire à l'idée de l'avoir pour gendre...

Océan Pacifique
Altitude 51 000 pieds

— Le Cyclops a gagné cette guerre, dit Pacino.

Il se trouvait à bord d'un supersonique SS-12, en route vers Pearl Harbor.

— Le système ne s'est pas trop mal débrouillé, approuva Colleen, d'un petit ton modeste, mais débordant intérieurement de joie et de reconnaissance.

— Non, je le pense réellement. Sans le Cyclops et ton système ISTA, nous serions encore à la recherche de ces foutus Soleil Levant.

— Peut-être le Cyclops se trouvait-il au bon endroit au bon moment, dit-elle en plongeant ses yeux dans ceux de Pacino... Comme moi.

Il lui sourit.

— Je préfère croire que nous nous serions rencontrés un jour ou l'autre, ce n'était sans doute qu'une question de temps.

Elle inclina son siège et ferma les yeux. Pacino la regarda longuement avant d'abaisser à son tour le dossier de son fauteuil.

Le vidéophone sonnait de manière insistante. Pacino ouvrit les yeux et prit la communication. Le visage de Mason Daniels apparut sur l'écran.

— Numéro 4, heureux de vous entendre, commença Pacino.

Daniels ricana.

— J'ai un cadeau pour vous, pour vous récompenser d'avoir gagné cette guerre, dit-il, entrant immédiatement dans le vif du sujet.

La caméra passa du visage de Daniels à un objet, juste à côté de lui.

— C'est un gril. Je suppose que vous êtes un expert à présent. Comment êtes-vous cuit, à point ?

— Allez vous faire foutre, Daniels, répondit Pacino en raccrochant avec un large sourire.

En fermant les yeux, il pensa à Dick Donchez et à ce qu'il aurait pu dire, un jour comme celui-ci.

Pearl Harbor, Hawaii
Quai des sous-marins de l'escadrille du Pacifique

Pacino descendit de sa voiture officielle et s'avança lentement vers le bout du quai où avaient été amarrés les 688 avant leur appareillage pour la mer de Chine orientale. Pendant quelques instants, il regarda la mer qui clapotait contre le quai. Puis il se retourna, prit une couronne des mains de Colleen et la lança dans l'eau. Les fleurs flottèrent sur les vaguelettes du port et Pacino les regarda s'éloigner lentement pendant plusieurs minutes. Il se figea alors dans un garde-à-vous réglementaire et salua longuement avant de laisser retomber sa main.

À regret, il se détourna et regagna sa voiture. Tandis que la limousine noire rejoignait l'aéroport, il ne quitta pas les quais du regard. Le SS-12 attendait pour ramener le nouveau chef d'état-major de la marine à Washington.

Glossaire

Abattée d'écoute : le sous-marin entend mal sur son arrière (voir *Baffle*). Afin de s'assurer qu'il n'est pas suivi (« pisté »), il effectue à intervalles irréguliers un changement de cap d'au moins 60 degrés durant lequel il explore son ancien secteur arrière.

Accident de prompt-criticité : accident de type Tchernobyl, dans lequel le réacteur devient incontrôlable par l'apparition brutale d'un excès de réactivité. Ce type d'accident se traduit par une « petite » explosion nucléaire, une désintégration du cœur et une dissémination de matière fissile.

Acier HY 80 : acier spécial à haute limite élastique, soudable, dont on fabrique les coques épaisses des sous-marins.

Adjoint de quart : officier adjoint à l'officier de quart en cas de surcharge de celui-ci ou en situation particulière. (Voir *Officier de quart.*)

ADV : vannes qui régulent l'admission de vapeur dans les turbines et donc la puissance qu'elles produisent. Ces vannes sont commandées du pupitre Km au PCP. (Voir *Km* et *PCP.*)

Aegis : système de défense antiaérienne très performant équipant les bâtiments de l'US Navy qui participent à la défense des porte-avions.

Air respirable : réseau d'air de secours alimentant des masques individuels qui permettent de respirer dans une atmosphère polluée, par exemple après un incendie ou une contamination radioactive.

Alarme : arrêt d'urgence du réacteur nucléaire, réalisé en insérant très rapidement les barres de contrôle dans le cœur du réacteur, à l'aide de ressorts.

AIR (antenne linéaire remorquée) : ensemble d'hydrophones passifs, remorqués derrière un sous-marin sur un câble dont la longueur peut atteindre plusieurs kilomètres. La partie active, l'antenne proprement dite, mesure environ 300 mètres de long. Cette antenne est utilisée pour détecter des bruits de très basse fréquence à de très grandes distances.

Ampère-heure : unité d'énergie électrique qui permet de mesurer la capacité d'une batterie.

Antenne filaire : les ondes radio ne se propageant pas dans l'eau, le sous-marin tire derrière lui un câble flottant qui remonte à la surface et capte les messages.

Antenne multifonction : antenne radio capable d'émettre et de recevoir dans une très large gamme de fréquences. Elle ressemble à un poteau téléphonique et dépasse du massif d'environ 6 mètres.

Antenne sphérique : sphère recouverte d'hydrophones, située dans le dôme avant du sous-marin, capable d'écouter dans toutes les directions (hormis dans le baffle). Cette antenne ne délivre pas seulement l'azimut d'un bruiteur mais également le site d'arrivée des rayons sonores, ce qui permet de déterminer leur type de propagation (réflexion sur le fond ou sur la surface) et même, si le bruiteur est proche, de savoir s'il est au-dessus ou au-dessous du sous-marin.

Arme de combat : arme utilisée en temps de guerre qui emporte de l'explosif, par opposition à « arme d'exercice », dont la charge militaire est habituellement remplacée par un enregistreur destiné à restituer les performances de l'arme.

Assiette : inclinaison longitudinale du bâtiment. Pour faire descendre un sous-marin, on oriente les barres de plongée arrière pour donner de l'assiette négative (l'avant du sous-marin est alors plus profond que l'arrière).

Attention pour lancer : ordre du commandant vers les opérateurs de la DLA (voir ce mot), leur indiquant de se préparer à lancer une arme lors d'une attaque délibérée, par opposition au lancement réflexe en cas de menace détectée tardivement. La solution est alors envoyée à la torpille et le sous-marin prend les dispositions préparatoires au lancement.

Auxiliaire : a) élément mécanique qui concourt à une fonction plus complexe (pompe, compresseur, etc.); b) par extension, compartiment du bâtiment où sont regroupés la plupart des auxiliaires.

Avoir une solution sur un but : avoir déterminé la distance, la route et la vitesse de la cible. On peut obtenir une solution manuellement ou automatiquement à l'aide du calculateur de lancement des armes.

Azimétrie passive : ensemble de moyens permettant de déterminer la solution (distance, route et vitesse d'un but) en utilisant seulement un sonar passif. Le sous-marin manœuvre pour créer des vitesses radiales et latérales. Plusieurs manœuvres successives (ou branches) permettent de déterminer rapidement les éléments du but, tout en restant discret. La méthode fonctionne mal si le but fait lui-même de l'azimétrie passive. Le résultat en est une sorte de mêlée, dans laquelle aucun des bâtiments ne sait ce que fait vraiment l'autre. Dans le pire des cas, on doit alors recourir au sonar actif pour déterminer les éléments ou s'éloigner suffisamment pour reprendre complètement et discrètement une procédure d'azimétrie passive.

Azimut : relèvement d'un objet ou d'un contact, de 0 à 360 degrés — angle que fait la direction de ce contact avec le nord vrai. Un contact à l'est a un azimut de 090° , etc.

Baffle : « cône de silence » dans lequel le sous-marin n'entend pas. Sur l'arrière de la plupart des sous-marins, la réception des sonars est perturbée par les bruits produits par la propulsion du bâtiment, turbines, hélice et autres équipements mécaniques.

Baie cargo : volume intérieur réservé à la charge utile d'un avion de transport.

Ballast : capacité qui ne peut contenir que de l'air ou de l'eau de mer. Pleins d'air, les ballasts maintiennent le sous-marin en surface, pleins d'eau, ils permettent au sous-marin de plonger. On évacue l'air des ballasts en ouvrant des orifices nommés « purges » et on remplit les ballasts d'air en y introduisant de l'air comprimé stocké dans des « groupes d'air » à bord du sous-marin. Cette opération s'appelle « chasser aux ballasts ».

Barre de direction : a) surface mobile verticale, équivalente du gouvernail d'un bâtiment de surface, qui commande le cap du sous-marin; b) par extension, le manche qui commande l'orientation de la barre.

Barres de plongée arrière : surfaces mobiles horizontales, à l'arrière du sous-marin. Leur rôle est identique à celui des gouvernes de profondeur sur un avion. Elles commandent l'assiette du bâtiment.

Barres de plongée avant : surfaces mobiles horizontales, à l'avant du sous-marin, sur la coque ou le massif. Ces barres permettent de contrôler l'immersion du sous-marin.

Biologiques (voir *Bruiteur*) *:* Bruits produits par les organismes vivant dans la mer. Les crevettes, les dauphins, les marsouins et autres baleines saturent la mer de leurs grognements, claquements, craquements ou cris. Ces biologiques peuvent parfois être confondus avec des bruits de sous-marin.

Bordé : partie courante de la coque épaisse, le bordé se compose d'une tôle d'acier ou de titane d'une épaisseur convenable pour résister à la pression d'immersion (3 à 5 cm). Le bordé est soutenu par des couples circulaires intérieurs ou extérieurs et, dans certains cas, par des longerons qui assurent la rigidité longitudinale de la coque.

Bouées acoustiques : petites bouées larguées par aéronef qui flottent à la surface, écoutent les bruits de l'océan et les retransmettent par radio à l'aéronef. C'est une méthode qui permet de doter un avion de capacités sonar.

Bouilleur : alimenté par de la vapeur, le bouilleur distille l'eau de mer pour produire de l'eau douce pour la consommation de l'équipage et les besoins des installations propulsion.

Branche : trajet rectiligne effectué par le sous-marin entre deux manœuvres, afin de déterminer les éléments d'un but. Pendant une branche, l'officier de quart essaie d'établir une vitesse de défilement du contact stable et de déterminer une vitesse radiale du but. Deux branches permettent de définir une solution, une troisième de la confirmer.

Bruiteur : émetteur de bruit, de quelque nature qu'il soit (bâtiment de surface ou sous-marin, biologique, géologique, etc.).

Brûleur catalytique : appareil permettant d'éliminer de nombreux polluants, dont le monoxyde de carbone et l'hydrogène, de l'atmosphère du bord.

But prioritaire : désignation d'un contact sonar, radar, ESM ou visuel comme le but à traiter ou à engager en priorité.

Cale : la partie basse de chaque compartiment du sous-marin est appelée cale. On y recueille les fuites éventuelles d'eau de mer, d'huile hydraulique ou de graissage, l'eau de condensation, etc. Un système de pompes et de tuyautages permet d'assécher les cales.

Cap : la direction dans laquelle se déplace un bâtiment est appelée le cap, compté en degrés de 0 à 360 à partir du nord.

Carré : le carré des officiers est un lieu dont l'accès est réservé aux officiers et qui sert tout à la fois de salle à manger, de bureau pour les jeunes officiers, de salle de cinéma, de salle de briefing et de lieu de détente.

Cavitation : bruit engendré par l'hélice d'un bâtiment. La cavitation existe presque toujours sur les bâtiments de surface. À bord des sous-marins, le phénomène n'apparaît que lors des accélérations. Une pale d'hélice se déplaçant dans l'eau produit une surpression d'un côté et une dépression de l'autre, tout comme l'aile d'un avion. La dépression tire le bâtiment en avant et la surpression le pousse. Lorsque la dépression devient trop forte, de petites bulles de vapeur apparaissent sur les pales. En s'éloignant de l'hélice, la pression redevient normale. La vapeur se condense alors brutalement et la bulle s'effondre sur elle-même dans un claquement sec. Ce phénomène est très nocif pour la discrétion acoustique du sous-marin.

CCN (compartiment chaufferie nucléaire) ou CRE (compartiment réacteur-échangeurs) : ce compartiment regroupe tous les éléments de la chaufferie nucléaire, le réacteur, le pressuriseur, le générateur de vapeur et les diverses pompes de circulation. L'accès aux compartiments avant et arrière se fait à travers un tunnel protégé des radiations, ce qui est nécessaire car toute personne dans le CCN alors que le réacteur est en puissance trouverait rapidement la mort sous l'effet des radiations.

CEMM : chef d'état-major de la marine.

CGO : chef du groupement opérations, chargé de la préparation des activités futures du sous-marin et de la supervision des officiers du « groupement opérations », chargés des transmissions, des armes et de la détection (radar, sonar, ESM, ELINT, COMINT).

Charge de désulfatation : les batteries au plomb des sous-marins perdent de leur efficacité au fur et à mesure des cycles charge/décharge, en particulier à cause de la formation de sulfate de plomb. Le remède consiste à les charger à faible intensité pendant très longtemps pour décomposer le sulfate. Par extension, aller charger veut dire aller dormir. Prendre une charge de désulfatation signifie aller dormir très longtemps.

Chasse rapide : la chasse rapide permet de vider très rapidement les ballasts du sous-marin en y injectant une grande quantité d'air sous pression et de le ramener en surface d'urgence, en cas de voie d'eau par exemple.

Circulation forcée : la circulation du réfrigérant du réacteur s'effectue à l'aide de pompes, par opposition à la circulation naturelle qui n'en nécessite pas.

Circulation naturelle : le fluide primaire circule dans le réacteur sans l'aide de pompes, simplement par gradient de densité (l'eau chaude monte et l'eau froide descend). Cela élimine l'emploi de pompes bruyantes et augmente la discrétion du sous-marin, mais limite la puissance maximale que l'on peut extraire du réacteur. Très utile dans les circuits de secours, car elle permet d'extraire la puissance résiduelle (voir ce mot) du cœur sans apport d'énergie extérieure.

Clé magique : l'utilisation de la clé magique permet de désactiver un certain nombre d'automatismes destinés à arrêter le réacteur nucléaire en cas d'incident. Cette clef est détenue par le commandant qui peut seul en ordonner l'emploi, en situation d'urgence ou au combat, lorsqu'un arrêt du réacteur pourrait signifier la perte du sous-marin.

CO : partie tribord du PCNO (voir ce mot) d'où l'on conduit les opérations du sous-marin.

Combinaison vapeur : combinaison ignifugée en amiante qui isole l'opérateur de la chaleur par un courant d'air permanent maintenu entre les vêtements de celui-ci et la peau du costume.

Commandant en second : officier adjoint au commandant, responsable devant celui-ci des questions administratives relatives à la vie courante du bâtiment. Au poste de combat, le commandant en second coordonne l'action de l'équipe CO et conseille le commandant. Le second remplace naturellement le commandant en cas de défaillance de celui-ci.

Commutateur d'alarme : commutateur électrique qui commande l'électro-aimant d'accrochage des barres de contrôle du réacteur sur les mécanismes chargés de les mouvoir en hauteur. Lorsque l'on ouvre ce commutateur, les électro-aimants d'accrochage se désexcitent, les barres de contrôle sont libérées et propulsées au fond du cœur sous l'effet de ressorts.

COMNAVFORCEMED : Commandant des forces navales en Méditerranée.

Compartiment : chaque tranche (voir *Tranche*) est divisée en compartiments (encore appelés « locaux ») qui reçoivent les équipements.

Compartiment machines : la tranche le plus à l'arrière du sous-marin, qui contient les organes liés à la propulsion (turbines, condenseurs, réducteur, ligne d'arbres, moteur électrique de secours, etc.).

COMSUBLANT : amiral commandant les sous-marins de l'Atlantique.

Condenseur : appareil qui assure le retour à l'état liquide de la vapeur qui a travaillé dans les turbines. Le condenseur est réfrigéré par de l'eau de mer transportée par deux circuits de très gros diamètre (la « circulation principale »). L'eau provenant de la vapeur condensée est reprise à la partie basse du condenseur par des pompes d'extraction et renvoyée au générateur de vapeur par des pompes alimentaires. Elle s'y transforme à nouveau en vapeur, travaille dans les turbines et le cycle recommence.

Contraintes thermiques : contraintes induites dans l'épaisseur d'un métal soumis à une température différente sur chacune de ses parois. La partie plus chaude veut se dilater, alors que la partie plus froide voudrait se contracter. Des forces internes prennent alors naissance au cœur du métal, tendant à disloquer la pièce.

Couche : couche d'eau de quelques dizaines de mètres d'épaisseur au voisinage de la surface de la mer, de température plus froide ou plus élevée que la masse d'eau environnante, qui perturbe le trajet des rayons sonores.

Couple : anneau d'acier servant à renforcer la coque épaisse et lui permettant de résister à l'écrasement sous la pression de l'eau de mer.

CPA (closest point of approach) : distance la plus courte à laquelle un bâtiment s'approche d'un obstacle ou d'un autre bâtiment.

Critique : état d'un réacteur nucléaire dans lequel la réaction en chaîne s'entretient d'elle-même, sans apport extérieur de neutrons.

Cryptophonie UHF : système de radiocommunication qui crypte la voix avant transmission et qui la décrypte à la réception. Peut être utilisé dans le monde entier, en passant par les satellites. Moyen de communication rapide et très sûr.

Dauphin : insigne de sous-marinier, porté à gauche dans la marine américaine. (En France, le « macaron » se porte à droite.)

Défilement : la vitesse en degrés par minute à laquelle évolue l'azimut d'un contact. Un contact qui passe du 090 au 095 en cinq minutes a un défilement de 1 degré minute droite. Un défilement fort traduit normalement la proximité des deux mobiles.

Diffusion générale : réseau de haut-parleurs permettant de diffuser les communications d'intérêt général dans tout le bord.

Diffusion machine : identique à la diffusion générale mais ne permet de joindre que les locaux des compartiments machines.

Divergence : démarrage de la réaction en chaîne dans le réacteur, effectué par le retrait progressif, total ou partiel, des barres de contrôle du cœur.

DLA (direction de lancement des armes) : ensemble de trois consoles où sont regroupées les commandes permettant la disposition et le lancement des armes. Également appelée improprement « conduite de tir ».

Doppler : effet responsable, entre autres, du changement de fréquence observé lors du passage d'une voiture de course. Lorsque la voiture s'approche, le son qu'elle émet est plus aigu et, lorsqu'elle s'éloigne, le son est plus grave. Quand un objet en mouvement se déplace, les ondes sonores qu'il émet sont comprimées sur son avant et dilatées sur son arrière. Un « filtre Doppler » permet de ne « voir » que les objets en mouvement.

Double coque : type d'architecture de sous-marin dans laquelle la coque résistante à la pression « coque épaisse ») est enfermée à l'intérieur d'une seconde coque non résistante. Les sous-marins de ce type sont extrêmement difficiles à endommager, mais au prix d'une forte augmentation du volume et du coût.

Drop : largage.

DSRV (Deep Submergence Rescue Vehicle, ou « véhicule de sauvetage profond »*) :* petit véhicule autonome capable d'apponter sur un sous-marin en détresse posé sur le fond et de secourir 24 hommes par voyage.

ELF (extremely low frequency) : les ondes radio se propagent très mal sous l'eau. Seules les ondes de fréquence très basse (ELF) pénètrent suffisamment pour être reçues par un sous-marin en plongée profonde. Le débit de ces transmissions est extrêmement faible (une minute pour recevoir un seul caractère) et elles ne sont normalement utilisées que pour demander à un sous-marin de remonter à l'immersion périscopique pour interroger sa « boîte aux lettres » dans le satellite de communication.

En puissance : une chaufferie nucléaire est dite « en puissance » lorsqu'elle est capable de fournir de la vapeur pour la propulsion.

Équipe CO : équipe dont la tâche finale est de conduire une arme sur un but. Sous l'autorité du commandant, elle inclut les opérateurs sonar, les servants des consoles de traitement de l'information tactique et des divers graphiques, ainsi que le commandant en second.

Équipe de central : l'équipe qui arme le central (voir PCNO), composée d'un pilote de plongée, qui commande les barres de plongée avant et arrière, d'un pilote de direction, qui commande la barre de direction, d'un mécanicien de TCSP (tableau central de sécurité-plongée, chargé de la surveillance de la sécurité du sous-marin en plongée et de la pesée) et d'un maître de central (responsable du bon fonctionnement général de l'ensemble et du déclenchement immédiat des actions de sécurité en cas d'incident).

Équipe de quart : l'ensemble des personnels remplissant des postes de quart.

ESM : ensemble des moyens passifs de guerre électronique permettant d'analyser et de tirer avantage des signaux radar ou radio reçus d'une force ennemie.

Essais à la mer : période d'essais du bâtiment à la mer, conduite après la construction. Ces essais sont réalisés pour s'assurer que le bâtiment a été construit selon les spécifications imposées et est prêt à remplir sa mission.

Évolution du but : annonce utilisée pour prévenir l'ensemble des opérateurs du système de combat d'un changement possible dans les éléments route et vitesse d'un but. Une évolution du but dégrade la solution entretenue par le sous-marin, demandant une ou plusieurs nouvelles branches d'azimétrie pour déterminer la nouvelle solution.

FAA (Federal Aviation Administration) : autorité régulatrice des liaisons aériennes civiles.

Feuilles de chêne : les feuilles de chêne ornent les casquettes ou les coiffures de travail (*ball caps*) des officiers américains d'un grade supérieur ou égal à celui de capitaine de frégate (*commander*).

Filtre de menace : la mer est un milieu extrêmement bruyant où se propagent toutes sortes de sons. Pour rechercher une fréquence particulière, on crée une fenêtre d'analyse centrée sur cette fréquence. Cette fenêtre dédiée à la recherche d'une fréquence unique connue d'avance est appelée un « filtre de menace ». L'ensemble des filtres de menaces ainsi que des consignes pour les utiliser constituent le « plan de veille ».

Fission : réaction nucléaire dans laquelle un noyau radioactif se brise en plusieurs fragments en libérant une grande quantité d'énergie. Les fissions peuvent être provoquées ou spontanées. Le plutonium est sujet aux fissions spontanées, ce qui le rend tiède au toucher.

Fistot : élève de première année.

Flash : degré d'urgence le plus élevé pour un message radio. L'accusé de réception doit être effectué dans les secondes ou les minutes qui suivent.

Flux neutronique : nombre de neutrons présents dans une unité de volume pendant une unité de temps. Le flux neutronique caractérise le niveau de puissance du réacteur.

Fusion : a) réaction nucléaire dans laquelle deux noyaux légers se combinent pour former un seul noyau plus lourd en dégageant une grande quantité d'énergie; b) si la température s'élève trop dans le cœur, les éléments combustibles contenant l'uranium peuvent fondre et se rassembler au fond de la cuve du réacteur. À bord d'un sous-marin, cet accident extrêmement grave conduit à la perte du réacteur et à la dissémination probable de produits radioactifs dans l'environnement.

g : mesure d'accélération. Un g correspond à l'accélération de la pesanteur terrestre.

Gamma : rayonnement électromagnétique très énergétique émis lors d'une réaction nucléaire.

Gîte : inclinaison du bâtiment sur le côté.

GMT : heure du méridien de Greenwich, utilisée de façon universelle. Également appelée « heure Zulu », prononcer « Zoulou ».

GPS (Global Positioning System) : système de navigation très précis, utilisant un réseau de satellites. Également appelé improprement « SATNAV ».

Grenouille : argot de sous-marinier pour désigner une torpille. Ces engins vont dans l'eau et sont peints en vert, d'où une certaine analogie avec le batracien.

Griffes : pièces métalliques en forme de banane permettant de maintenir un panneau ou une porte étanche en position fermée.

Groupe en manœuvre : les barres (ou croix) de contrôle du réacteur sont divisées en plusieurs groupes que l'on peut relever ou abaisser séparément. Certaines barres sont complètement relevées et font partie du groupe de sécurité. Elles tombent au fond du réacteur en cas d'alarme. D'autres barres servent au réglage fin de la puissance du réacteur. Ces barres appartiennent au groupe en manœuvre.

Gyro : a) gyroscope ; b) par extension, compas utilisant un gyroscope.

Gyroscope à suspension électrostatique (GSE) : type particulier de gyroscope constitué d'une bille métallique en lévitation électrostatique tournant à très grande vitesse dans une enceinte sous vide. Par extension, le système de navigation inertielle (CIN : centrale de navigation inertielle) qui emploie ce type de gyroscope.

Hydrophone : microphone à usage sous-marin. L'hydrophone est le constituant de base de toutes les antennes acoustiques.

Immédiat : urgence élevée pour un message qui doit être acheminé à son destinataire dans l'heure qui suit son émission.

Implosion : effondrement d'une coque sur elle-même sous l'effet de la pression extérieure.

Inclinaison : angle entre le cap du but et la ligne lanceur-but, comptée de 0 à 180° droite ou gauche (voir dessin). Un bâtiment se dirigeant droit sur l'observateur sera vu en inclinaison 0. Si l'on voit le flanc droit d'un bâtiment, il sera en inclinaison droite et inversement.

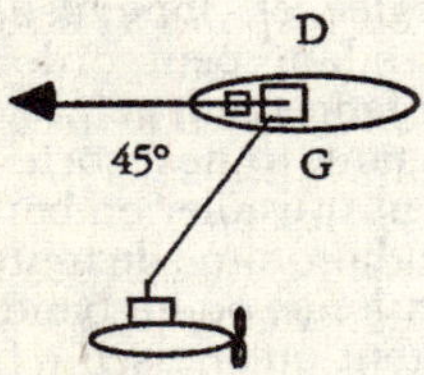

Inclinaison 45 gauche

Ingénieur de quart : officier ou officier marinier ancien de quart au poste de conduite propulsion (PCP) qui assure, sous les ordres de l'officier de quart, la mise en œuvre de la totalité de l'appareil propulsif. Cet ingénieur est formé aux technologies nucléaires.

IP (immersion périscopique) : immersion pour laquelle le sous-marin peut utiliser ses périscopes et aériens. Certaines activités ne sont autorisées qu'à l'immersion périscopique, comme par exemple les extractions, l'éjection des ordures par le SVO (sas vide-ordures) et la vidange des caisses sanitaires. Certaines opérations ne peuvent être conduites qu'à l'immersion périscopique, en particulier la réception des satellites de télécommunication et de navigation, ainsi que l'exploitation de la guerre électronique. Une remontée à l'IP ralentit le sous-marin car il est impossible de hisser un périscope à grande vitesse, sous peine de l'arracher.

IR : infrarouge.

KE : pupitre de contrôle de l'usine électrique, implanté au PCP.

KH-17 : dernière génération de satellites de reconnaissance de la classe Bigbird. K-H est l'abréviation de *Key-Hole* (trou de serrure), ce qui est tout à fait approprié pour un satellite espion.

KM : pupitre de contrôle de la propulsion, implanté au PCP.

KR : pupitre de contrôle du réacteur, implanté au PCP.

LAMPS : acronyme désignant un hélicoptère léger multirôle, embarqué à bord des bâtiments de l'US Navy.

Lancer le gyroscope : démarrer le gyroscope interne d'une arme. Le lancement du gyroscope doit être effectué pendant la phase de préparation du lancement de l'arme. Le gyroscope siffle et gêne parfois l'écoute.

Lancer sur le but futur : ordre donné par le commandant pour lancer une torpille sur l'azimut futur (azimut d'un but prédit par le système de combat, en fonction des éléments du but et du temps de parcours de la torpille) et non sur le dernier azimut vrai fourni par le sonar. À cet ordre, la torpille est téléréglée et, lorsqu'elle signale qu'elle est prête, le commandant peut ordonner soit « Lancez », soit « Annulez le lancement ».

Large bande : a) bruit contenant toutes sortes de fréquences ; b) les sonars peuvent travailler en bande large, mode dans lequel ils écoutent la somme de toutes les fréquences produites par un bruiteur, ou en bande étroite, mode dans lequel ils n'écoutent qu'une seule fréquence particulière (ou « raie ») caractéristique du but à traiter. La portée de détection en bande large est généralement élevée sur les bâtiments de surface bruyants, et faible sur les sous-marins, qui sont silencieux.

Ligne de tins : ensemble de supports habituellement en bois sur lequel repose le sous-marin quand il est échoué au bassin.

Lutte ASM : lutte anti-sous-marine.

MAD : détecteur d'anomalie magnétique. Un détecteur embarqué sur un aéronef mesure les changements du champ magnétique terrestre causés par la présence de la coque en acier d'un sous-marin.

Manche de direction : le manche qui commande l'orientation de la barre de direction et donc le cap du sous-marin.

Manomètre Bourdon : un manomètre Bourdon est constitué d'un tube coudé en forme de point d'interrogation et fermé à une extrémité. Quand on applique une pression à l'intérieur de ce tube, il a tendance à se redresser. En mesurant sa déformation, on mesure la valeur de la pression. Cet appareil est utilisé en secours pour indiquer l'immersion d'un sous-marin.

Massif : improprement connu sous le nom de « kiosque », le massif abrite les aériens (périscopes) et la passerelle d'où est manœuvré le sous-marin lorsqu'il est en surface.

Mérou : propulseur d'étrave rétractable, utilisé pendant les manœuvres de port ou en secours.

MES (moteur électrique de secours) : moteur électrique permettant de donner une vitesse de quelques nœuds au sous-marin en cas d'avarie de la propulsion principale (à vapeur).

Navigation par relevé bathymétrique : un sondeur discret relève la profondeur et la forme du fond au-dessous du sous-marin. La comparaison du profil obtenu avec des cartes mises en mémoire dans un ordinateur permet de déterminer exactement la position du bâtiment. Ce système est très intéressant car on obtient ainsi un point précis sans avoir à reprendre la vue et sortir une antenne.

Neutrons rapides : les neutrons émis par la fission d'un noyau d'uranium sont animés d'une grande vitesse et sont dits « rapides ». Pour que ces neutrons puissent à nouveau être captés par un noyau d'uranium et produire à leur tour une fission, il faut les ralentir afin qu'ils soient pratiquement à l'équilibre dans le milieu. Les neutrons ralentis sont dits « thermiques » ou « lents ».

Niveau pressuriseur : le niveau de l'eau contenue dans le pressuriseur est le premier indicateur d'une fuite primaire. Il est constamment surveillé et des actions automatiques (insertion, alarme) y sont liées. (Voir *Réacteur à eau pressurisée.*)

Octavemètre : appareil qui mesure la croissance de la population neutronique en octaves par minute. La population neutronique caractérise le niveau de puissance du réacteur : au démarrage (la divergence), il faut maintenir la croissance de la population neutronique dans des limites strictes, sous peine de ne plus pouvoir contrôler le réacteur.

On lancera au prochain bien pointé : ordre du commandant indiquant à l'officier de tir (« adjudant de lancement ») de lancer sa torpille après une dernière mesure de l'azimut du but, en général faite au périscope.

Ops : opérations.

Pacha : surnom familier donné au commandant.

Parcours d'activation : parcours initial de la torpille, qui l'éloigne du sous-marin lanceur. Pendant le parcours d'activation, la charge militaire n'est pas armée. L'autodirecteur de la torpille n'est pas démarré. Après ce parcours initial, la torpille commence sa recherche, en mode actif ou passif. La charge militaire n'est armée qu'après détection du but.

Passer sur nuit : éteindre les éclairages du PCNO, limiter la brillance des écrans des consoles et passer le reste du bâtiment en éclairage rouge. Cette situation est prise pour permettre au commandant et à l'officier de quart d'établir ou de ne pas perdre une bonne vision nocturne avant de remonter à l'immersion périscopique de nuit.

Passerelle : petit espace aménagé au sommet du massif d'un sous-marin, dans lequel se tient l'officier de quart lorsque le bâtiment est en surface. Également appelé « baignoire » car régulièrement envahi par les vagues...

Patron du pont : officier marinier qui exerce les fonctions d'officier de quart. Il est traditionnellement l'auxiliaire du commandant en second pour toutes les questions relevant du personnel équipage et de la vie à bord. Il est normalement chargé du maintien de la discipline.

PCNO (poste central navigation-opérations) : local du bâtiment d'où sont conduites toutes les actions importantes. Ce local est divisé en deux parties, le central, d'où sont contrôlées la plongée et la sécurité du sous-marin et le CO (central opérations), d'où le commandant conduit son bâtiment au combat.

PCP (poste de conduite propulsion) : local d'où est télécommandé l'ensemble de la propulsion du sous-marin.

Pilote : a) personne possédant une grande expérience des approches et des chenaux menant à un port. Le pilote monte à bord avant d'entrer dans les eaux resserrées du port ou avant l'appareillage et conseille le commandant. La présence du pilote à bord met le commandant dans une situation délicate car, si le pilote commet une erreur, le commandant, qui conserve la responsabilité ultime de son bâtiment, sera très certainement sanctionné ; b) opérateur des barres de plongée et de direction.

PIM (Position and Intended Movement) : route et vitesse moyenne de la force.

Piste : terme générique qualifiant une détection, quel qu'en soit le moyen (vue, sonar radar, ESM). Une piste peut être amie ou ennemie. Équivalent de *contact.*

Plan de veille : voir *Filtre de menace.*

PMP : vitesse maximum pour laquelle les paramètres de fonctionnement des diverses installations sont respectés. Pour un sous-marin américain, les deux pompes primaires doivent être en grande vitesse et le réacteur à 100 % de sa puissance.

Pod : nacelle externe, accrochée sous les ailes ou le fuselage d'un avion, permettant l'emport d'équipements trop volumineux ou d'un usage trop peu fréquent pour être installés en permanence sur l'avion. On utilise en particulier des « pods photo » pour la reconnaissance aérienne.

Point : position géographique (latitude-longitude) d'un bâtiment, déterminée par trois relèvements lorsque l'on est en surface et proche de terre, par estime, satellite, visée astrale ou par profil bathymétrique en haute mer.

Pompe de relevage : pompe à forte pression de refoulement chargée d'injecter de l'eau dans le circuit primaire en cas de fuite.

Pompes primaires : pompes de grandes dimensions, placées sur chaque boucle primaire, d'une puissance unitaire de 100 à 400 CV, qui font circuler le fluide primaire à travers le réacteur et le générateur de vapeur. Elles sont spécialement étudiées pour ne présenter aucune fuite.

Pont : un bâtiment est subdivisé verticalement en plusieurs ponts (ou étages).

Poste de combat : le commandant rappelle au poste de combat pour disposer de la pleine capacité opérationnelle de son bâtiment et pour pouvoir faire face le plus rapidement possible aux avaries éventuelles.

Poste de combat de vérification : ensemble d'opérations permettant de mettre en marche et de vérifier tous les systèmes du sous-marin avant l'appareillage.

Poste de manœuvre : lorsque le sous-marin appareille ou arrive en eaux resserrées, l'équipage est rappelé au poste de manœuvre et assure un certain nombre de fonctions de navigation et de sécurité.

Poste de pilotage : ensemble de consoles d'où l'on commande la plongée du sous-marin. Ce poste de pilotage ressemble au cockpit d'un 747, et est armé par deux pilotes (plongée et direction) et par le maître de central, qui se tient entre les pilotes et derrière eux.

Poste de quart : un poste de quart correspond à une fonction remplie par un individu (exemples : maître de central, opérateur KM, pilote de barres de plongée, etc.).

Prendre l'éclairage de jour : éclairer le PCNO en lumière blanche, de jour seulement.
Prendre la tenue de veille : disposer le sous-marin pour plonger.
Pressuriseur : voir *Réacteur à eau pressurisée.*
Propulseur : voir *Pump-jet.*
Propulseur de croisière : moteur d'un missile assurant son maintien en vol, par opposition à propulseur d'accélération, qui permet le décollage et l'acquisition de la vitesse de croisière.
Pump-jet : turbine à eau multi-étages destinée à remplacer l'hélice d'un bâtiment. Ce dispositif est très silencieux et ne cavite pratiquement pas. Il présente cependant deux inconvénients par rapport à une hélice classique, une montée en allure moins rapide et une poussée plus faible.
Quart : a) intervalle de temps, habituellement d'une durée de 6 ou 8 heures, durant lequel une équipe donnée, de permanence devant certains appareils ou dans certains compartiments, assure la mise en œuvre du sous-marin ; b) l'officier qui est de quart (OCDQ officier chef du quart) est le représentant du commandant et, à ce titre, il a la responsabilité totale du bâtiment et exerce son autorité sur tout le personnel de quart dans tous les compartiments. Il peut être aidé par un adjoint à qui il peut « donner la manœuvre ». Cet adjoint ne s'occupe alors que de la manœuvre du sous-marin et du suivi des buts.
Quille : par abus de langage, on appelle quille d'un sous-marin le point le plus bas de la coque.
Rance : poste de stockage des torpilles.
Réacteur à eau pressurisée : type de réacteur de propulsion nucléaire équipant tous les sous-marins des marines occidentales et certains bâtiments russes. L'eau contenue dans le circuit primaire ralentit les neutrons et transporte la chaleur produite dans le circuit secondaire. Pour l'empêcher de bouillir, ce qui dégraderait de façon catastrophique les échanges thermiques, il faut la maintenir sous forte pression : c'est le rôle du pressuriseur.
Réacteur à sodium liquide : la chaleur produite par le cœur doit être transférée au circuit secondaire pour être utilisée. On peut employer différents fluides pour réaliser ce transfert, en particulier du sodium liquide qui présente des caractéristiques thermiques, électriques et mécaniques très intéressantes. Cette solution n'a pas été rete-

nue dans les marines occidentales à cause de la très grande réactivité du sodium en présence d'eau.

Réducteur : mécanisme qui permet de passer d'une vitesse de rotation importante (turbines de propulsion) à une vitesse de rotation faible (arbre d'hélice). Ce mécanisme permet également d'embrayer deux turbines sur une seule ligne d'arbre. Malheureusement, le réducteur est une source de bruit importante.

Réfrigération de secours : circuit (XC) utilisant la circulation naturelle qui permet d'évacuer la chaleur qui se dégage encore du cœur alors que le réacteur est à l'arrêt (la puissance résiduelle).

Revêtement anéchoïque : couche de mousse de caoutchouc collée sur l'extérieur de la coque de certains sous-marins. Cette couche absorbe l'énergie incidente provenant d'un sonar actif et empêche la réflexion des impulsions, tout en diminuant la transmission à la mer des bruits internes au sous-marin. Analogue au matériau d'absorption des ondes radar sur un avion furtif.

RIO (Radar Intercept Officer) : copilote chargé des armes à bord d'un chasseur de l'US Navy.

Rondier arrière : officier marinier sous les ordres de l'ingénieur de quart qui va fréquemment contrôler le bon fonctionnement des diverses installations propulsion.

Sas de sauvetage : sas permettant la sortie du personnel d'un sous-marin désemparé qui serait posé sur le fond à faible immersion. En temps normal, ce sas est utilisé pour mettre à l'eau ou récupérer des nageurs de combat.

Sas lance-bombettes : petit tube lance-torpilles, utilisé pour lancer des artifices pyrotechniques de signalisation, des bouées de radiocommunication SLOT et des leurres.

Sas passerelle : sas d'accès qui relie l'intérieur du sous-marin à la passerelle, fermé par deux panneaux étanches.

Sasser : faire passer du personnel ou du matériel de l'intérieur à l'extérieur du sous-marin ou inversement, en utilisant un sas.

Schnorchel : mât hissable creux, destiné à admettre de l'air extérieur dans le sous-marin pour le fonctionnement des diesels, lorsque le réacteur est en alarme (identique à *tube d'air*).

Site (d'un périscope) : le site est l'angle que fait l'axe optique d'un périscope avec l'horizontale. Quand un périscope est calé au site zéro, l'opérateur regarde sur l'horizon.

Situation « silence patrouille » : disposition des équipements et des auxiliaires de façon à assurer une grande discrétion au sous-marin, sans empêcher la vie courante à bord. La maintenance des installations est autorisée, à condition de ne pas faire de bruit. Les opérations bruyantes, comme les extractions, sont soumises à l'accord du commandant.

Situation « supersilence » : disposer les équipements et auxiliaires de façon à rendre le sous-marin le plus discret possible. Cette situation n'autorise la mise en œuvre que des systèmes strictement indispensables, le personnel non de quart est obligatoirement couché, la cuisine est arrêtée, les douches, le lavage du linge, les chaussures à semelles rigides et le cinéma sont interdits. Le bâtiment passe en éclairage rouge pour rappeler à l'équipage la nécessité impérative de ne faire aucun bruit. Cette situation est prise lorsque le sous-marin est menacé ou qu'il accomplit une opération spécialement délicate, comme un pistage à courte distance.

Situation report : message d'urgence élevée permettant de rendre compte à une haute autorité d'un contact avec l'ennemi.

SNA : sous-marin nucléaire d'attaque.

SNLE : sous-marin nucléaire lanceur d'engins, qui porte des missiles balistiques intercontinentaux. Un effort particulier est fait pour la discrétion de ces sous-marins qui constituent la composante essentielle des forces de dissuasion. Ces bâtiments sont en réception radio permanente et sont prêts à tout moment à répondre à l'ordre de lancement donné par le Président.

Solution : les éléments d'un but, distance, route et vitesse. La détermination de la solution est spécialement difficile lorsqu'on utilise un sonar passif. Elle est accomplie par une combinaison de manœuvres du sous-marin et de calculs réalisés sur le défilement et les radiales du but, manuellement ou à l'aide d'un calculateur.

Sonar actif : la mesure de l'azimut (encore appelé relèvement) et de la distance d'un contact peut se faire en émettant dans l'eau une impulsion sonore puis en écoutant l'écho de cette impulsion réfléchie par le contact. Le temps entre l'émission de l'impulsion et le retour de l'écho donne la distance du contact, puisque la vitesse du son dans l'eau est connue. La direction d'où vient l'écho donne l'azimut du contact. Le sonar actif n'est normalement pas utilisé par les sous-marins car il trahit leur présence et leur position.

Sonar de flanc : l'un des assemblages d'hydrophones qui

font partie du système sonar du sous-marin, montés sur la coque extérieure, environ au premier tiers avant du bâtiment. Ce sonar de flanc est utilisé essentiellement en secours du sonar sphérique, plus performant car moins bruité.

Sonar passif : mode normal de fonctionnement des sonars d'un sous-marin. Un sonar passif ne fait qu'« écouter » et n'émet rien dans l'eau. L'emploi d'un sonar passif rend plus difficile la détermination de la solution mais est parfaitement discret.

Sondeur : appareil à ultrasons destiné à mesurer la hauteur d'eau sous la quille du sous-marin. Les nouveaux systèmes sont discrets car ils émettent des impulsions courtes à des fréquences variables.

Sondeur de glace : appareil à ultrasons permettant de détecter la présence de glace sur l'avant du sous-marin et de mesurer l'épaisseur de la banquise.

Splash : bruit d'entrée dans l'eau provoqué par l'impact sur la surface d'une torpille ou d'une bouée acoustique larguée par aéronef.

SUBNOTE : route ordonnée à un sous-marin pour rejoindre une zone d'opérations.

Surbau : partie plane et polie, généralement en acier inoxydable, sur laquelle vient s'appuyer le joint chargé d'assurer l'étanchéité d'un panneau ou d'une porte étanche.

Système de combat : ce système informatique reçoit ses éléments de tous les senseurs du sous-marin et permet de déterminer une solution sur un ou plusieurs buts. Il permet également de programmer, de lancer et de télécommander les armes du sous-marin.

Table traçante : outil de détermination de solutions. Efficace pour des contacts en route stable, difficile d'emploi si le contact évolue fréquemment, inutilisable en situation confuse.

Tenue automatique d'immersion (TAI) : système automatique permettant de maintenir le sous-marin très précisément à une immersion donnée. Ce système est utilisé par les sous-marins lanceurs de missiles pour maintenir leur immersion de lancement et par certains sous-marins d'attaque pour établir une vitesse verticale donnée afin de faire surface sous la banquise.

Tenue de l'immersion : capacité à tenir l'immersion du sous-marin de façon précise. Cela peut être fait soit manuellement, en admettant ou en pompant de l'eau de mer dans des capacités spéciales appelées régleurs, soit automatiquement. Il est spécialement important de bien tenir l'immersion lorsque le sous-marin est proche de la surface (immersion périscopique), car une erreur pourrait faire sortir le massif de l'eau et trahir le sous-marin.

Tour d'horizon périscope : pour assurer la sécurité anticollision de son sous-marin à l'immersion périscopique, le commandant sort un périscope à intervalles réguliers et regarde sur tout l'horizon. Il prévient l'équipe du PCNO qu'il va sortir le périscope en annonçant à haute voix « tour d'horizon périscope ». Le central annonce alors l'immersion et la vitesse, car une vitesse trop grande peut arracher le périscope et créer une voie d'eau.

Trajectoire résiduelle : après une recherche sur une distance donnée, si la torpille n'a pas trouvé le but qui lui avait été désigné, elle entre en trajectoire résiduelle, qui durera jusqu'à l'épuisement de son énergie ou la découverte du but. Les trajectoires résiduelles peuvent être de plusieurs types, la recherche circulaire à plat ou hélicoïdale étant la plus utilisée.

Tranche : le volume intérieur d'un sous-marin est divisé longitudinalement en tranches repérées par une lettre de l'arrière vers l'avant (la tranche A étant la plus à l'arrière). Les tranches sont séparées par des cloisons dont certaines résistent à la pression. Elles divisent le bâtiment en plusieurs « compartiments refuges », dans lesquels, en cas de naufrage, le personnel peut survivre en attendant les secours.

Transducteur : voir *Hydrophone.*

Transitoire : indiscrétion de courte durée produite par un sous-marin, comme par exemple le bruit d'une clef qui tombe, le martèlement de chaussures sur les plaques de pont, le claquement des panneaux que l'on ferme trop brutalement, les extractions aux générateurs de vapeur, l'ouverture des portes avant des tubes lance-torpilles, etc.

Tube d'air : voir *Schnorchel.*

Turbine : dispositif mécanique tournant, à aubes, qui convertit l'énergie de pression, l'énergie de débit et l'énergie interne (température) d'un flux de gaz (vapeur ou gaz de combustion) en énergie mécanique.

Turbines de propulsion : turbines de grandes dimensions, alimentées par la vapeur produite par la chaufferie nucléaire, qui font tourner la ligne d'arbre à travers un réducteur.

Turboalternateur (TA) : deux turbines à vapeur entraînant chacune un alternateur, qui produisent l'énergie électrique du bord.

TUUM (téléphone sous-marin) : système de transmissions sous-marines permettant de communiquer à la voix entre deux sous-marins à faible distance l'un de l'autre.

Usine à CO2 : équipement de maintien de la qualité de l'atmosphère du sous-marin, qui extrait le gaz carbonique (produit par la respiration de l'équipage, le diesel, le brûleur catalytique de monoxyde de carbone...) de celle-ci en faisant passer l'air sur un lit d'amine adsorbante.

Usine à oxygène : pour produire l'oxygène nécessaire à la vie de l'équipage, on électrolyse de l'eau distillée sous pression en présence de potasse. L'oxygène est injecté directement dans les circuits de ventilation du bord. L'hydrogène est rejeté à la mer, dans laquelle il se dissout aussitôt. L'usine à oxygène présente des risques sérieux en matière de sécurité à cause de la présence simultanée de trois ingrédients potentiellement dangereux, électricité, oxygène et hydrogène.

Vannes closes : vannes montées sur les gros collecteurs de vapeur bâbord et tribord, sur la cloison avant du compartiment machines. Elles peuvent isoler la distribution de vapeur en cas de fuite importante.

VLF (Very Low Frequency) : ondes radio utilisées pour transmettre des messages radio aux sous-marins. Ces ondes pénètrent de quelques mètres dans l'eau. (*Voir également ELF.*)

VLS (Système de lancement vertical) : système de lancement des missiles de croisière, équipant les derniers SNA de type 688 Los Angeles, qui comprend une série de tubes verticaux emménagés dans les ballasts avant. Ce système permet également d'emporter plus d'armes en limitant le volume du poste torpilles.

Volets de passerelle : des plaques d'acier ou de matériau composite sont mises en place avant de plonger, pour clore la passerelle et redonner au massif une bonne continuité de formes. Ces volets sont ouverts au retour en surface du sous-marin.

Zulu : voir *GMT*.

Table

Du même auteur

Aux Éditions de L'Archipel :

OPÉRATION SEAWOLF, 1994.

LE SOUS-MARIN DE L'APOCALYPSE, 1996.

SEAWOLF, MISSION DE LA DERNIÈRE CHANCE, 1997.

COULEZ LE BARRACUDA !, 1998.

Composition réalisée par EURONUMÉRIQUE

IMPRIMÉ EN ALLEMAGNE PAR ELSNERDRUCK
Dépôt légal Édit. : 20089-04/2002
LIBRAIRIE GÉNÉRALE FRANÇAISE - 43, quai de Grenelle - 75015 Paris.
ISBN : 2-253-17227-8 31/7227/7